Assia Djebar

Weit ist mein Gefängnis

Assia Djebar

Weit ist mein Gefängnis

Aus dem Französischen von
Hans Thill

Unionsverlag

Die Originalausgabe erschien 1995
unter dem Titel *Vaste est la prison*
im Verlag Albin Michel.

Auf Internet
Aktuelle Informationen
Dokumente über Autorinnen und Autoren
Materialien zu Büchern
Besuchen Sie uns:
http://www.unionsverlag.ch

Rieterstrasse 18, CH-8059 Zürich
Telefon 0041-281 14 00, Fax 0041-1 281 14 40

Umschlaggestaltung: Heinz Unternährer, Zürich
Umschlagbild: John Singer Sargent,
»Fumée d'ambre gris«, 1880

Foto der Autorin: Horst Tappe
Druck und Bindung: Ebner Ulm
ISBN 3-293-00242-0

»Weit ist das Gefängnis, das mich erdrückt,
Woher soll mir die Erlösung kommen?«

Berberlied

Das Schweigen der Schrift

Lange Zeit habe ich geglaubt, schreiben sei sterben, langsam sterben. Behutsam ein Bahrtuch aus Sand oder Seide über einem Menschen ausbreiten, den man kannte, als er noch vor Kraft strotzte und mit Leidenschaft lebte. Sein Lachen – gefroren. Der Ausbruch des Schluchzens – erstarrt.

Ja, weil ich beim Schreiben das Vergangene vergegenwärtigte, wollte ich mich immer wieder am Damm der Erinnerung entlangtasten oder an seiner im Halbschatten liegenden Kehrseite und nach und nach seine Kälte in mich eindringen lassen.

Und inzwischen zerbröckelt das Leben, verwischt sich die lebendige Spur.

Über das Vergangene schreiben, die Füße in einen Gebetsteppich gewickelt – nein, keine Matte aus Jute oder Roßhaar –, der aufs Geratewohl bei Morgengrauen in den Staub eines Weges oder zu Füßen einer zerfließenden Düne geworfen wurde, unter dem unermeßlichen Himmel eines Sonnenuntergangs.

Das Schweigen der Schrift: Der Wüstenwind dreht seine unerbittliche Mühle, während meine Hand über das Blatt läuft und die Sprache des Vaters (die aus dem Anderswo kam und zur Vatersprache geworden ist) nach und nach mit sicherem Griff die Tücher der toten Liebe aufknotet. Weit hinten das leiser werdende Raunen der Ahninnen, die schrille Klage der verschleierten, am Horizont vorüberziehenden Schatten, unzählige Stimmen, die sich im sanften Taumel mit Trauer benetzen – während meine Hand übers Blatt läuft …

Lange Zeit glaubte ich, schreiben sei fliehen oder zumindest Hals über Kopf sich davonmachen unter diesen unermeßlichen Himmel, in den Staub des Weges, an den Fuß der zerfließenden Düne ... Lange Zeit.

Damals, vor beinahe fünfzehn Jahren, besuchte ich jeden Samstagnachmittag einen Hammam im Herzen eines alten algerischen Städtchens am Fuß des Atlas.

Ich begleitete meine Schwiegermutter, die sich in den Dämpfen des Schwitzbades und dem Kindergeschrei des Hitzeraums mit ihren Freundinnen traf. Einige waren Matronen, die in ihren gestreiften Kaftanen umherstolzierten und die Badezeremonie zu einem endlosen Ritual werden ließen, einer gravitätischen Liturgie folgend, in der es durchaus auch träge Momente gab.

Man traf hier verbrauchte Hausfrauen aus bescheidenen Verhältnissen, umringt von ihrer Kinderschar, und mitunter auch junge Frauen von überwältigender Schönheit (böswillige Bürgerinnen zweifelten ihre Tugend an): Sie enthaarten sich am ganzen Körper herausfordernd frei von aller Scham, behielten jedoch am Hals und an ihren nackten und feuchten Armen die schweren Schmuckstücke aus funkelndem Gold ... Damals war ich die einzige, die mit ihnen im Kaltraum die üblichen Worte wechselte.

Wie für viele andere Frauen kam auch für mich das größte Vergnügen nach dem Bad. In einem mit Matratzen und Matten ausgelegten Vorraum gab es geschälte Orangen, geöffnete Granatäpfel und Mandelmilch-Sirup, soviel das Herz begehrte, es war ein paradiesischer Ort der Ruhe und der Wonnen. Die Düfte mischten sich über den Körpern der Schlafenden oder im Umkreis jener Frauen, die zu frösteln begannen und sich langsam ankleideten, wobei sie den neuesten Tratsch austauschten.

Ich streckte mich aus, ich döste, ich lauschte. Meine Schwiegermutter entfaltete ihre Seidenwäsche und ihre Taftkleider. Sie wachte mütterlich über mich und grüßte die vorbeikommende Nachbarin oder eine eintretende Schöne, um mich gleich anschließend mit leiser Stimme eingehend über ihre Genealogie zu informieren. Ich überließ mich ganz dem Stimmengewirr und dieser murmelnden, lauen Wärme. Als meine Schwiegermutter schließlich ihren Schleier aus weißer Rohwolle zu entfalten begann, um sich einzumummen, machte auch ich mich fertig. Wir mußten gehen, und meine Rolle war nun, ihr stumm zu folgen: zwar unverschleiert, aber schweigsam und in Hörweite. Hinten öffnete sich die schwere Tür ab und zu einen Spalt und ließ ein Stück leuchtenden Dampfes ausströmen sowie ein fernes Raunen, das aus einer magischen Höhle zu kommen schien …

Eines Tages trafen wir hier eine üppige Dame schon weit über fünfzig, deren Wangen von der Hitze gerötet waren, sie trug eine Haube aus weißem Taft mit veilchenblauen Fransen, die ihre Stirn rahmten. Sie erging sich bereits in endlosen Abschiedsformeln.

Meine Schwiegermutter schätzte ihre Gesellschaft und wollte sie beharrlich zurückhalten: »Noch ein Viertelstündchen, o Licht meines Herzens!«

Die andere verzog das Gesicht, es war ihr offensichtlich unangenehm, dann rechtfertigte sie sich in herablassendem Ton: Offenbar durchaus bewandert in der Kunst der delikaten Andeutung, ließ sie doch am Ende einer langen Kette von Rechtfertigungen ein grobes Wort fallen: »Ach, leider …«, sagte sie mit einem theatralischen Seufzer, »leider bin ich nicht Herrin meiner Zeit!«

»Was?« rief ihre Freundin ungläubig zur Frau, zu der sie aufschaute wie zu einer Königin.

»So ist es«, gab die Dame zurück, eingewickelt in ihren makellosen Schleier, mit dem sie schließlich durch eine Geste, die nicht ohne Hochmut war, ihr ganzes Gesicht verdeckte, »heute kann ich unmöglich länger bleiben. Der Feind ist zu Hause!«

Sie ging hinaus.

»Der Feind?« fragte ich und wandte mich langsam meiner Schwiegermutter zu.

Der Klang dieses arabischen Wortes, *e'dou*, durchschnitt die Geborgenheit dieser Atmosphäre.

Meine Begleiterin sah fassungslos die Verblüffung in meinen Augen. Ein gezwungenes Lächeln erschien auf ihrem Gesicht. Vielleicht empfand sie in diesem Augenblick auch nur eine gewisse Scham.

»Ja, der Feind«, flüsterte sie. »Weißt du denn nicht, wie in dieser Stadt die Frauen sprechen, wenn sie unter sich sind? ...« Ich schwieg, immer noch mit fragendem Blick. »Der Feind, nun ja, verstehst du nicht, damit hat sie ihren Mann gemeint!«

»Ihr Mann ist der Feind? Aber so unglücklich scheint sie doch gar nicht zu sein!«

Plötzlich schien sie über meine Naivität aufgebracht: »Ihr Mann ist schließlich wie jeder andere! ... Der ›Feind‹, das sagt man halt so! Ich habe es doch schon gesagt: So reden die Frauen seit langem, wenn sie unter sich sind ... Die Männer wissen natürlich nichts davon! ... Aber ich weiß es.«

Ich unterbrach sie mit einer Handbewegung, während wir uns erhoben. Meine Schwiegermutter war eine Heilige: Selbst wenn sie an einen wirklichen Feind geraten wäre, hätte sie ihn »mein Gebieter« genannt! Ihr Gatte war ein harter, aber rechtschaffener Mann, ihm diente sie mit unermüdlicher Würde.

Und so stieß ich auf das Wort *e'dou* in der feuchten Wärme dieses Umkleideraumes, den die Frauen fast nackt betreten und vom Scheitel bis zur Sohle vermummt verlassen, und dieses Wort, das »Feind« bedeutet, ausgesprochen in dieser alles aufweichenden Hitze, fuhr in mich wie ein seltsamer Torpedo, gleichsam ein Pfeil des Schweigens, der das Innerste meines damals zu sanften Herzens durchbohrte. Tatsächlich schraubte sich dieses schlichte Wort, das in seinem arabischen Klang so schroff wirkte, für immer in die Tiefe meiner Seele und traf so die Quelle meines Schreibens …

Als wäre nun plötzlich in mir eine Sprache gegen die andere geprallt – die Stimme einer Frau, die mir so nah war wie eine Schwester meiner Mutter, hatte am Baum meiner dunklen Hoffnungen geschüttelt, und mein stummes Streben nach Licht und Schatten schlug um, verbannt von meinen Wurzeln am Ufer, wurde ich zur Waisen.

Das Wort dieser verschleierten Matrone, die kurz zuvor noch gelächelt hatte, die gewiß nicht Opfer war, sondern wohlauf in ihrer Rolle als verwöhnte und friedliche Städterin, war nicht ein Wort des Hasses, nein, eher einer frostigen Verzweiflung, die schon seit langer Zeit zwischen den Geschlechtern herrschte, dieses Wort setzte sich also in mir fest und in seinem Gefolge ein gefährlicher Hang zum Erlöschen …

Die Dame verließ mit würdigem Schritt das Bad. Meine Schwiegermutter und ich folgten ihr wenig später. Ich hatte die Stimme verloren, und für einige Jahre war ich verarmt, ertrank in einer unbestimmten Trauer um eine betrogene Hoffnung.

Hat mich das herausgefordert, mich beim Schreiben ganz aus dem Schatten zu lösen? Wie schnell wird dieses Schreiben dürr! Ich schüttelte es ab.

Danach durchlebte ich Jahre, in denen nicht wirklich Schweigen oder Stillstand herrschte: Dieser Riß in meinem Ohr und meinem Herzen war das Geschenk der Unbekannten, deren Stimme sich weiter in mich hineinbohrte. Durch sie zeigte mir die Muttersprache ihre Widerhaken, hinterließ in mir eine verhängnisvolle Bitterkeit … Wie soll ich nunmehr meinen Weg durchs Dickicht finden, wie einen schmalen Korridor in dunkler und warmer Zärtlichkeit bahnen, wo Geheimnisse aufleuchten und glitzernde Worte sich zusammenfügen.

Sollte ich nicht eine Bettlerin sein, inmitten der Nacht einer verlorenen Sprache und ihres verhärteten Herzens, wie an jenem Tag im Hammam?

I

Das Erlöschen im Herzen

»Wie ist mir's aber,
gedenk' ich deiner jetzt? Wie Bäche
reißt das Ende von Etwas mich dahin,
welches sich wie Asien ausdehnet.«
Friedrich Hölderlin, In lieblicher Bläue …

»Oh, ist dies euer – vergrabener Schatz?
Das Licht im Herzen.«
Virginia Woolf, Ein verwunschenes Haus

Der Mittagsschlaf

Ein Mittagsschlaf, ein langer Mittagsschlaf an einem Tag Anfang November. Als wäre nun Ruhe eingekehrt nach sechs oder neun Monaten, nein, einem ganzen Jahr, oder genauer dreizehn Monaten, in denen man sich vollsaugen ließ – mal im verborgenen, mal im Innern ansteigend, sich aufblähend zu einer Woge aus unmerklichen Schwingungen und einem Prickeln; dazwischen Aufschub, Lichtungen der Trägheit, plötzlich eine Wintersonne, die im Herzen hervorsprudelt. Dann ist das Fieber wieder da, es nagt, und niemand kann dagegen angehen, es gibt den keuchenden Muskeln nach … und eine wilde Ablehnung gegen dieses Unbekannte, ein unterdrücktes Schaudern, etwas arbeitet dunkel in meinem Innern, diese Verhärtung, die doch niemals die Oberhand gewinnt über jene gebieterische Flut mit ihrer sanften Heftigkeit, ihrer Ausdauer, Zeichen in der Höhlung einer tiefen Leidenschaft, die alles durchdringt in ihrer Anonymität: Eine Maske, jawohl, heroisch habe ich mich unter meiner Maske behauptet. Meine Worte sind verschleiert, mein Lachen, sofern es nicht falsch ist, sofern es nicht fürchtet zu taumeln, lasse ich es noch höher emporschießen, auf einem Strahl fernen Lichts, gegen die Klippen der Gespräche da und dort … Ja, nach der Beerdigung von allem, was ich aus der Tiefe in mir wieder ans Licht ziehe, nach der Finsternis des Sturms, der verdeckt war von all den Höflichkeiten, den alltäglichen Beschäftigungen und dem Kommen und Gehen meines abwesenden Körpers. Und nun, nach diesen langen, diesen langsam verstreichenden dreizehn Monaten, nach alldem ein Mittagsschlaf, nur ein Mittagsschlaf, an einem Novembertag im Haus der Familie – das Radio spielt ein andalusisches Lied, die tremolierende Baritonstimme wird untermalt von einem rauhen Rebec, aus der Küche dringt Klappern von Geschirr, dumpfes Knallen von Kannen, dann ein ununterbrochenes Rieseln zu mir. Offenbar werden die Fliesen gewischt, ein zittriges Läuten an der Tür, Ankömmlinge, die jetzt im Eingang stehen, ein Kind wimmert, die höflichen Stimmen der Frauen aus der Verwandtschaft tauschen Begrüßungen aus. Einen Augenblick später im Nebenzimmer das Flüstern einer Jugendlichen, die seidene Wäsche zusammenlegt, ihr leichtes Lachen bricht plötzlich ab, sie schließt vorsichtig eine Tür ganz in der Nähe, während ich vor mich hin döse, mein Körper zerbröckelt in einem plötzlichen Anfall von Müdigkeit, gleichsam wie durch die Erschöpfung nach einem Wettlauf, der sich über mehrere Tage hingezogen hätte, oder das rhythmische Stakkato einer Atemlosigkeit, die an ihrem Ende angelangt wäre, und ich versinke widerstandslos in einem schlammigen, alles verschlingenden Schlaf.

Ich liege auf einem schmalen Diwan in der Bibliothek meines Vaters; sein Gebetsteppich liegt halb über einem Stuhl in der Nähe, die Fensterläden mir gegenüber sind geschlossen. Dahinter die Treppe in den kleinen Garten mit dem Jasmin und den Stockrosen, den habe ich vor Augen, vermutlich erdrückt ihn die gleißende Hitze, da die Sonne noch nicht verblaßt ist. Ich höre draußen einen umherstreifenden Hund, der nach Fliegen schnappt – und ich ertrinke, schlafe ein in diesem Schiff, das ein Haus ist. Ein Mittagsschlaf von zwei oder drei Stunden an einem sonnigen Novembertag. Einem leicht frostigen Tag.

Ich erwache in der reglosen Stille des Anwesens, das plötzlich verlassen scheint. Offenbar hat mir jemand eine Decke aus kratziger Wolle übergeworfen. Erstaunt richte ich mich auf. Was ist geschehen? Eine Sekunde der Ungewißheit, das durch das Fenster dringende Licht hat sich verändert: Es ist nicht schwächer geworden, nur anders. Ich strenge mich an, um nach und nach zuerst mühevoll, dann mit wachsender Gewißheit zu begreifen, daß es etwas Neues gibt, das zugleich verwundbar ist, der Beginn von etwas Seltsamem – aus Farbe, Ton oder Duft, wie soll ich diese Empfindung herausfinden, wie differenzieren? –, und dieses »Etwas« ist in mir und hüllt mich doch ein. Ein Wandel ist in mir und überkommt mich.

Alles um mich, die Möbel, die rustikale Bibliothek, das weiße Zimmer, alles erscheint schillernd, in jungfräuliches Licht getaucht. Denn in diesem Augenblick fühle ich mich wie neugeboren. Ich entdecke in mir, wie etwas überraschend, plötzlich, wiederauflebt.

Erwacht, glücklich um fünf Uhr am Nachmittag. Erwacht, sauber, gleichsam wie nach einer langen Krankheit wiederauftauchen. Eine blaue Höhlung umgibt mich, etwas Schwebendes in der Luft. Das Fenster vor mir ist unverändert, dahinter die Steintreppe mit ihrem Jasmin, den Rosen. Der Hund kommt zurück, ich höre ihn erneut … Das Leben geht weiter, hält sich zurück, die Welt steht still, erschaudert wie ein unsichtbares Riesengeschöpf, bevor es zur Statue erstarrt: Ich reiße die Augen weit auf. Die Atmosphäre klafft auf und legt sich um mich. Immer noch sitze ich verblüfft da. Die Schliere eines goldenen Stäubchens flimmert schräg vor den herabgelassenen Fensterläden. Gemeinsam erstarren die Dinge.

Dann kommt das Leben wieder in Fluß; glissando. Es nimmt, so kommt es mir vor, wieder den Faden auf, das Zucken eines geheimen Herzens, angereichert mit Schatten … Das war nur ein kurzer Halt, und nun kann ich aufleben! Ich bin erwacht und auferstanden, mein Körper ist unverletzt, ich bin heiter und ruhig um fünf Uhr am Nachmittag.

Ich springe vom Diwan auf, betrachte den hellen Tag. Heute mache ich keinen Plan, ich komme und gehe und freue mich an der Bewegung. Ich kleide mich an, um unter dem kalten Stoff meine Beine, meine Arme, meine Schultern, meine Haut zu spüren. Es hat keinen Sinn, mich in einem Standspiegel zu betrachten. Ich schlendere durch die anderen Zimmer, ich grüße die Verwandten, ich lausche den höflichen und konventionellen Gesprächen, die wie Watte sind. Ich antworte aus der Ferne, keinesfalls zerstreut, selbst ein wenig steif, aber wirklich da, zufrieden über diese höfliche Gegenwart, deren Verletzlichkeit ich gleichzeitig feststelle. Das Erscheinen anderer Menschen: Sie könnten Trugbilder sein, wunderliche Projektionen, die sich in Banalitäten ergehen; gleichwohl halte ich mich an das zur Gewohnheit gewordene Protokoll, das mich in seiner Lächerlichkeit erheitert, fühle mich durchströmt von einem unwillkürlichen Wohlwollen. Vielleicht wird alles plötzlich von einem Taumel erfaßt, sich plötzlich auflösen, leben wir denn nicht tatsächlich am Rand des unvorhersehbaren Zusammenbruchs, unter der Drohung eines unmittelbar bevorstehenden Erdbebens?

Die ganze Zeit über kann ich dieses seltsame und wunderbare Ereignis meines Erwachens in der Bibliothek nicht vergessen. Nach und nach lerne ich, mich daran zu gewöhnen, ein friedliches Beständigsein nimmt seinen Anfang: Die beruhigende Geschlossenheit der anderen strömt wieder herbei, ebenso das Gewicht der Dinge, deren Wahrheit ich langsam wiedererkenne, als ob ihr Volumen bis dahin ein Hindernis gewesen wäre.

Nur eine Sekunde länger, und ich würde mir vorkommen wie die Gefangene eines riesigen, seltsamen Tafelbildes, das vor dem Nichts aufgespannt ist. Was, wenn ich den Aufstand der Erscheinungen erlebte?

Ich verspüre eine große Erleichterung: Ich lebe nicht mehr in der Vergangenheit und bin nicht mehr krank, ich habe den Traum verlassen. Einen dreizehnmonatigen Traum.

Wie ermutigend ist es, einfach zu existieren: Ein leeres Zimmer, in der Ferne die Stimmen der Frauen aus meiner Familie, eine Besucherin verabschiedet sich, draußen sinkt plötzlich die Sonne, ein erster Lampenschirm leuchtet auf. Ich kleide mich an, wähle eine neue Bluse, heute abend werde ich ausgehen. Ein Essen bei Freunden, wahrscheinlich werden auch Leute dasein, die ich nicht kenne: die Banalität des gesellschaftlichen Lebens, unbedeutende Überraschungen!

Der Abend verging bei Geplauder und Rauch, im Schutz von Gesprächen da und dort, im Lachen und dem Aufflackern von Musik, die zum Tanzen anregte: In manchen Augenblicken leuchtete noch einmal blitzartig jene Vision auf, als ich heute aus dem Mittagsschlaf erwachte. In diesem Salon, inmitten all der unbeteiligten oder höflichen Gesichter, stelle ich fest: Seit meinem Erwachen heute nachmittag stehe ich nicht mehr unter diesem Druck, bin wieder ich selbst, erfüllt von Leere, bin bereit und ruhig, hungrig nach allem, was draußen ist, und von heiterer Ruhe erfüllt … Alles ist anders geworden! »Zuvor«, wie war das, wer war ich denn, was für ein Wesen und wie unvollendet, durchbohrt von welcher Angst? Was war das (mindestens einmal am Tag kam es für Sekunden oder auch zehnmal im Laufe desselben Tages), was war das, dieses nicht zu stillende Zittern auf der Haut, am Mund, an den Fingern einer Hand, die man verbirgt, am Hals zieht man den Schal ganz eng, um nicht mehr atmen zu müssen … Das war »zuvor«: die Undurchdringlichkeit in sein innerstes Selbst hineinschlingen, um sie zu ersticken. Zuvor war der Kampf ohne Feind oder Ziel, zuvor war die heftig abgelehnte Leidenschaft, Hitze durchpflügt einen, und das Herz flackert.

»Wie gut wird es nun zu leben sein«, sagte ich mir an diesem allerersten Abend – ich erinnere mich, daß ein Mann, der mir Zuversicht gab und mir gefiel, sich verbeugte, und von diesem Moment an warb er um mich, machte mir vorsichtig den Hof. Er sprach langsam, wie mir schien; er sprach langsam, und ich verstand ihn nicht. »Ein schönes Gefühl zu existieren!« wiederholte ich für mich, und ich lächelte über mein ganzes Gesicht.

Das Gehen wird so wunderbar sein, um des Gehens willen zu gehen und es um seinetwegen zu lieben, das violette Weiß der gekalkten Fassaden bei der ersten Morgenröte zu bewundern, das aufspritzende Lachen der Kinder zu hören, das von den Balkonen perlen wird, ein Wirbel, der mir ins Gesicht fahren wird …

Hören und sich forttragen lassen von farbigen Tüchern, den plötzlich lauter werdenden, nahen Stimmen, den temperamentvollen Ausbrüchen im Durcheinander! Wie berauschend wird es sein, wieder einfach nur Zuschauerin zu sein, ohne Bindung oder einen besonderen Wunsch! Ganz spontan, ob mitten im Lauf oder wartend, wie gut wird es sein, sich für das wirkliche Leben bereit zu machen, denn leben bedeutet, vor Energie zu platzen und gleichzeitig in der Reglosigkeit zu verharren.

Der Abend endete in einem zerknitterten Traum, in diffuser Fröhlichkeit und der sich einstellenden Müdigkeit. Der Abend erschöpfte sich. Am nächsten Morgen erlebte ich dann um so nachhaltiger die reine, unaussprechliche Freude des Erwachens, um mich war unversehrtes Licht, genau wie am Tag zuvor, als der Mittagsschlaf zu Ende ging. An den folgenden Tagen kam mir bei Morgengrauen oder vielmehr ganz spät in der Fülle des Morgens der flüchtige, aber bestimmte Eindruck, einem geheimnisvollen Pochen so nahe zu kommen, daß alle Umrisse zerflossen. Der Takt des Lebens, eine Quelle ergießt sich ins Zwielicht und in die Fülle der Stille. Dann verwischte sich der Rhythmus dieser Tage, er setzte sich in mir ab als ein hartnäckiges Klopfen.

Dreizehn Monate waren also vergangen in einem Kampf,

der sich in die Länge zog, im Trommelfeuer einer Leidenschaft, deren Antlitz blind, deren Leben bereits ausgetrocknet war. Dreizehn Monate löschten sich aus in einem Schlaf an diesem Novembertag.

Das Gesicht

Nein, das Bild des anderen Mannes veränderte sich nicht. Nur seine Macht über mich, die ich weder ihm noch mir eingestand, sein Zauber im magischen Sinn löste sich unverhofft auf an diesem Novembernachmittag in den grauen Wassern der Mittagsruhe.

Ein Schlaf, der einer Schiffahrt gleicht. Als würde eine Erinnerung die Muskeln und entspannten Glieder durchdringen – der Körper ruht, nervös und gekrümmt, auffahrend oder sich verkrampfend, einem Traum unterworfen oder, mit hingestrecktem Körper, kaum atmend, beinahe ein warmer Leichnam –, als würden die Sehnen und Nerven des ganzen Organismus geplagt von einer in sich gekehrten Erinnerung, wie ein wildes Tier, das eingerollt im Halbdunkel auf dem Rücken liegt, seinen Bauch darbietend, mit offenem Maul und gebrochenen Augen, Fratzen schneidend und obszön ... Körper, der den Schlummer beherrscht, gleichzeitig von ihm beherrscht wird, in einer Helligkeit, die die halboffenen Fensterläden zulassen, Fransen der Sonne, die draußen wacht.

Und der Mittagsschlaf breitet seine verdächtige Spitze aus, seinen zweifelhaften Faden, die Ausdauer eines hauchdünnen Gewebes. So gab mein schlafender Körper, frei und befreit, das dreizehn Monate lang eingeträufelte Gift wieder unerbittlich von sich.

Muß ich denn die Chemie dieser Auslöschung rückschreitend aufklären, selbst auf die Gefahr hin, daß aus der noch nicht verwesten Erinnerung ein brüchiges Spinnennetz auftaucht, ein seidenes oder staubiges Wirrwar, mit dem eine melancholische Stimmung einhergeht?

Als ich dreizehn Monate lang mit dem Abräumen von Ruinen beschäftigt war, schien mir das Gesicht des anderen Mannes unersetzlich. Und jetzt, da ich schreibe, ist er mir wieder lebhaft vor Augen, wahrscheinlich, weil ich schreibe. Ein in seiner Reinheit unverwundbares Gesicht, das nun jedoch keine Macht mehr über meine Sinne hat.

In jener Zeit mußte ich ein Gegenmittel gegen den Einfluß dieses Mannes erfinden und dafür sorgen, daß sich in mir nicht die geringste Spalte auftat. Wenn ich ihm einmal unerwartet gegenüberstand, richtete ich es so ein, daß ich ihn anblickte, ohne ihn wirklich zu sehen.

Ihn anblicken, als wäre er mir gleichgültig. Blitzartig beschließen, ihn in einem Nebel wahrzunehmen. Mitunter hatte ich auch plötzlich mit mir selbst ein mitleidiges Einsehen (ich wurde wahrhaftig zur Bettlerin vor mir selbst). Wenn mein Herz sich im innigsten Flehen zusammenkrampfte und ich mich in einer Gruppe oder in einem Raum mit vielen Menschen befand, zog ich mich schnell in eine Ecke zurück und wandte mich um: Als ob es notwendig gewesen wäre, hier einen Bilderrahmen aufzustellen, so tauchte nun das Gesicht des Geliebten auf, der plauderte, zuhörte, abwesend war. Aus der Ferne meiner selbstgewählten Einsamkeit warf ich ihm einen brennenden Blick zu, verdichtete ihn, so gut ich konnte. Ein einziger Blick, um mir später alles zu vergegenwärtigen (dieses »Später« würde beginnen, sobald die Trennung vollzogen war, aber es schien, als würde das noch mindestens ein Jahrhundert dauern!).

Derart entfernt und in Sicherheit, schärfte ich meine Aufmerksamkeit: Mir den Schwung seiner Augenbraue genau einprägen, den Saum des Ohrs, den leichten Adamsapfel, die ein wenig vorstehende Oberlippe, und ich merkte mir auch, wie der Schimmer einer grünen oder blaugrünen Tönung seines Jacketts, seines Hemdes oder auch ... wie jedenfalls ein Schimmer auf der Haut seines heimlich beobachteten Gesichts spielen konnte. Ich wagte mich einen Schritt vor, zwei Schritte, ich schlug die Augen nieder, ich erschien gedankenverloren und war es auch, dann hob ich lebhaft den Blick: versuchen, mit Genauigkeit die Körnung seiner Haut zu erfassen, die kurze Narbe in einem Mundwinkel. Blitzartig das überprüfen, was ich in einer ersten Unschärfe wahrzunehmen geglaubt hatte, nämlich herausfinden, ob die Linie der Nase gerade verlief und im Verhältnis stand zur Stirn, zu den tiefliegenden Augen, zu den flachen Stellen des knochigen Profils, jene Form der Nase, durch die seine Physiognomie zurückhaltend erschien, stolz, mit der kaum wahrnehmbaren Unausgewogenheit eines Vogelgesichts. Dieses Detail war mir seit der allerersten Begegnung in lebhafter Erinnerung, sein reservierter Blick hatte in mir das Bedürfnis aufkommen lassen, die ihm zugehörige Stimme zu hören, ihre Schwingungen, ihr Timbre. Und so ging ich diesem Mann mehrfach aus dem Weg, was wiederum die widerspenstige Vorsicht der Körper beweist, die auf ihre Weise zwar taub und blind sind, aber vor jedem Kontakt die gefährliche Elektrizität wahrnehmen, die sie einander näher bringen oder voneinander entfernen wird.

Ein »nicht sehr sympathischer« Mann, hatte ich mir hastig diktiert. So dauerte es noch Wochen, ein Fest mußte stattfinden, außergewöhnliche Umstände mußten eintreten, die Kulissen also und die anderen Leute mußten ein wenig in Unordnung geraten, bis mir bewußt wurde, was ich schon ahnte und was mich für Monate zur Gefangenen machen würde: Von diesem Gesicht ging ein seltsamer Friede aus, das Äußere eines zierlichen jungen Mannes, dieser klare Blick, den ein stählernes Leuchten durchzog, wenn er mit seiner abgehackten Stimme eines Berauschten sprach (berauscht von Musik, Sehnsucht oder vom Haschisch). Dieser Mann – keine Dreißig, der Schatten seiner rissigen, zerknitterten Jugend lag noch auf ihm – trug sein Geheimnis vor mir her. Bot es mir an. Sobald ich allein war, würde ich es entziffern, würde es mit ihm teilen, ohne ihm einzugestehen, daß gerade dieses Geheimnis dafür verantwortlich war, wenn mein Herz sich erweichte, und hoffte, daß meine Klarsicht, die normalerweise so kalt war, ihre Wirkung entfalten könnte: die Verwüstung in diesem Mann und die Abwesenheit, und der Traum von Abwesenheit ... Er erzählte mir später davon, und ich erfüllte diese ambivalente Rolle der Vertrauten nur schlecht. Er sprach, als wäre ich in jenem Augenblick, da er das Bedürfnis hatte, sich preiszugeben, lediglich auf der Durchreise, aus purem Zufall hier.

Den Bruchstücken dieser Beichte konnte ich entnehmen, daß seine ruhige Art, die so offen verwundbar, aber auch stolz war, daß sein geschärfter Wille, der in seinen zu feinen Zügen, in diesem mageren Körper steckte, und auch hinter der Nachlässigkeit, wie er auftrat und sich kleidete, daß all diese für mich leicht erkennbaren Zeichen einen Riß verbargen, eine frühere Verletzung, ein Leiden, das noch nicht ganz verschwunden war. In diesem Gesicht wohnte Poesie und auch die Jugend, die allzuoft der Poesie feindlich ist ...

Und wieder kommt mir in Erinnerung, wie ich, wenn ich plötzlich dem Geliebten (verrate ich mich selbst, wenn ich dieses Wort in arabischer Sprache denke?) gegenüberstand, alle Kraft aufwenden mußte, um ihn nicht genau zu betrachten. Und dann, lange bevor mein Wille gebeugt war und ich nachgegeben hätte, wollte ich ihn zumindest in der letzten Sekunde mit der Heftigkeit einer Ausgehungerten betrachten! Blitzartig diese Züge begreifen, die ich bereits ins Herz geschlossen hatte. (Wenn ein oder zwei Tage verstrichen, ohne daß ich ihn traf, begann ich zu leiden, nicht daß er mir gefehlt hätte, sondern weil sich ein heimtückischer Nebel über sein Bild in meiner Erinnerung legte!) Der Glanz einer Jugend, die nicht zu greifen war, legte sich über die Zerbrechlichkeit seiner Erscheinung mit einer gewissen Aura ... Und völlig unabhängig von der Dauer unserer Begegnung galt meine ganze Aufmerksamkeit nur diesem für mich wunderträchtigen Anblick. Mein Gedächtnis speicherte in zahlreichen Einzelheiten seine Nahrung, um die Genauigkeit der künftigen Erinnerung zu gewährleisten, sobald die drohende Trennung vollzogen wäre ... Es schien mir sogar, daß in dem Maße, wie jede Begegnung sogleich in mir diesen brennenden Mechanismus auslöste, alles ins Gedächtnis eingravieren zu wollen, die Freude selbst, die reine, herrliche Freude an seiner mir so teuren Gegenwart, sich erst mit Verspätung einstellte, und zwar in den allerersten Sekunden der Trennung, wenn das Erinnerungsbild, auf diese Weise neu belebt und erhellt, in einer Genauigkeit zu leuchten begann, die endlich beruhigend war. Und solche Tage schienen verloren, an denen das Gesicht dieses Mannes unauslöschlich zu werden hatte!

Unvergessen bleibt die erste Zeit der Entdeckungen ... Ich nahm ein Taxi, fünfzehn Kilometer waren es von der Hauptstadt bis in dieses Dorf am Meer. Das Landhaus mit dem sandigen Garten ... Offene Zimmer, die Terrasse mit Strohmatten und Korbstühlen; ein Tischtennisspiel und Boulekugeln lagen auf der Erde verstreut. Ganz hinten das Lachen von Freunden unter dem Feigenbaum.

»Sie sind wirklich gekommen?«

»Schließlich haben Sie mich eingeladen ...!« Ich tat, als wäre ich eine Nachbarin, die auf einen Sprung vorbeigekommen war.

Und er brummte weiter vor sich hin: »Sie sind wirklich gekommen!« Noch heute höre ich seine Stimme, leicht belegt von einer gewissen Müdigkeit, einer Spur Sehnsucht. Als hätte er bereits in der Art, wie ich aufgetaucht war, etwas erkannt. Ja was denn? Eine heftige Anwandlung, die ich hinter meiner Gleichgültigkeit verbarg, kaum hatte ich die Schwelle übertreten. Diese Regung hatte er wahrgenommen oder erkannt, obwohl ich sie überspielte, vielleicht hatte er sie selbst zuvor in einer Geschichte, die übel ausgegangen war, am eigenen Leibe erfahren ... Der traurige, beinahe desillusionierte Klang seiner tiefen, kranken Stimme (gewiß berauschte er sich in durchwachten Nächten, aber wahrscheinlich nur mit Jazz). Stimme der Schlaflosigkeit oder des Fiebers ...

Einmal, als ich wieder so aufs Geratewohl ankam, lächelte er mich plötzlich an. Ein breites Lächeln, das auf seinem eckigen Gesicht alle Verzerrungen und die alten Schlacken aufhob. Ein kindliches Lächeln, ganz offensichtlich an mich gerichtet. Ich vergaß alles; ich trank im wahrsten Sinne des Wortes seine Freude, schrieb sie in mich ein, um mit ihr den Augenblick aufleuchten zu lassen. Ein königliches Geschenk: Fünfzehn Kilometer hatte ich mit dem Taxi zurückgelegt, aber ich wäre hundert gefahren, um diese Gabe zu erhalten.

Ich sagte nichts, ich zuckte nicht mit der Wimper. Einen Moment blieben wir Auge in Auge auf der Treppe stehen: Linkisch begrüßten wir uns, ohne uns mit der Hand zu berühren, geschweige denn, einen herzlichen Kuß zu wagen (ich hatte mir in jener Zeit eine jungmädchenhafte Steifheit bewahrt, aber das war nicht der Grund, weshalb ich ihm gegenüber Gesten der Vertrautheit ablehnte). Schließlich kam jemand – meist war das Haus voll – und stellte sich zu uns, sagte etwas und schubste uns weiter. Der Nachmittag verging mit Gruppenspielen, Plaudereien, Spaziergängen am nahen Strand.

Ich ging mit dem einen oder anderen Gast weg, der mich nach Hause brachte. Auf dem Rückweg nannte jemand den Namen unseres Gastgebers. Er hatte sich von mir am Tor verabschiedet, mich zärtlich angelächelt, als würde ich als einzige fortgehen. Einmal neckte er mich in einem Winkel des Gartens, wobei er in den Ton eines Beschützers verfiel, nun schien er mehrere Jahre älter als ich, wo doch genau das Gegenteil der Fall war: »Im Grunde kommen Sie hierher, treffen sich hier mit Leuten, und mit denen gehen Sie wieder fort! ... Sie kommen meine Freunde besuchen, nicht mich!«

Ich antwortete nicht. Ich war zu träge, um dieses neckische Spiel weiterzutreiben. »Sie und Ihre Freunde!« hätte ich sonst vielleicht ausgerufen.

Tatsächlich wußten wir beide eines ganz genau: wie sehr mich nämlich noch kurz zuvor das Bedürfnis, ihn zu sehen, geplagt hatte, mich zu überzeugen, daß es ihn wirklich gab. Ein heftiges Begehren hatte mich gepackt, seine Existenz mit eigenen Augen im Rohzustand zu überprüfen und sozusagen auf der Stelle. (Ich dachte damals nicht an das Vergnügen, das mir sein Anblick möglicherweise bereiten könnte. Um so weniger, als keine Empfindung in mir war, außer der seltsamen Angst, die, wenn sie angedauert hätte, zur unerträglichen Folter geworden wäre: »Existiert er wirklich? Oder habe ich ihn nur im Traum gesehen?«) Sobald ich ihm gegenüberstand, fiel mein Fieber, löste sich meine Unruhe auf. (»Ich existiere, alles existiert, weil er wirklich ist!«) – Ich wurde wieder höflich, schlau, heuchlerisch, und ich sagte mir: »Ich bin atemlos angekommen; jetzt würde ich eher sterben, um alles Gold der Welt, als dir einzugestehen, daß es deinetwegen war!«

Mindestens zwei- oder dreimal bei meinen Überraschungsbesuchen (im Taxi mußte ich an mich halten, um nicht zu sagen: »Schneller, fahren Sie doch schneller!«) traf ich den Geliebten allein in seinem Sommerhaus an.

Er bewohnte dieses Haus das ganze Jahr über. Allen stand es offen, zumeist waren Freunde, fremde Gäste und Provinzler auf der Durchreise da, so ging das von Juni bis

Ende Oktober. In jenen Tagen, als ich ihn allein antraf, war bereits der Herbst zu Ende oder war sogar Winteranfang – mit stechender Sonne, überfrierender Kälte und einer vor Trockenheit durchsichtigen Luft vor der Dämmerung? Ich habe es vergessen, ich war, offen gesagt, in jener Zeit ganz allgemein und in nahezu jeder Hinsicht zerstreut: Mir scheint, daß ich in jenen dreizehn Monaten den Jahreszeiten keine Aufmerksamkeit geschenkt habe, vielleicht zog ich mir plötzlich auf der Schwelle etwas über oder ging automatisch zurück, um einen Schal zu holen, einen Umhang, einen Regenschirm. Ich versuchte nicht einmal, mich anhand der Reaktionen des fröstelnden Körpers im Zyklus des Jahres wiederzufinden – und obwohl alles in der Außenwelt dagegen sprach, schien es mir, da die Geschichte im Sommer begonnen hatte, ich wäre in dieser Jahreszeit stehengeblieben.

Mein fühllos gewordenes Gedächtnis zeichnete vage einige Seufzer meiner Stimmen auf, die von anderswo kamen: »Ich friere! Ich schwitze! Ich bin zu leicht angezogen! Weshalb ist es so feucht?«

Ich erinnere mich an einen Besuch, kurz vor dem Winter, zweifellos glaubte ich, es wäre erst Ende September oder höchstens Oktober. Kaum war ich allerdings ausgestiegen, rief mir das Feriendorf durch die vielen verschlossenen Bungalows und die erstarrt und verlassen daliegenden Gassen ins Gedächtnis, daß der Sommer sich bereits entfernt hatte. »Schon Dezember«, murmelte ich, als ich das Taxi bezahlte. Da stieg in mir eine Verlegenheit auf, ich mußte einen Vorwand finden: »Wie soll ich mich zeigen? Zu meiner Entschuldigung kann ich nicht einmal anführen, ich käme auf einen Sprung vorbei, weil ich zum Baden gehen wollte!«

Gewiß, im September hatte ich nie solche falschen Vorwände benutzt. Selbst wenn der nahe Strand überfüllt war wegen den badenden Familien, hatte ich nicht einmal an die Ausrede gedacht: »Ich komme zum Baden!« Oder: »Ich habe gebadet und bin schnell bei Ihnen vorbeigekommen, um Ihnen guten Tag zu sagen, mich auszuruhen, und dann gehe ich wieder!« Im Gegenteil, mehr als einmal ist es mir passiert, daß ich ungezwungen sagte: »Ich habe an Sie gedacht, habe ein Taxi genommen, und schon bin ich da, unter Ihren Freunden!«

Jetzt sage ich mir, daß ich mich unmittelbar für das Schlaueste entschieden hatte: So tun, als würde ich die Wahrheit sagen, ohne Umschweife enthüllen, was meine Motive waren, was mich dazu brachte, sofort ein Taxi zu nehmen, um so schnell wie möglich hier zu sein – und gerade weil man die ungeschminkte Wahrheit sagt, die damit gewissermaßen flach wirkt, stellt man fest, daß man die Leidenschaft in tiefster Tiefe verborgen hat: Der andere konnte nicht glauben, er habe es mit einem Geständnis zu tun, weil ich gleichzeitig damit meine Unverschämtheit eingestanden hätte! Ganz leicht (mit zerbrechlicher Stimme, nervösem Kinn und allen Anzeichen eines geheimen inwendigen Erzitterns) dahingesagt: »Ich wollte Sie sehen! Da habe ich ein Taxi genommen. Fünfzehn Kilometer, und ich bin da!«

Wie leicht konnte man das als einen Einfall durchgehen lassen, als die Grille einer verwöhnten Frau, die einen Wunsch äußerte und gleichzeitig zugab, daß dieser launenhaft war. Indem ich all das sagte, oder eher die äußere Schale all dessen, war ich in Wirklichkeit auf der Suche nach mir selbst. Ich konnte mich selbst nicht mehr finden: »Wie ist das nur möglich? Nur, um dein Gesicht zu sehen, um mich zu überzeugen, daß du noch am Leben bist, daß ich nicht von einem Traum verfolgt werde, vergesse ich alles andere, nehme ein Taxi und bin da! Was ist das, diese Erschütterung in mir, nur um mich deiner Existenz zu vergewissern! Sobald ich dir gegenüberstehe, stelle ich fest, daß alles wieder seine Ordnung hat, mein untergründiges Fieber kann ich gut beherrschen. Aber ich leide dann einfach nicht mehr, alles fließt, alles …«

So enthüllte ich mich. So suchte ich mich. So wollte ich mich vor mir selbst verstellen.

Es gab also zwei oder drei Tage, an denen ich diesen Mann allein vorfand, als ich aus dem Auto stieg.

Ich erinnere mich noch genau an den letzten Besuch: Das Tor war geschlossen. Ich mußte zum Strand hinunter, im Sand fiel das Gehen schwer. Mit großer Mühe fand ich den Fußweg wieder, der zwischen zwei Villen verlief, jetzt waren bei den Nachbarn alle Läden geschlossen. (»Ein Botschafter!« hatte er einmal ausgerufen, seine Augenwinkel zitternd vor Spott. »Sehen Sie, wir wohnen im Schoße der Nomenklatura!«) Von dort aus konnte ich direkt auf die Terrasse gelangen. Die Rolläden waren halb herunter gelassen. Ich klopfte gegen das Holz, plötzlich schämte ich mich … Kurz darauf erschien er mit Schlaf in den Augen, in Shorts und barfuß.

»Ich komme ungelegen! Ich werde wieder gehen! …«, stammelte ich.

»Überhaupt nicht! Treten Sie ein, ich habe geschlafen!«

Und schon stand ich in diesem Wohnzimmer mit seinen geschlossenen Fenstern. Auf dem Diwan überquellende Aschenbecher, es roch süßlich nach abgestandener Luft. Der Plattenspieler stand direkt auf dem gekachelten Fußboden, und Schallplatten lagen offen und lose im Kreis verstreut.

Er ging für einen Augenblick hinaus, um sich anzuziehen. Vom Flur aus sprach er weiter, erklärte: »Sie kommen gerade recht! Ich hatte auf nichts Lust mehr, nicht einmal mehr auf Musik!« Dann erschien er wieder, deutete auf die am Boden liegenden Schallplatten und das riesige Tonbandgerät, das noch angeschaltet war. »Ich habe aus lauter Langeweile geschlafen!«

Ich betrachtete ihn, in seiner weißen Hose noch magerer als gewöhnlich, das Gesicht immer noch sonnengebräunt, als würde der Sommer eingeschlossen in seinem Haus weiterexistieren, sein Haar war zerzaust (mein Herz machte vor Freude einen Sprung, als ich sah, wie er in seiner Schönheit das Ungezwungene der Jugend bewahrt hatte). Ich glaube, ich lächelte ihm zu, ergriffen von einem intensiven Glück. Ich trat an ihn heran. Zum ersten Mal ergriff ich die Initiative: »Wissen Sie, was wir tun? Hinten im Garten könnten wir eine Partie Tischtennis spielen! ... Ich habe Sie neulich gewarnt, daß ich Sie schlagen werde!«

Er machte eine lustlose Miene. Ich vergaß alles um mich, nahm ihn bei der Hand, um ihn hinauszuziehen.

»Sind Sie sicher«, entgegnete er, »daß wir das wirklich tun sollten? Soll ich Ihnen nicht lieber einen Kaffee machen? Ich werde ihn bringen, ich serviere ihn ... in aller Höflichkeit.« Er lächelte. »Ich lege Musik für Sie auf, Sie dürfen wählen, was Sie wollen! Und wir werden einfach reglos dasitzen! ...«

Ich gab nicht nach, schubste ihn vorwärts. Schließlich nahm ich ihn bei der Hand (und dachte im selben Moment: »Lieber würde ich dich umschlingen! Lieber würde ich ...«).

»Zuerst eine Partie Tischtennis! ...« Ich ließ nicht locker, zufrieden über meine Autorität. »Der Verlierer soll dann den Kaffee für den anderen zubereiten!«

Wir gingen in den Garten, zu den Platanen hinüber. Der Feigenbaum am Ende einer Allee schien verkrüppelt. Die Tischtennisplatte war staubig und nicht sonderlich stabil. Wir fanden die Schläger in einer Ecke, an einem Beet mit wilden Blumen. Wir begannen zu spielen.

Noch heute dringt unser Lachen zu mir, meine ungezügelte Freude, mein Eifer ... Gewiß, im Halbdunkel des Zimmers würden uns Undurchdringlichkeit und Umarmungen erwarten, Stille, zwei Körper, die sich näher kamen, eine Spannung, die sich mehr und mehr verknotete, sich dann auflöst, im gebeugten Nacken, in den Lippen, die sich suchen, Bissen, die sich andeuten, vielleicht den Tränen der Erlösung, wenn die Lust stattfindet, wird es Lust geben? … Bald, ein wenig später, im Zimmer …

Draußen allerdings war keinerlei aufschäumende Erregung in mir, nur die Dauer der unversehrten Gegenwart, hart vor lauter Unschuld. Was war in mir, das gleichwohl deutlich aus mir kam und sich heimtückisch anhäufte?

In diesem Garten, auf den die fahle Sonne schräg herabschien, inmitten dieser Villen, die beinahe alle verlassen waren, weil ihre Bewohner dort in der Hauptstadt wieder ihre Büros aufgesucht hatten, ihr gesellschaftliches Leben, ihr Protokoll, waren wir die beiden Überlebenden des Sommers … Mein Lachen steigt hoch, mein Partner läßt einen groben Fluch fallen, denn ich gewinne, ich triumphiere, er geht den Ball holen, ich trällere, wir spielen weiter. Wir sind beinahe gleich stark, ich erwische einen Ball, meine Verteidigung steht, dann verliere ich an Terrain, breche in Gelächter aus, gerate außer Atem, ich laufe Gefahr, geschlagen zu werden, wehre mich dagegen! … Er macht sich darüber lustig, bekommt einen Vorsprung, sein Spiel erweist sich als regelmäßiger, die Partie scheint zu lange für mich, ich werde ungeduldig, ich …

»Wie schön das ist, eine Kindheit zu zweit!« gestehe ich mir plötzlich ein, verblüfft über meine Entdeckung. (Plötzlich vergesse ich zu kontern, ich verliere, tue so, als würde ich das bedauern, ich bin schon so weit zurückgefallen!) Meine Überraschung wächst: Werde ich eine verschwundene Vergangenheit noch einmal erleben? Mit dir in die Kindheit zurückkehren? Liegt darin das ganze Geheimnis?

Diese Wahrheit leuchtet auf in einer Höhlung, die schmeichelnd meine Glieder umschließt (ich laufe, mache Luftsprünge, reiße meinen Arm in die Höhe). Ganz ungeniert, sorglos und seelenruhig schaue ich, mit welcher

Leichtigkeit du mein Partner bist – ein gelehriger Partner, der nun ebenfalls Sprünge macht –, und es kommt mir vor, als wäre ich zwischen sechs und zehn Jahre alt, du bist mein Spielkamerad, der Garten liegt auf einmal in jenem Dorf, wo ich als Mädchen gelebt habe ... Ich hätte dich dort durchaus treffen können. Niemand in unserer Umgebung hätte daran etwas auszusetzen gehabt. Oder wäre es notwendig gewesen, daß du mein Cousin bist, besser noch ein leiblicher Cousin väterlicherseits? Ja, es wäre besser gewesen ...

Ich entdecke, wie in den Eindrücken von jenem Dezembertag meine ferne Verwirrung verankert ist. Ich überrasche mich dabei, wie ich meine Kindheit erlebe, als wäre es das erste Mal, in unerwarteter Frische!

Mir fiel nicht einmal auf, daß allein schon unser Altersunterschied (beinahe zehn Jahre) dagegen sprach, solchen Träumereien nachzuhängen: Wie konnte dieser Mann zur gleichen Zeit wie ich ein Kind sein! Schließlich waren wir erst jetzt zusammengekommen! Andererseits war das völlig unerheblich: Ist nicht jede Liebe wie eine Rückkehr in dieses Reich, wo alles begann, dieses Paradies? Weil ich es einst nicht kennenlernen durfte (die Verbote meiner muslimischen Erziehung waren für mich doppelt schwerwiegend), kostete ich es während dieses Spiels aus, an diesem Winteranfang.

Um wieviel Uhr sind wir wieder ins Wohnzimmer gegangen? Ich erinnere mich, daß wir eine oder zwei Stunden still beieinandersaßen: Zusammen hörten wir einige Platten, die ich auswählte. Allerdings war ich nicht bereit, ausführliche Kommentare zu geben, meine Wahl im nachhinein zu erläutern. Vor allem durfte die unerträgliche Banalität einer Strategie nicht zum Zuge kommen: daß man der Musik lauscht, um dann zu weiteren Annäherungen überzugehen!

Ich lauschte. Am anderen Ende des Zimmers saß ich, sah

durchs Fenster auf den riesigen Strand hinaus. Einen langen Augenblick später stand ich einfach auf. Ich sagte, daß ich jetzt gehen wollte. Draußen ein grauer und rosafarbener Abend, der langsam dunkler wurde.

Der Geliebte bugsierte seinen Wagen hinaus, um mich nach Hause zu fahren. Rückfahrt bei einbrechender Nacht. Auf der Fahrt sagte ich kein Wort: Es schien mir, als würden wir die ganze Nacht bis in ferne Gefilde reisen.

Als wir angekommen waren, stellte er den Motor ab und wandte sich mir zu: Ahnte er mein wohliges Gefühl, teilte er es? Sein Gesicht, seine Augen ganz nah in der Intimität des Autos. Mit glänzendem Blick fragte er sanft: »Ich habe Sie doch nicht enttäuscht? ...« Und er sprach kaum meinen Vornamen aus.

»Womit denn? Wie denn?« antwortete ich verständnislos, und plötzlich umarmte ich ihn: »Ich küsse Sie«, sagte ich und küßte ihn auf die Stirn, auf die Augen, dann hielt ich inne, löste mich von ihm und öffnete die Tür.

Er rief noch einmal nach mir; schon halb ausgestiegen, fügte ich beinahe ruhig hinzu: »Ich küsse Sie, weil ich morgen früh das Flugzeug nehme. Für zehn oder zwanzig Tage. Sie werden mir fehlen!«

»Sie gehen fort? Wohin denn?«

»Nach Kanada. Auf Wiedersehen!«

Ich floh. Erst jetzt begann mein Herz zu klopfen, die Selbstbeherrschung war dahin. Als der Wagen losgefahren war, stand ich noch starr und verborgen im Halbdunkel des Parks. Ich wartete, bis mein Atem seinen Rhythmus wiedergefunden hatte.

Im Aufzug zitterte ich bis in den zehnten Stock.

Alles kommt mir wieder, ich habe wirklich nichts vergessen. Aber die Säure des Auslöschens tut ihr Werk ohne Nachsicht. Ich war damals siebenunddreißig Jahre alt. Seit ich zwanzig war, hatte ich eine ruhige, bereichernde Liebe erlebt, allerdings auch voller Ambivalenzen, die ich damals noch nicht sah; alles hätte so weitergehen können. Was hatte diese Welle zu bedeuten, weshalb, so fragte ich mich, dieses verrückte Begehren, die Kindheit erneut zu durchleben oder vielmehr das Leben endlich in aller Fülle zu leben?

Im Aufzug glaubte ich also vor Kälte zu zittern, aber gleichzeitig sagte ich mir tränenüberströmt und harten Herzens: »Ich sollte aus Kanada nicht mehr zurückkehren, sondern noch weiter fortgehen, fliehen, mich verlieren, niemals zurückkehren! Ich möchte nicht, daß ich bei meiner Rückkehr in eine jämmerliche Romanze hineinschlittere!«

Ich nahm das Wort »Leidenschaft« nicht in den Mund. Weder in dem Wort selbst noch in dem, wofür es steht, fand ich mich wieder. Ich ahnte nicht einmal, daß ich schon im ersten Stadium dieser seltsamen Krankheit war und daß dieser Zustand wohl oder übel danach verlangte, daß man ihn hinter sich ließ.

Raum, Finsternis

Als ich von meiner Reise zurück war – die in mir diese Verwirrung tilgte, mich glauben machte, das wäre alles nur ein lächerlicher Zwischenfall, eine vorübergehende Schwäche –, nach meiner Rückkehr hatte ich am selben Ort wie der Geliebte zu arbeiten.

Mindestens einmal am Tag trafen wir uns, meist aus Zufall, manchmal aus beruflichen Gründen, immer waren auch andere Leute dabei – und diese Begegnungen konnten fünf Minuten dauern oder eine Stunde. Ich hätte jederzeit einen Vorwand gefunden, um sie auszudehnen, ich dachte nicht daran. Wie schwer fiel das Arbeiten mit ihm unter einem Dach! Er war im sechsten Stock, ich im neunten, unsere Büros waren beinahe gleich angelegt, was mich verblüffte: als sollte hier in der Sphäre der Arbeit durch diese Ähnlichkeit ein Einvernehmen zwischen uns bestehenbleiben. (In diesem Netzwerk gegenseitiger Anziehung erhalten die geringsten Einzelheiten plötzlich eine übergroße Bedeutung.)

Ich erinnere mich, daß mir eine interne Leitung zur Verfügung stand, und ich war begierig danach, mit ihm jederzeit zu telefonieren, mit leiser Stimme, als befände er sich ganz in der Nähe, weil er sich ja auch ganz in der Nähe befand: »Sind Sie allein!« hätte ich dann gefragt. »Ja!« – »Lassen Sie uns plaudern!«

Diese Versuchung erfüllte mich mindestens einmal am Tag in einer Arbeitspause, eine Aufwallung, die mir das Herz durchbohrte. Meist schob ich den Wunsch nach einem Gespräch beiseite; in meinem Innern lauerte eine verfängliche, noch von der Sonne geblendete Abenteuerlust, aber eine unerklärliche Schwerkraft wuchs in mir und gewann schließlich die Oberhand.

Mitunter blieb diese Gefahr bestehen und brannte in mir, obwohl ich wußte, daß ich nicht nachgeben würde; so litt ich lange Minuten. Schließlich stand ich auf, durchquerte den weiten Raum meines Büros: Das Fenster öffnen, mir vorstellen, wie ich mich in eine Meerjungfrau verwandelte, die durchs Blau schwamm, einige Züge, und ich war vor seinem Fenster, konnte ihn, ohne gesehen zu werden, beobachten oder eher meine Augen mit seinem Anblick anfüllen ... Ich kehrte zu meinem Stuhl zurück und ging mit trockenem Eifer wieder an meinen Text.

Manchmal, wenn ich dieser Zerstreutheit ausgeliefert war, die sich nicht disziplinieren lassen wollte, warf ich alles hin, verließ mein Büro, nahm den Aufzug; nur fort. Fliehen! Schnell gehen, und zwar so weit wie möglich, mich für immer verirren, denn dort, an jenem Ort des Nachdenkens, war ich wirklich verloren.

Dieser Impuls verwandelte sich in Wut gegen mich

selbst, gegen das, was ich, hastig auf dem lärmenden Boulevard vorwärts eilend, für eine unannehmbare Schwäche hielt. Und mein Geist begann im Rhythmus meiner energischen Schritte zu arbeiten: Womit war meine Verwirrung zu rechtfertigen, weshalb fühlte ich mich von ihm so angezogen? Was bewunderte ich an ihm? Was war an diesem jungen Mann so besonders, er war doch so gewöhnlich? Diese Welt, dieses Land war voller Abenteurer, die das Fieber gepackt hatte, allesamt zwar verkannte, jedoch mit seltener Bescheidenheit umgebene Helden. Und auch diese Stadt, in der fünfzehn Jahre zuvor Blutiges und Lyrisches sich ergossen hatten, beherbergte mindestens zehn oder zwanzig Männer, die in der Anonymität verborgen waren, obwohl sie sich durch ihren Mut, ihre Selbstlosigkeit, ihre wahrhaft römische Tugend ausgezeichnet hatten …

Nach und nach ruhiger geworden, ging ich an meine Arbeit zurück; aber ich vergaß nie, daß im sechsten Stockwerk ein junger Mann arbeitete, eine zweifellos gewöhnliche Erscheinung, mit einem Klang in der Stimme, der mich nicht losließ, einem aus der Kindheit bewahrten Blick, der mich verfolgte. Dieser Mann hatte mich in seiner Macht, selbst wenn ich entschlossen war, ihr nicht nachzugeben. An diesem Tag traf ich eine oder zwei Stunden später den Geliebten im Aufzug, lächelte ihn unschuldig an, glücklich, ihn zu sehen, ohne ihn gesucht zu haben, aber sicher geworden durch meinen vorherigen Sieg über mich selbst – und er würde es nie erfahren.

Nichtsdestoweniger hatte ich in diesen fünf oder sechs Monaten (ich begann eine musikwissenschaftliche Arbeit in diesem Gebäude, in dessen Tonarchiv wahre Schätze schlummerten) zwei- oder dreimal nicht widerstehen können und seine interne Nummer gewählt. Eine geheuchelte Ungeniertheit schien durch meinen fröhlichen Ton hindurch. Ich schlug vor: »Plaudern wir! Machen wir eine Pause, wie in der Schule!«

»Dann gehen wir doch hinunter!«

»Ich kann nicht! Reden wir am Telefon. Der erste von uns, der von einem Kollegen oder einer Sekretärin gestört wird, legt sofort auf, ohne sich zu verabschieden! Der andere weiß dann Bescheid.«

Er war einverstanden. Wir tauschten Banalitäten aus, Leseeindrücke, Bruchstücke aus der Vergangenheit, die uns zufällig einfielen. Er war es meistens, der begann, diese oder jene Szene aus alter Zeit heraufzubeschwören (der Glanz der Jugend, ein Spaziergang, eine Reise): Ich hörte ihm schweigend zu, ich spürte, daß die Art, wie ich ihm zuhörte, ihn ermutigte.

Eines Abends schienen mir seine Erinnerungen derart persönlich zu werden, daß ich mir Sorgen zu machen begann; ich unterbrach ihn, nannte ihn bei seinem Vornamen: »Und wenn jemand in Ihrer Leitung mithört?« wagte ich einzuwerfen.

»Sie haben recht!« räumte er ein; dann nahm unser Gespräch eine andere Richtung.

Einmal haben wir wohl mehr als zwei Stunden ohne Unterbrechung gesprochen. Am Ende hatte mich schon die Illusion beschlichen, wir würden uns in einem Zimmer befinden, jeder an einem Ende im Dunkeln sitzend, und tatsächlich hatten wir uns so sehr vertieft, daß ich es unterlassen hatte, im Büro das Licht einzuschalten, obwohl die Nacht sich eingeschlichen und mich verschluckt hatte; ihm war es genauso ergangen, wie er gestand.

Ich sagte, wenn nun einer von unseren Kollegen zu uns hereinkam, die wir jeder im Dunkeln saßen, und uns so leise am Telefon reden hörte, er würde uns einer Verschwörung verdächtigen! Wir lachten wie zwei Knaben bei einem langen Mittagsschlaf in den Ferien ...

»Haben Sie so etwas auch erlebt? Damals auf dem Dorf? Draußen der Schirokko, und die Kinder mußten im Bett bleiben« ... Soeben kam es mir vor, als flüsterte ich in meiner verdunkelten Zimmerecke meinem leiblichen Cousin am anderen Ende zu!

Er murmelte amüsiert: »Dann bin ich also Ihr leiblicher Cousin! Sehr erfreut über diese Verbindung!«

Ich sprach auf arabisch weiter; ich fühlte, daß am anderen Ende der Leitung etwas in der Schwebe war oder ins Schwimmen geriet. Ich sagte nun auf französisch: »Dann sind Sie vielleicht der Sohn meines Onkels väterlicherseits?« (Dasselbe hatte ich zuvor auf arabisch gesagt.) »Nein, das ist unmöglich, eben fällt mir ein, daß mein Vater der einzige Sohn war, er hat seinen blutjungen Bruder bei einem Busunglück verloren, vor langer Zeit! Also sind Sie eher der Sohn meines Onkels mütterlicherseits! Sie wissen doch, der väterliche Zweig zählt bei der Erbschaft, ist also für die Vernunftehen da, die mütterliche Linie dagegen ist die der Zärtlichkeit, der Empfindungen, der ...« Ich hätte beinahe noch gesagt »der Liebe«; aber dieses französische Wort wäre mir in diesem Gespräch, da man vom Hundertsten ins Tausendste kam, obszön erschienen.

»Von Ihnen kann man ja noch was lernen, Frau Professor!« scherzte er.

Erstaunt über sein Unwissen, wagte ich meine erste persönliche Frage: »Kann es sein, daß Sie nicht arabisch aufgewachsen sind?« Ich fügte unüberlegt hinzu: »Ist Ihre Mutter vielleicht Französin oder ...«

Ich schämte mich für meine Indiskretion.

»Nein, keine Französin«, antwortete er. »Berberin, jedenfalls spricht sie die Sprache der Berber. Aber mit mir hat sie immer nur französisch gesprochen!« Er lachte und wurde dann leicht angriffslustig: »Haben Sie nicht bemerkt, daß ich immer nur französisch spreche! Niemals ein arabischer oder berberischer Ausdruck, der einem Satz Betonung gibt! Völlig unnachgiebig, keine Parenthese, nichts!« feixte er. »Sagen wir, ich spreche wie ein ›Pied-noir‹! Ich spreche übrigens sehr gut englisch, wenn Sie lieber das Thema wechseln wollen.« Er schwieg einen Augenblick träumerisch. »Ich war zwölf bei der Unabhängigkeit ... Arabisch, ›die Nationalsprache‹, wie es hier heißt, ich habe mich ihr damals völlig verschlossen! Und ich glaube nicht, daß ich irgendwann einmal auf den Geschmack kommen werde, mich der offiziellen Sprache anzunehmen! Ich habe nicht vor, Karriere zu machen!«

Ich hörte zu. Ich antwortete nicht, dabei hätte ich ihm sagen müssen: »Diese acht oder neun Jahre, die ich älter bin als Sie, bedeuten, daß wir in einer anderen Epoche aufgewachsen sind. Mit fünfzehn Jahren lebte ich in einem Land, das sich im Krieg befand! Arabisch war die Sprache des Feuers und nicht wie heute die Sprache der Macht! Man lernte Arabisch außerhalb der Schulen, jedoch nicht, um Karriere zu machen, sondern weil man in den Tod gehen wollte! Ach, wie sehnte ich mich damals danach, in die Berge zu gehen!«

Ich fügte nach kurzem Schweigen und mit einer Traurigkeit in der Stimme hinzu: »Ich lasse Sie jetzt wieder allein. Ich lege auf. Auf Wiedersehen!«

In unseren Büros ging das Licht gleichzeitig an. Eine Stunde später verabschiedeten wir uns gemeinsam mit anderen Kollegen in der Eingangshalle.

Auf dem Nachhauseweg drehte ich Pirouetten, meine Seele war verunsichert. »Was hat die Zeit denn für eine Bedeutung?« dachte ich. »Immerhin habe ich mich in die Vergangenheit zurückversetzt, vielleicht nicht gerade in die Zeit der Kindheit, aber doch zumindest in die Jahre vor der Pubertät. Habe ich denn nicht meinen leiblichen Cousin wiedergefunden, den wahren, den ich wirklich liebe, der andere war pfiffig, frech, dieser hier wäre sanft und ein verschworener Gefährte gewesen. Mit leuchtenden Augen hätten wir damals unsere Freuden geteilt!«

Als ich zu Hause ankam, war ich reicher geworden, ich hatte mich um eine andere Person erweitert. Erfüllt von einer unendlichen Geduld für das andere Leben, das Familienleben, das mich dort erwartete: die Kinder, deren Hausaufgaben zu kontrollieren waren, ein Abendessen, das zubereitet werden mußte, ihr Vater, der sich in irgendeine Lektüre vertieft hatte, und schließlich ich, mit offenen Augen vor dem Fernseher sitzend, ohne zu schauen und zu hören. Ich ließ mir Zeit, deckte das Mädchen langsam zu und liebkoste den Jungen lange. Ich ging als erste ins Bett, glücklich, mich dort zuerst allein zusammenzurollen. Ein Buch fiel mir aus der Hand: Bücher, nur Bücher und nicht das geheimnisvolle Leben, der Schritt eines unsichtbaren Storches schien leise näher zu kommen, mir über die Lider zu streichen, während ich in einem Teich des Vergessens versank.

Manchmal blieb ich wegen der Arbeit bis spätabends. Ich hatte zu Hause Bescheid gesagt, man solle nicht auf mich warten. Ich war froh, so gut arbeiten zu können, ganz oben in diesem Gebäude, zu einer Zeit, da fast alle Angestellten gegangen waren. Ich verschwendete kaum einen Gedanken daran, ob er im sechsten Stock ebenso selbstvergessen saß. Ich versenkte mich tief in die Arbeit. Die Versuchung, zum Telefon zu greifen, kam mir nicht; sie wäre mir anstößig erschienen, wegen dieser Einsamkeit.

Ein Chauffeur mit einem Dienstwagen erwartete mich. Ich hätte gewiß versuchen können, ihm freizugeben (noch dazu, wo er bereits Feierabend hatte): Ich hätte mich vergewissern können, ob der Geliebte, der ja immerhin mein Kollege war und dessen Gewohnheit, spät nach Hause zu gehen, ich kannte, mich nicht fahren konnte. Aber da war die Erinnerung an jenen Dezemberabend, als ich ihm in seinem Auto auf die Stirn und seine Augen geküßt hatte … »Bin ich verrückt geworden?« dachte ich mir, als es mir wieder einfiel. »Ist eine Verrückte in mir, die sich in meinem unbeweglichen Leben verbergen kann und mich von einem Augenblick zum anderen in Besitz nimmt und alles mitreißt? Ja, bin ich eine Besessene?«

Dreimal sprach ich den Namen Allahs aus. Als ich am selben Abend die Treppe hinunterging und im sechsten Stockwerk ankam, stellte ich beinahe gegen meinen Willen fest, daß der Schreibtisch des Geliebten in dieser verlassenen Halle erleuchtet war. Ich erstarre, an die Wand gepreßt, plötzlich in Dunkelheit getaucht. Ich lege meine Stirn gegen die kalte Mauer, ich rezitiere die Fatiha von Anfang bis Ende, diesmal peinlich genau: Sie soll mich vor einer unbedachten Aufwallung bewahren! Mit der tastenden Hand finde ich den Schalter, mache Licht; ich seufze: »Endlich« und denke mit leerem Herzen: »Die Gefahr ist vorüber!« Zu Fuß die restlichen Stockwerke langsam hinuntergehen, eine schwere Last dort oben in der Finsternis zurücklassen.

Der Chauffeur erwartete mich. »Lalla, geben Sie mir bitte einen Rat!«

Er berichtete mir auf arabisch von den Sorgen der Familie – seine zehnjährige Tochter war offenbar in der Schule sehr klug, das sagte jedenfalls die Lehrerin. Aber die Mutter, seine Frau, verlangte von ihm hartnäckig, er solle die Tochter, die er sehr liebte, von der Schule nehmen: »Sie muß mir bei den Kleinen helfen!«

»Sie kann einfach nicht mehr, die Mutter!« fügte er hinzu, nachdem er einen Augenblick nachgedacht hatte, und er zögerte, ein Urteil zugunsten der Gattin zu fällen oder, wozu sein Herz neigte, sein Mädchen noch ein oder zwei Jahre zu schonen!

»Geben Sie ihr eine Chance!« sagte ich bestimmt.

Wir nahmen unser Gespräch an einem anderen Abend wieder auf. Meine Wohnung war nicht weit. Dennoch mußte man mich nach Hause fahren, denn fünfzehn Jahre nach dem Krieg – »nach den Ereignissen«, sagte man noch überraschend knapp – sorgte die nächtliche Finsternis in den Straßen der Hauptstadt für eine faktische Ausgangssperre. Als Folge davon eine Angst, die nicht wirklich war; ein Anflug von Unsicherheit, an dem die Einwohner offenbar nichts auszusetzen hatten. So kam es, daß ich als Frau, die auch keinen Führerschein besaß, nach neunzehn Uhr nicht allein auf der Straße sein konnte, und wenn es nur hundert Meter waren.

Wenig später stand ich auf dem Balkon der Küche und stellte mir die Frage, welches Fenster dort im sechsten Stockwerk des hohen Gebäudes noch erleuchtet war. Es gehörte jenem Mann, den ich vor zehn Minuten aufgesucht hätte, wenn ich, da ich nun so spät bei ihm auftauchte, das Bedürfnis verspürt hätte, mich ihm ganz zu überlassen.

Ich hätte ihm vorgeschlagen: »Bleiben wir die ganze Nacht zusammen!« Und jene verschleierte Trägheit, die ich mitunter aus seinen Augen las, wenn er mich, die Zerstreute, ansah, jene Erwartung hätte, so stellte ich mir vor, bei mir eine freudige Hingabe ausgelöst: »Gehen wir doch irgendwohin in die Stadt: in eine Bar, einen Tanzsaal, eine Spelunke mit schlechtem Ruf oder zu Ihnen, dort unten an den Strand, für mich können Sie doch das Haus noch einmal öffnen, wenn Sie bereits alles abgeschlossen haben! Mir ist es gleichgültig, wohin wir gehen, wenn wir nur die ganze Nacht zusammenbleiben!«

Ich hätte natürlich zu Hause angerufen, dem Gatten Bescheid gesagt: »Warte nicht auf mich heute nacht! Morgen bei Morgengrauen werde ich es dir erklären!« Ich hätte ihm dann am nächsten Tag mein Herz ausgeschüttet. Welche Liebe braucht denn keinen Verteidiger, ich aber hätte dann endlich meinen Richter gewählt, und somit hätte es in dieser Nacht, dieser langen Nacht, keine Nahrung mehr für meine Zurückhaltung gegeben, meine Widerstände! Ja, ich hätte dann in dieser Nacht der heftigen, geduldigen Anziehungskraft nachgegeben, die ich bisher immer bezähmt hatte, doch in einer einzigen Nacht hätte ich mich von ihr mitreißen lassen!

Ich erfand diesen Strudel, gleichsam wie ein offener Schlagbaum. Das durchlebte ich, während ich auf dem Balkon im Dunkeln stand.

Eben noch hatte ich die Fatiha gesprochen, zweifellos zum ersten Mal in meinem Leben (abgesehen von meiner Kindheit oder auch jener Zeit, als ich gerade zwanzig war und mich ein vorübergehender Mystizismus gepackt hatte), als hätte nur Allah mich in der Finsternis dieses Korridors im sechsten Stockwerk entweder beschützt, oder vielleicht hätte er mich auch gefangengesetzt, das wußte ich nicht so recht. Jedenfalls hatte ich als Liebende gehandelt, die nur noch auf die Zauberkraft der Religion als letztes Mittel zurückgreifen kann. Die Fatiha von Anfang bis Ende gebetet, die Stirn gegen die Mauer gepreßt, meine Hand tastete suchend nach dem Lichtschalter. Ich machte Licht und ging hinunter.

In den folgenden Monaten arbeitete ich ununterbrochen. Manchmal kam ich um zehn Uhr abends nach Hause. Ich setzte mich leise ins Kinderzimmer, um den Kleinen beim Schlafen zuzusehen, um sie zu betrachten: Der Junge würde später ein hübscher junger Mann werden, mit schlankem, gutgebautem Körper, und ich konnte die kristallklare Stimme des Mädchens hören, obwohl es schlief. Sie hatte mir ein Briefchen auf dem Klavier hinterlassen: »Mama, Du hast nicht das Allegretto von Dussek für mich gespielt.«

Ich entschuldigte mich still. In meinem Zimmer schlief der Gatte unter einer hellen Lampe, die Zeitung war an den Fuß des Bettes gefallen, neben den Aschenbecher. Plötzlich hatte ich das unpassende Gefühl, aufräumen zu müssen. Dann legte ich mich erschöpft zu Bett.

Vor sieben Uhr aufzustehen bedeutete für alle vier dasselbe. Meine Abstecher auf den Balkon schienen ein Teil meiner nächtlichen Träume zu sein, die sich noch nicht verflüchtigt hatten. Durch das Fenster sah ich die ganze Stadt in einer rötlichen Morgendämmerung aufsteigen.

Als die Kinder gegangen waren, schlenderte ich durchs Haus, mir selbst überlassen. Mein Geist umhüllte sich mit Geräuschen und Melodien, die er am Vortag eingesammelt hatte. Ich kauerte mich vor meinem Tonband nieder, erneut begann ich im Strom des Lauschens zu versinken. Wenn ich in dieser Zeit das Wort »Leidenschaft« benutzt hätte, dann nur für diesen Fluß in mir, der mich jeden Morgen dann für Stunden weit mit sich riß, in die Vergangenheit verborgener Töne.

Ich wartete auf die Ankunft des Kindermädchens; manchmal hinterließ ich ihr auch Anweisungen, weil sie sich nach sechzehn Uhr um die Kinder kümmern mußte. Kurz nach Mittag ging ich hinaus. Die Arbeit begann an einem anderen Ort. Für mich wurde es ein langer Tag.

Dann unterbrach ich diesen Rhythmus. Ich verließ diese Forschungsstätte – eines Morgens traf ich plötzlich diese Entscheidung –, die für sechs Monate mein Arbeitsplatz gewesen war. Untersuchungen, Gesichter, Worte: Eine soziologische Befragung beschäftigte mich. Zuerst die Ernte der Geräusche und Töne einbringen, dann eine angemessene Verwendung finden: Radioreportagen, Dokumentarfilme drehen, Forschungsberichte, in zwei Sprachen zu veröffentlichen usw. Später.

Zuerst die Erhebungen durchführen. Sich in anderen vergessen; jenen, die warten. Die oft stumm sind. Ich wollte Städte und Dörfer entdecken: Oran, Mascara, Sidi Bel-Abbès. Neubauviertel für viele Menschen, Städte, sozialer Wohnungsbau, vollgestopft mit entwurzelten Bauern; mitunter in den alten Vierteln maurische Häuser mit einem Zitronen- oder Orangenbaum in der Mitte des Patio – eine Insel des Friedens.

Besonders in Béjaia empfängt mich Lachen, deutet sich ein Entkommen an. Der Hafen ist wie ein Bauch, wie eine Höhlung in der weit klaffenden Bucht. Ich betrete aufs Geratewohl das Haus in einem alten Viertel ganz oben am Hang, vor mir geht eine Frau, die mich führt, eine ehemalige Kämpferin. Ich grüße zwei sehr junge Frauen in Sarouel und besticktem Kaftan; sie sitzen im Schneidersitz auf Matten, die direkt auf dem verblichenen farbigen Kachelfußboden ausgebreitet sind. Ich setze mich zu ihnen, schaue in ihre Gesichter. Wir plaudern auf arabisch, später dann auf französisch. Ich habe sie für traditionelle Städterinnen aus dem Viertel gehalten. »Zwei junge Mädchen zum Verheiraten«, sagt meine Begleiterin, um sie zu necken. Aber ich muß feststellen, daß sie kurz vor dem Abschluß ihres Medizinstudiums in der Hauptstadt stehen.

»Die Ferien im Sommer oder Frühjahr, für uns bedeuten sie, zwangsweise in den Harem zurückzukehren!« meint die eine ironisch mit auffahrender Stimme, dem Schluchzen nahe.

Draußen verabschiedete ich mich von meiner Führerin. »Den Weg bis zum Hotel finde ich schon selbst!« sagte ich und dankte ihr.

Ich rannte eine Treppe hinunter, froh, allein zu sein, frei, in dieser mit Licht gesättigten Stadt. Unten am Hang standen zwei junge Männer: Der eine sprach mich beinahe unverschämt an, er musterte mich und meinte, er habe eben gewettet und meinetwegen verloren! Von weitem hatte er mich für einen jungen Mann gehalten (mein Haar war ganz kurz, ich hatte gerade geschnittene weiße Hosen an).

Mit siebenunddreißig sah ich zweifellos aus, als wäre ich noch keine dreißig: dünne Beine, knabenhafter Haarschnitt, flacher Hintern. An diesem Tag war ich stolz auf meine androgyne Gestalt. Der junge Mann hatte verloren. Ich konnte nichts dafür, aber als ich an ihm vorbeiging, schnitt ich ein Gesicht: »Tut mir leid!« Ich wußte im selben Augenblick, daß ich herausfordernd war.

Hätte der Mann, an den ich immerzu denken mußte, als Zeuge dieser Szene gelacht, weil ich mit einem Jungen verwechselt wurde und mir das schmeichelte? Ich wäre ihm sicherlich um den Hals gefallen: »Ich bin wirklich in Ihrem Alter! Bleiben wir für immer beisammen in Ihrem Haus mit den offenen Fenstern und dem verlassenen Garten. Lassen Sie uns jede Nacht am Strand verbringen, wenn niemand kommt, vielleicht überrascht uns ein Gewitter, welche Jahreszeit ist denn überhaupt gerade ...«

Wegen dieses unbedeutenden Zwischenfalls wäre ich bereit gewesen, allen Versuchungen nachzugeben, wäre der Geliebte als auserwählter Zeuge zugegen gewesen. Ich hätte es nicht als lächerlich verurteilt, eher erschien es mir wie ein Wettlauf zu einer Oase, in der wir schließlich völlig außer Atem ankommen würden. Und dann diese beiden Mädchen, die man vorübergehend einsperrte, eines Tages würden sie jedoch als Ärztinnen arbeiten, eine wie die andere ... Zweifellos waren sie noch Jungfrauen, fünfundzwanzig oder höchstens sechsundzwanzig Jahre alt. Blasse Gesichter, durchsichtige Schönheit, als würden sie bereits ihre Jugend verlassen, auf die sie noch immer warteten.

Und ich versank in jener Zeit beinahe in meiner wiedererstandenen Kindheit. Hätte ich einst mit einem Bruder oder einem Cousin nur ein einziges Mal auf der Straße oder im Wald gespielt, dann wäre ich vielleicht dieser Sehnsucht nicht so sehr ausgeliefert gewesen, die mich wie eine Brandung einholte und meine Neigung zu diesem Mann noch verstärkte!

Suchte ich ein Fieber bei ihm, das ich in mir wußte? Ein Fieber, das sich an diesem sonnigen Tag in Béjaia beinahe in das Rieseln eines endlich angenommenen Glücks verwandelt hätte.

Der Tanz

Hinter diesem Winteranfang und diesem herbstlichen Vagabundenleben taucht eine Episode oder zwei aus dem vorhergegangenen Sommer auf. Vielleicht versucht meine Erinnerung im Kampf gegen die schleichende und folgenschwere Verwitterung etwas wie »das erste Mal« gleichsam als Stele erstehen zu lassen. Wann habe ich zum ersten Mal diesen Mann gesehen? Welches war das erste Bild, das bei mir die erste Erschütterung auslöste? Welche Umstände, welches Licht, welche Worte waren an meiner Verstörung maßgeblich beteiligt – als könnte eine Leidenschaft störend sein, als würde sie nicht im Gegenteil mit einem Ruck die Ordnung wiederherstellen, gewissermaßen die Seele aufräumen und die Eingebungen mit ihrer ursprünglichen Kraft ausstatten, ihrer Reinheit. Als ob jede Liebe, auch wenn sie blind ausgelebt oder von Verboten umstellt wird und manchem somit sinnlos, überflüssig oder pubertär erscheinen mag, als ob die Liebe, überraschend wie ein Erdbeben in Stille oder Schrecken, durch den Zusammenbruch der sich anscheinend spaltenden Ordnung nicht eine ursprüngliche Geologie wiederherstellte ... Aber solche halbwegs psychologischen Darlegungen entfernen mich nur von meinem Bericht, den ich mehr als zehn Jahre danach aus Trümmern gewinne.

Sosehr ich mich anstrenge, die Erinnerung an den ersten Tag bleibt unscharf, ob er nichtssagend oder bedeutend war für diese beiden Figuren, die ich skizziere (mir ist gar nicht danach, fiktiv zu werden, ich verspüre keinen Impuls zu einer unerschöpflichen Arabeske, die eine Liebesgeschichte entfaltet). Nein, mich ergreift nur die lähmende Angst oder die wahrhaft schreckliche Vorstellung, dieser

Riß in meinem Leben könnte unwiederbringlich verschwinden: wenn mich plötzlich eine Amnesie befällt oder ich morgen vielleicht von einem Auto überfahren werde und dann völlig unvorbereitet am nächsten Morgen im Koma liege! Schnell alles zu Schrift werden lassen, mich an das Lächerliche wie an das Wesentliche erinnern, ob es seine Ordnung hat oder nicht, jedoch für weitere zehn Jahre eine Spur hinterlassen ... zehn Jahre nachdem ich es selbst vergessen habe.

Und somit wirft sich die einzig wirkliche Frage auf: Was hat sich als erstes in mir oder außerhalb von mir, das weiß ich nicht genau, festgesetzt? Ein aufflammender Sommer mit frischen Sonnenaufgängen, milden Abenddämmerungen und mit Nächten, ja, das waren Nächte, in denen es draußen hallte: Schauspiele und Tänze, unzählige Grüppchen, die an den endlosen und häufig verlassenen Stränden eines seit neuestem wieder in Mode gekommenen Badeorts spazierengehen, eine Stunde von der Hauptstadt entfernt.

Jeden Abend gab es ein Programm mit Konzerten – Varieté, Jazz, Folklore, eine Gruppe trat nach der anderen auf, sie kamen aus verschiedenen afrikanischen oder orientalischen Ländern – in einem großen, aus Stein gebauten Theater, das vor kurzem eröffnet worden war. Danach traf man sich in den Diskotheken unterschiedlicher Musikrichtungen: Journalisten, Künstler, befreundete Paare, mit denen man die Nacht durchfeierte, Sommergäste von den benachbarten Stränden und junge Frauen, die europäischer waren als Europäerinnen. Ich begleitete meinen Mann, den Direktor dieses »Kulturkomplexes«.

Als Zeugin des Geschehens in diesen Juli- und Augustmonaten ließ ich mich von der Musik einhüllen, vom Lachen, den launigen Gesprächen der anderen. Ich tauchte ein in dieses ungezwungene, verschwenderische Dasein, oder ich schlief, und tagsüber las ich in einer ruhigen Wohnung, deren Fenster auf schroffe Felsen hinausgingen.

So verbrachte ich meine Ferien, und mir wurde allmählich bewußt, daß meine Jugend zu Ende gehen würde, obwohl ich schlank war und einen unstillbaren Hunger nach ausgiebigen Fußmärschen und Träumen verspürte – vielleicht bereits diesen Sommer oder im folgenden Winter ... Nein, überlegte ich schläfrig, was man »Jugend« nennt, kann jederzeit durchlebt werden – ein festgefügter Block von Jahren, die sich nicht rühren.

Ich beobachtete den Gatten, wie er die Arbeiten leitete und Entscheidungen traf; ich hatte übrigens schon vor dieser Aufwallung keine Lust mehr zu einem Gespräch mit ihm. Wir waren kein Paar mehr; nur noch zwei alte Freunde, die sich nichts mehr zu sagen hatten. Ich war glücklich, daß es bei dieser neuen Distanz (keinesfalls eine Wüste für mich, sondern ein Feld der Möglichkeiten) so viele flüchtige Bekanntschaften gab, so viele Gäste an einem Abend, die uns beschäftigten, und vor allem soviel fremde Musik um uns herum. Ich war also Zuschauerin und glaubte, ich sei bereit, vielleicht fortzugehen. Und zum ersten Mal, zweifellos zum ersten Mal in meinem Leben, fühlte ich mich »sichtbar«, und zwar ganz anders als in meiner Jugend und erst recht nach meinem zwanzigsten Lebensjahr, als ich bei einem Kompliment, bei einer Schmeichelei eines fremden oder befreundeten Mannes zerstreut lächelte, damals dachte ich: »Es ist meine Erscheinung, mein Phantom, was Sie sehen, aber nicht ich, wie ich wirklich bin ... Ich bin maskiert, ich bin verschleiert, mich können Sie nicht sehen!«

Und nun geschah es plötzlich, daß ich bei einem Lächeln, einem Kompliment (»Was für ein schönes Kleid«, sagte jemand, indem er die Finger ausstreckte, als wollte er den Stoff berühren, ich zuckte zusammen, aber ließ mir nichts anmerken – »Diese Frisur steht Ihnen gut«, sagte ein anderer aufdringlich, ich schob die Schuld für diese unangebrachte Vertraulichkeit der euphorischen Theateratmosphäre zu) zwar den geringsten Kontakt vermied, aber doch von einer Verwirrung ergriffen wurde, die neu für mich war: »Diese Leute meinen wirklich mich! Ich schäme mich; ich lächle, um nicht als prüde zu erscheinen, aber ich schäme mich! Sie würden mich sogar mit ihren Fingern berühren! ... Doch ich kann mich dagegen verwehren, ich kann, bei aller ›Höflichkeit‹, unberührbar bleiben. Nein, nur eines macht mich kopflos oder traurig, ich weiß nicht recht, ob sie mich wirklich sehen können!«

Dieses Verhältnis zu meiner eigenen Erscheinung, wie ich mich anderen Menschen zeige, ist jedoch eine andere Geschichte.

Ich möchte wieder von diesem jungen Mann erzählen. Von seinem innigen Blick, der auf mir ruhte. Und wenn ich versuche, mich wieder an das erste Mal zu erinnern, – »Wann war das erste Mal, als dieser Blick, der auf mir lag, etwas bedeutete?« –, dann weiß ich nicht, was ich sagen soll. Mir kommt eine Szene in Erinnerung, ein Sommertag, nein, eher eine Sommernacht. Ich möchte sie die Nacht des Tanzes nennen.

Ich wußte nicht gleich, daß dieser junge Mann eine solche Bedeutung gewinnen würde, durch seine beinah gewöhnliche Erscheinung, durch seine Worte (manchmal blieben sie in der Schwebe wie Rauch im Äther), durch seine lässige Art und seine scheinbare Ungezwungenheit. Er tauchte in einer Dreiergruppe auf, alles Journalisten, wie ich glaubte, ganz ungleiche Gestalten unterschiedlichen Alters, jedoch mit der einen Gemeinsamkeit, daß ihnen eine für diese Örtlichkeiten ungewöhnliche Eleganz zu eigen war, außerdem eine gewisse Zurückhaltung, die auch Distanz sein konnte: keine Vertraulichkeiten! Ich fand das von vornherein erholsam, weil ich meine Angewohnheit etwas zurücknahm, in der Defensive bleiben zu wollen ... Die unvermittelt zwischen diesem Trio und mir sich einstellende

Kameradschaft schien unabhängig von allen Jahreszeiten, ein Spiel unter Jugendlichen fortgeschrittenen Alters.

Unter diesen drei neuen Freunden waren zwei, die ich lustig fand: der eine, der wie der Älteste aussah, und dann der andere, mit seinen zwanzig Jahren beinahe ein Knabe. Beide tranken viel, scherzten ununterbrochen, riefen mir etwas zu, wenn ich sie anlächelte, weil ich auf einer Terrasse oder in der Nähe des Schwimmbeckens ihnen mitunter schon morgens begegnete. Mit ihnen konnte ich verschwörerisch lachen, einer Kleinigkeit oder einer unerwarteten Pointe wegen; manchmal fühlte ich mich auf den Schulhof zurückversetzt. Der Ältere besaß eine geradezu enzyklopädische Bildung, der er sich mit einem gewissen Snobismus erfreute. Ich warf ihm seine »Pedanterie« vor. Nun, in dieser Gruppe gab es auch einen stillen Mann, dem eine natürliche Eleganz eigen war, immer ein spöttisches Lächeln auf den Lipppen, er sagte nur dann etwas, wenn man auf das nachfolgende musikalische Programm zu sprechen kam.

Und ich hörte ihnen zu. Wir hatten beschlossen, komme, was wolle, zusammenzubleiben, meine drei Kumpane und ich; wir verfolgten den Auftritt des Abends, saßen auf der höchsten Stufe. Ich weiß nicht, weshalb ich mich nach einigen Tagen mit diesen Leuten wie in einer Familie fühlte. Früher im Gymnasium nannten wir solche auf unerklärliche Weise zusammengeschweißten Gruppen »Banden«. Allerdings hatte ich meine Jugend auf den Schulhöfen der Internate als Einzelgängerin verbracht, jenen Herdeninstinkt verachtend, der alle Mädchen dazu trieb, sich ständig in einer Schar zu versammeln.

Heute war es nicht das Bedürfnis, in der Gruppe zu sein, sondern eher die Sehnsucht nach dieser verlorenen Zeit, denn ich hatte keine Jungen als Kameraden, mir fehlte das leichte, zweckfreie Einvernehmen mit dem anderen Geschlecht.

Zwanzig Jahre später ging ich endlich gegen dieses Tabu an, die Trennung der Geschlechter; besser spät als niemals. Und auf den Stufen, wo sich die Familien niederließen, die aus der Hauptstadt kamen, häufig im Sonntagsstaat und immer als Paar mit Kindern, manchmal sogar Säuglingen (gegebenenfalls mit einer in Tücher verhüllten Großmutter, einer verschleierten Tante ...), waren wir die einzigen, meine »drei Musketiere«, wie ich sie nannte, und ich als vierte, die unsere Reihe verließen, wenn es zu voll wurde, und auf die Pressetribüne gingen. Wir kamen uns dabei ganz schlau und als besondere Gäste vor, privilegierte Zuschauer!

Allerdings hatten wir am Nachmittag, wenn die Sonne das pseudoantike Theater vergoldete, alle vier die Proben des Künstlers verfolgt, der meistens aus Frankreich kam und hier nun als Star des Abends auftrat ... Nur selten tauschten wir ein Urteil aus, ein lobendes oder einschränkendes, höchstens Mutmaßungen über die Qualität des Sängers und wie er beim Publikum ankommen würde, dessen Geschmack nicht unbedingt der feinste war.

Ich verließ sie, um nach Hause zu gehen, zum Abendessen »als Hausfrau und Mutter«, wie ich sagte, als ob mich dort eine andere Rolle erwartete. Etwa zwei Stunden später stieß ich dann wieder zu ihnen, wenn die Menge mit dem Einbruch der Nacht nach und nach das Freilufttheater füllte.

Erst einige Wochen später begann ich, wie mir scheint, den Geliebten plötzlich eigenartigerweise zur Kenntnis zu nehmen ... Vielleicht wurden diese Abende (gewiß zwischen zwanzig und dreißig in sechs bis sieben Wochen), in denen sich die reine Herzlichkeit innerhalb der Gruppe immer mehr verfestigte, mir zur Falle; vielleicht erwachte auch in mir bereits der Zauber, und ich war mir dessen nicht bewußt ... In Wirklichkeit fühlte ich mich überglücklich, »drei Freunde auf einmal« gefunden zu haben.

»Journalisten und Künstler« nannte ich sie, wenn wir am Nachmittag etwas tranken und dabei die Familien beobachteten, auf eine kleine Komödie im Umkreis des Schwimmbeckens lauernd, einen weiteren Auftritt.

Er, der geheimnisvolle junge Mann, hatte wohl eines Tages bemerkt: »Wenn wir zurückfahren, ich meine, wenn die Semesterferien zu Ende sind, dann werden Sie uns wieder ganz hochnäsig behandeln. Dann kennen Sie uns nicht mehr! Sagen nicht einmal mehr guten Tag ... Madame!«

Als einziger neckte er mich auf diese Art, setzte ans Ende eines Satzes dieses ironisch-feierliche »Madame!« Seine Freunde, der ganz junge, der durchaus ein Student hätte sein können, und der etwas ältere, mein Mitschüler, nannten mich dagegen ganz natürlich bei meinem Vornamen ... Eine Art vertrauliche Familiarität brachte unsere Gruppe noch enger zusammen. Allerdings sprachen wir nur französisch, und für mich war es unvorstellbar, zum »Du« überzugehen, gleichsam ein Privileg meines Alters ... War ich die Älteste? Ich wußte es nicht genau. Der Journalist, über dessen Bildung und Geziertheit ich mich lustig machte, schien, nach seinem faltigen Gesicht, seinem gegerbten Hals zu urteilen, mehrere Jahre älter als ich. Andererseits war ich mir da nicht sicher. Er war der einzige, der viel trank; zuviel. Die wenigen Male, wo ich diese Gruppe kurz vor der Mittagszeit antraf, habe ich wohl eine etwas vorwurfsvolle Bemerkung gemacht, zu ihm, den am Tisch sitzenden »Ältesten«: »Noch nicht Mittag und schon einen Whisky pur!«

»Es ist nicht der erste!« gab sein Freund heftig zurück, und ihn fixierte ich plötzlich, denn der Hall seiner Worte erreichte mich tatsächlich mit Verspätung, als wäre ein ungewöhnlicher, rätselhafter Unterton verlorengegangen ...

War das also das erste Mal, daß ich auf diesem Gesicht – das sich danach so tief in mich eingrub – ein nervöses Zucken feststellte, das über die Wangen lief? Gewiß, seine

Bemerkung ließ freundschaftliche Besorgnis erkennen, wollte möglichst diskret sein ... Nur schwer schien ich begreifen zu können, was diese beiden Kameraden verband, den, der soviel trank, mit dem jüngeren, der etwa dreißig war. Etwas anderes machte mich jedoch stutzig: Es war, als würde sich hinter diesem Schatten einer Besorgnis ein zweites Gesicht dieses Mannes enthüllen, seine grünen Augen mit diesem unbestimmten Blick, mit dieser kurzen Härte wie auch mit dieser verlorenen Melancholie, die bereits entschwunden war ... Ich richtete meine Aufmerksamkeit wieder auf das Glas Whisky. Da er sich einen Tadel gefallen ließ, machte ich einen Vorschlag: »Um meiner schönen Augen willen, bitte, zur Hälfte mit Wasser!«

»Um Ihrer schönen Augen willen, Madame!« rief der Journalist geschwätzig, die Augen gerötet, mit einem schelmischen Schulterzucken. »Es ist Freitag, fast die Zeit der Gebetsstunde, und ich bin schon besoffen! Also, ich verlasse euch jetzt, ich werde einen Mittagsschlaf halten, damit ich mich heute abend frisch wie eine Rose zu euch gesellen kann!«

Er ging. Ihn begleitete der zwanzigjährige Student (ich hatte ihn ein für allemal »Student« getauft), und ich sagte leise zum dritten: »Ein Student zwar, aber schön wie ein Engel!«

Wir blieben allein, alle beide ohne große Lust zu reden, betrachteten zum Zeitvertreib die ziemlich alltäglichen Leute ...

Ich möchte noch einmal die Frage nach der »ersten Szene« aufwerfen. So könnte der Anfang eines logischen und wohlgeordneten Berichts über die Entwicklung dieser Leidenschaft lauten. Aber da ich diese nun einmal blindlings erlebt habe, kann ich sie heute nicht ohne Umwege darstellen, ohne Abschweifungen, ohne labyrinthische Anwandlungen, weshalb auch?

Das erste Mal, also … Nein, nicht zum ersten Mal sein Gesicht, aber sagen wir: das erste Mal die Realität seiner Präsenz, da er »bedeutend zu werden« begann. Vielleicht auch, als ich fühlte, wie er mich anschaute; als in mir der Wunsch nach seinem Blick erwachte. Kehren wir zu den Tatsachen zurück. Sie drohen sich aufzulösen, bald sind sie nur noch ein jämmerliches Geflecht.

Der in jenem Sommer sehnsüchtig erwartete Star – ein Sänger und Poet, der in den folgenden drei Jahren wiederkommen sollte – traf eines Morgens ein. Die Plakate für seinen Auftritt hingen schon an manchen Wänden in der Hauptstadt.

Um vier Uhr nachmittags ließ ich mich nieder, um die Proben zu beobachten, diesmal allein. Ich saß ganz weit oben und war ausnahmsweise die einzige Zuschauerin in diesem Theater mit seinen zweitausend Plätzen. So sah ich Leo zum ersten Mal aus der Vogelperspektive. Ein Sechzigjähriger, der sich gut gehalten hatte, faltiges Affengesicht, von der Sonne beschienen. Leo auf der weiten Bühne, wie er das Mikro einstellt, ganz leise mit den Technikern diskutiert, dann unvermittelt die Akustik testet, in die leeren Ränge ruft, zum dahinterliegenden Dorf und, so schien es mir plötzlich, über das ganze Land, jung und doch belastet mit seinen dreizehn Jahren Unabhängigkeit.

Diese Augen, die dich anschauen bei Tag und bei Nacht
Die, wie es heißt, auf Zahlen und Haß gerichtet sind
Die verbotenen Dinge, zu denen es dich zieht
werden dir gehören
Sobald du sie geschlossen hast
die Augen der Unterdrückung!

Er hatte die Stimme eines Vortragskünstlers und Protestsängers, die sich gleichsam immer höher schraubte in Spiralen und den Text a cappella abrollte. Ich saß da und hörte zu: Ich wußte, dieser Abend würde das Ereignis des Sommers werden.

Meine »drei Musketiere« hielten sich ausnahmsweise hinter den Kulissen auf. Später erfuhr ich, daß sie schon sehr früh den Künstler am Flughafen abgeholt und mit ihm zu Mittag gegessen hatten. So war Leo der vierte Musketier, den ich erwartete, sagte ich lachend, als ich sie nach den Proben wiedertraf.

Es wurde ein seltsamer Abend, zumindest für mich. Ich hatte mich aus einem plötzlichen Wohlwollen heraus amüsiert bereit erklärt, Leo, »den man nicht mehr vorzustellen braucht«, den zweitausend Zuschauern (an diesem Abend waren es dann wohl dreitausend) vorzustellen, die aus der Hauptstadt gekommen waren ... Ich verstauchte mir den Knöchel, nachdem ich einen oder zwei Sätze warmer Herzlichkeit improvisiert hatte. Vor allen Leuten drückte mir Leo einen Kuß auf die Wange; ich verstauchte mir meinen Knöchel, weil ich halb zurückwich. Ich zog meine Stöckelschuhe aus, verzog das Gesicht und verließ diese allzu geräumige Bühne, um mich meinen Freunden hinter den Kulissen anzuschließen. Der Älteste unter ihnen faßte mich stützend bei den Schultern, die beiden anderen lächelten mir liebevoll zu, den ganzen ersten Teil des Konzertes standen wir beisammen, im Dunkel zusammengeschweißte Zeugen.

Zum ersten Mal sah ich einen französischen Dichter, der sich an dreitausend meiner Landsleute wandte, und das drei Stunden lang. In der Pause ging ich, um mich ganz weit oben im Amphitheater hinzusetzen, ich wollte seine Zuschauer genau beobachten. An diesem Abend sahen sie einander ähnlich. Sie schienen allesamt dreißig Jahre alt zu sein – alle waren sie während des Krieges zwanzig oder kaum fünfzehn gewesen, hatten alle dieselben französischen Chansons geträllert (Brassens, Brel und Mouloudji und

Montand etc.) und gleichzeitig die tägliche Liste der getöteten Widerstandskämpfer durchgeschaut und hatten sich Sorgen gemacht um einen verhafteten und gefolterten Cousin, hatten sich natürlich in eine »französische Linke« verliebt, die an die Zukunft der entkolonialisierten Völker glaubte, aber ebenso an die Schönheit der schwarzen Augen ihres Romeo, an seine feurige Stimme!

Alle waren sie an diesem Abend versammelt, um mit Leo die Refrains zu singen, ihm einen Vers einzuflüstern, wenn er ein Zaudern vortäuschte, wenn er mit den Füßen scharrte vor Ungeduld, wenn er heulte, wenn er ... »Ist er ein Wadenbeißer, ist er ein Volksdichter oder nur einfach ein wahrer Interpret?« fragte ich, als ich wieder hinter den Kulissen war, den jungen Mann, jenen von den dreien, der plötzlich allein war und nicht mehr von meiner Seite wich.

Er vertraute mir an, daß er Leo seit einem oder zwei Jahren kannte, daß er aus beruflichen Gründen bis nach Italien gereist war, um Leo aufzusuchen, »für ein zweitägiges Mammutinterview«, und daß sie seither einander regelmäßig kurze Briefe schrieben.

Ich machte eine Kopfbewegung zum Publikum des heutigen Abends: »Alle Intelligenzler, alle Alt-Achtundsechziger des Landes sind da! Seit heute abend gibt es keine Zweifel mehr: Unser ›Rive Gauche‹ besteht aus dreitausend Personen, vorwiegend männlichen Geschlechts, die ›kleine Freundin‹ ist oft eine Französin. Natürlich gibt es auch einige Varianten: hell- oder dunkelhäutig, glattes oder krauses Haar. Aber alle sind sie frankophil heute abend.«

»Eher leophil«, korrigierte mein Begleiter, und ich weiß nicht mehr, ob dieses Gespräch noch weiterging.

Der Applaus wollte nicht enden. Die Rufe nach einer Zugabe wurden fordernd, und der Star wollte freigebig sein, plötzlich verjüngt, weil er mitgerissen wurde von dieser Jugend eines nostalgischen Sommers. (Zumindest ich empfand diese Nostalgie.)

Es gab zwei, vier, zehn Zugaben. Leo feierte die größten Triumphe. Er deklamierte einen anderen Text, sang ein neues Lied, ein »kurzes«, warnte er. Man mußte schließlich einen Großteil der Scheinwerfer ausschalten, damit das Amphitheater sich nach und nach leerte.

Ein Uhr, zwei Uhr morgens. Wir waren etwa zwanzig Leute, die in einer nahen Gaststätte aßen. Am Ende des Tisches saß Leo, trank und hörte zu ... Um drei Uhr morgens beschlossen der Gatte und Leo, dann ich, dann der Geliebte (in diesem Moment benutzte ich noch nicht dieses Wort, da bin ich mir sicher), wir waren also zu viert, und in unserem Gefolge, glaube ich, ein Assistent, eine Sekretärin und auch der Chauffeur, wir alle beschlossen, noch nicht zu Bett zu gehen.

Manche Diskotheken hatten bis zum Morgengrauen geöffnet, ganz in der Nähe war eine von ihnen in einem Tuaregzelt eingerichtet. Das Orchester bestand aus vier jungen Amateuren, die ganz außer sich vor Freude waren, Leo als berühmten Gast bei sich zu haben ... Einige Nachtschwärmer blieben noch eine Stunde. Drei Männer (Leo, der Gatte und der junge Mann, der wie ein kleiner Bruder von Leo war) hatten sich an einem Tisch in einer Ecke niedergelassen. Ihre Unterhaltung schien einen professionellen Ton anzunehmen, denn zwei weitere Konzerte sollten am Wochenende folgen. Die Sekretärin, eine junge Frau von fünfundzwanzig Jahren, hatte mir bereits erzählt, wie sie geheiratet hatte und geschieden worden war – und von dem schweren Alltag mit ihrer Familie, der ihr soviel Verdruß bereitete (ihre Mutter war Witwe, sie hatte zwei oder drei jüngere Schwestern, die an der Universität studieren wollten). Mit ihr zusammen beschloß ich, nun jeden einzelnen Gast zu befragen. War er beim Konzert gewesen? Würde er morgen wieder hingehen? ... Man forderte uns zum Tanz auf: Ich lehnte ab. Ich ließ mich treiben in einem seltsamen Gefühl der Fröhlichkeit, einer Ausgelassenheit, die reiner Selbstzweck war. Bald würde es Tag werden, wir würden niemals mehr zu Bett gehen. Für mich hatte dieser Theaterabend in einem Niemandsland stattgefunden, weder in Frankreich noch in meinem Land, sondern in einem Zwischenbereich, den ich plötzlich entdeckte. Denn diese dreitausend, vielleicht sogar viertausend Fans von Leo waren von einer typisch französischen, halbwegs anarchistischen Romantik beseelt, trotz der sieben Jahre blutigen Kampfes, die noch nicht von der Vergangenheit eingenommen wurden – ich nahm es für ein seltsames Ende einer Epoche.

Ich war nirgendwo, suchte nicht nach einem Platz, ich dachte nicht einmal daran, und doch war zu spüren, daß Wolken heraufzogen, ein Unwetter kündigte sich an. Das Land, so schien mir, wurde wie ein Frachter, der in ein unbekanntes Meer abzutreiben begann ...

Leos unerhörter Erfolg erschien mir bereits als ein Geschenk der Vergangenheit, und dennoch war jeder ein junger Mann, alle waren alte junge Männer, die sich aufgemacht hatten, um gemeinsam neues Selbstvertrauen zu finden. Was konnte man von einem wahren Barden mehr erwarten, von einem Troubadour, von einem Störenfried: in einem Raum für zehn Minuten oder eine Stunde, in dem man sich wie eine Familie fühlte, die ihre Erinnerungen teilt, dieselbe Ironie und dieselben Sehnsüchte ihr eigen nennt!

Gern hätte ich diese Eindrücke mit dem Geliebten besprochen, der als einziger des Trios noch geblieben war. In Gesellschaft von Leo und meinem Gatten verstummte er, hörte zu. Die junge Sekretärin sagte, sie würde nun gehen, der Chauffeur brachte sie nach Hause. Einige Nachtschwärmer gingen ebenfalls; drei oder vier blieben noch, sie hatten ausländische Touristinnen dabei und baten um langsame Lieder zum Tanzen.

»Nein, keinen Tango«, sagte ich plötzlich zu den Musikern, »bitte eine Pavane!«

»Eine Pavane? Was ist denn das schon wieder?« rief ein kleiner Dicker aus, der meinen losen Spott nicht verstand und mich von unten musterte.

»Egal, was für einen Tanz«, sagte ich wieder, »nur keinen Tango!«

Als der Saxophonist zu einer südamerikanischen Melodie ansetzte, war ich plötzlich auf der Tanzfläche. Ich ging dem kleinen Dicken aus dem Weg, der mich auffordern wollte. »Ich tanze immer allein«, bekräftigte ich.

Ich habe wohl eine Stunde ohne Unterbrechung getanzt ... Der Rest des Publikums war in Halbdunkel gehüllt, mit mir zusammen auf der Tanzfläche, die in fahles Rot getaucht war, gab es einen oder zwei weitere Tänzer, außerdem ein Paar. Dann gingen sie an ihren Tisch zurück oder vielleicht auch nach Hause, ich weiß es nicht mehr. Als ich für einen Augenblick am Rand des Lichtkreises stehenblieb, machte mir einer der vier Musiker ein Zeichen, als ob er eingeweiht wäre, und ging zu einem anderen Rhythmus über, von dem er wohl ahnte, daß er meinem Körper willkommen war ... Ich ging wieder hinauf, drehte Pirouetten, lächelte den Musikern kurz zu, sie waren die Schatten an meiner Seite, meine nächtlichen Begleiter. Ich fühlte mich allein und zugleich wiederauferstanden aus einer langen Nacht, und im roten Licht der Scheinwerfer erreichte ich endlich ein Ufer. Der Saxophonist, der Schlagzeuger, der Flötist und der Gitarrist standen beisammen als nächtliches Quartett, jeder für sich eine Silhouette und ich ihnen gegenüber auf diesem ausfransenden Licht.

Ich tanzte. Ich habe getanzt. Ich tanze noch seit diesem Augenblick, wie mir scheint. Zehn Jahre später noch tanze ich in meinem Kopf, meinem Innern, beim Schlafen oder bei der Arbeit und immer, wenn ich allein bin. Der Tanz in mir bricht ab, wenn ein Mann oder eine Frau zu sprechen beginnt, wirklich spricht, etwas Freudiges oder Trauriges mitteilt, eine Verletzung aufblitzt. Dann steht der Rhythmus in mir still: Ich höre zu, überrascht oder ergriffen, ich höre zu, um mich zu erinnern, um plötzlich das Rascheln der Wirklichkeit zu hören. Mitunter höre ich auch den verschiedenen Arten des Schweigens zu ... Ich höre zu, und ich versuche, den anderen – aber ich weiß nicht recht, mir fehlt es an Mut –, den, der gesprochen hat, der sich vergessen hat, oder den, dessen Schweigen gesprochen hat, fühlen zu lassen, daß seine Erschütterung unmerklich in meine Augen übergegangen ist, in meine Hände, in meine Erinnerung. Einen Augenblick später fängt der Tanz wieder an: unter meiner Haut, in meinen Beinen, an meinen Armen entlang, über mein regloses Gesicht. Ja, in jenem Augenblick hat der Tanz angefangen, in jener Nacht unter dem Zeltdach, Leo und der Gatte saßen plaudernd in einer Ecke, und der junge Mann kam plötzlich immer näher, angelockt von den Lichtern, die zwar schwächer, aber noch rötlich waren, angezogen vielleicht von meinem tanzenden Körper (damals wußte ich, wenn auch nur ungenau, daß meine Macht über diesen Mann begann; lange Zeit würde er meinetwegen in höheren Regionen schweben, dann zerfasern, dann verschwinden). Der junge Mann ging also bis zum Saum des Halbschattens; setzte sich, sah in meine Richtung, ohne mich wirklich zu sehen, regte sich nicht mehr.

Ich tanzte. Ich habe getanzt. Ich tanze noch heute seit dieser Nacht.

Zwanzig Jahre zuvor, sagen wir im Alter von sechzehn bis sechsunddreißig Jahren, habe ich gewiß meine Rolle im Kreis der Frauen gespielt, wenn Nachbarinnen und Cousinen, junge Mädchen oder reife Damen auf eine Einladung hin beisammen waren. Es gab ein festes Protokoll. Jede kam an die Reihe und tanzte langsam, wie es in der Stadt meiner Herkunft üblich war, also zeremoniell, wenn der Körper mit Schmuck schwer beladen war, mit Gürteln, goldbesticktem Kaftan, gestärktem und funkelndem Moiré. Oder die Tänzerin krümmte sich, fast schon lüstern, wenn einmal ausnahmsweise, aus Provokation oder aus Hang zur Selbstdarstellung, dörfliche Rhythmen gespielt wurden, die von den Hochebenen oder aus Zentralafrika kamen – das war häufiger der Fall, wenn das Orchester nicht aus eingeführten Musikerinnen bestand, sondern aus schlichten Amateurinnen, zwei Derboukas und eine Trommel, die mit krächzenden Stimmen und leuchtenden Augen einen Refrain aus alter Vorzeit anstimmten.

Dann geriet das städtische Ritual plötzlich durcheinander, und sechs bis zehn Frauen stellten sich gemeinsam zur Schau; nun ging es darum, wer seine Formen am besten zur Geltung brachte, die ausladenden Hüften, prallen Brüste, das voluminöse Hinterteil, frenetisch erzittern lassen, bis es schmerzte, bis die Solostimme die Konvulsionen der Lust erreichte, gellend, in die Höhe schießend …

Ich hatte also keine dieser langsamen und genau bemessenen Zeremonien ausgelassen, verfiel allerdings in einen temperamentvollen Tanzstil, der sich bunt aus Sprüngen und Pirouetten zusammensetzte, wenn ich an der Reihe war. Ganz von selbst zeichneten meine Füße eine Choreographie des Zufalls, die meine Waden schüttelte und meine nackten Arme ineinander verflocht. Bei mir wurde die Pflicht zu einem einzelgängerischen und flüchtigen Tanz, den die Damen »modern« nannten, enttäuscht von meinen Einfällen, mit denen ich offenbar einen Verrat beging … Worin bestand dieser Verrat? Im wesentlichen kam es mir auf eine Herausforderung des verborgenen Körpers an, wie ich heute ohne größere analytische Anstrengung sagen würde, dessen Bewegungen improvisiert zu sein schienen, es kam mir darauf an, so weit wie möglich die kollektive Raserei der Frauen aus meiner Verwandtschaft hinter mir zu lassen – ich spürte, daß die beinahe makabre Freude ihrer Körper mir nicht gefiel, die der Verzweiflung von Gefangenen sehr nahe kam.

Als Jugendliche und als junges Mädchen habe ich häufig und ausdauernd getanzt, immer wenn sich die Frauen versammelten, immer in überfüllten Patios, anläßlich der sehnsüchtig erwarteten traditionellen Feste.

Als bei einer Hochzeit eine Cousine meinen Mann holen ging, damit er hinter einem Fenster versteckt meinen »persönlichen Tanzstil«, wie sie es nannte, beobachten konnte, pochte mein Herz vor Verlegenheit oder einem zwiespältigen Gefühl, weil dieser Mann, mit dem ich seit einem Jahrzehnt fast alles teilte, sich nun ebenfalls zum Voyeur machte, indem er als Mann meinen Tanz unter Frauen beobachtete.

Was für ein seltsames Theater die Riten meiner Kindheit darstellten, bei denen die Augen und der Geist gleichsam eingewickelt wurden!

Gewiß, bereits vor diesem Sommer im Seebad hatte ich, dem eigenen Traditionalismus zum Trotz, mich schließlich scheinbar zu westlichen Tänzen bereit gefunden, zwei- oder dreimal tanzte ich mit dem Gatten umschlungen vor allen Leuten einen Walzer oder vielleicht mal einen Slow. Wir waren ein Paar unter vielen, ich ließ mich auf dieses konventionelle Spiel ein, hielt den Blick gesenkt, vermied jedoch jede engere Umarmung (»Die anderen schauen zu«), ertrug nur eine leichte Berührung und folgte schließlich dann dem Rhythmus allein, wies den »Kavalier«, wie »sie« das nannten, zurück.

Nein, trotz aller Moden entzog ich mich, vermied es, von einem Mann »berührt« zu werden, gleichgültig, wer es war, wenn wir uns in der Menge befanden ... Das Geheimnis des Körpers und sein ureigenster Rhythmus, der innere Samt im Körper, dann im Finstern, dann in der Leere die aufreizende Musik.

An diesem Abend war ich jedoch nicht mehr zu halten. Ich sprühte vor Energie, wollte plötzlich meine Figuren langsam entwickeln, meine Beine hatten alle Fesseln abgeworfen und akzentuierten den Rhythmus nur knapp, meine Hüften und mein Oberkörper waren eifrig dabei, alle rhythmische Übertreibung abzumildern, die Schnörkel zurückzunehmen, das Orientalische in nüchterne Figuren zu verwandeln, die zwar der Musik folgten, aber weder lyrisch noch überschäumend waren. Meine Arme wurden jedoch zu Lianen und zeichneten Arabesken in die Luft, meine nackten Arme verwandelten sich an diesem Abend im Halbschatten mal in Schlangen, mal in eine Kalligraphie ...

So tanzte ich lange, und da der Saxophonist mich ermuntern wollte, trat er manchmal einen oder zwei Schritte vor, um mir zu folgen oder um mich zurückzuholen, lange tanzte ich so; ich tanze immer noch.

Ich habe vergessen, ob es der Musiker war, der irgendwann einmal ein Ende setzte, oder ob ich zuvor bereits die Tanzfläche verlassen hatte. Aber ich weiß noch, daß ich nicht auf den letzten Zuschauer zuging, sondern die entgegengesetzte Richtung einschlug; er saß da, ins Licht blickend, die Augen auf die Vergänglichkeit meiner Tanzfiguren gerichtet, es war der Geliebte. Seinem Schweigen kehrte ich den Rücken.

Die Scheinwerfer erloschen im Zelt, wir gingen nach Hause. Ich ganz eng mit Leo, der mich kameradschaftlich beim Arm nahm. (In dieser Nacht habe ich Leo als offenen Menschen kennengelernt; er war von weit her gekommen, nicht um zu geben, sondern um etwas mitzunehmen ... welches Geheimnis meines undurchschaubaren Landes hatte ihn auf seiner ewigen Wanderschaft angelockt?) Dann kam der Gatte an meine Seite. Gerade in dem Moment bog der Zuschauer, der junge Mann, ab, verabschiedete sich von uns dreien mit einem gemurmelten »Auf Wiedersehen, ich wohne gleich um die Ecke!«

Der Morgen dämmerte bereits herauf.

Als er sich entfernte (ich sah ihm unwillkürlich nach ... er ging über den Strand in sein Haus, das er mir kürzlich aus der Nähe gezeigt hatte!), fühlte ich endlich die Verdichtung seiner Gegenwart im letzten Viertel dieser Nacht, die nun der Vergangenheit angehörte.

Als mein Körper sich zuvor vom Saxophon davontragen ließ, schien er ein Elixier in mir freigesetzt zu haben und auch außerhalb meiner, aber welches? Welches verborgene und verflüssigte Geheimnis hatte er gleichsam widerwillig weitergegeben? Um es prosaischer zu beschreiben und beim Anekdotischen zu bleiben: Ich begriff, daß ich auf jemanden aufmerksam geworden war. Ein Mann hatte mir also beim Tanzen zugeschaut, ich war »gesehen« worden.

Es war weit mehr, denn mit meiner geschärften Wahrnehmung fühlte ich das Glück (meilenweit entfernt von Selbstverliebtheit, narzißtischer Eitelkeit oder einer lächerlichen Koketterie ...), wirklich »sichtbar« für diesen jungen Mann zu sein, der beinahe noch ein Jugendlicher war und einen geschundenen Blick hatte.

Sichtbar nur für ihn allein? Durch ihn auch für mich.

Ich trödelte etwas hinter Leo und dem Gatten her. Sie plauderten noch ein wenig, in ihren Stimmen war die Müdigkeit zu hören ... Ich aber war bereit, den neuen Tag froh in Angriff zu nehmen, niemals zu schlafen, ohne Ende den Strand entlangzugehen. Ich empfing das erste Licht des Himmels mit einem Lächeln.

Ich küßte Leo, der seufzte: »Wie ist das möglich, man kommt in euer schönes Land und soll ganz allein schlafen, ohne Frau!«

Leo war ernsthaft erbost. Wir hätten nicht nur für Tisch und Bett, sondern auch noch für eine schöne Odaliske sorgen sollen!

»Morgen wirst du selbst eine finden!« versicherte ihm mein Mann. »Vergiß nicht, daß ich dich in drei oder vier Stunden schon wieder abholen komme!«

Am folgenden Abend setzte ich mich wißbegierig an die Seite des jungen Mannes auf unsere Stufe ganz oben. Ich erlebte Leos zweites Konzert. Wieder kamen zweitausend Fans, oder es waren die zweitausend vom Abend zuvor … Der junge Mann saß aufmerksam an meiner Seite.

Als wir uns am Ende erhoben, um zu Leo hinter die Kulissen zu gehen, sagte mein Begleiter leise zu mir: »Werden Sie heute abend wieder so tanzen wie gestern?«

Es war fast eine Bitte.

»Wissen Sie«, sagte ich in gezwungen scherzhaftem Ton, »selbst wenn es keiner sehen kann, tanze ich. Ich tanze die ganze Zeit! Ich tanze in meinem Kopf!«

Natürlich war im Verlauf meiner improvisierten Choreographie am Abend zuvor meine Leidenschaft gewachsen. Damals hatte ich ihr noch nicht diesen Namen gegeben. Was konnte ich dem Geliebten sagen, was hätte ich mir selbst sagen können?

»Ich gehe heute brav ins Körbchen«, flüsterte ich ohne Melancholie.

Ich lächelte ihm zu, in mir war der unerklärliche Anfang eines Glücks, wie eine Quelle, die plötzlich entspringt und mich vollkommen überrascht.

Als ich nun dem jungen Mann ins Gesicht sah, wurde mir in diesem Augenblick bewußt – in einem Gleißen, das jedoch dahinfloß und dreizehn Monate anhielt –, daß er für mich seit der vergangenen Nacht der Geliebte geworden war, der Mann, den ich inbrünstig liebte.

Die Abwesenheit

Nach meiner Reise ins Landesinnere vergingen zwei Monate. Ich hätte meine Arbeit in diesem Büro im neunten Stockwerk wiederaufnehmen können (die Tonbänder im Tonarchiv durchhören, den gesammelten Stoff überdenken ...). Das wollte ich nicht. Nun begann die Zeit der Brüche, der Amputationen, vorgenommen an mir durch mich selbst. Eine Kraft trieb mich vorwärts, die ich mit schmerzlicher Notwendigkeit erlebte. Ich nahm wieder eine Lehrverpflichtung an (dreimal wöchentlich ins Stadtzentrum hinuntergehen, zu einer Zeit, da die Morgenröte von der Wintersonne gereinigt wird), dies sollte für mich eine andere Form der Reise werden, eine Abwechslung, die mich trösten würde.

Es war, als ob ein anderes Ich durch die engen, vom lärmenden Verkehr widerhallenden Gassen hastete, in einem Hörsaal sprach, den Studenten Fragen stellte. Anschließend ging ich nicht gleich wieder nach Hause. Ich mußte arbeiten, solange ich noch in Schwung war, sonst war der Zusammenbruch nicht mehr fern.

In der Nationalbibliothek versank ich für drei, vier Stunden. Ich lebte buchstäblich in vergangenen Jahrhunderten: Die verschiedenen Etappen, während deren die Almohaden im Osten und im Zentrum des Maghreb Fuß faßten, Gewaltritte, Umsiedlung von Stämmen, ganze Regionen wurden auf den Kopf gestellt ... Seltsam und faszinierend, dieses 12. Jahrhundert, in dessen Mitte Ibn 'Arabi in Murcia geboren wurde, an dessen Ende der verfolgte Averroes nach Marrakesch gerufen wurde und dort starb.

Solche Umwälzungen hatte ich im Kopf, wenn ich zu Fuß wieder den Hügel hinaufging. Mein Weg führte einen leicht erhöhten Boulevard entlang, der sich am Amphitheater der Stadt entlangschlängelte und es gleichsam einkreiste, ganz unten eingezwängt der jahrhundertealte Hafen wie ein weibliches Geschlecht und dann die Weite der Landschaft. Ich mußte mich beeilen, die Abenddämmerung begann ihr graues, wenn nicht goldenes Weiß auszubreiten. Die Balkone und Terrassen der Stadt sandten ein letztes Mal ihre Strahlen aus. Das endlose und lärmende Vorüberziehen der Autos und überfüllten Busse wurde mir zur Kulisse eines Traumes, ganz in Grau getaucht. Mir, der Gehenden, deren Augen nur noch die Wolken blieben, jene vor dem Himmel schwebende Architektur, mir schien, als würde ich an einer anderen Zivilisation, die parallel zu der meinen lag, entlangwandeln, ganz fremd, weil sie mir so nah war.

Während sich auf diesem Rückweg in mir nach und nach das Jahrhundert der Almohaden auflöste wie die blutroten Wolken am Horizont mit der untergehenden Sonne, fühlte ich mein wahres Leben zurückkehren, mein einziges Leben, meine Wunde war das damals.

Ich dachte »Wunde«, manchmal auch »Trennung« (und ich sagte mir, daß ich im wahren wie im übertragenen Sinn einen endlosen Abgrund entlangging …), schließlich hatte ich einer Liebesgeschichte ein abruptes Ende bereitet, als diese bereits in ihrer Anbahnung erstarrt war und sich nicht einmal entfaltet hatte.

Ich habe vergessen, wann genau die langwierige, langsame, unerbittliche Wunde der Abwesenheit aufriß, die sich Sekunde für Sekunde in Erinnerung rief. In welcher Leere hatte der Geliebte sich denn aufgelöst? Hatte ich mich nicht vielmehr in eine andere Realität versetzt? Ich irrte mit geschundenem Herzen umher, über die Anhöhen dieses Boulevards, den Nebeln dieser in Spalieren aufgepflanzten Stadt, auf der Suche nach welchem Gespenst? … Hatte sich diese Stadt nicht selbst verdoppelt in einer offensichtlichen Metamorphose, die alle anderen deutlich wahrnahmen, während sie mir kaum zu Bewußtsein kam? Der Geliebte wohnte an dem einen Ende, ich an einem anderen, vielleicht würden wir uns niemals mehr begegnen! Ich suchte ihn unablässig. Nur deshalb wollte der Körper immerzu gehen. Vielleicht würde er am Ende die geheime Grenze überschreiten, wäre dann auf der anderen Seite, in der anderen Stadt, und es war gleichgültig, ob sie wirklich oder unwirklich war, solange dort der Geliebte existierte!

Ich fragte mich, ob er in diesem Augenblick dort drüben arbeitete, ob er seine täglichen Gewohnheiten beibehalten hatte. War die Zeit für ihn nicht eingefroren wie für mich? Mußte ich mich sogar damit abfinden, daß er lachte, scherzte und sich ganz leicht und sorglos durch die Welt bewegte? Vielleicht hatte er das Verschwinden seiner Büronachbarin ohne ein Zeichen der Höflichkeit, ohne Abschied, kaum bemerkt. Ja, es war klar, er lachte, er lebte; jeden Abend traf er sich mit seiner Freundin.

Und nun ist der Augenblick gekommen, über seine Lebensgefährtin zu sprechen: eine junge Frau, die ich zwei- oder dreimal bei ihm gesehen hatte, später dann immer häufiger allein. War sie Schauspielerin, Musikerin oder Redakteurin des Kulturteils einer bekannten Tageszeitung? Ich wußte es nicht. Ich hatte nie Fragen gestellt. Niemand hatte uns miteinander bekannt gemacht. Im Sommer, bei all den Auftritten der vergangenen Saison, war sie nicht dagewesen: wahrscheinlich auf Urlaub in Frankreich. Später hat mir jemand gesagt, daß sie mit dem Geliebten seit zwei oder drei Jahren »zusammenlebte«. Ich betrachtete sie lange mit schwerem Herzen.

Noch bevor ich das wußte, hatte mich das schmerzliche, leidende Aussehen ihres knochigen, wenig anziehenden Gesichts erstaunt, als ob ein einstiges Unwohlsein es zerknittert und zusammengezogen hätte. Und nun reagierte ich auf diesen körperlichen Makel (es war wie ein Schatten oder ein dunkler Schleier, der diese Frau einhüllte), indem ich selbst darunter litt.

Wieder habe ich diese Szene vor Augen, als ich zum ersten Mal die beiden zusammen gesehen habe, nur wenige Meter von mir entfernt: Ihn von hinten, in ein lebhaftes Gespräch vertieft, wobei er mit dem Arm nervös gestikulierte, sie ganz versteinert, und sie starrte ihn mit weit aufgerissenen Augen an. Mit einem Mal traf mich dieser Blick: Sie liebte ihn, sie liebte ihn und wurde genau deshalb im selben Augenblick vernichtet. Ich wandte meinen Blick ab, sie tat mir leid, oder ich tat mir leid, als könnte ich am anderen Ende einer unsichtbaren Kette sehen, was geschah, wenn man sich in seiner Leidenschaft dem anderen völlig ausliefert ... Plötzlich war ich aufgewühlt von dem unangenehmen Gedanken, daß dieser Mann womöglich auch nicht anders war als andere, sondern ungeschickt versuchte, irgendeine Fessel abzuschütteln.

Ich begegnete danach zwei- oder dreimal dieser Frau; ziemlich schnell wußte ich ihren Vornamen: Leïla. Unsere Blicke begegneten sich, ich senkte die Augen, ohne sie anzusprechen.

»War sie früher schön?« fragte ich einmal unüberlegt meinen Freund, den Journalisten, jenen ein wenig arroganten Komplizen, den ich in diesem Herbst immer allein antraf.

Wir sprachen miteinander nie über den verflossenen Sommer oder über unseren gemeinsamen Freund. Er war fröhlich; er lud mich immer in dieselbe komfortable Bar ein, deren Terrasse auf einen wunderbaren Garten hinausging, ein Ort, an dem sich trefflich plaudern ließ. Ihn also, meinen Kameraden – der mir gewiß ein wenig den Hof machte, jedoch mit einer so aufmunternden Ungezwungenheit, daß das Spiel mir unzweideutig erschien, eben als Zeitvertreib –, hörte ich mich fragen, als Leïla gerade in der Ferne vorüberging: »War sie schön?«

»Sie können also grausam sein, wenn auch ohne Hintergedanken«, kommentierte der Journalist, »grausam, weil Sie die Königin sind.«

»Ich bitte Sie!« entschuldigte ich mich kläglich. »Ich wollte nicht gemein sein … Leïla rührt mich; ich sehe, daß es ihr schlechtgeht; vielleicht ist es erst kürzlich geschehen?«

»Ich kenne sie nicht anders!« gab er zurück. »Manche leiden gern.«

Leïla entfernte sich. Ein andermal war der Geliebte stehengeblieben, hatte sich abgewandt, und (wir waren beide im Eingang dieses riesigen Gebäudes) ich hörte, wie er zu jemand sagte: »Nein, es ist Schluß, ich werde nicht kommen!« Der andere redete mit leiser Stimme auf ihn ein: Wir hatten als Gruppe zusammen den Fahrstuhl verlassen und waren kurz davor, uns nach allen Regeln des Protokolls zu verabschieden.

Er kam wieder in meine Richtung, ich fixierte seine Züge; eine krampfartige Nervosität ging langsam über sein Gesicht – war es nur Wut oder die Spur eines Schmerzes? Ich wandte mich ab. Ich fühlte mich fehl am Platz und wünschte mich weit fort. Weshalb ging er nicht, um sie zu trösten, weshalb …

Ich habe ihm wohl den Rücken gekehrt, wollte gerade fortgehen. Da hörte ich, wie er mich recht leise bei meinem Vornamen rief. Er rief mich zu sich. Zum ersten Mal tat er es auf diese Weise. Er machte einen Schritt. Ich drehte mich um, sagte mit warmer Stimme: »Endlich bin ich nicht mehr ›Madame‹ für Sie!«

Er stammelte etwas. Ich sah erneut, wie eine unsichtbare Falte sein Gesicht verzog. Für eine Sekunde schien er wirklich zu sein, in seinem Blick, in seinem Denken. Er hatte mich gleichsam um Hilfe gerufen … Wenn er bei mir war, konnte er – ich weiß nicht, was – vergessen, eine Schuld, eine Verpflichtung gegenüber dieser flehenden Geliebten.

Er sagte erneut und noch leiser meinen Vornamen. Deutlich. Ich glaube, es lief an mir hinab wie ein Schauer betörender Freude; ich leuchtete, ich war kurz davor, ihn bei der Hand zu nehmen: »Nur fort von hier, gehen wir!« Sein feines, mir zugewandtes Gesicht beruhigte sich wieder.

Plötzlich fiel in mir ein schwarzer Vorhang. »Sie.« Ich sah sie nicht, ich wußte sofort, daß sie hinter mir war. Die Traurigkeit war über ihr. Die Umstände würden auch einmal auf unserer Seite sein, später. Alles was zwischen dem Geliebten und mir war, mußte klar bleiben, rein. Eines Tages, in einem anderen Jahrhundert!

»Entschuldigen Sie mich«, murmelte ich endlich und wandte mich langsam ab.

Eine Sekunde lang spürte ich, wie er reglos dastand, meinen Rückzug beobachtete und den Grund dafür verstand.

Einen Monat später wollte mir der Journalistenfreund sagen, daß Leïla seit mindestens einem Jahr nicht mehr seine Lebensgefährtin war. »Sie hat einen Selbstmordversuch hinter sich und ist immer noch in größter Verzweiflung«, sagte er. Ich unterbrach ihn. Wozu ich das wissen müsse, jeder kehre vor einer Tür ... Ich ließ mich nicht davon abbringen, erfüllt vom Gedanken an den Geliebten zu leben. Nicht ein einziges Mal habe ich mich gefragt, ob er sehr an Leïla hing, ob er sie liebte. Vielmehr ergriff mich eine Verlegenheit, als ich verstand, daß er eine solche Macht über sie hatte. Als würde ich mich, und sei es nur indirekt, zum Teil für die Qual dieser Frau verantwortlich fühlen.

Das Bild der unglücklich Liebenden verblaßte: Diese Geschichte, die sich irgendwann einmal abgespielt hatte, die sich vor meinem Sommer der Musik, des Tanzes und der Begeisterung zugetragen hatte, war langsam erstickt, lange vor meinem momentanen Leiden. Sie war ausgetrocknet.

Ein weiterer Monat verfloß in jener Ungewißheit und der mit ihr verbundenen Erschöpfung. Kühl begann das Frühjahr über der Stadt. Heftige Regenschauer hinterließen eine von durchscheinendem Licht funkelnde Landschaft, gleichsam einen nicht enden wollenden Sonnenaufgang.

Im beständigen Gehen kam es mir vor, als würde ich die Etappen einer endlosen Schlaflosigkeit durchlaufen. Manch eine Bemerkung einer Freundin, eines Verwandten zerrissen für einen Moment das Vakuum, in dem ich mich befand: »Du hast glänzende Augen!«

»Du bist traurig und abgemagert!«

»Du kommst mir so abwesend vor!«

Wenn ich mit meiner kleinen Tochter zusammen war, hörte ich mich wie früher ausgiebig lachen. Wir pflegten unsere Verschworenheit bei gemeinsamen Abenden und kurzen Spaziergängen im benachbarten Park.

Mitten in der Nacht wurde ich jedoch aus dem Schlaf gerissen, ein schwarzer Traum böser Verknüpfungen, an den ich mich allerdings nicht erinnerte, stürzte mich erneut in jene Flut … Um wieder halbwegs ruhig einschlafen zu können, zwang ich mich, als wäre ich Märchenerzählerin und das Kind, das beruhigt werden wollte, in einem, mir immer wieder vorzusprechen: Morgen werde ich ihn ganz gewiß treffen! … Er wird plötzlich seinen Wagen anhalten, ich werde in der Menge stehenbleiben, er wird mich mit vollendeter Höflichkeit ansprechen: »Sie sind so müde, ich werde Sie nach Hause fahren!« Morgen, ganz gewiß! … Und ich schlief wieder ein, voller Selbstmitleid, weil ich ständig in der Stadt umherspazierte, weil ich sowenig Hoffnung hatte. Morgen, ganz gewiß! Nach und nach schlief ich ein, es kam mir vor, als wäre ich meine eigene kleine Tochter geworden!

Ich begann wieder, die Nationalbibliothek aufzusuchen. Auf dem Weg trällerte ich mitunter populäre Klagelieder von Abou Madyan, dem Heiligen von Béjaia: Melodien von melancholischer Süße, die mir meine Tante mütterlicherseits, eine sanfte und traurige Frau, nach und nach beigebracht hatte, als ich noch ein Kind war …

Plötzlich wandte ich mich von meinen wissenschaftlichen Untersuchungen ab, derentwegen ich eigentlich gekommen war, als wäre ich auf Schmerz aus. Die Stimme meiner Tante im Ohr, widmete ich mich der Suche nach einem verblaßten Geheimnis, einem beruhigenden Gewässer: Mit Feuereifer stürzte ich mich in die Chroniken dieses strahlenden 12. Jahrhunderts in Andalusien und im Maghreb:

»An jenem Tag«, las ich, »bestieg der Shaykh das Pferd und gebot mir wie auch einem meiner Kameraden, ihm nach Almontaler zu folgen, ein Berg in der Nähe von Sevilla … Nach dem Nachmittagsgebet schlug der Shaykh vor, daß wir wieder in die Stadt zurückkehren sollten. Er bestieg sein Pferd und machte sich auf den Weg, während ich an seiner Seite marschierte und mich am Steigbügel festhielt. Auf dem Weg sprach er zu mir von den Tugenden und Wundern des Abou Madyan.

Ich dagegen ließ ihn nicht aus den Augen, und so beschäftigt war ich mit dem, was er sagte, daß ich alles, was mich umgab, völlig vergaß. Plötzlich blickte er mich an und lächelte; dann gab er seinem Pferd die Sporen, schlug eine härtere Gangart ein, und ich beschleunigte meine Schritte, um auf seiner Höhe zu bleiben. Schließlich hielt er an und sagte: ›Schau, was nun hinter dir liegt!‹ Als ich mich umdrehte, sah ich, daß der ganze Weg, den wir im Lauf zurückgelegt hatten, nur aus Dorngestrüpp bestand, das mir bis zum Gürtel reichte.«

Unter dem Eindruck des Berichts von Ibn 'Arabi, in dem er seine Jugend und seine mystischen Lehrjahre in Andalusien auf diese Weise schilderte, sah ich ganz deutlich seinen von Leidenschaft erleuchteten Weg, der nach Sevilla führte, vor mir. Ich stellte mir den Shaykh Abou Yacoub Youssef zu Pferde vor, einen jener Schüler, die Abou Madyan am nächsten gestanden hatten, und Mahiedin Ibn 'Arabi, der als junger Mann sich am Steigbügel festhielt und rannte und so nichts vom Dorngestrüpp des Weges sah, berauscht vom Bericht über die Gnade des Heiligen.

Es war dieser mystische Dichter aus Béjaia, dessen Andenken Generationen maghrebinischer Frauen – am letzten Glied einer langen Reihe meine Tante und meine Mutter – mit trauererfüllter Stimme weiterleben ließen, gleichsam ein Überbleibsel des Duftes, der an jenem Tag auf dem Weg nach Sevilla so lebhaft war, als der Sufimeister trotz der Dornen des Weges einen bereits auserkorenen jungen Mann einweihte.

Ich verließ die Bibliothek, sah mich plötzlich auf dem Boulevard, der die Anhöhen der Stadt umkreist. Als ich mich nun auf meinen Marsch begab, war mir die heutige Metropole nur durch ihr Raunen gegenwärtig, das immer schwächer werdende Echo ihres Lärms. Als Wanderer wurde ich zur Augenzeugin eines Tages im Jahr 1198, zweifellos ein Frühlingstag, am Tor der Stadt … Sidi Abou Madyan, beinahe achtzigjährig, macht sich bereit, die Stadt zu verlassen. Tausende von Gläubigen sind da, man versucht vergeblich ihn zurückzuhalten: Werden sie ihn eines Tages wiedersehen? Er ist schwer krank. Er hat sich gefügt und bereit erklärt, nach Marrakesch zu gehen; der wegen seiner Grausamkeit berüchtigte Almohaden-Sultan hat ihn zu sich befohlen.

Die Wachen des Sultans umringen ihn; sie warten auf den alten Mann, der sich von seinen Schülern losreißt: Jetzt, da er zum Aufbruch bereit ist, erfüllt ihn heitere Ruhe. Plötzlich hebt er zu einer Prophezeiung an: »Indem ich ihm gehorche«, beginnt er, »gehorche ich Gott, Ehre sei Ihm! Aber ich werde beim Sultan nicht mehr eintreffen; ich werde auf dem Weg sterben, noch vor Tlemcen!«

Dann murmelte er, so heißt es, geheimnisvoll etwas, was sich vielleicht auf den Herrn von Marrakesch bezog? Es ist jedenfalls eine klare Aussage: »Er wird mir übrigens bald folgen!«

Ich war bisher nur einmal in Tlemcen. Ich holte weit aus und ging in großen Schritten den Fluß der hupenden Autos und überfüllten Busse entlang, sah hinüber zu den in Spalieren angelegten Hängen – kleine Villen, Anfang des Jahrhunderts erbaut, gestört von viel zu großen und übervölkerten Häusern, von Zeit zu Zeit eine Kapelle im byzantinisch gefärbten Stil oder eine alte Moschee, gleich daneben mit Abfällen überschüttetes unbebautes Gelände. Dort gab es aber auch Kinder in Scharen, die eine Katze quälten oder Fußball spielten.

Ich ließ mich kaum von dieser angeschlagenen Präsenz berühren, sondern ging weiter, in einer fernen Vergangenheit lebend: Diesmal war ich bei der Ankunft des Heiligen im Umkreis von Tlemcen. Als Abou Madyan einen bescheidenen Marktflecken betritt, bricht er zusammen, von überall rennen Leute herbei: »Der große Abou Madyan wird sterben! ... Er stirbt! ... Das Heil Gottes sei über ihm! ...« Noch Jahrzehnte und Jahrhunderte später werden Gläubige zu diesem Wallfahrtsort pilgern, noch heute strömen sie herbei!

Und ich bin müde, suche eine Bank in einem Park, ich setze mich schließlich für fünf Minuten in ein Männercafé, nur so lange, bis der Pfefferminztee getrunken ist; traurig stelle ich fest, daß meine Träumerei unterbrochen wurde, weil ich nicht mehr gehe und mich sträube: Sofort meldet sich wieder der stechende Schmerz, wie ein nur halb betäubter Abszeß, der erwacht ist.

Ich breche wieder auf. Die Sonne verblaßt, dort oben bin ich zu Hause, dort muß ich ankommen, bevor es Nacht wird. Ich suche vergebens ein Taxi.

Ich habe also den Schatten des Heiligen von Béjaia auf

meinem Weg verloren, der bei seiner Ankunft in Tlemcen starb, und wie er prophezeit hatte, folgte ihm bald auch der Sultan, er starb in seinen besten Jahren … Meine Geister beschützen mich nicht mehr. Wieder fühle ich den heftig bohrenden Verlust in mir, diese Amputation, die ich seit Wochen mit mir herumtrage: eine Verhärtung, die mich wiederaufrichtet, und zugleich das verborgene Risiko zu fallen. Wie soll ich »ihn« wiederfinden, und sei es von weitem, und sei es ihn nur flüchtig streifend? Nein, ich werde nicht dorthin gehen, wo er arbeitet. Obwohl es genügend Vorwände gäbe! Nein, ich werde mir nicht einen einzigen heraussuchen! Ein Zufall müßte es sein, der ist jedoch nicht auf meiner Seite. Er aber, wie kann er denn so leben, wie konnte er sich daran gewöhnen, mich nicht mehr zu sehen, wie … Schon phantasiere ich einen Streit, ein Zerwürfnis unter Liebenden, plötzlich vergesse ich, daß nichts zwischen uns war, unsere gegenseitige Anziehung immer nur andeutungsweise bestand, nichts hatte wirklich begonnen, weil meine scheinbare Kälte schließlich wie eine perfekte Selbstkontrolle erschien. Meine Augen suchen in der Menge; ich fange an, jedes Auto zu mustern – normalerweise sind sie nur Klötze für mich. Ich suche nur eine Farbe, ein eigentümliches, schmutziges Blau, und eine hier äußerst seltene Form der Karosserie. Auch wenn ich mir sonst keine Automarke einprägen kann, sein Auto würde ich sofort erkennen, ich bin mir nicht sicher.

Bei einem unbedeutenden Gespräch in jenem Sommer hatte der Geliebte oder sein Freund zweimal die Automarke erwähnt, die ich jetzt suchte, an deren Namen ich mich nun erinnern wollte. Dieses Auto hatte mich zwei- oder dreimal nachts nach Hause gebracht, wenn es vorbeikäme, würde ich es erkennen … Er aber, würde er mich überhaupt sehen unter all den Passanten?

Am nächsten Tag lag ich untätig zu Hause, so heftig nagte an mir das Leiden seiner Abwesenheit – wie hätte ich statt dessen einen tückischen Zahnschmerz begrüßt oder einen Schmerz, dessen Intensität mein Gesicht lähmte, dann hätte man mir zumindest eine Betäubungsspritze gegeben – ich fühlte nicht einmal mehr die Kraft, mich aufrecht zu halten. Konnte ich am nächsten Tag zum Unterricht gehen? Hinunterzugehen in die Stadt, nur zum eigenen Vergnügen arbeiten zu gehen, erschien mir nutzlos, eine traurige Komödie, die ich mir selbst vorspielte. Schließlich lungerte ich in der leeren Wohnung herum: Wie im Theater war die Zeit aufgehoben, durch eine schicksalhafte Macht, die im voraus geschaffen wurde.

Ich erkannte, daß ich es war, die ganz unwillkürlich den gestrigen Rhythmus unterbrochen hatte. Die Arbeit dort unten wiederaufnehmen, dort, wo der Geliebte war. Vielleicht mußte ich mir eine Atempause gönnen: Ich war süchtig nach seinem Blick und jetzt »auf Entzug«. Welcher Zensor konnte mir denn das bißchen Nachsicht vorwerfen, das ich mir zubilligte? Wie früher würde ich kühle Gleichgültigkeit heucheln, Zurückhaltung mit einer Prise Lässigkeit. So würde er nicht einmal auf den Gedanken kommen, ich könnte seinetwegen zurückgekommen sein, nur um ihn zu sehen, seine Silhouette, wenn er aus dem Aufzug trat, und ich legte mir selbst gegenüber ein ernstes Versprechen ab: »Keine verschwörerischen Telefongespräche im Dunkeln mehr!« Angesichts dieser Möglichkeit – das Ergebnis eines Handels mit meinem Gewissen – gewann mein Atem neuen Spielraum. Aber dann stieß ich mit einem Schlag diese Zukunft über den Haufen, tötete in mir diese Versuchung ab, denn ein geheimer Instinkt hatte versucht, meinem inneren Fieber ein Ende zu bereiten. Dieses schmerzhafte, jedoch gleichzeitig erregende Zehren bei der Zusammenarbeit von einst – konnte ich denn nicht ahnen, daß es einem unmerklichen Gefälle zuneigte, das mich vernichten würde? Hatte ich keine Furcht vor dem drohenden Sturz?

Nein. Ich würde dorthin nicht mehr zurückkehren. Nein, ich wollte mir keinen Vorwand zusammenschustern, der doch so leicht zu finden gewesen wäre! Alle Qualen, die ich mir mit dieser Trennung auferlegte, konnten meinen klaren Blick nicht trüben. Die Krankheit, unter deren Einfluß ich seit mindestens Ende des Sommers stand, war an ihrem Höhepunkt angelangt. Ich war nicht auf mich selbst hereingefallen, nun mußte ich auf der Hut sein, daß ich nicht in eine Lage geriet, die nicht abzusehen war. Nein, ganz bestimmt, schloß ich mit einem Ernst, der mich in kurzen Anwandlungen wieder bestärkte, Vorsicht war heilsam und die selbstauferlegte Abwesenheit das einzige Mittel. Ich würde nicht mehr dorthin zurückkehren!

Ich irrte durch das Haus. Während ich mich durch die Flure tastete und gegen meine seltsamen Schwindelanfälle zahlreiche Gläser Wasser trank, sagte ich mir, es wäre schon viel gewonnen, wenn ich einen Balsam von kurzer Dauer finden könnte! Was könnte mir denn Trost spenden, abgesehen von meinen Märschen durch die Stadt und der Flucht ins Sonnenlicht? Welche Fährte aufnehmen?

Ich zog mich an. Ich wollte zumindest das Auto sehen, »sein« Auto, und somit wissen, ob er dort unten bei der Arbeit war. Ich erinnerte mich an den äußeren Parkplatz für die Techniker, ganz nah bei einem kleinen Pinienwäldchen. Wenn ich mich zumindest des Schattens eines Schattens versichern könnte, würde mich das beruhigen. Dann würde ich wissen, daß er existierte, und auch ich, nur eben von Liebessehnsucht befallen.

Zweimal ging ich, glaube ich, derart von dieser Idee besessen hinunter. Eine Viertelstunde später stand ich an der Auffahrt oberhalb des Parkplatzes. Ich lehne mich über die Balustrade, gebe vor, das berühmte Panorama zu genießen: die Bucht in der Sonne, stolz wie eine erwiderte

Liebe. In der Ferne warten mehrere Boote und Frachter, weil der Hafen voll ist. Hundert Meter weiter unten erstreckt sich zu meinen Füßen ein kleines Dreieck: Parkplatz für einige Dutzend gewöhnlicher Autos. Mein scharfes Auge sucht die charakteristische Form und das schmutzige Blau jenes Wagens, den ich kenne.

Eine Erleichterung überkommt mich, beinahe eine Entspannung in den Muskeln. »Er ist wirklich da!« Zehn Minuten von mir entfernt. Ich könnte zur Pforte gehen, ihn rufen lassen. Dann würde ich ihm vorschlagen, daß wir in die Bar des Hotels gegenüber gehen. »Trinken wir einen Kaffee! Ich bin zufällig vorbeigekommen und wollte wissen, ob es bei Ihnen etwas Neues gibt!« Und noch während ich diese Banalitäten munter abspulte, würden meine Augen, o ja, meine Augen würden ihn verschlingen, mit einem brennenden Hunger, den ich zu zügeln hatte, sein Gesicht, seine Züge, die Farbe seiner Augen, aber auch seine Schwächen würde ich wiederfinden. Vielleicht war auch er abgemagert, vielleicht aber im Gegenteil …

Ich träume, was ich alles tun würde. Ich starre auf den blauen Wagen; er gehört ihm. Ich kenne nicht mehr die schneidende Anspannung des Leidens, nur die seichte Leere der Trennung bleibt, die ich augenblicklich vernichten könnte, so nahe bei meiner Wohnung … Mit Demut erfreue ich mich nach Durchquerung der Wüste an diesem Schmerz. Ich atme tief: Die Ewigkeit dieser Landschaft lächelt mir beinahe zu.

Es ist sechzehn Uhr. Plötzlich fallen mir die Kinder ein. »Auf nach Hause!« sage ich mir. Ich gehe ohne Mühe davon. Die Zerstreuungen einer Mutter warten auf mich. Klavierspielen mit meiner Tochter.

Spätabends im Bett, die Augen in der Finsternis geöffnet, stärke ich mich mit dem Schmerz, der in alter Intensität zurückkehrt. »Es tut mir weh, am ganzen Körper!« Ich werde schlafen, trotz der Alpträume. Morgen werde ich andere Tröstungen finden müssen, von deren vergänglicher Natur ich weiß.

Kurz nach jenen Tagen der Verwirrung gab ich mich der Vorstellung von einer seltsamen, aber realisierbaren Begegnung hin: mit der Mutter des Geliebten sprechen.

Es wäre ein leichtes für mich gewesen, mit Hilfe einer einfachen, gesellschaftskonformen Strategie Cousinen, eingeheiratete Verwandte dieser Dame zu treffen – einige Tage hätte ich mit konventionellen Besuchen verbringen und ein wenig höflich sein müssen zu alten Freundinnen oder Verwandten, bis ich sie schließlich bitten konnte, mich dieser Frau vorzustellen, die ich nicht kannte. Sie mußte noch jung sein, sicherlich war sie schön und von scheuer Zurückhaltung. Ja, ich sollte es auf ein Gespräch mit ihr ankommen lassen. Ich wäre zufällig in einem Salon oder bei einem Fest aufgetaucht, selbst eine banale Unterhaltung hätte mir ein ambivalentes Vergnügen bereitet, Verlegenheit oder zumindest neue Sehnsucht ausgelöst. Meine Verdurstung hätte eine Unterbrechung gefunden dank der Nähe jener Frau, die durchaus meine Schwiegermutter hätte sein können, es jedoch niemals werden würde. Als würde allein die Tatsache, daß ich eine sehr reale Schwiegermutter hatte, die mich mit mütterlicher Zärtlichkeit behandelte und die ich so sehr liebte, daß ich allein ihretwegen mir niemals vorstellen konnte, eines Tages ihren Sohn zu verlassen, als ob die Tatsache, daß ich diese »schuldbeladene« Liebe fühlte –, ja, diese Liebe zu einem jungen Mann, der sich nicht zum Rivalen des Gatten aufschwingen konnte, war schuldbeladen –, als ob all das eine noch gefährlichere Rivalität nach sich gezogen hätte: nämlich diese unsichtbare Mutter, die ich zu treffen wünschte (eine noch junge und elegante Berberin, die in einem der schönen Viertel wohnte), gegen meine wahre Schwiegermutter auszuspielen, die so traditionell und auf ihre Weise so aristokratisch war, erfüllt von islamischer Güte und Sanftheit, gepaart mit Strenge. Sie, die Freundin der Bettlerinnen der Stadt, die Trösterin der verstoßenen Frauen, der unfruchtbaren Ehefrauen und der Qualen leidenden Schwiegertöchter, die bei jedem meiner Besuche (ich verbrachte pro Woche mindestens eine Nacht bei ihr, schlief auf einer Matratze am Boden und sah ihr zu, wie sie sich ins Gebet vertiefte; so bestärkte mich ihre Frömmigkeit, die uns mit Sicherheit noch lange beschützen würde, mich und meine beiden Kinder) mir bis ins Detail von dem alltäglichen Jammer der Damen in dieser Stadt des unsichtbaren Luxus und der unsichtbaren Unterdrückung erzählte. Wie sollte ich jemals eine solche Freundin verlassen, wenn es eines Tages dem Gatten nicht mehr zu verheimlichen war, der in jener Zeit gerade reiste, nach Europa, nach Ägypten und noch weiter, was mir sehr gelegen kam.

Außerdem war ich durch seine Familie noch weiteren Versuchungen ausgesetzt: Ich erinnerte mich, daß der Geliebte einen Arzt zum Vater hatte. Er hatte zufällig das Viertel erwähnt, wo sich seine Praxis befand. Nun wohnte dort eine entfernte Tante, der ich von Zeit zu Zeit einen Besuch abstattete.

Aus Lustlosigkeit oder Trägheit ließ ich den Plan fallen, bei seiner Mutter vorzusprechen. Zum einen stellte die dominierende Anwesenheit meiner Schwiegermutter ein Hindernis für die Verwirklichung dieser in meiner Verwirrung herbeigewünschten Szene dar, zum anderen führte ich seit Monaten das Leben einer Einsiedlerin, und das hätte ich für diesen etwas gewagten Abstecher in die Gesellschaft aufgeben müssen. Eines Morgens beschloß ich, meine Tante aufzusuchen.

Während meines Besuchs erkundigte ich mich die ganze Zeit aufs genaueste nach ihrer Gesundheit und fragte mich gleichzeitig selbst, ob ich den Mut finden würde, einen Termin bei diesem Arzt am anderen Ende der Straße zu vereinbaren? Was sollte ich ihm sagen? Was fehlte mir denn? Ich war abgemagert: Meine Tante hatte dies sofort bemerkt, als ich hereinkam. Gewiß, ich wurde in letzter Zeit häufig ohnmächtig, aber das war nur mein niedriger Blutdruck, mehr nicht. Dennoch erzählte ich meiner Tante (als ob ich bereits für die Befragung durch den Arzt üben wollte) von meinem letzten Schwächeanfall: »Vorgestern war ich allein in der Wohnung, ich bin in einem Sprung aufgestanden, ich wollte, glaube ich, in die Küche gehen ... Plötzlich wird mir schwarz vor Augen. Ich erinnere mich an nichts mehr. Anscheinend bin ich erst viel später auf dem Boden liegend zu mir gekommen. Meine Hand tastete über die Fliesen. Es hat einige Zeit gedauert, bis ich begriff: Was mache ich hier auf dem Boden? Ich war tatsächlich plötzlich ohnmächtig geworden, als ich aufgestanden war. Ich hatte nicht einmal Schmerzen! Nicht einmal ein Beule am Kopf. Nichts!«

Meine Tante war besorgt, fragte dann sanft: »Bist du vielleicht schwanger?«

Ich platzte heraus: »Alles andere als das!« Es kam mir grotesk vor. »Nein, diese Ohnmachtsanfälle hatte ich bereits früher, aber es wird immer schlimmer. Ich fühle mich schwach, stütze mich irgendwo auf, sehe plötzlich Sterne, während jemand mit mir spricht, und ich lächle ihn weiterhin an, aber seine Stimme entfernt sich. Ich setze mich dann hin, esse etwas Zucker oder Schokolade.«

»Du mußt zum Arzt gehen, es gibt einen in meiner Straße«, sagte meine Tante unerschütterlich, »zu dem gehe ich auch!«

Ich fragte: »Und beim Arzt, in welcher Sprache sprichst du mit ihm?«

Sie rief aus: »In welcher Mundart ich ihn anspreche? Also, meine Tochter! In der Sprache des Propheten natürlich … Wir sind schließlich lange genug unabhängig, daß ich in meiner Sprache mit einem Arzt sprechen kann, der von hier ist! … Er hat übrigens seine Praxis zur Zeit der Franzosen eröffnet, während des Krieges.«

Ich verließ meine Tante, ging geradewegs in die Praxis. In einem bereits vollen Wartezimmer setzte ich mich in die Ecke mit den Frauen und Kindern. Der Arzt ging kurz durch den Flur. Eine Patientin flüsterte: »Da ist er!«

Ich hatte kaum Zeit, sah ihn nur flüchtig, ein untersetzter Fünfzigjähriger mit rotem Haar. Er geleitete eine verschleierte Dame hinaus und warf dabei einen beschäftigten Blick ins Wartezimmer. Als die Patientin vor mir an die Reihe kam, stahl ich mich davon: Was hatte ich hier zu suchen? Ich hatte nicht die geringste Lust, mich über meine Person und meine Ohnmachtsanfälle ausfragen zu lassen. Indem ich sie meiner Tante geschildert hatte, war mein Interesse erloschen. Vor allem wurde mir eines bewußt: Sobald ich dem Arzt – der vor allem »der Vater« für mich war – gegenübersaß, hätte ich meine Bluse öffnen müssen, er hätte meine Lunge abgehört, ich hätte eine Untersuchung über mich ergehen lassen müssen. Wie anstößig! Er war »der Vater« und nicht ein anonymer Mediziner.

Ich machte mich wie eine Diebin aus dem Staub. Hinaus, mit pochendem Herzen. Da ich nun nicht mehr bei meiner Tante war und ärgerlich viel Zeit in einem Raum mit kranken Frauen und jammernden Kindern zugebracht hatte, war ich wenigstens für eine lange Weile von meiner fixen Idee befreit. Nun hatte ich das Bild des jungen Mannes völlig vergessen … Im Gewühl dieses mir ungewohnten Viertels sagte ich mir dann, daß dieser untersetzte, rothaarige Arzt offenbar ein ganz normaler Mann mit nüchternen Beschäftigungen war. Sein Sohn war ein junger Mann und genauso normal, einziger Sohn eines Ehepaares, biedere Bürger dieser Stadt. Ohne diese Trennung, die ich mir grausamerweise selbst auferlegt hatte, hätte er für mich längst seine Aura verloren! Mehr noch, sagte ich mir, während ich ging, war es nicht so, daß ich mich unwiderruflich von meinem Gatten entfernte, als ich all diese Monate den Sommer über und den Herbst die Gesellschaft dieses jungen Mannes suchte? Obwohl ich die Unbeteiligte spielte und meine Regungen erstickte, stattete ich ihn mit einem Flair aus, somit übertraf er meinen Mann, der mir doch so lange wie mein anderes Ich erschienen war!

Ich nahm ein Taxi, um so schnell wie möglich wieder zu Hause zu sein. Ich wollte meine Kinder um mich haben. Einen halben Tag hatte meine Tante in Beschlag genommen, dann noch der anstrengende Besuch beim Arzt. Zu Hause angekommen, war ich meine Besessenheit los. Ich öffnete die Tür, ich setzte einen Kaffee auf.

Als ich von einem Zimmer ins andere ging, Lachen hörte, mich eine Minute auf dem Balkon aufhielt, um das Perlgrau des Himmels wiederzufinden, war plötzlich die tiefe Stimme und der stille, leicht ironische Blick des Geliebten wieder da, die Besessenheit kehrte zurück. Auch am Abend verfolgte es mich noch, aber dann freuten sich die Kinder am nächsten Morgen bereits darauf, daß wir die Rückkehr des Vaters feiern würden; sie stellten mir Fragen, welche Geschenke er ihnen wohl aus Ägypten mitbringen würde, und wollten mir das eine oder andere Gedicht vorlesen, das sie für ihn geschrieben hatten: »Sonntag ist dann Vatertag!« rief das Töchterchen aus.

»Das ist ja ganz neu!« bemerkte die Kinderfrau, die nach Hause ging. Der Tag verging mit Liedern, Rätseln und schließlich mit einigem Geschrei.

Im Bett las ich nicht mehr; ich löschte die Lampe. Im Dunkel erlebte ich noch einmal den vergangenen Sommer, die morgendlichen Plaudereien mit meinen drei Freunden oder wie ich auf einer unendlichen Bühne tanzte, auf der sich nach und nach meine Gestalt verlor.

War es bei der Rückkehr des Gatten, daß ich gleich am ersten Abend zu sprechen beschloß?

Heute weiß ich: Hätte ich eine Vertraute gehabt, eine alte Freundin, eine wiedergefundene Schulkameradin aus dem Internat, dann hätte ich vielleicht alles nur ein einziges Mal erzählt, weil es mir Freude oder Spannung bereitet hätte zu hören, wie ich mit lauter Stimme mein inneres Abenteuer loswerden würde, jene schleichende Besessenheit, der ich mich zuerst genüßlich, dann leidend überlassen hatte. Ich weiß seither, daß das Bedürfnis zu sprechen – einem Freund gegenüber, und da dieser fehlte, meinem Mann gegenüber, den ich allerdings für einen Freund hielt, wenn er schon nicht mehr mein Liebhaber war – das bittere Vergnügen weckte, mich selbst zu hören, und mich somit von der Wirklichkeit dessen, was mich bewohnte, zu überzeugen, es gleichsam Gestalt annehmen zu lassen. Ihm Worte zu verleihen, wenn auch nicht Liebkosungen; tatsächlich quälte mich, während ich das sagte und auch zuvor, das Begehren nach diesem Mann; eine neue Versklavung.

Überdies hatte bereits zuvor zweifellos eine Selbstbefragung stattgefunden, die fehl am Platze war, was mir aber kaum bewußt war (ich hatte danach genügend Zeit, als es in einem gewissen Sinne bereits zu spät war, mir Gedanken über all den Aufruhr zu machen!): Bin ich selbst denn wirklich, oder ist am Ende nur mein Leiden wirklich, weil ich mich mit dieser Trennung nicht abfinden möchte?

An jenem Abend habe ich mich wahrhaftig wie eine Traumtänzerin benommen. Ich bat ihn, mich anzuhören, wollte in einer Nacht »alles« erzählen ... Und das wurde zur Last meiner Träume, meiner Tabus, vor allem des stillen Wunsches und des drängenden Verlangens, darüber zu sprechen. Eine Bürde aus Träumen und Worten, infolge eines Flirts, der kaum länger andauerte als die Spiele eines Sommers.

Diesen Erinnerungen muß ich mich bis zum Schluß stellen ... Der Gatte kommt zurück, mein Gedächtnis möchte diesen ersten Abend hinunterschlucken: ich und er im Zimmer. Zuerst hatte ich mich im Badezimmer eingeschlossen, schlief im zu heißen Bad beinahe ein. Er wartete entschlossen auf mich. Es wurde Mitternacht, im Kinderzimmer war es dunkel. Die Stille gerann im Haus. Ich war nicht allein und konnte nicht in meine Träume entfliehen und ...

Alles in mir sagte nein. Auf meinem Gesicht der beleidigte Ausdruck einer verstockten Frau, mein Schweigen. Ich löschte nicht die Leselampe. Ich zwang mich zu überflüssigem Gerede, um die Leere auszufüllen und zu versuchen, meine Gesten zu vergessen: Jetzt zog ich meinen Bademantel aus, jetzt legte ich mich ins Bett in diesem Nachthemd, das sich zu eng an den Körper schmiegte, jetzt folgte der Blick des Mannes, der zurückgekommen war, jeder kleinsten Bewegung von mir. Ich löschte nicht die Leselampe.

Eine Panik ergriff mich. Eine Verhärtung im Gesicht der Schlafenden. »Laß mich! Faß mich nicht an! Geh weg!« Wie sollte ich das laut von ihm fordern, wie ... Wildes Grauen, zwischen den Laken wurde ich stocksteif. Der heftige Wunsch, zu den Kindern zu gehen, mich neben ihrem Bett hinzulegen, zumindest dort unten diesen einzigen Winkel finden, wo ich beschützt, mir selbst überlassen schlafen konnte ...

Eine verrückte Angst: »Wenn er mich berührt, wenn er mich liebkost, werde ich mich totstellen, aber der Vorname des Geliebten wird doch als giftige Blume, die während meines sehnsüchtigen Wartens in meiner Kehle Wurzeln schlug, gegen meinen Willen auf meinen Lippen erblühen – gegen meinen Willen und wegen des unumgänglichen Augenblicks der Lust, falls ich aus Feigheit nachgeben sollte!«

Ich verlasse das Bett und gehe in die Finsternis; ich suche Zuflucht im Wohnzimmer, in der Finsternis. Mein Körper zittert; ich hätte also um ein Haar der Gewohnheit nachgegeben, nein, vielmehr der stummen Bitte des Ehemanns, seiner Hände, seiner Begierde, und ich, welch häßliches Mitgefühl hätte mich beinahe ergriffen, welch schwache Nachsicht, daß ich mich beinahe in seine Arme gestürzt hätte. In seine? In die eines anderen ... Ich zittere: In der Finsternis, im Wohnzimmer, ergreift mich die Wut. Gegen mich selbst (gibt es also doch einen Teil, der »Weibchen« ist, in mir, anonym und weiblich?). Ach, wenn nur die Kinder nicht da wären, wenn sie nicht ruhig schlafen würden (das stimmt nicht, der Junge hat immer öfter Alpträume), ach, wenn ich nur mit diesem Mann allein wäre, der auf mich wartet und glaubt, ich sei »seine« Frau, seine Geliebte ... Plötzlich schüttelt mich die Wut: alles kurz und klein schlagen, hier in dieser Wohnung – die Lampen, die Bücher, die Gläser, bis alles in Trümmern durcheinanderliegt, Ruinen, Steine, Fetzen. Allein die Kinder schlafen, allein der Junge seufzt in seinen Träumen.

Ich mache Licht im Wohnzimmer. Der Gatte, plötzlich vollständig angekleidet, kommt zu mir. Er öffnet eine Flasche Schnaps. Er schenkt sich ein Glas ein und beschließt: »Trotz meiner Schlaftablette werde ich diesen Whisky austrinken, den ich vom Flughafen mitgebracht habe, bis die Flasche leer ist ... Ich trinke, aber du wirst sprechen!«

»Ich werde sprechen«, sage ich leise mit einem Lächeln der Erleichterung. »Mehr verlange ich nicht!«

Überflüssig, jenes Theater in Auszügen zu erzählen – ein wahres »Boulevardtheater«, dachte ich –, das beinahe bis zum Morgengrauen dauerte ...

Was soll ich noch sagen über meine Geständnisse eines späten Mädchens (es stimmt, daß eine gleißende Aufregung mich ergriff und nicht mehr losließ: endlich über ihn sprechen können, selbst vor den glänzenden Augen, dem geweiteten Blick dieses Zuhörers, dieses Eindringlings)?

Er trank den ganzen Whisky aus. Er erhob sich. Er schlug zu. Das gähnende offenstehende Fenster hinter uns (hatte er es zuvor geöffnet? Ich weiß es nicht) ließ einen gleichsam bedrohlichen Luftstrom herein, der, so kam es mir vor, mich beinahe grundlos in diesen Schacht mit seinen zehn Stockwerken hinabriß ... Er schlug, und ich konnte mich nicht ins Innere der Wohnung flüchten, als würde das offene Fenster mich direkt aufrufen. Mit seinen Armen eines großen, athletischen Mannes würde er mich blindlings packen, würde mich hinauswerfen, damit ich draußen explodierte. Er schlug, und ich glitt zu Boden, eine ungewöhnliche Vorsicht wachte in mir, so konnte ich das geringere Risiko wählen ...

Zuerst beschimpfte er mich. Dann schlug er zu. Meine Augen schützen. Denn plötzlich ergriff ihn ein seltsamer Wahn: Er wollte mich blenden.

»Ehebrecherisches Weib!« schimpfte er, die zerbrochene Whiskyflasche in der Hand. Ich dachte nur noch an meine Augen und an die Gefahr, die von dem zu weit geöffneten Fenster ausging.

Dann hörte ich ihn, gleichsam als Echo aus einem Gefängnis, in dem er sich befand, dort schlug er mich, dort wollte er mich halten. Das hörte ich in diesem Raum, der zu einem Alptraum wurde, der für meinen Körper schrecklich zu werden drohte, meine geschlossenen Augen mit meinen Armen, meinen erhobenen Ellbogen, meinen bereits blutenden Händen schützend, das hörte ich und hätte beinahe mit einem Lachen geantwortet, nicht mit dem einer wahnsinnigen oder tränenüberströmten Frau, sondern einer Erleichterten, die alle Anstrengungen unternahm, um sich zu befreien.

»Ehebrecherisches Weib!« wiederholte er. »Wären wir

an einem anderen Ort und nicht in dieser verderbten Stadt, so hättest du es verdient, gesteinigt zu werden!«

»Die Augen, das Licht«, seufzte ich zwei oder drei Tage später, mein Gesicht war angeschwollen, die Hände steckten in Verbänden, der Körper war gebrochen, als ich mich bei meinen Eltern ausruhte.

»Augen hat des Menschen Bild, hingegen Licht der Mond.« Ich würde gern diese Zeilen von Hölderlin im deutschen Original zitieren können.

In den sieben Tagen meiner Genesung wußte ich nichts mehr von Algier, nein. In diesem Haus fand ich wieder meine alte Bettlektüre, versenkte mich in *Sylvie* von Gérard de Nerval: Damals stellte ich mir vor, wie ich mit ihm ganz Europa durchstreifte; dann floh ich in den Orient nach Kairo, wo ich plötzlich träumte, eine Gefangene zu sein, die der Dichter als Sklavin auf dem Markt kauft und die ihn in große Schwierigkeiten bringt.

Zuvor und danach

Vor der Auslöschung und auch vor den Qualen der Abwesenheit hat der Geliebte mir einmal sein Herz ausgeschüttet. Damals war er allein, als ich kam, und wir beschlossen, uns am Meer in den Sand zu setzen.

Er redete, und ich sah in den weiten Himmel, beobachtete die Schäfchenwolken, mit denen er bestäubt war, rosafarbene Streifen, die sich in Blutrot verwandelten, dahinter das Purpur des Sonnenuntergangs. Ein paar kurze Pfiffe schrillten durch die Luft, eine Möwe durchquerte das Blau, bevor sie verschwand, nicht ein einziger Spaziergänger war am Strand. Als ich mich halb umwandte, machte ich gerade die farbigen Schleier von zwei oder drei Dörflerinnen aus, die mit der Arbeit im Hotel fertig waren und nun nach Hause in ihren Weiler hinter den Hügeln eilten. Wir waren von Stille umflossen, bald würde die Nacht uns überschwemmen.

Zuerst sprach der Geliebte in einem Fluß. Dann schwieg er. Ich stellte keine Frage, blickte ihn nicht an. Die Dämmerung färbte sich in noch tieferes Rot. Und wieder erklang die Stimme des Mannes, der sich mir anvertraute.

Ich stellte am Ende wohl doch noch eine oder zwei Fragen und wandte mich dabei bewußt ihm zu. Ich erinnere mich an sein Profil: Ein blitzartiges Zucken lief über seine Wange. Erst später sagte ich mir mit kaltem Erstaunen, daß er das, was er mir erzählte, ein weiteres Mal durchlebte. Es war eine alte Liebesgeschichte – die »vor fünf Jahren« begann, wie er anfangs sagte –, und gegenwärtig litt er wieder unter ihr. Später war auch ich düster gestimmt, nicht daß er mich angesteckt hätte, auch nicht aus Mitgefühl, nein. Mein Unbehagen kam daher, weil ich feststellen mußte, daß er mir zwar gegenübersaß, aber ganz in seine Erinnerungen vertieft, in einen Ort, der uns beiden vollkommen fremd war, ihn jedoch nun vollkommen in Anspruch nahm: Er war also hier bei mir, ohne wirklich dazusein, ich existierte nicht mehr für ihn. Er war mir in den Schatten dieser Fremden entkommen, die er heraufbeschwor, ohne ihren Namen zu nennen, erneut lebte er mit ihr zusammen, obwohl ich anwesend, ebenfalls ganz lebendig war, und ich litt – nicht etwa, als ich ihm schon am Strand zuhörte, sondern später in einer Art Verblüffung.

Nun kam nicht weit von uns eine Gruppe von drei oder vier Spaziergängerinnen vorüber, europäische Damen. Eine schien mich zu kennen und grüßte. Ich erwiderte zerstreut ihren Gruß, ohne mich zu erheben. Sie sagte einige Worte zu ihren Nachbarinnen, eine von ihnen drehte sich einoder zweimal um. Die Gruppe entfernte sich.

»Frauen von belgischen Entwicklungshelfern, sie wohnen

das ganze Jahr über in Ihrer Nachbarschaft beim Jachthafen«, sagte ich.

Ich erklärte kurz, daß ich in der Woche zuvor zusammen mit dem Gatten und einigen seiner Kollegen bei einer Abendgesellschaft gewesen war und dort diese Dame angetroffen hatte. »Sie sagte, daß sie hier seit zwei Jahren lebt. Sie fragte mich nach persönlichen und beruflichen Dingen aus. Ich wunderte mich, weshalb. Am Ende gestand sie mir: ›Seit ich hier bin, habe ich immer im Hotel gewohnt und von den Frauen des Landes nur die Dörflerinnen kennengelernt, die hier die Zimmer machen! Und die sprechen kein Französisch ...‹«

Ich schwieg und dachte an diese Abendgesellschaft zurück, was meiner Ironie neuen Auftrieb gab, dann fügte ich ein wenig träge hinzu: »Sie wußte nicht einmal, daß nur fünfzehn Kilometer entfernt unzählige Frauen sich in der Stadt frei bewegen, in der Öffentlichkeit arbeiten, als Lehrerinnen, Krankenschwestern ... ›Was, Sie lehren an der Universität?‹ hat sie mich ganz ungläubig gefragt.«

Angesichts solcher Unwissenheit zuckte ich resigniert die Schultern; die Spaziergängerinnen waren verschwunden.

Nach diesen abschweifenden Bemerkungen erzählte mir der Geliebte, wie seine Geschichte vor drei Jahren zu Ende ging. Er war nun beinahe dankbar, daß ich ihm Fragen über dieses »Zuvor« ersparte und ihn seinem Redefluß und dem Rhythmus seiner Erinnerungen überließ ... Die belgische Spaziergängerin war gleichsam wie ein Gespenst aus der Gegenwart hier erschienen, sagte ich mir, während in Wirklichkeit vor seinen Augen ebenfalls als lächelnder oder melancholischer Schatten jene Fremde am Strand vorbeizog, der er seit mindestens einer Stunde neues Leben verlieh.

Ja, wenn ich an seine Geständnisse zurückdenke, beschleicht mich wieder dieses Unbehagen, es ausgehalten zu haben, daß er in meiner Anwesenheit (während für mich nichts mehr existierte, sobald ich ihm gegenüberstand, weder mein ganz normales Leben noch meine familiären Bindungen oder was mich sonst im Alltag umtrieb) von ihr sprach – dieser Unbekannten vor fünf Jahren, vor drei Jahren – und die Tage der Unruhe, Erregung oder Hoffnung für ihn wieder sofort gegenwärtig waren. Seine Schilderungen dieser aufgewühlten und stürmischen Augenblicke waren so plastisch, daß auch ich als Zuhörerin vollkommen von jener Zeit mit ihren Empfindungen gefangen war: Ich war »sie« und er zugleich.

Dann verstummte er. Das Leuchten des Sonnenuntergangs war kurz zuvor ebenfalls plötzlich erloschen. Wir erhoben uns, standen in der Nacht. Die Tür seines Hauses wenige Meter hinter uns war offengeblieben, die Lichter drinnen schienen uns zu rufen.

Ich erinnere mich gut: Als ich dann dastand, lastete etwas bleischwer auf meinen Schultern. Ich war unendlich müde: Die Leidenschaft der anderen hatte ich satt, gerade weil sie die der anderen war! Ich bückte mich schnell und hob mit einer Hand die Stoffschuhe auf, die ich in den feuchten Sand geworfen hatte. Im selben Augenblick beugte auch er sich zu mir hinunter. »Mir ist kalt!« bemerkte ich kurz. »Ich muß jetzt in die Stadt zurück.«

Er verharrte so vornübergebeugt, sein Gesicht war mir zugewandt. Als hätte er endlich, trotz des verschwommenen Halbdunkels mit dem Widerschein des Wassers hinter uns, meine Anwesenheit entdeckt; sein nahes Gesicht schien mir plötzlich all diesen Erinnerungen entronnen, sie hatten sich endlich aufgelöst. Ein jungenhaftes Lächeln hellte seine Züge auf: Er blickte mich an.

Ich reichte ihm die Hand. Es gelang mir gerade noch, die Worte zurückzuhalten, die mir auf der Zunge lagen: »Bringe mich nach Hause, sonst kann ich nie wieder fortgehen!«

Ich dachte dies mit einer Zärtlichkeit, als wäre er für

mich ein naher Verwandter geworden, vielleicht sogar ein beinah blutschänderischer Bruder. Ich war kurz davor, ihn auf arabisch »mein Liebling« zu nennen, im Dialekt meines Stammes mütterlicherseits – er hätte es nicht verstanden, und was darin an Gefühlen mitschwang, wäre ihm entgangen.

Er war mir ganz nah und nahm meinen Arm (mein Körper, meine Flanken bogen sich und verharrten dann wachsam in widerspenstiger Reglosigkeit): »Ich bringe Sie selbstverständlich nach Hause!« beschloß er. »Wir trinken noch schnell etwas, und dann hole ich das Auto aus der Garage.«

Er streifte mit seinen Fingern meine Hand, in denen ich die Stoffschuhe hielt.

»Wärmen Sie sich auf! Ihnen ist kalt!«

»Das stimmt«, sagte ich halbwegs leicht dahin. »Wärmen Sie mich doch mit einer Tasse heißer Milch, verwöhnen Sie mich! Danach werden wir in aller Ruhe zurückfahren!«

Und wirklich, in seiner unaufgeräumten Küche auf einem Schemel sitzend, zog ich mir die Schuhe an, über meinen Schultern einen von seinen dicken Wollpullovern, und wirklich ließ ich mich nun von unserer nächtlichen Intimität erweichen – und vergaß dennoch nicht, daß er noch kurz zuvor in die Vergangenheit entschwunden war. Ich ließ mich bedienen, als wollte ich ihm indirekt den Abstand zwischen uns vorwerfen, der durch seine Geständnisse geschaffen worden war.

Er bediente mich, er lächelte, war nun plötzlich ein überaus aufmerksamer Gastgeber: Zweifellos erwartete er nach diesen zwiespältigen Augenblicken am Strand, nach seiner Erzählung, die mich einerseits von ihm entfernte, andererseits ihm jedoch auch auf seltsame Weise näherbrachte, zweifellos hoffte er, daß sich in mir endlich eine Aufwallung freisetzte. Tatsächlich schienen an diesem Abend meine Gesten, vielleicht sogar meine Stimme anders zu sein. Ja, da ich jetzt all das hier für mich aufschreibe, nach der Auslöschung und all den Winkelzügen der Trennung, glaube ich, daß er mich besser durchschaute als ich selbst, die bevorstehenden Gefühlsausbrüche spürte und sich darauf einstellte.

Diese nur zur Hälfte erleuchtete Küche; draußen ein Hund, der in kurzen Abständen kläfft, ein Nachbarskind singt vor sich hin. Er und ich, in fast schon banale Beschäftigungen vertieft, und der Geruch von heißer Milch, die beinahe übergekocht wäre: Er schaut mir lange zu, wie ich genußvoll trinke. Er streckt die Hand aus, um mir eine Serviette zu reichen; ich wische lachend meinen Mund ab. Wie nah er mir jetzt ist. Ich hebe den schweren Pullover hoch – gute, rote Angorawolle – und will ihn zurückgeben. Er besteht darauf, daß ich ihn im Wagen anbehalte. Er legt ihn mir wieder über die Schultern. Er spielt jetzt den Beschützer, ich finde ihn zärtlich. In einer blitzartigen Eingebung sehe ich ihn deutlich mit »der anderen«, der Fremden, die er so sehr geliebt hat, aber es stört mich nicht. Seine Aufmerksamkeit ist für mich noch wärmer als diese Angorawolle. »Gehen wir!« flüstere ich in einer letzten instinktiven Anwandlung von Wachsamkeit.

Ich folge ihm in die Garage, setze mich nah zu ihm, und erneut kommt es mir vor, als könnte die Reise die ganze Nacht dauern: Wir fahren, das ist alles. Nichts würde jemals zu Ende gehen.

Die Rückfahrt zu zweit findet in einer Stille statt, die sich sogar auf das sanfte Surren des Motors ausweitet. Auf halber Strecke schalte ich Musik ein. »*Naïma*, von John Coltraine!« sage ich, als jenes Stück beginnt, das nun zusammen mit uns beiden als einziges wirklich ist.

Das Auto hält an der Hintertür meines Wohnhauses bei der hohen Palme und den Eschen. Der Hausmeister und seine zwei erwachsenen Söhne sitzen auf der Treppe. Sie starren mich an: eine Dame, die sich um zehn Uhr abends in aller Ruhe nach Hause fahren läßt, während oben der Gatte wartet und die Kinder schon im Bett sind. »So sieht die Ordnung heutzutage aus, alles steht kopf!« wird der Zerberus hinter meinem Rücken sagen, und eines von seinen Bürschchen wird neben sich ausspucken. Vorerst jedoch erhebt sich der Hausmeister förmlich und wartet, bis der Wagen fortfährt.

Obwohl ich mir der Feindseligkeit dieser argwöhnischen Sittenwächter bewußt bin, nimmt mich die Anwesenheit des Mannes bis zur letzten Sekunde in Beschlag, der mir am Steuer zulächelt. Seine Augen leuchten. Unsere Finger berühren sich leicht im Auto; kein Wort wird geflüstert, bevor wir auseinandergehen. Ich weiß, daß er in diesem Augenblick erstaunt ist, weil den ganzen Abend über »nicht das geringste zwischen uns passiert ist!«, selbst als wir zusammen bei Sonnenuntergang am Strand waren.

Sagt er sich das wirklich in solch banalen Worten? Oder denkt er einfach nur abstrakt darüber nach, wie ich seinem irgendwie belustigten Blick entnehme, der mit Nachsicht und einer unbestimmten Zärtlichkeit auf mir ruht – allerdings meilenweit entfernt von dem Fleckenmuster meiner Verwirrung, die ich vor ihm verbergen kann.

Ich lächle ihm also im letzten Augenblick zu, glücklich, unsere geheime Bindung zu bekräftigen, jene gegenseitige Anziehung, die aber jeweils einem anderen Rhythmus unterworfen ist – ich entsetzt von einer Woge, die mich mitzureißen droht, und folglich damit beschäftigt, einen Damm für sie zu errichten, während er, das begreife ich in diesem Augenblick des Abschieds, sich ganz unbekümmert von dem einnehmen läßt, was sich zwischen uns abzeichnet: dem Kommen und Gehen meiner launischen Schritte, mit denen ich ihn in seinem Haus während diesen Tagen der Erholung und des Faulenzens umtanze. Im Grunde verhält er sich passiv und ist bereit, auf mich zu warten:

»Wann wirst du endlich so weit sein, daß du dich nicht mehr nähern mußt? Ich wollte mir heute eine frühere Aufwallung von der Seele reden, dir meine Geschichte enthüllen und wollte dir damit sagen: Taumel und Leidenschaft lebt jeder auf seine Weise, und wird schließlich davon zermalmt, ob er es will oder nicht – jeder, also auch du! Laß dich gehen! Komm ganz langsam zu mir! Ich rufe dich nicht, du mußt dich nicht beeilen, aber ich warte auf dich!«

Wollte er mir mit seinen Geständnissen am Strand solche Dinge sagen? Ich habe es so rekonstruiert – oder erfunden –, nachdem ich von ihm gegangen war, nachdem sein Wagen losgefahren, die Blicke des Hausmeisters und seiner zwei Söhne mir gefolgt waren, Wächter über die bürgerliche Wohlanständigkeit.

Im Aufzug schloß ich die Augen und sagte mir: Er betrachtete mich plötzlich mit einem ein wenig überraschten Blick, als ob ich die Jüngere von uns beiden wäre, ganz altmodisch und noch von Tabus gelähmt. Aber es war ein Blick der Zärtlichkeit, und ich habe seine Botschaft empfangen: »Ich warte auf dich! Nimm dir soviel Zeit, wie du brauchst. Ich warte auf dich!«

Ich aber habe mir nicht die Zeit genommen. Nein.

Seine Liebe zu dieser Französin, fünf Jahre zuvor.

»Ich kam wieder zurück, hatte zuvor in England studiert, das Studium hat mein Vater finanziert.« (»Es hat Vorteile, wenn man der einzige Sohn ist«, sagte er, halb um Entschuldigung bittend.) »Ich hatte noch keine Arbeit und mit fünfundzwanzig keine Freundin, nicht einmal unter den Cousinen meiner Familie eine Braut für alle Fälle ... Ich erinnere mich an meine Sucht nach Reisen durch das ganze Land: Im Dezember war ich im Mzab, die folgenden Monate in der Sahara, im Sommer am liebsten an den Stränden im Westen ... Dann auch wieder Oasen, diesmal im Osten: auf der Flucht vor der ›Neuen Gesellschaft‹.« Er lachte. »Hier«, sagte er dann, indem er mit einer Kopfbewegung auf sein Haus hinter uns deutete, »habe ich all die Leute getroffen, vor denen ich geflohen war! Ich konnte nicht anders! Ach, was waren das für schöne Jahre, als ich das Leben eines unverheirateten Nomaden führte!«

Er hielt inne. Dann erzählte er, wie sie sich begegnet waren. Eine Frau, die einige Jahre älter war als er. Sie hatte ein zehnjähriges Kind und einen Mann.

»Ein Major«, feixte er. Dann sagte er mit einem nachsichtigen Lächeln: »Wahrscheinlich hat sie ihn kennengelernt, als er Mathematik oder Physik studierte, er wohnte in einer Stadt in der Provinz, im Elsaß, glaube ich!«

Ich dachte an die vielen Paare, die ich kannte: Die noch nicht ganz verflogene Romantik des nationalistischen Kampfes von einst umgab die Liebesbeziehungen zwischen Franzosen und Algeriern mit einer Aura. Der ehemalige »Kämpfer« wurde recht schnell zum »Beamten«, einem Ministerialdirigenten oder Diplomaten – er hier zu einem hochrangigen Militär.

»Sie langweilte sich zu Hause. Wir liebten uns sehr ... Danach, es war furchtbar, einen ganzen furchtbaren Sommer lang! Vorher waren wir glücklich: Sie hatte ihren Mann und ihren Sohn verlassen. Wir zogen uns in ein Bergdorf im Aurès zurück. Dort wohnten wir in einem Ferienhaus, das mir ein Freund überlassen hatte ...« Er zögerte, sagte dann hart: »Wir hätten gleich nach Europa fliehen sollen! Aber sie fürchtete, sie könnte für immer das Sorgerecht für ihr Kind verlieren!«

»Sie hatte Angst«, dachte ich. »Auf diese Art das Glück erleben, vermischt mit Angst!«

Er fuhr fort: »Der Major hat seine Beziehungen spielen lassen, um uns zu finden: der Polizeichef, ein Direktor im Innenministerium, was weiß ich ... Jedenfalls haben sie sich eines Morgens ganz früh mit Gendarmen auf den Weg gemacht. Ich wurde abgeführt, wie ein Verbrecher in Handschellen! Und zuvor hat ihr Ehemann sie geohrfeigt. Ich war gefesselt, und er zweifelte keine Sekunde, daß er im Recht war!«

Nun wurde seine Schilderung unterbrochen. War es, weil ich meinen Kommentar über die belgischen Damen abgab, die an uns vorbei über den Strand gingen? Im Jetzt dafür sorgen, daß die giftigen Dämpfe des Alptraums von einst verfliegen.

Anschließend sprach er nicht mehr über das Drama selbst, sondern eher über die darauffolgenden Tage. »Beinahe ein ganzes Jahr!« sagte er. »Am Ende wurde die junge Frau ausgewiesen, ihre Rechte wurden ihr aberkannt wegen ›lasterhaften Lebenswandels‹.

Heute, denke ich, hat der Major wahrscheinlich wieder geheiratet, eine junge Einheimische aus ›guter Familie‹, das ist sicher!

Ich dagegen habe drei Tage im Gefängnis verbracht.« Er lachte plötzlich laut heraus: »Meine Mutter hätten Sie hören sollen, als sie mit einem Anwalt der Familie ankam; ihre flammende Rede gegen die ›Tyrannei‹, wie sie es nannte. Außerdem sagte sie: Das Delikt des ›Brauträubers‹ ist in der Verfassung nicht vorgesehen!«

Er fragte mich nach dem arabischen Wort für Brauträuber. Ich sagte es ihm, und das rief in mir die schöne Erinnerung wach, wie wir uns früher als Kinder Dinge ausdachten, wenn wir bei einer Hochzeit waren und dann die Braut hermetisch abgeschlossen wurde, vor allen Blicken verborgen. Direkt auf der Schwelle des Zimmers wurde eine alte Frau postiert, damit sie nicht eine Sekunde allein blieb, bis der Ehemann eintrat, um zitternd den Seidenschleier vor ihrem kostbaren Antlitz anzuheben: Denn der »Räuber« ist gegenwärtig, er versteckt sich, und alle bösen Kräfte stehen ihm zur Verfügung, er wird die Braut an sich ziehen, sie mit in den Wald nehmen! Manche dieser Bräute, das weiß ich, warteten mit klopfendem Herzen auf den *khettaf el-arais*. Viele hätten einen mit allen Schönheiten des Teufels ausgestatteten Räuber dem designierten Gatten vorgezogen!

Er, der nicht mein »Räuber« sein würde, hörte mir zu, und dann sprachen wir wieder über seine Vergangenheit: Man hatte ihm für fast ein ganzes Jahr seinen Paß abgenommen. Schließlich gelang es ihm, Geneviève in Frankreich wiederzufinden – erst gegen Ende nannte er ihren Vornamen: »Mehr als ein Jahr später und außerdem dort drüben, wo ihre Eltern in der Nähe wohnten, mußte ich nun feststellen, daß wir nicht mehr glücklich miteinander sein konnten! ... Es war nicht mehr wie früher! Sie machte sich nun dauernd Vorwürfe, weil man ihr den Sohn weggenommen hatte. Neuerdings ist sie einer Initiative ausländischer Mütter beigetreten, die sich genau wie sie vor Gericht zur Wehr setzen wollen. Mit uns beiden war es aus.«

Am liebsten hätte ich laut ausgerufen: »Warum denn? Genügt dir ein Jahr, um zu vergessen? War es nicht eher so, daß du sie zwar während der Trennung am liebsten immer in deiner Nähe gehabt hättest, als sie dann jedoch vor dir stand, hattest du den Eindruck, daß sie anders geworden war, reifer und leidend? Ohne ihr Kind und aus dem sonnigen Land vertrieben, wo eure Liebe erblüht war? War der Zauber auf beiden Seiten verflogen? Aber vielleicht hättet ihr diesen Zauber pflegen sollen, zusammenbleiben, um den Major zu verhöhnen – den ehemaligen Widerstandskämpfer, ehemaligen Gatten, ehemaligen was weiß ich?«

Ich weiß nicht mehr, wie er seine Geständnisse beendete ... Geneviève, das Bild einer geopferten Frau, die ich niemals kennenlernen würde, aber ich stellte sie mir vor wie eine neue, weitläufige Verwandte.

Ich erinnere mich jedoch, daß er mehrmals sagte, er

könne nicht mehr »länger als einen Monat« in Frankreich leben. Deshalb war er recht schnell ins Land zurückgekehrt, seine Mutter hatte ihm ihr Sommerhaus überlassen, hier lebte er vor allem den Winter und das Frühjahr über als Eremit und ließ es sich gutgehen. Dann waren die Leute aus der Hauptstadt noch nicht hier, und mit den Dörflern aus dem nahen Marktflecken kam er gut zurecht.

Wenn ich an die Zeit »danach« denke, weiß ich nicht mehr, ob ich damit »nach der endgültigen Trennung von dem Geliebten« meine oder einfach nur nach jener Szene später mit dem Ehemann, der Nacht meiner lächerlichen Geständnisse und des Skandals, dessen Auswirkungen auch meine verunsicherten Eltern zu tragen hatten, während ich mich in hochmütiges Schweigen hüllte. In ihrer Naivität sahen sie Gewalttätigkeiten und ungeordnete Verhältnisse in der Ehe als Kennzeichen einer überkommenen Vergangenheit oder der Unmoral heutiger Sitten. Nun, sie vertrauten in meine »Aufrichtigkeit« – eine Cousine hat mir später von den Kommentaren meiner Eltern berichtet, ich konnte damals nur schweigen.

Danach ... das Unwahrscheinliche, das ich mir nicht richtig erklären kann! Denn zwei oder drei Wochen nach dem Bruch willigte ich ein, das eheliche Leben wiederaufzunehmen, ja, dazu war ich bereit – allerdings nicht in der früheren Wohnung, als ob nur dort die verderblichen Überbleibsel der neuerlichen Verwirrung zu finden gewesen wären. Ich kehrte zurück an den Strand ganz in der Nähe der Freilichtbühne – die im Augenblick verlassen dalag –, in jene Wohnung, über die der Gatte verfügte, sie ging auf die Felsen hinaus, deren Härte mir willkommen war.

Ja, ich willigte ein, noch heute habe ich die Prozedur meiner Rückkehr vor Augen – die jetzt zu zerbröckeln scheint, nun, wo alles vorbei ist, alle Bindungen sich wieder normalisiert haben und meine Leidenschaft verflogen ist.

Zusammenfassend läßt sich sagen: Als die Wunden meines Körpers gerade verbunden waren, kehrte ich recht schnell in mein Gefängnis zurück. Weshalb und auf welche Weise? Ich möchte die Versuchung herausschälen, die mich innerlich zu folgender Frage verführte: »Du mußt an den gefährlichen Ort zurückgehen, um eines zu begreifen oder dich sogar zu vergewissern: Bist du dort drüben wirklich in Gefahr? Das heißt am Ort des wahnhaften Rausches, als dich dein Gatte im Verlauf dieser Nacht der Gewalt blenden wollte?«

Kaum war ich seiner wilden Wut entronnen, hatte ich mich nämlich zur Selbstanklage durchgerungen: »Der Fehler liegt ganz bei mir! Ich habe all das nicht gewollt, aber es ist meine Schuld, denn ich hätte mit seiner Eifersucht rechnen müssen!« Als wäre der blinde Zorn des Gatten gleichsam eine legitime Folge meiner Geständnisse, die ich ablegte, um meine Qualen zu lindern. Auch danach sagte ich mir immer wieder: »Es war mein Fehler!«

Eine Frage wollte ich jedoch noch klären: War die Besessenheit, mit der ich am Bild des Geliebten hing, ein innerer Wahn, der zu der Leere um mich herum geführt hatte, oder hatte ich es hier mit einer mehrdeutigen und komplexen Angelegenheit zu tun? Verlor mein Ehemann durch seine Gewalttätigkeiten jegliche Präsenz für mich, während er gerade dabei in den Vordergrund trat, gestikulierend und von übermäßigem Eifer erfüllt, dessen wirkliche Bedeutung mir verschlossen blieb?

Ja, ich kehrte ins Gefängnis zurück.

Vorher gab es einen gemeinsamen Abend im Restaurant eines großen Hotels – mein Sohn, der in diesen letzten Wochen darauf bestanden hatte, bei seinem Vater bleiben zu dürfen, war gekommen, um mich abzuholen, und sollte als sanfter Bote mich überreden, daß ich ebenfalls an diesem Essen teilnahm. So waren wir also alle drei vereint, das Kind verschwand beim Nachtisch, und ich mußte mir ein langes Plädoyer anhören – doch in Wirklichkeit hörte ich nicht richtig zu, sondern stellte mit Erstaunen fest, daß dieser Mann, der mich anflehte und, sobald er mit mir alleine war, meine Rückkehr regelrecht forderte, daß dieser Mann, dem ich nun nicht einmal mehr ins Gesicht schaute, zu mir aus einer anderen Welt sprach.

Hatte ich mit ihm wirklich dreizehn, vierzehn Jahre ohne Unterbrechung zusammengelebt, mit unzähligen Liebesnächten, die ich noch als unsichtbare Schätze in mir zu tragen glaubte, von denen ich, wie ich mir lange Zeit vorstellte, heimlich verklärt war? War es wirklich dieser Mann?

Ich versuchte ihm zuzuhören. Ich hielt die Augen gesenkt: Ich war bereits mit der Frage beschäftigt, wie meine Mutter mich empfangen würde, die mich beunruhigt hatte fortgehen sehen. Sollte ich zu diesem Mann vielleicht sagen: »Es ist weder eine Frage des Verzeihens noch des Vergessens … Vielleicht liegt der Fehler wirklich bei mir!« Ich war versucht, so zu sprechen.

Tatsächlich entdeckte ich nach weniger als drei Wochen Genesung, daß ich erleichtert war, jetzt nur noch den einen Kampf austragen zu müssen: den gegen die Besessenheit von einem anderen Mann. Damit meine ich den Geliebten. Meine Leidenschaft war also noch wach genug, sich schnell der Leere zu bemächtigen zu versuchen, die in meinem Leben eingekehrt war: Sollte dies der letzte Kampf sein oder im Gegenteil nur das Vorspiel einer möglichen Niederlage, gegen die nichts einzuwenden war? Nur diese eine Frage war von Bedeutung für mich, anderen begegnete ich zerstreut.

Nun saß jedoch mein Ehemann mir am Tisch gegenüber, von dem ich mich bereits trennte (ich ahnte die

Formalitäten der Scheidung – sagte ihm sogar: »Da das Gesetz nun einmal auf deiner Seite ist, verstoße mich doch, dann geht alles schneller! Wichtig ist, daß möglichst schnell wieder klare Verhältnisse herrschen!«), und dieser Mann hielt eine Rede, er sprach aber zu mir über einen klaffenden Abgrund hinweg.

Immerhin betrachtete ich wohl in einer letzten Anwandlung der Schwäche diesen Abgrund zwischen uns mit Wehmut: Das »Schicksal«, würde ich später sagen, und die »Zeit« waren dafür der einzige Grund!

Plötzlich, jedoch …

Plötzlich hörte ich ihm zu: diesem Mann, der mir eine Minute zuvor vollkommen und auf beinahe unumstößliche Weise fremd erschienen war.

Er schilderte mir seinen Tag heute: in der kleinen Stadt seiner betagten Eltern. Am Morgen hatte sein Vater, Imam der in diesem Land seltenen Glaubensrichtung der Hanefiten, eine lange Moralrede vom Stapel gelassen: Ermahnungen zur Gerechtigkeit, Rechtschaffenheit. Er hatte nicht gezögert, seinem Sohn die »Qualitäten als Frau« seiner Schwiegertochter in Erinnerung zu rufen, und welches Vertrauen er in ihre weibliche Genealogie setzte. »Das Wesentliche«, sagte er – eines seiner Leitmotive – »liegt in der Erziehung der Kinder und der ehelichen Zukunft« usw. Seine Schwiegertochter, das war natürlich ich, und »meine weibliche Genealogie« hatte er am Anfang unserer Verbindung genauestens studiert, worüber wir uns einst lustig gemacht hatten. Er führte also eine alte Rede weiter, das war alles. Er hatte weder Ratschläge, noch wollte er direkt in das Leben seines Sohnes eingreifen. Dann suchte er seine alte und kleine Moschee in der Altstadt auf. Es war Freitag.

»Und ich«, berichtete der Sohn dieses gestrengen Imam, »hatte plötzlich das Bedürfnis nach einem Besuch im Hammam!«

Er bat seine Mutter, ihm die Wäsche bereitzulegen. In

aller Eile begab er sich in das Bad, »wie vor einem Festtag«, fügte er mit Eifer in der Stimme hinzu. Nun sah ich ihm zwar immer noch nicht ins Gesicht, aber ich hörte ihm aufmerksam zu.

Er erzählte, wie er den Hitzeraum betrat, welche Vorkehrungen er traf und wie er die längste Behandlung bei dem Masseur bestellte, der die meiste Erfahrung aufzuweisen hatte. Er ließ mich sogar wissen – unser Kind war, wie gesagt, schon gegangen, wir waren allein –, daß er den Wunsch verspürte, sich am ganzen Körper mit aller Sorgfalt enthaaren zu lassen, daß er sich mit Moschus und Jasmin parfümierte, dann eine halbe Stunde ruhte, um richtig zu schwitzen, und sich schließlich im Kaltraum wieder anzog.

Er ließ sich von einem Taxi nach Hause bringen. Seine Mutter hatte ihm wie gewöhnlich süße Krapfen gemacht, die er für sein Leben gern aß. Granatäpfel, teilweise ausgekörnt, manche lediglich geöffnet, warteten auf dem niederen Tischchen. Es war fünf Uhr am Nachmittag. Eine seiner Schwestern, die in die Stadt geheiratet hatte, war gerade gekommen; sie legte ihre Schleier ab, um sich zu ihm zu setzen.

Er nahm sich jedoch kaum die Zeit, im Stehen den Kaffee zu trinken, den man ihm zubereitet hatte, sich nach den Kindern und dem Ehemann seiner Schwester zu erkundigen. Als seine Mutter im hinteren Zimmer betete, verließ er das Haus.

Er konnte nicht länger warten, sagte er. Er beschloß, sofort in die Hauptstadt zurückzukehren: Er befahl seinem Jungen, der im Hof mit den Nachbarkindern spielte, mit ihm zu kommen.

Innerhalb einer Stunde hatte das Auto sehr schnell, zu schnell, die Kilometer verschluckt.

Zum Schluß sagte er, als er aus dem Badehaus trat, sei er sicher gewesen, mich überzeugen zu können: Das gemeinsame Leben aufnehmen und nicht mehr über die

Vergangenheit sprechen! Noch einmal von vorn beginnen, wie ein junges Paar! ... Hatte er den Hammam nicht als Vorbereitung auf unsere bevorstehende Nacht besucht, eine zweite Hochzeitsnacht?

Da schaute ich ihm endlich ins Gesicht und bemerkte seine Glut, das Verlangen in seinen Augen und das Zittern seiner Finger.

So groß war also seine Liebe zu mir, oder sein Begehren. Und in meiner Gegenwart lebte er auf.

Und ich? ... Ich hatte mir seine Schilderung angehört, gleichsam auf der Schwelle eines beängstigenden Respekts. Beinahe beneidete ich ihn darum, daß er dieses Fieber durchleben und solche Hoffnung fassen durfte. Wie gern wäre ich an seiner Stelle gewesen: hätte wie er beschlossen, ins Bad zu gehen, wäre eingetaucht in die Dämpfe des Schwitzbads, hätte mich an der Hitze verbrannt und geschlottert vor Kälte, mich am ganzen Körper enthaaren lassen, den nackten Körper mit grünlichem Schlamm beschmiert, um ihn anschließend wieder seinem durchscheinenden Elfenbein zu überlassen. Wie gern hätte ich mir dann alle Höhlungen und Gelenke parfümiert, um die Segenssprüche der Badenden an der ersten Tür entgegenzunehmen, wie gern hätte ich mich an der zweiten Tür in zahlreiche Handtücher gehüllt, mir an der dritten Tür das Haar mit Girlanden aus Jasmin und Rosen geschmückt, hätte mich mit geröteten Wangen angekleidet, mein Haar gekämmt, den Kopf mit einem Turban aus mit Pailletten besetztem Taft verhüllt, um dann die letzte Schwelle zu überschreiten! Auch ich hätte es mir gern gefallen lassen, daß man mich zu Hause mit Orangen, geöffneten Granatäpfeln auf den niederen Tischchen empfängt und dampfendem Tee für alle. Ich wäre gern nach langen Stunden der Entspannung für Körper und Muskeln eingeschlafen, stillschweigend und liebkost, in den Armen des Geliebten!

Natürlich des Geliebten!

Und ich schlug die Augen vor dem Gatten nieder. Ich hörte mich daraufhin sagen: »Gut, ich komme zurück!« Er regte sich nicht. Ich sah ihm noch immer nicht ins Gesicht. Dann sagte ich: »Aber heute abend noch nicht! Ich muß es noch meinen Eltern sagen und so erklären, daß sie es verstehen. Ich werde morgen mit meiner Tochter wieder zu dir kommen. Ich habe nur eine Bedingung, daß wir nicht so bald wieder in diese Wohnung zurückkehren. Ich möchte in deiner Wohnung am Meer wohnen!«

Als er mich nach Hause brachte, wollte er mich vor dem Haus meiner Eltern umarmen, sein Gesicht leuchtete. Ich überließ ihm meine Hände, meine Schultern, meine geschlossenen Augen.

Schweigend, ohne auch nur das Wort an ihn zu richten, auch weil ich, wie ich bereits erwähnte, meinen Entschluß nicht im geringsten verstand (wollte ich mich vielleicht von seinem Fieber anstecken lassen?), bat ich ihn um Verzeihung.

Und so kehrte ich ins Gefängnis zurück.

Lange Wochen im Winter, wenn nicht zu Beginn eines zu kalten Frühjahrs. Da die Kinder sehr früh mit dem Chauffeur in die ferne Stadt gefahren waren, blieb ich untätig in der Wohnung: meistens auf der Matratze ausgestreckt, die im Zimmer meiner kleinen Tochter direkt auf dem Fußboden lag (als wäre ich in Wirklichkeit nur auf der Durchreise!). Fasziniert betrachtete ich den grauen Himmel. Im nachhinein wurde mir bewußt, daß ich ganz ungewollt erneut zur Nachbarin des Geliebten geworden war, daß ich diesen Himmel in einer verwirrenden Verbundenheit mit ihm teilte und er nichts davon wußte, wußte ich es für uns beide um so intensiver. Daß ich nun wieder ins Netz gegangen war, dies jedoch wie einen Rausch empfand ... So würde ich die Zeit besiegen und die Absurdität dieser

Situation, in die ich wieder geraten war. Worauf wartete ich denn, welche Flut wollte ich durchwaten, zu welchem unbekannten Ufer aufbrechen? Die Reglosigkeit meiner Tage schien trügerisch: Um dies zu bestärken, ließ ich mich bei der Universität krank melden. Und war es denn nicht auch wahr? Vielleicht eher »stillgestellt«, ich entdeckte mich als eine »stillgestellte Frau« wie einst die Verstoßenen aus den Kabylendörfern, die nicht allzu große Freiheiten besaßen!

Von jener Zeit hebt sich eine nächtliche Szene ab, reglos im Licht des Traums, ohne Grund habe ich den Ton abgestellt – die Masken der Protagonisten sperrten ihre Münder auf, ihre lyrischen Gebärden weit ausbreitend und den wütenden Blick mit einem festen Schweigen untermalend.

Zuerst platzte die Wut hervor. Die Wut des Gatten, mit dem ich schließlich eines Abends ausging, in eines der Tanzlokale, wo während der flauen Saison einige studentische Amateurgruppen auftraten.

Ich willigte zwar ein, fügte jedoch gleichzeitig schlecht gelaunt hinzu: »Wenn die Musik mir gefällt und das Orchester nicht zu laut spielt, dann werde ich tanzen! Ich werde tanzen, wie es mir gefällt! ... Und es ist mir völlig egal«, erklärte ich angesichts eines hilflosen Widerspruchs in seinem Blick, den er mir zuwarf, »was die anderen denken, womöglich sollte ich, weil ich ›Frau des Direktors‹ bin, mich weniger in den Vordergrund spielen oder überhaupt nicht tanzen. Du weißt ja«, ergänzte ich rasch, »du weißt ja jetzt, welche Verzweiflung und welches Feuer in mir wohnen. Aber ich verkrieche mich und verschweige meine Leidenschaft! Wenn die Musik mir gefällt, weshalb sollte ich dann nicht zumindest eine körperliche Erleichterung suchen?« Ich kleidete mich an. Ich behielt die Jeans vom Vormittag an, zog dazu eine weit fallende Hemdbluse aus Seide oder Gaze an und nahm einen großen Umhang mit, falls es nachts kalt werden sollte.

Ich ging mit dem Gatten aus. Das einzige Mal in dieser Zeit »danach«. Die einzige Nacht.

Eine Szene wie aus einem bösen Traum, im fahlen Licht erstarrt.

Eine melodramatische Szene, der ich nicht ohne Grund den Ton abgedreht habe.

Denn plötzlich erschien er, der Geliebte, gleichsam wiedererstanden an diesem nächtlichen Ort im Herzen einer unendlichen Verzweiflung, die ich auf mich genommen hatte, weil ich glaubte, mein Los sei dieses pure Leiden, diese Erwartung, die sich ins Nichts geöffnet hatte, da war nur die Sackgasse eines Lebens, das ich selbst so gewählt hatte.

Er erschien in diesem Lokal.

Ich tanzte allein auf der eher kleinen Tanzfläche; das Orchester bestand aus fünf Studenten. Ich lächelte dem Trompeter zu.

Nur wenige Gäste an diesem Wochentag hinten im Lokal. Der Gatte wird gleich umringt vom Direktor des Clubs und zwei oder drei Angestellten. Um dieser Gesellschaft zu entkommen, andererseits jedoch mit Freuden feststellend, daß dieses Lokal beinahe leer ist, beschließe ich zu tanzen. Für mich existieren nur die Musiker, nur das Trompetensolo, dessen Meer von Tönen mich trägt.

So fällt mir keine der beiden Gruppen auf, die von hinten hereinkommen. Ich tanze noch, als ich ein diffuses Raunen höre, das lauter wird. Einer der Musiker macht mir diskret ein Zeichen, ich schaue nach hinten.

Mein Ehemann steht zwischen seinen vier Kollegen, ihnen gegenüber das Trio meiner drei Sommerfreunde. Ich bleibe mitten in einer Figur stehen, als mir langsam zu Bewußtsein kommt, daß auch der Geliebte – den ich seit drei oder vier Monaten nicht gesehen habe – da ist, in meiner Nähe! Zweifellos hat er bereits einen Blick auf die

Tanzfläche geworfen, ist eine Sekunde lang stehengeblieben, um mir zuzusehen, wie ich mich um mich selbst drehe (wie im Herzen jenes Sommers, in der ersten Nacht nach Leos Ankunft). Zweifellos.

Hinten Lärm. Verblüfft gehe ich einen, zwei Schritte. Was dann kam, habe ich vergessen. Außer dem Kern des Dramas. Außer dem Augenblick des Bruchs.

Der Gatte: die Maske seiner Wut. Offenbar ist er laut geworden ... Für mich bleibt die Maske stumm. Er macht eine Geste. Die Maske, weit geöffnete und beinahe blutunterlaufene Augen, dann ein Vorschnellen des Arms, der Hand: zum Schlag ausholen oder zum Fluch. Die Maske steht aufrecht da, sehr hoch. Die Gesichter im Umkreis sind erstaunt, überzogen von einer Art Taumel oder Kältestarre, einer Bö, die plötzlich von hinten kommt.

Mein Blick richtet sich auf »ihn«: seine Gestalt, sein Körper, eine Gesamtheit von senkrechten Linien, jedoch in der Schräge, eine Pappel, im Begriff, sich im Sturm zu beugen, kurz bevor sie sich beugt, bevor sie bricht, kurz davor.

Dann starre ich auf seinen Rücken. Ich meine: den Rücken jenes Mannes, der meine Seele in Besitz genommen hatte, der mir das Herz seit vielen Monaten zerkratzte. Der Rücken eines fliehenden Mannes.

Ich versteinert, besiegt von unbeschreiblicher Scham ... »Wie konnte ich mich zu einem Mann derart hingezogen fühlen, der mir nun den Rücken zeigt? Denn er flieht, ist es denn die Möglichkeit? Denn er verschwindet, er hat Angst, ist es wahr?«

Ich sah diesen Rücken. Dann wandte ich mich dem anderen zu. Erst jetzt unterbrach der Trompeter hinter mir seine Wehklage. Er war der einzige, der mich in dieser Wüste begleitete, der einzige, der mir stillschweigend zu verstehen gab: »Von nun an wird das Tanzen dir nicht mehr leichtfallen.«

Und so sah ich weiter auf diesen Rücken, selbst nachdem er verschwunden war. Eine grelle Stimme in mir: »Ich habe ein Kind geliebt, einen Jüngling, einen kleinen Bruder, einen Cousin, aber nicht einen Mann. Nur habe ich es bis heute nicht gewußt.« Deutlich und hart spult sich diese Stimme ab; sie spricht nicht französisch, arabisch oder berberisch, sondern eine Sprache jenseits von hier, die Sprache der Frauen, die vor mir verschwanden und doch in mir sind. Die Stimme meiner Großmutter, die acht Tage nach der Unabhängigkeit starb und sich nun an mich richtet, heftig, aus der Tiefe meines Zorns oder meiner Verblüffung: »Er hat sich nicht gestellt«, wiederholt die Stimme, »nicht einmal mir zuliebe! Er hätte sich doch umdrehen können. Vor den Augen des Gatten, der auf einen lächerlichen Zweikampf aus war, hätte ich mich in einer blitzartigen Eingebung entschieden: Ich wäre zu dir gegangen, meinem Herzallerliebsten, ich wäre auf dein Zögern zugegangen, sogar auf dein Entsetzen, vor allen Leuten hätte ich deine Hand ergriffen. ›Gehen wir hinaus! Gehen wir‹, hätte ich entschlossen gesagt.«

Und der junge Mann, der noch kein ganzer Mann war, hätte wieder Mut gefaßt. Wir hätten diesen Ort verlassen, mit dem Geschrei, den Beleidigungen, dem Schweigen der anderen.

Sicherlich hätte sich der Ehemann mit seinem haßerfüllten Gesicht nach vorn gedrängt. Er wollte schlagen. Er hätte zugeschlagen: größer, athletischer, bedrohlicher als du, der du zerbrechlich, nervös, schmal bist, du an meiner Seite, ich forsch und zitternd, der Gatte bedrohlicher als wir beide zusammen – aber wir beide! ... Er hätte den jungen Mann getroffen und mich verschont, weil er mich zu sich hinüberziehen wollte, um mich wieder in den Käfig zu sperren.

Ich auf seiten des Besiegten. Entschlossen. Ich mit dem Mann fortgehend, der die Schläge einstecken mußte. Die des Gatten und der anderen.

Eine Stunde später hatte ich im Zimmer meiner Tochter einen Zusammenbruch; ich war allein. Auf der Matratze, die direkt am Boden lag. Dort blieb ich liegen. Für einen Tag, vielleicht auch zwei. Ich lag da. Starrte auf den Rükken des Geliebten – und sagte mir, der »einstige Geliebte«, denn er hat mir den Rücken zugedreht.

Damals war ich noch ganz die Enkelin meiner Großmutter – die bereits seit fünfzehn Jahren tot war.

»Was ist ein Mann?« rief sie mit harter Stimme aus, die, als ihr Ende nahte, einer Grabesstimme glich, aufgerauht von häufigen Hustenanfällen. Die Damen der Stadt, die jungen Frauen und die kleinen Mädchen warteten, bis sie wieder zu Atem kam, ihre Worte regelmäßig strömten. Sie lag schwer atmend auf ihrem Krankenlager, das dann ihr Sterbebett werden sollte – ein Röcheln, das sich schließlich befreiend lossagte –, und musterte uns nacheinander mit unbeschreiblicher Bitterkeit, aber auch unleugbar von Stolz erfüllt, als wäre ihr im Laufe ihres bewegten Lebens als einzige aus unserer alten Stadt das seltene Privileg beschieden gewesen, »nur Männer« anzutreffen – »Was ist ein Mann?« wiederholte sie, um dann, nach einem rauhen Atemzug, der sie mehr zerriß als ihre Hustenkrämpfe, zu erklären: »Jemand, der einem niemals den Rücken zeigt!« Dann fuhr sie mit großem Nachdruck fort, vor allem die Enkelinnen musternd, deren Hochzeitstag sie niemals erleben würde: »Und einer, der dem Feind niemals den Rücken zeigt!«

Und so lag ich mit beinahe vierzig Jahren da, verletzlich wie ein Backfisch und schändlich verliebt, hörte das unaufhörliche Keuchen meiner Großmutter, die hier, vor meinen Augen, fünfzehn Jahre später halsstarrig auf mich einredete: »Vielleicht ist es Schicksal, oder es ist für uns Frauen, die wissen, ›was ein Mann zu sein hat‹, auf Erden nun einmal so, vielleicht ist es auch ein Fluch der heutigen Zeit: Wir begegnen keinen Männern mehr!«

Sie sprach zu mir. Sie sagte »wir«, weil sie in mir ihre Fortsetzung fand. Weil sie meine Niederlage durchlebte. Ich aber wollte mich von ihr lösen, wollte mich nicht nur von meinem Gatten mit der melodramatischen Maske befreien, sondern mindestens ebenso von meiner Ahnin, dieser bitteren und männlichen Frau. Deshalb hätte ich ihr am liebsten entgegnet: »Du sagst: ›Unser Los ist es heute, daß wir keinen Männern mehr begegnen! Es nicht mehr mit Männern zu tun zu haben!‹ … Für mich liegt das Problem anderswo: Ich liebe. Ich liebe und hielt mich bisher nicht für schuldig, sondern für krank. Und zwar nicht deshalb, weil es den Gatten gab, von dem ich mich entfernen mußte, denn tatsächlich entdeckte ich, daß ich mich bereits seit langem von ihm entfernt hatte! Nein, ich glaubte zu lieben und hielt dies für eine seltsame Krankheit! Er war so jung, noch jünger als ich, eine Art kleiner Bruder oder Cousin aus meiner Linie mütterlicherseits, den ich zu spät entdeckte … Aber er ist es, der Geliebte (der im stillen Geliebte), der mir mitten im Drama den Rücken zeigte!

Deinetwegen und auch dank deiner versuche ich, mich aus dieser Szene zu retten, vielleicht auch, mich von seinem Bann zu befreien. Hilf mir, Großmutter, aber nicht durch deine Bitterkeit und deine Strenge. Nein! Sprich zu mir, gestehe mir deine Leidenschaften als junge Frau, wer hat dich erregt: War es der zweite Ehemann oder der dritte, mein Großvater? Welchen hast du jede Nacht geliebt? … Mein Großvater, das wußte ich schon immer, hat niemandem den Rücken gezeigt, weder im Kampf noch wenn Gefahr drohte – außer dem Mörder, der ihn eines Tages hinterrücks erschoß, als mein Vorfahre ihn in seinen Garten einlud und ihm eigenhändig jede Speise des Gastmahls auftrug. Der Rücken meines vierzigjährigen Großvaters im Gemüsegarten: Der Mörder zielte gut und verschwand dann auf Nimmerwiedersehen.

Wer ist für mich dieser Mörder? Der auf den Rücken meiner Hoffnung schießt, meiner stummen Leidenschaft? Ist es heute mein Blick, der sich für immer an die Flucht jenes jungen Mannes heftet, der noch gar kein Mann ist?

Und wenn schon nicht von deiner Bitterkeit, dann muß ich von dieser Sehnsucht genesen, o Ahnin, deren Antlitz in die Tiefe der Erde gebettet ist, dort, wo auch ich eines Tages zu liegen hoffe, bei dir ... (Während ich tatsächlich verzweifelt den Geliebten suche, bei dem ich Nacht um Nacht der Liebe frönen möchte, in dessen Nähe ich jedoch letztlich und vor allen Dingen sterben möchte, ob vor ihm oder nach ihm, mit ihm in der Erde liegen, auf ewig in ihm.) O Ahnin, die ihr Gesicht in der Erde verbirgt, es ist viel wahrscheinlicher, daß ich bei dir liegen werde, weil aus dieser letzten Liebe, dieser Leidenschaft bis in den Tod, die ich erreichen will, nichts werden wird. Denn es gibt keine Isolde im Islam, sondern nur die Lust des Augenblicks, in der vergänglichen Gegenwart, denn der muslimische Tod ist männlich, entgegen allem, was behauptet wird. Man stirbt nämlich wie die Ahnin und so viele andere Frauen, die nach all den Kämpfen und ihrem Elend instinktiv einen Mann zu erkennen wissen, als einen, ›der niemandem den Rücken zeigt‹, all diese Frauen sind die einzigen, die bis zum Augenblick ihres Todes leben, und sie werden im Islam – eine einförmige Verwandlung, die ich schmerzlich zu bedauern beginne –, wenn sie tot sind, zu Männern!

So gesehen ist der Tod im Islam männlich. So gesehen verschwindet die Liebe – weil sie nur in der sinnlichen Lust gefeiert wird –, sobald die ersten Schritte des angekündigten Todes getanzt werden. Weiblich ist übrigens diese erste Annäherung an die *sakina*, das heißt an die vollkommene, reine und heitere Ruhe. Aber nach dieser Einleitung, die leicht wie der Atem einer Frau ist, vergreift sich der Tod an den Lebendigen, Männern wie Frauen, um sie, die nun gleich und plötzlich alle männlich werden, in die Abgründe der ›Gott untertänigen‹ Seelen zu stürzen.

Ja gewiß, o Ahnin, der muslimische Tod ist männlich. Ich aber möchte lieben bis zum letzten Seufzer und möchte fühlen, selbst wenn die Leichenträger mich auf dem Totenbrett auf ihren Schultern davontragen, wie ich dem anderen entgegengehe, und noch im Vermodern und in meiner Asche will ich den anderen lieben. Ich möchte schlafen, ich möchte sterben in den Armen des anderen, des anderen Leichnams, der mir vorausgehen oder mir folgen wird, der mich empfangen wird. Das will ich.«

Weshalb dieses Zwiegespräch mit der Großmutter nach den Ereignissen im Lokal? ... Als Film kehrt die nächtliche Szene unzählige Male zurück, während ich am hellichten Tag ausgestreckt daliege: Ich versuche, das Keuchen der im Sterben liegenden alten Frau zu vergessen, die mir sonst Angst einflößte – sie mochte mich nicht, sondern zog die Tochter ihres einzigen Sohnes vor. Ich sehe auch wieder das wutverzerrte Gesicht des Gatten vor mir – plötzlich fällt mir ein, daß er aus einer Stadt kommt, in der die verheirateten Frauen, selbst wenn sie eine harmonische Ehe führen, oder jedenfalls eine Ehe, aus der sie keine sichtbare Verletzung davontragen, heimlich jeden Ehemann ihren »Feind« nennen. Wenn sie unter sich sind.

In dieser letzten Szene fand der Ehemann zu jener Rolle, die ihm das Gedächtnis der Stadt schon seit Generationen eingraviert hatte. Er in seinem neu erwachten Zorn: Als ich ihm bewußt den Ton abdrehte, schlüpfte er noch leichter in seine Rolle als Feind. »Mein Feind«, seufzte ich, weil er der Feind des Geliebten war.

Der junge Mann, einst der Geliebte, machte eine ängstliche Gebärde, als der Feind sich aufbaute; eine Geste, die bedeutete: »Leck mich!« (Natürlich, jetzt begreife ich: Dieser Ehemann mit seiner drohenden Gebärde war für ihn wie jener Major im Bergdorf, der Geneviève geohrfeigt hatte.) Er schaute einen Augenblick zu seinem Freund, dem Journalisten, dann ging er hinaus.

Am dritten Tag stand ich auf: kalte Morgendämmerung in den letzten Tagen des Frühjahrs.

Ein Entschluß, der mich im Laufe von Nächten der Erregung verfolgte, zwang mir folgende Worte auf – auf französisch, seltsam eingehüllt in das rauhe Ungestüm meiner Ahnin, der schrecklichen Toten –: »Zwischen dem Gatten und mir muß von nun an eine Tür sein! Für immer!«

Ich überraschte mich dabei, wie ich mit einem feierlichen Schwur schloß: »Im Namen Gottes und seines Propheten!« Diese auf arabisch gesprochenen Worte waren zugleich meine und die meiner Großmutter. Ich denke, daß ich spontan an die ursprünglichste Tradition des Korans anknüpfte, als auch die Frauen ihre Männer verstießen!

Meiner kleinen Tochter, die an diesem Morgen nicht zur Schule gegangen war, machte ich einen zärtlichen Vorschlag: »Weißt du was, wir ziehen uns an und gehen am Strand spazieren, willst du?«

Ich ging vor ihr aus dem Haus. Draußen stellte ich fest, daß ich zu leicht gekleidet war. Das Kind war nun bei mir, ich flüsterte ihm zu: »Mein Schatz, mir ist kalt. Außerdem … kann ich nicht mehr ins Haus zurück.« (Ich dachte hitzig: »Der Schwur ist bereits ausgesprochen!«)

»Ich gehe dir einen Mantel holen«, schlug sie vor.

»Den weißen Mantel! Nimm auch deine Sachen für heute mit!«

Lange liefen wir auf dem sonnigen Strand am klaren Meer entlang. War ich auf der Flucht, oder befreite ich mich?

Nach einer oder zwei Stunden war ich müde, da sah ich ein Hotel, das nicht weit entfernt auf einem Hügel lag. In der Halle bat ich einen Kellner, der mich erkannte, uns ein Taxi zu rufen.

Mein Töchterchen war schon ganz rot im Gesicht und strahlte nun über diese Eskapade. Ich nannte die Adresse meiner alten Tante in einem sehr lauten Viertel, wo das allgemeine Volk wohnte; ich dachte vor allem an den Balkon über der Stadt und den alten Jasminstrauch, der schon am frühen Morgen seinen Duft verströmte.

»Ich werde ein paar Tage bei dir bleiben!« flüsterte ich meiner Tante zu, als wir uns umarmten.

Der Abschied

Es gibt immer dann einen Abschied, wenn eine oder mehrere Geschichten plötzlich übervoll, überreif geworden sind, ihr Faden an mehreren Enden geknüpft wird und sie mit einem Übermaß an Träumen wie mit einem Exzeß überfrachtet wurden. In einer echten Liebesgeschichte gibt es immer einen Abschied. Durch ihn beginnt sie in den Lüften zu schweben, unter dem weiten Himmel der Erinnerung.

Ja, da gibt es immer einen Abschied – niemals jedoch bei einer Intrige mit verzerrtem und entstelltem Gesicht, niemals nach der wirren Abfolge von Ereignissen, der Übertreibung einer falschen lyrischen Eifersucht, in sich aufblähendem Haß, der todbringenden Gier nach dem anderen, seinem Lachen und seinem Leben. Allzuoft gibt es nach dem, was man allgemein eine »Liebesgeschichte« nennt, die häufig nur die Geschichte eines Raubes ist – ohne daß man sich festlegen könnte, wer der Räuber und wer der Zerstörte ist –, dann ein Ende durch Erschöpfung oder Erstickung, nie jedoch die zweckfreie Eleganz eines ausgesprochenen Abschieds, eines Abschieds, den man wie einen Kuß sendet, einen Gunstbeweis oder ein Geschenk.

In meinem Fall gab es einen Abschied, natürlich lange nach jenem Mittagsschlaf, der für mich heilvolle Erholung und Rückkehr zu meiner gewohnten Leichtigkeit bedeutete. Es war ein Abschied meinerseits. Und ich habe dem Geliebten zärtlich zugelächelt.

Ich erinnere mich, es war in Paris, wir kamen aus dem Konzert einer Berbergruppe. Ich stand noch mit Freunden zusammen. »Wo sollen wir jetzt tanzen gehen?« Um Mitternacht ist es immer dasselbe: Man sucht vergeblich einen Ort, an dem man weiterfeiern kann, eine leere Wohnung, eine Terrasse über dem Fluß!

Im Gedränge am Ausgang ganz nah das Gesicht eines Mannes. Der Unbekannte blieb stehen, dem Strom entgegen. Er stellte sich quer. Ich wurde ungeduldig: Seine Augen lächelten.

»Erkennen Sie mich denn nicht mehr?«

Als erstes kam seine Stimme bei mir an. Der einstige »Geliebte«, ein Jahr später, wie ein Jahrhundert, dachte ich bei mir. Was war anders an ihm, abgesehen von seiner Stimme? Ich stieß an seine Schultern, die Menge war schuld. Zusammen traten wir hinaus.

»Aber ja, der Star des Abends ist doch Ihr bester Freund! ... Wie konnte ich das vergessen!« Ich fuhr fort in diesem Konversationston: »Leben Sie hier ... oder sind Sie auf der Durchreise?« Er antwortete nicht. Er hatte immer noch dasselbe Lächeln, betrachtete mich beinahe schelmisch. Ich sprach weiter, immer weiter: »Ich lebe nämlich nun hier. Es ist unser Schicksal, für manche auch ein Fluch, daß wir an zwei Städte gefesselt sind: Algier und Paris ...«

Der Star des Abends kam in Begleitung einiger Musiker. Erneut bildete sich eine Menge. Ich betrachtete den Geliebten: kein ganz junger Mann mehr. Etwas hatte sich verändert, bemerkte ich von neuem ohne Melancholie.

Der Starsänger bestand darauf, daß ich in die Brasserie gegenüber mitkam. Der Geliebte sah mir auf seine eigentümliche Art wortlos ins Gesicht, als wäre er ein Freund auf der Durchreise. Wartete.

»Adieu!« sagte ich ihm beinahe fröhlich.

Und mit Heiterkeit kehrte ich zu mir nach Hause zurück, nun ja, zu uns nach Hause, zu einem Dichter, der mich liebte.

Später dann, bei anderen Geschichten, die kürzer und vielleicht auch etwas dichter waren – Beziehungen, nicht immer leidenschaftlich, aber doch zumindest mit einer starken Anziehung, einer Spielerei, in der man hin und her geworfen wird, oder einer Freundschaft, die zuerst halbwegs der Zärtlichkeit zuneigt und sich dann wieder fängt, in Sicherheit bringt –, später dann gab es andere Abschiede. Das waren Fermaten wie bei der Musik, die man in sich trug und nie mehr vergißt.

Ich denke an Julien. Damals in der Hauptstadt eines südlichen Landes, als man ihn mir zum ersten Mal vorstellte und er sich verneigte, mit seiner hochgewachsenen Gestalt eines verbannten Wikingers: »Julien!« rief ich aus, erstaunt über seinen Vornamen. »Waren Ihre Eltern Bewunderer von Stendhal?«

Er wurde zu einem Kameraden, zuvorkommend wie kaum ein anderer, als ich einige Monate bei den Bäuerinnen vom Stamm meiner Mutter zu arbeiten hatte. Julien arbeitete als Fotograf, um uns begleiten zu können, mich und das Team von gut zehn Technikern, und für unser Projekt und mein Vagabundenleben. So oft brach ich zusammen mit ihm bei Morgengrauen auf, ich liebte es, er wie immer schweigend am Lenkrad, denn für uns war es das Schönste, »zusammen zu sehen«. Zu den anderen sagte ich: »Wir gehen auf die Suche nach Einstellungen!«

Julien und ich hatten denselben Rhythmus, und so

machten wir gemeinsam die kostbarsten Entdeckungen. Wie Verschworene kamen wir zurück, hatten die Bilder zu Garben gebündelt zwischen uns.

An manchen Tagen, die zumindest für einige Ruhetage waren, in der Herberge, in der wir weit entfernt von den touristischen Hotels untergebracht waren, stand Julien genau vor Morgengrauen auf, um die Köchin und ihre Kinder in die nahe Moschee zu fahren: Es war Freitag.

Julien und seine zurückhaltende Herzlichkeit mir gegenüber wie auch zwei oder drei Personen, die mir nahestehen! ... Eines Tages war ich verzweifelt – diesmal war es in Paris – über einen Zusammenstoß, ein Mißverständnis, mit einem anderen Mann (und seiner männlichen Unbeholfenheit, einer Einladung, deren vulgäre Übereile mich zunächst verstummen ließ), ich brach in seinem Auto, als ich endlich allein war, in Schluchzen aus – ich saß hinten und schluckte: »Julien, fahren Sie bitte immer geradeaus! Ich werde mich schon beruhigen!«, und er fuhr den ganzen Fluß entlang, der in der Nacht leuchtete. Als er mich dann am Hotel absetzte und meine Tür öffnete, küßte er schweigend meine beiden Hände. Ich hatte aufgehört zu weinen und ging hinein.

Am nächsten Tag war er früh wieder da und beschloß, mich zum Essen auszuführen. Es war ein sonniger Tag.

An der Place des Voges sprachen wir lange über die Moschee, zu der er jeden Freitag die Köchin gefahren hatte. Dort drüben!

Julien, kurz darauf unglücklich verliebt in meine beste Freundin ... Julien, sechs Monate später zum dritten Mal auf der Reise nach Tibet. Für ihn führte eine neue Straße zu den Gipfeln des Himalaja. Er brach zusammen mit zwei befreundeten Alpinisten auf.

»Gib gut auf dich acht!« riet ich ihm auf einmal und duzte ihn endlich.

Obwohl ich mich an seine Lebenslust, seine Unverwundbarkeit bereits gewöhnt hatte, kam eine vage Ahnung über mich.

»Ich vertraue dir all meine Fotos von unseren Entdekkungsfahrten im letzten Sommer an«, sagte er.

Ich umarmte ihn.

Das war noch nicht der Abschied.

Zwei oder drei Wochen später erhielt ich eine Karte von ihm: ein Foto, das er von einer jungen Frau gemacht hatte. Diese saß vor ihrer Hütte am Hang und spielte mit ihrem Baby, alles schimmerte in regenbogenfarbigem Licht ... Auf der Rückseite einige Zeilen von Julien: Dort, in diesem Dorf, hatte er den ganzen Tag Szenen wie diese gesehen, deshalb dachte er an mich und an das letzte Frühjahr, als wir so gut zusammenarbeiteten, »gemeinsam schauten«, wie er schrieb – und dann schloß er: »Morgen geht es zum Himalaja, die neue Straße. Ich bin glücklich. Auf Wiedersehen, Boß!«

Das war ein Abschied. Zum ersten Mal in unserer Freundschaft hatte er mir gegenüber diesen freundlich ironischen Ton angeschlagen: »Boß«.

Ich erfuhr nicht gleich, daß Julien, als ich das las und die junge tibetische Mutter bewunderte, die er an einem sonnigen Nachmittag beobachtet hatte, bereits unter einer Unmenge Schnee begraben lag, denn drei Tage nachdem er mir geschrieben hatte, hatte eine unerwartete Lawine ihn und seine Begleiter mitgerissen.

Sein Abschied? Aber der Freund ist gar nicht tot. Er schläft unter dicken Schichten ewigen Schnees. Eines Tages, da bin ich sicher, wird jemand auf die Suche nach seinem Leichnam gehen und ihn zurückbringen. Dann soll man mich rufen, damit ich noch einmal seine makellose Schönheit eines verbannten Wikingers betrachten kann, dann, und erst dann, werde ich ihn beweinen.

Ich wollte wieder heiraten.

In den Straßen von Paris, das ich nun wiederentdeckte, trug ich meine zweite Jugend, sicher jedoch meine freie Zeit spazieren.

Ich verträumte die Tage, und zwei oder drei Stunden streifte ich täglich umher: allein oder zu zweit. Meine kümmerlichen materiellen Verhältnisse drängten nach einer Erleichterung: Plötzlich begann ich wieder zu schreiben, auf der Suche nach welchem Schatten war ich da, in welches Niemandsland hatte es mich verschlagen?

Drei, vielleicht vier Jahre eines sorglosen Lebens zu zweit, mit beinahe vierzig war ich wieder wie zwanzig: Manchmal verstrichen die Tage langsam in reinigender Muße, manchmal waren sie bis obenhin angefüllt mit harter Arbeit ... Dann kam der gemeinsame Rhythmus aus dem Takt. Auseinandersetzungen und Unglück oder vielmehr ein Unbehagen. Als ich dem Stillstand entkam, an der Schwelle einer Nacht und zweifellos das Gleichgewicht meines Alters wiederfindend, beschloß ich mit harter Miene: »Ich dulde dich nicht mehr in meinem Zimmer!«

Zu mir selbst sagte ich jedoch, nur zu mir, mit einer Heftigkeit: »Du liebst es so sehr zu teilen, würdest so gern mit jemand anderem gemeinsam entdecken, lachen, schlafen und sterben, aber du trägst auch dein eigenes Gefängnis mit dir herum, und das paßt nicht zusammen!«

Einige Monate vergingen. Paris war eine Wüste; es gab jedoch glücklicherweise auch einige Irrfahrten, und sie waren ertragreich. Außerdem Arbeit, bis man taub war, taub und stumm, ich war reichlich ausgestattet mit Zerstreuungen.

Mitten in der Nacht öffnete einmal mein Mann die Tür, vom Flur aus sickerte Licht ins Zimmer. Er kam leise herein, suchte ein Buch auf den Regalen gegenüber von meinem Bett.

Ich hielt die Augen geschlossen. Ich stellte mich nicht

schlafend: Ich spürte den Schlaf und gleichzeitig Klarsicht in mir. Ich hörte, wie er hereinkam, ein Buch nahm, einen Reiseführer oder ein Wörterbuch, dann das Zimmer verließ und die Tür schloß. Er blieb stehen. Er kam zurück; ich fühlte ihn ganz nah bei mir: Damals lag ich tief, direkt auf einem Teppich aus dem Aurès.

Er beugte sich über mich und hauchte einen leichten Kuß über meine Stirn. Entfernte sich. Schloß vorsichtig die Tür.

In der völligen Finsternis öffnete ich die Augen. Nun war es für mich klar: »Sein letzter Kuß. Das war tatsächlich ein Abschied!«

Ich schlief recht schnell wieder ein. Einige Zeit später verließ er das Haus. Er hat es gleichsam mit Zärtlichkeit verlassen, als er mir diesen Kuß gab, den er für einen heimlichen hielt.

Dem Geliebten – eigentlich dem »einstigen Geliebten« – bin ich noch einmal begegnet. Unser Treffen fand auf einer weiten Bühne statt: als hätte ein Zauberer die Vorbereitungen getroffen und alles so eingerichtet.

Es war mitten im Sommer, glaube ich mich zu erinnern, nach dem allgemeinen Aufbruch der Urlauber. Ich sehe die Esplanade des neuen Bahnhofs Montparnasse noch vor mir, ein sehr heißer Nachmittag nahm seinen Lauf. Kaum Schaulustige; ein paar Touristen: eine oder zwei Gruppen von jungen Leuten, die auf den Bänken oder dem Boden saßen.

Ich tauchte ein in diesen Raum. Ich ließ mir Zeit. Ich wollte meine Schwester besuchen, die in der Nähe wohnte: Eigentlich bewegte ich mich wie jemand, der sich auskennt, beinahe wie jemand, der nach Hause zurückkehrt. Auch wenn ich nun in Paris war und mich damals beeilte, wegen des Geburtstags meines Neffen, fühlte ich mich hier »zu Hause«.

Weiter hinten die Gestalt eines Reisenden, der den

Bahnhof verläßt, eine Tasche in der Hand oder über die Schulter geworfen. Ich selbst ging diagonal auf diesen einzelnen Schatten zu, der sich in der Sonne abhob.

Das Licht an diesem Nachmittag beinahe grell. Kein Lärm: weder von einem hinter mir fahrenden Bus noch von der verstreuten Menge.

Ich ging also an diesem Sommertag mit ruhigem Schritt, und ich erinnere mich genau, mein Herz war von Frieden erfüllt oder, wie so häufig bei mir, sanft in natürliche Lebensfreude getaucht. Auf halbem Weg erkenne ich ihn: Es ist der Mann, den ich leidenschaftlich liebte, der »Geliebte«, denke ich und nicht der »einstige Geliebte«. Während der Mann, der mich liebte und zu dem ich jeden Abend fröhlich nach Hause kam, anderswo in der Stadt auf mich wartete.

Ich erkannte ihn also; und er, er änderte seinen Schritt und ging mir schnell entgegen. Keiner zeigte sich überrascht, weder er noch ich.

Ich drückte ihm die Hand; ein Zögern, ob ich ihn freundschaftlich küssen soll. Er hielt meine Hand für einen Augenblick. Wir betrachteten uns gegenseitig.

In mir war plötzlich eine neue Zärtlichkeit. Ich musterte ihn ruhig: Sein Gesicht war voller geworden, er hatte sonnenverbrannte Wangen. Und er war kräftiger geworden: Seine Schultern erschienen breiter.

»Sind wirklich schon zwei Jahre vergangen?« dachte ich. »Jedenfalls ist er ein schöner Mann geworden!«

Er erzählte mir, daß er gerade heute aus einem fernen Land angekommen war: »Ein Jahr Entwicklungshilfe in Neuseeland!«

Da ich damals etwas zerstreut war, zweifle ich, ich weiß nicht recht, war es nicht vielleicht doch Australien?

Ich lächelte, fühlte mich wiederbelebt und begann nun insgeheim Selbstgespräche zu führen wie früher, ihn im stillen duzend: »Im Grunde warst du am Ende der Welt, kommst zurück, steigst an einem Pariser Bahnhof aus dem Zug, und ich komme dir entgegen, um dich bei deiner Rückkehr zu empfangen!«

Ich war nicht erstaunt. Ich glaubte an das Wunder einer unsichtbaren Macht, die alles so eingerichtet hatte, daß wir ein letztes Mal zusammengerufen wurden.

Ich betrachtete den einstigen Geliebten jetzt ohne Zögern. Dann fühlte ich plötzlich – wenn ich es nicht erst begriff, als ich mich von ihm trennte –, daß mein Herz sich mit einer wahrhaft mütterlichen Zärtlichkeit füllte: Er war ein kräftiger, verführerischer Mann geworden! Ich fühlte, daß er glücklich war, in diesem Augenblick war er bereit, sich die Zeit zu nehmen, mir sein Leben in Australien zu erzählen ... »Ich liebe ihn«, sagte ich mir, »wie eine junge Mutter! Als hätte ich, obwohl er fern von mir war, dazu beigetragen, daß er sich verändert, als hätte ich ihm zu dieser Reife verholfen!«

Auf diese Weise veränderte meine stille Liebe, die früher so schwer zu zügeln war, ihr Wesen; er hatte weiterhin heimlich in mir fortgelebt, jedoch seiner Zerbrechlichkeit beraubt, die mich so lange Zeit verwirrt hatte: Der junge Mann stand strahlend vor mir in seiner neuen Schönheit.

Er bat mich um meine Telefonnummer. Ich schrieb sie ihm auf. Ich fügte noch ein paar nette Worte hinzu. »Wir sehen uns wieder!« sagte ich dann nur noch.

Es war ein Abschied. Ich wußte es bereits, als ich wegging.

Ich komme auf diese Tage vor dem Mittagsschlaf zurück, auf jene dreizehn Monate: Ich weiß nicht, weshalb ich auf so vielen Umwegen und in bewußt nicht chronologisch angeordnetem Wirrwar diesen Springbrunnen meiner selbst herabregnen ließ, obwohl man ihn doch hätte austrocknen oder zumindest eindämmen sollen.

Und dieser Mann, der weder fremd noch in mir war:

Auf einmal kam es mir vor, als hätte ich ihn, obwohl er erwachsen war, zur Welt gebracht. Ich drückte mich plötzlich zitternd an seine Brust, schmiegte mich zwischen Hemd und Haut an ihn, ganz an sein sonnengegerbtes Gesicht, seine vibrierende Stimme in meinem Nacken, seine Finger an meiner Wange, ich, von ihm angeschaut. Und gleich danach ging ich, um mich anzuschauen, um mich mit seinen Augen im Spiegel zu sehen, jenes Gesicht einzufangen, das er eben gesehen hatte und wie er es sah, dieses »Ich«, fremd und anders, das in diesem einen Moment zum ersten Mal »Ich« wurde durch den Blick des anderen. Er, der weder fremd noch in mir war, aber doch so nah, wie es näher nicht möglich war, ohne mich zu berühren, der mich allerdings erreichen wollte und mich anzufassen drohte, dieser Mann wurde mir zum allernächsten Verwandten, er ließ sich dort nieder, wo ursprünglich etwas frei geblieben war, an jenem Ort, den die Frauen der Familie in meinem Umkreis geplündert hatten, seit meiner Kindheit und bis zu meiner Heiratsfähigkeit, als sich die ersten wankenden Schritte meiner Freiheit abzeichneten.

Er, der mir am nächsten Stehende; der Geliebte.

II

Erlöschen in Stein

»Ich hatte vielleicht das Alphabet beerdigt. Ich weiß nicht auf dem Grunde welcher Nacht. Die Kiesel auf seinem Weg knirschten unter meinen Schritten. Ein Alphabet, dessen ich mich nicht bediente, um zu denken oder zu schreiben, sondern um Grenzen zu überschreiten ...«

Ch. Dobzynski, Prolog zu Alphabase

Der Sklave in Tunis

Tapferer Thomas d'Arcos! Er ist schon über sechzig und hat bis dahin eher gut gelebt: Geboren in La Ciotat bei Marseille in einer recht stürmischen Zeit, im Jahr 1565, begibt er sich bereits mit sehr jungen Jahren nach Paris und wird Sekretär von Kardinal de Joyeuse, dem Bruder des Günstlings von Heinrich III.

Dann verläßt er plötzlich diese schöne Welt, keiner weiß, warum. Er kehrt in seine sonnige Provence zurück, reist, lernt Sprachen, wird von literarischem Ehrgeiz ergriffen, möchte sich Bildung aneignen – er forscht über afrikanische Geschichte, beginnt eine Chronik über osmanische Sitten, allerdings in spanischer Sprache, Kommentare zur Musik der Türken und Mauren ... Er ist erfüllt von einer ungebündelten, aber beständigen Neugier. Als junger Mann ist er sicher ein Schürzenjäger. Dann besinnt er sich, heiratet auf Sardinien eine Dorfschönheit. Will er sich dort niederlassen oder in Marseille, in Carpentras?

Tapferer Thomas d'Arcos! Er ist bereits über sechzig, da gerät er auf einer Tartane in die Gefangenschaft von tunesischen Korsaren! Im Jahr 1628 ist er Sklave dieser Türken in Tunis.

Trotz der widrigen Umstände läßt seine Tatkraft nicht nach. Schließlich hat er eine Vorliebe für orientalische Sprachen, antike Münzen und Medaillen, seltene Gegenstände, alte Bücher! Es gelingt ihm – man weiß nicht, wie, vermutlich wird er als Dolmetscher gut bezahlt –, ja, es gelingt ihm, innerhalb von nur zwei oder drei Jahren die nötige Summe für sein Lösegeld zusammenzubringen. Jetzt ist er ein freier Mann: Wird er nach Marseille zurückkehren oder nach Sardinien zu seiner Gattin? Nein, er läßt sich in Tunis nieder, und dort wird er auch sterben.

Jetzt – in den Jahren nach 1630 – beginnt unsere Geschichte. Denn von Tunis aus schreibt er an einen Magistraten, einen hochrangigen Mann der lokalen Prominenz mit Namen Peiresc, königlicher Rat im Parlament der Provence in Aix (der berühmte Gassendi wird später eine Biographie dieses Notablen schreiben, mit dem er befreundet war). Er korrespondiert auch mit dem Truchseß Monsieur Aycard, ebenfalls ein Freund von Peiresc, vor allem aber ein Mann von hoher Gelehrsamkeit. Dieser hat sich in Toulon niedergelassen und nutzt die Handelstätigkeit mit Smyrna und Konstantinopel, mit der ganzen Levante und der Berberei, um sich Handschriften, antike Medaillen, aber auch Gemmen, Delikatessen und exotische Gegenstände zu besorgen.

Thomas d'Arcos geht im Hoheitsgebiet ein und aus, er macht einen glücklichen Eindruck. Vermutlich treibt er Handel oder Tauschhandel, um ein angemessenes Leben führen zu können. Zweifellos gefällt ihm dieses Leben in der Sonne, das wahrscheinlich leichter ist und ihn weniger kostet! … Hat ihn seine Gattin in Sardinien vielleicht vergessen wie einst seine Freunde am Hof des Königs, die de Joyeuse?

Vermutlich denkt er, daß es besser ist, bei »den Türken« zu bleiben, den Ungläubigen: um seinen Frieden oder sein Vergnügen willen. Er möchte auch seinen *Bericht aus Afrika* beenden, dem er den Vorzug gibt, außerdem sein Buch auf spanisch: Hier erfährt er viel, er streift umher und schreibt ein wenig, auch wenn ihm seine schlechten Augen Kummer bereiten. Er lernt andere Dialekte kennen … Er lebt als Gelehrter in Tunis: Beim kleinen Volk, vielleicht auch bei den Notablen, ausländischen Kaufleuten, Dragomanen und Berühmtheiten auf der Durchreise genießt Thomas, dieser tapfere Thomas d'Arcos, Wertschätzung und wird durchaus geehrt.

Anhand seiner Korrespondenz mit Peiresc und Aycard

können wir die Tage in Tunis umreißen: was er für sich erwartet, seine Ambitionen, seine Bequemlichkeiten, seine literarischen Freuden und mitunter seine Befürchtungen.

Nach und nach nähert sich allerdings ein wahres Drama auf leisen Sohlen. Er ringt sich durch, für immer hierzubleiben. Bei Peiresc beklagt er sich über seine schlechten Augen, denn er hat noch immer keine Brille gefunden, er würde sie »mit Gold aufwiegen«, und traurig fügt er hinzu: »Schon seit fünf Jahren kann ich bei Kerzenlicht nicht mehr mit meinen herkömmlichen Gläsern lesen!« Er schickt seinem Brieffreund im Gegenzug recht warme Pantoffeln für den Magistraten selbst und seine Frau, außerdem Couscous und Bälger von Geiern!

Aber immer gärt da etwas, man ahnt ein Drama, das für eine Unterbrechung des zweifachen Briefwechsels sorgt: ein Drama? – Nennen wir es einen Übergang, ein Gleiten – nein, nicht eine neue Leidenschaft für Frauen oder Knaben, auch nicht für andere Wissensgebiete, die sich ihm öffnen könnten … Nennen wir es ein »Experiment«.

Thomas, dieser tapfere Thomas d'Arcos, zweiundsechzig oder dreiundsechzig Jahre alt, mit immer schlechter werdenden Augen, aber gleichwohl springlebendig, der zuerst von Tunis aus in die Dörfer der näheren Umgebung vorstößt und sich später in den Osten wagt, bis weit ins Landesinnere, Thomas, der ehemalige Sklave, seit einiger Zeit ein freier Mann, der sich von allen anerkannt fühlt und sich damit abgefunden hat, in Tunis zu sterben, Thomas beschließt, er möchte Muslim werden!

Er konvertiert, wie es sich gehört: mit vorheriger Beschneidung, der Chahadda und der Annahme eines islamischen Vornamens: Thomas wird zu Osmann.

Dies geschieht offenbar im Jahr 1631 oder Anfang 1632. Nach der »Kehrtwendung«, nachdem er »abgeschworen« hat (er steht mit seiner Abkehr oder Anpassung, wie wir es nennen wollen, nicht allein: Einige von seinen Freunden, allesamt jünger und mit unterschiedlichem Hintergrund, vollziehen ebenfalls diesen Schritt. Einer aus der Provence wie er, der sich Shaaban nennt, ein junger Flame, der den Vornamen Soleyman annimmt, und Mami, ein blutjunger Grieche). Bald hat er jedoch das Gefühl, ein »Verräter« zu sein, beginnt zu zweifeln, leidet und denkt an seine Freunde dort drüben.

Mit Recht. Peiresc läßt ein Jahr verstreichen, ohne ein Lebenszeichen von sich zu geben. Thomas beklagt sich bei d'Aycard: »Die erste Prägung des Heils, welche die Kirche mir gespendet hat, wird niemals von meiner Seele ausgelöscht werden, auch wenn sie nun in neuem Gewande erscheint!«, und er schließt mit einem philosophischen Satz: »Gott läßt manchmal das Böse zu, damit aus ihm etwas Gutes entsteht, das noch größer ist.«

Jetzt ist er als Bürger fest in Tunis verwurzelt. (Fast könnte er hoffen, eine reifere Dame in Tunis zu finden, freilich ausgestattet mit weitem Herzen und einladendem Vermögen, die ihn in seinen alten Tagen verwöhnen möchte!) Außerdem ist er nur zum Schein Muslim – zumindest schreibt er das seinen Freunden in der Provence und beruft sich auf zwei Formen des Glaubens: den aus Notwendigkeit und den aus Treue, von dem er, wie er versichert, sich nicht abgewandt hat. Aber Peiresc schmollt in Aix, bricht den Stab über ihn, schreibt ihm nicht.

Thomas-Osmann hat ihm sein Werk über Afrika geschickt, das endlich fertig geworden ist. Er wartet auf Kritik und Anregungen: So könnte er an jenen Gestaden weiterleben, die er für immer verlassen hat, nämlich durch seine Schriften. Falls Peiresc sein Buch für seriös und wertvoll befindet, dann könnte Thomas-Osmann durchaus hoffen, dort drüben nicht dem Vergessen anheimzufallen ... Er bleibt in der sonnigen Umgebung von Tunis:

Aber sein Herz und sein Geist sind mit diesem Buch, das er Peiresc geschickt hat, auf die Reise gegangen.

Um bei diesem Nachsicht für seinen neuen Glauben zu erlangen, wendet er, der »Abgeschworene«, sich an Aycard, den zweiten Freund. Er erwähnt neue Geschenke, die er beiden zukommen lassen möchte, weil er sich ihnen verpflichtet fühlt.

Da kommt ein – in der Tat anmutiges – Geschenk von ihm zum Zug: eine Gazelle, die er *alzaron* nennt. Wir befinden uns am Ende des Jahres 1633; im Januar 1634 schreibt er, diese Gazelle sei in Nubien gefangen worden, sie habe einen »wunderbaren Lauf«, er habe sie einem großen Marabout der Stadt abgekauft und außer ihm habe es einen weiteren Interessenten gegeben, der sie für den Herzog der Toscana kaufen wollte.

Peiresc wird ihm erst einige Monate später antworten. Thomas, der ihm gern noch einige kleine Chamäleons zugesandt hätte, diese jedoch zu spät erhalten hat, ist unruhig wegen seines *Berichts aus Afrika.* Er gesteht ihm schließlich: »Ich bekenne, daß ich heftigen Schmerz über Euer langes Schweigen empfand. Tatsächlich habe ich den Grund dafür in meinen Sünden gesucht …«

Die von Thomas gesandte Gazelle aus Nubien findet später bei Gassendi Erwähnung, in einer Passage über Peiresc beschreibt er sie: Durch ihn wissen wir, daß sie schließlich in Rom bei Kardinal Barberini landet.

Die Korrespondenz zwischen Thomas-Osmann und seinen zwei Freunden findet 1636 ihren Abschluß. Peiresc stirbt im folgenden Jahr; Aycard folgt ihm recht bald. Thomas d'Arcos, der Renegat von Tunis, verschwindet spurlos.

Und doch ist es weder die Gazelle, die von nun an beim berühmten Kardinal Barberini in Rom lebt, noch die an Peiresc gesandte Arbeit eines Gelehrten, die diesen Schatten – ein freigelassener Sklave, der Muslim geworden ist –

zu einer Gestalt werden läßt, die untrennbar verbunden ist mit »unserer« Geschichte von den Gestaden des Atlantiks bis zu den Ufern der Syrte oder der Wüste von Fezzan.

Thomas ist so präsent, weil er in dieser ersten Hälfte des 17. Jahrhunderts als einziger mit wahrhaft hungrigem Blick in der Umgebung von Tunis umherstreift und noch weiter nach Osten vorstößt! Direkt vor seiner Bekehrung (sei sie nun aufrichtig oder strategisch) unternimmt er eine Reise bis an die Grenze beider Hoheitsgebiete, dem von Tunis und dem von Algier. Er meldet in einem Brief an Aycard, daß Sanson Napollon, Ritter des Königsordens und Befehlshaber der französischen Bastion, nach Tabarka vorrückt, daß er das Cap Negro einnehmen will und deshalb die Bastion verläßt: Geschäfte seien bestimmt leichter mit den Machthabern von Tunis als mit den Herren von Algier zu führen.

In dieser Atmosphäre hat Thomas eine archäologische Expedition unternommen, nicht weit, zu den Ruinen von Dougga – das er Thugga nennt. Es ist Herbst 1631.

Vermutlich war er hingerissen, machte unablässig Notizen, zeichnete Felder von stehenden oder liegenden Säulen, die Unordnung der Marmorstücke inmitten einer wuchernden Pflanzenwelt. Zwei oder drei armselige Dörfer befinden sich in der Nähe. Plötzlich macht er einen großen Fund. Im Zentrum dieser Ebene steht ein beeindruckendes Denkmal, nicht etwa ein schlichter Triumphbogen, sondern ein majestätisches und harmonisches Mausoleum, sogar ein wenig seltsam. Thomas untersucht die Skulpturen und Inschriften. Er verbringt den ganzen Tag an Ort und Stelle.

In der langsam herabsinkenden Sonne – einige Kinder kommen aus dem Dorf und bringen ihm ein Fladenbrot, Eier, etwas Schafskäse – trifft er die Entscheidung, die sich ihm anbietet: Am ungewöhnlichsten und erstaunlichsten an diesem Mausoleum ist eine Inschrift auf zwei unähnlichen Seiten, die sich gegenüberstehen. Er wird sie sorgfältig abschreiben. Lange studiert er die Buchstaben, er berichtigt: »die beiden Schriften«. Denn die wunderbare Stele setzt sich, wie er endlich begreift, aus einem zweisprachigen Text zusammen.

Er ist nicht sicher, ob er bald wieder an diesen Ort zurückkehren kann. Ein Jahr zuvor hatte er in seinem ersten Brief an d'Aycard berichtet, daß er im Gefolge seines damaligen »Arbeitgebers« vier Meilen von Tunis entfernt in La Calle war, »dort erstreckte sich einst das antike Utica«. Die Neugier auf die ruhmreichen Orte der römischen Vergangenheit hat ihn hierhergeführt.

Auf beiden Seiten der Stele kann er zwar kein einziges Zeichen lesen, aber er nimmt an, daß eine der Schriften Punisch ist. Einen Augenblick lang stellt er sich die letzten Stunden der karthagischen Gegenwart vor: Mit Tränen in den Augen sagt er sich, daß das, was er da abgeschrieben hat, mindestens aus dem 2. Jahrhundert vor Christus stammt! Dann waren dieses Feld, diese Steine und diese für ihn unverständlichen Zeichen seit mehr als achtzehn Jahrhunderten unberührt geblieben!

»Wenn eine Rede oder eine feierliche Erklärung hier in phönizischer Sprache schriftlich niedergelegt wurde, bevor (oder nachdem?) Karthago den Flammen zum Opfer fiel, dann könnte auf der anderen Seite dieselbe Erklärung stehen, nur in welcher Sprache? Der der Vandalen? Nein ... Eines anderen verschwundenen Volkes? ...«

Er stellt sich keine weiteren Fragen mehr. Er setzt sich nieder. Obwohl seine Augen bei dieser Anstrengung vor Ermüdung tränen, schreibt er unerbittlich die geheimnisvollen Zeichen ab!

Drei Tage später ist er wieder in Tunis, aber diese neue Begeisterung hat sich gleichsam in seinen Geist eingebrannt. Zu seiner großen Enttäuschung hatte er keinen Zeugen, und in seiner Umgebung hat er keinen Vertrauten. Wer wird seine Nachfolge antreten, wer kann die seltsamen Buchstaben entziffern?

In tagelanger Arbeit schreibt er die Doppelinschrift mehrmals ab. Er beschließt, eine Kopie an Peiresc zu senden. Seine Neugier oder sein Instinkt für das Geheimnisvolle ruft kein Echo hervor und fällt langsam in sich zusammen. Weder Peiresc noch Aycard scheinen seine Entdeckung wertvoll zu finden …

Dann wird Thomas in den folgenden Monaten von seinem Vorhaben, den Glauben zu wechseln, in Anspruch genommen: als könnte sein Wesen, das angezogen wurde von dem dunklen Lockruf des Unbekannten, sich weit zurück in die Vergangenheit bis in die Zeit dieser Steine von Dougga begeben, bei diesem Übertritt zu einem anderen Glauben, den er selbst einen »gleitenden Übergang« nannte, etwas wie ein Gleichgewicht wiederfinden.

Im Juni 1633 hält sich in Tunis eine gelehrte Persönlichkeit auf, ein Maronit, Kenner der orientalischen Sprachen und, wie Thomas schreibt, »äußerst geschätzt in Rom«, beim Papst. Er heißt Abraham Echellen und soll in Tunis Verhandlungen führen über den Freikauf christlicher Sklaven.

Thomas, jetzt Osmann, spricht bei ihm vor, äußerst bewegt hält er den Text von Dougga in Händen. »Er«, denkt er, »wird ihn lesen können!«, und er wartet respektvoll, mit niedergeschlagenen Augen.

Der Levantiner betrachtet mit der Lupe einen Augenblick die abgeschriebenen Buchstaben: »Das ist weder Syriakisch noch Chaldäisch!« bekräftigt er. »Vielleicht haben einige Buchstaben eine gewisse Ähnlichkeit mit dem Altägyptischen! … Ich müßte sie ausführlicher begutachten, wenn ich wieder in Rom bin. Ich werde mir Mühe geben, sie zu entziffern: Überlassen Sie mir diese Kopie!«

Er verspricht, Osmann das Ergebnis seiner Untersuchung nach Tunis zu senden.

So wird, einige Zeit bevor die Gazelle bei Kardinal Barberini eintrifft, die Reise dieses Papiers mit der vom ehemaligen Sklaven abgeschriebenen Doppelinschrift im Vatikan enden. Dort gerät es zusammen mit anderen Schriften ins Archiv. Und schlummert …

Peiresc weiß dagegen nicht, was er mit diesen »Hieroglyphen« anfangen soll. Später beschreibt Gassendi ausführlich die Gazelle aus Nubien, diese vom »Renegaten aus der Provence« gesandten Skizzen übersieht er allerdings.

Von Thomas, diesem tapferen Thomas d'Arcos, wird man leider nie erfahren, wo und wie er starb, ob als Christ oder als Muslim. Thomas, zwischen zwei Gestaden und zwei Religionen, wird der erste Überlieferer einer zweisprachigen Inschrift sein, deren Geheimnis noch zwei Jahrhunderte schlummern wird.

Graf und Überläufer

Das Jahr 1815 ist das Jahr des Sturzes Napoleons; jener Mann, der jeden Thron in Europa in Angst versetzte, befindet sich hinter Schloß und Riegel. Nach Waterloo herrscht wieder das Ancien régime, die Monarchien werden aus dem Schrank hervorgeholt, und die Emigranten lassen sich in ihren Schlössern und auf ihren Landgütern nieder.

1815 oder die Rückkehr des vergangenen Jahrhunderts: vor allem in Paris, aber auch in Neapel, wo man Joachim Murat, König von Italien und Schwager des »Menschenfressers«, standrechtlich erschießt.

Ebenfalls in Neapel macht Gräfin Adelaïde Bekanntschaft mit der Einsamkeit: Adelaïde ist die Gattin des Grafen Borgia. Sie verläßt niemals ihren Wohnsitz, den Palast der Familie Borgia, der wahrhaftig einem Museum gleicht. Ihr

Gatte, Camillo Borgia, einundvierzig Jahre alt, Sohn des Generals Giovanni Paolo Borgia und Neffe des Kardinals Stefano Borgia, mußte vorsichtshalber das Exil wählen, denn er hatte sich in seinem jugendlichen Eifer als Sympathisant der »Revolutionäre« einige Jahre zuvor als Offizier in Murats Armee verpflichtet; dort war er recht schnell zum General aufgestiegen.

Später wird Camillo Borgia schreiben, er sei »in ein Museum hineingeboren worden« und habe mithin »die Leidenschaft für die Dinge aus der Antike bereits mit der Muttermilch aufgesogen«. Er beschließt unter diesen wirren Umständen, das Mittelmeer zu überqueren, um die Ruinen Karthagos in der Nähe von Tunis zu erforschen – inmitten der steinernen Reste aus der Antike möchte er über den Untergang der großen Reiche dieser Welt nachdenken. Er will endlich das werden, wozu er sich wirklich berufen fühlt: Archäologe.

Am Ende des Jahres 1815 und das ganze Jahr 1816 über richtet sich die Gräfin Adelaïde in ihrer Einsamkeit ein, so gut es eben geht: Regelmäßig versammelt sie im altväterlichen Palast ihren Freundeskreis, um Berichte der »wissenschaftlichen Reisen« vorzulesen, die ihr der Graf Etappe für Etappe zusendet. »Flieht« Borgia zu den Mauren? Nein, eher spaziert er mit dem Zeichenstift in der Hand umher und folgt inmitten von Ruinen seiner Neigung zu philosophischen Höhenflügen, auf der Suche nach Monumenten, die mitunter zwei Jahrtausende überdauert haben, in ihrer Gänze oder zumeist nahezu unverletzt ...

So kommt es, daß der neapolitanische Graf und Überläufer in die Fußstapfen eines ehemaligen Sklaven aus der Provence tritt, Thomas-Osmann d'Arcos!

Am 19. August 1815 trifft der Graf in Tunis ein, er ist Inhaber eines dänischen Passes, denn er trägt den Titel Kammerherr des Dänischen Königs. Er wird vom dänischen Konsul in Tunis empfangen, den Ministern des Bey vorgestellt und in den Kreis der Diplomaten eingeführt ... Er steigt im einzigen Hotel der Hauptstadt ab, das europäisch eingerichtet ist, dem »Impérial«, beginnt sofort mit den archäologischen Streifzügen in die Umgebung von Tunis und freundet sich mit einem holländischen Ingenieur an, J. E. Humbert, einem Offizier aus dem Pionierkorp, der lange vor ihm eintraf und mit zahlreichen Würdenträgern des tunesischen Herrschers vertrauten Umgang pflegt.

Graf Borgia und Humbert gehen im Dezember 1815 auf eine Exkursion, um die Quellen für das Aquädukt von Karthago in den Bergen bei Zaghouan zu erforschen. Zu zweit machen sie Entdeckungen, die den wenigen Reisenden und Entdeckern des Jahrhunderts zuvor entgangen sind (unter anderen Peysonnel, Shaw, Bruce). Da der holländische Freund Aufnahme in die Eskorte eines Ministers des Bey namens Mohammed Khodja findet, unternimmt Graf Borgia wenig später zusammen mit diesem eine Reise in den Kef. Auf dem Rückweg macht er für vier Tage in Dougga halt.

War er wie einst der Sklave aus der Provence so sehr geblendet, daß er sofort alles aufzeichnete und in den folgenden Tagen ihn die Fragen nicht mehr losließen? Zurück in Tunis, verfaßt er einen ausführlichen Brief, in dem er alles beschreibt, was er gesehen hat, vor allem das seltsame dreistöckige Mausoleum. An Ort und Stelle hat er zahlreiche Bleistiftskizzen angefertigt, manche überarbeitet er mit Tinte. Er hat systematisch jede Fassade des Bauwerks festgehalten, zahlreiche Pläne von den inneren Kammern der drei Stockwerke angefertigt. Schließlich hat er die zweisprachige Inschrift kopiert – in den auf italienisch verfaßten Notizen, die seiner Darstellung beigefügt sind, ist von zwei Schriften die Rede, *»punico e punico-ispanico«*, wie er irrtümlich annimmt.

So kommt es, daß das Geheimnis der unbekannten Schrift ihn unberührt läßt. Aber er spricht auf die eigentümliche Architektur des Kenotaphs an, eine Mischung aus hellenistischem und orientalisch-archaischem Stil. Er zeichnet die ionischen Säulen mit ihren Lotosvoluten in den Kapitellen, die Basis jedes Stockwerks mit Architrav und ägyptischer Kehlung. Er stellt Überlegungen über die Funktion des Ganzen als Grabmal an: Standen vielleicht kleine Ascheurnen in den leeren Nischen der inneren Kammern?

Das ganze Jahr 1816 verbringt Borgia mit weiteren Erkundungsreisen an den Küsten und im Norden Tunesiens. Regelmäßig sendet er der Gräfin Berichte, die in einem Kreis von Gelehrten und Liebhabern verlesen werden. In Neapel wird durch den Archäologen Borgia nach und nach seine militärische Vergangenheit in den Hintergrund gedrängt. Schließlich kehrt er im Januar 1817 in sein Land zurück und plant die rasche Veröffentlichung des Berichts seiner begeisternd ergebnisreichen Reise. Ein bekannter Graveur macht sich bereits daran, eine Reihe von Platten nach den Tuschzeichnungen von Borgia herzustellen: Darunter ist auch ein Stich des libysch-punischen Mausoleums von Dougga.

Leider stirbt Borgia plötzlich Ende 1817. Seine Witwe bündelt alle seine Aufzeichnungen, die *Borgiana* (Ertrag der Reisen ihres Ehemannes), und verkauft sie an einen französischen Liebhaber, der sich verpflichtet, sie alsbald zu veröffentlichen. Später verkauft er sie jedoch an das Nationalmuseum von Leiden weiter, das auch die Aufzeichnungen von Humbert erwirbt. Dort schlummert das ganze unedierte Konvolut … bis ins Jahr 1959.

Der Sohn des Reisenden klagt im Jahr 1867 in einer Fachzeitschrift, daß die holländische Regierung ihr Versprechen nicht gehalten hat, die Arbeit seines Vaters bekannt zu machen. Glücklicherweise haben inzwischen einige Gelehrte aus den umfangreichen Akten zumindest die geheimnisvollen Zeichen der zweisprachigen Inschrift von Dougga kopiert.

Nach Borgia gehen unzählige Jahre ins Land: Das seltsame Alphabet hütet sein Geheimnis, und das Mausoleum ragt, bisher noch unerforscht, bei den Ruinen des ehemaligen Thugga empor.

Lord und Archäologe

Sommeranfang 1832 macht der Maler Delacroix Station in Algier, auf der Rückreise von Marokko verbringt er drei Tage in der Wohnung eines ehemaligen Rais und malt. Am 28. Juni schifft er sich ein, in den Zeichenmappen und im Kopf trägt er bereits die Elemente einer Komposition, die wenige Jahre später zu seinem Meisterwerk *Die Frauen von Algier in ihrem Gemach* wird, einem Leuchtfeuer gleich in kolonialer Finsternis, welche die algerische Geschichte bestimmen wird ... Plötzlich thront das weibliche Algerien vor den Blicken aller, im Herzen der Dunkelheit und ganz reglos im irisierenden Licht, und wird für die folgenden Generationen wieder von der Bildfläche verschwinden.

Delacroix brach im Juni auf, am 5. Juli geht in Algier ein leidenschaftlicher Archäologe von Bord, ein Lord, Sir Granville Temple. In Begleitung seiner Frau, seiner Schwester, eines befreundeten englischen Paars und eines jungen französischen Künstlers, der Ansichten und Landschaften zeichnen soll, logiert Lord Temple beim englischen Konsul St. John, der bei der Einnahme Algiers durch die Franzosen zugegen war.

Die Gäste werfen sich ins mondäne Leben »mit den bezaubernden Töchtern der Gräfin von Rovigo«, nehmen teil an einem überaus glanzvollen Ball, den der Gouverneur am 29. Juli veranstaltet (auch der ehemalige Bey von Medea ist zugegen und blendet die Fremden mit seiner orientalischen Eleganz). Sir Temple, der sich vor Begeisterung über die Schönheit des Umlandes von Algier bis Bouzareah kaum fassen kann, stattet dem amerikanischen Konsul einen Besuch ab, erforscht aber gleichzeitig die Stadt, notiert die Preise der Waren auf dem Markt von Algier und die Anzahl der Schulen (sechsundzwanzig Koranschulen, drei christliche und acht jüdische).

Er verläßt Algier, um nach Bône zu gelangen, das am 28. März desselben Jahres von Oberst Youssouf erobert wurde. Von dort aus schifft er sich erneut ein und läßt sich beim englischen Konsul in Tunis melden, bei dem er am 19. August eintrifft.

Der Konsul, Sir Thomas Reade, heißt Lord Granville Temple und die Seinen auf dem Schiff willkommen, begleitet sie nach La Goulette, von dort aus dann zu seinem Gut in La Marsa. Granville hat jedoch nur einen Gedanken.

»Morgen früh werde ich über die Ausgrabungsstätte des großen Karthago gehen«, schreibt er. Es ist das letzte Ziel seiner *Exkursionen im Mittelmeerraum,* so heißt auch der Band, den er kurz nach seiner Rückkehr in London veröffentlichen wird.

Darin berichtet er, wie er nach seiner Besichtigung von Monastir, Mahdia und El Djem ins Landesinnere vordringen möchte. Er wird jedoch durch Regenfälle in Tunis festgehalten, die im Januar 1833 nicht enden wollen. Schließlich reitet er am ersten Tag des Ramadan Richtung Osten, um dann nach vier Tagen ebenfalls nach Dougga zu gelangen.

Am nächsten Tag nimmt Granville Temple gleich bei Morgengrauen die Örtlichkeiten auf einem Rundritt in Augenschein. Dabei stellt er fest, daß Doktor Shaw, der Mitte des 18. Jahrhunderts einen Bericht seiner Reisen hinterlassen hat, die ihn in diese Gegend wie auch nach Algerien führten, niemals in dieser Stadt war, die damals wohl »bemerkenswert war und reichlich ausgestattet mit vielen schönen Gebäuden« – darunter einem Jupitertempel, den er als erstes bewundert und dessen Widmungsinschrift eine Datierung in die Regierungszeit Hadrians gestattet.

Vor allem fühlt sich Lord Temple angezogen von der Schönheit und dem guten Zustand eines Mausoleums, das aus einem Ölhain emporragt. Er notiert dessen Ausmaße, beschreibt die beiden Stockwerke und das, was vom dritten geblieben ist, nämlich eine stufenförmige pyramidale Grundform, an der noch eine schöne Statue und andere Verzierungen erhalten sind – darunter eine Quadriga mit einem Krieger und einem Wagenlenker –, er nimmt auch die Statue einer verhüllten Frau auf, die schon von den Unbilden des Wetters stark beschädigt ist.

Auf der Ostseite verweilt er bei einer Doppelinschrift, die ihn fasziniert: Eine Schrift ist Punisch, das erkennt er schnell, die andere weist unbekannte Buchstaben auf, vermutlich, sagt er sich, »eine alte afrikanische Schrift«. Er nimmt an, daß dieses Mausoleum aus den letzten Jahren des punischen Karthago stammt – kurz vor seinem Untergang im Jahr 146 v. Chr. – oder vielleicht doch aus späterer Zeit?

Auch er schreibt die Doppelinschrift ab und darf sich guten Glaubens für den ersten Ausländer halten, der sie kopiert hat. Als sein Bericht *Exkursionen im Mittelmeerraum* in London 1835 erscheint, ist es jedenfalls seine Version der zweisprachigen Inschrift, die der Gelehrte Gesenius übernimmt. Und erst infolge dieser Abschrift werden Forscher den Versuch unternehmen, die geheimnisvolle Schrift zu entziffern: Honegger, Étienne Quatremère (der bereits über punische Inschriften publiziert hat), aber auch F. de Saulcy und schließlich A. C. Judas, der sich dann auf die Erforschung des Libyschen spezialisieren wird.

Unser Lord führt seine Reise im Hoheitsgebiet von Tunis fort, macht sich Notizen über die antike Vergangenheit und ihre steinernen Reste, als auch über das alltägliche Leben der Gegenwart. Bevor er das Land verläßt, freundet er sich noch mit einem Dänen namens Falbe an, der seit elf Jahren in der Nähe von Tunis lebt und eben einen topographischen Plan der Ruinen von Karthago veröffentlicht hat.

Diese beiden Amateurarchäologen werden sich 1837 in Paris wiederbegegnen, als Mitglieder einer archäologischen Gesellschaft, die von achtzehn Angehörigen der besseren Kreise gegründet wurde (unter ihnen ein Prinz, ein Herzog, zwei Grafen, aber auch der Maler Chassériau), um »Grabungen auf dem Boden von Karthago und anderen alten Städten in den berberischen Herrschaftsbereichen« zu unternehmen. Sir Temple und Falbe sind bereit, wegen ihrer gemeinsamen Leidenschaft und weil ihnen die Gegend bereits vertraut ist, selbst die Örtlichkeiten aufzusuchen und sich wohlwollend um die Leitung der ersten Arbeiten zu kümmern.

Es ist Sommer 1837. Die französische Regierung ist fieberhaft mit der Vergeltung für die peinliche Niederlage beschäftigt, die ihr bei der Belagerung von Constantine im Jahr zuvor zugefügt worden war, man will sich an den Algeriern rächen: Der Sohn des Königs und Herzog von Nemours stößt zum Generalstab hinzu. Eine militärische Truppe sollte in Bône an Land gehen, so wird beschlossen. Erneut will man versuchen, Constantine einzunehmen, wo Bey Ahmed immer noch regiert.

Als Sir Temple und Falbe im September Bône aufsuchen, befinden sie sich im Gefolge des französischen Heers. General Valée hat versprochen, eine wissenschaftliche Kommission zu schaffen, die den beiden Archäologen helfen soll; diese nehmen die Gelegenheit wahr, die Ruinen von Hippone kennenzulernen, und hoffen, auch Cirta in

Augenschein nehmen zu können, sobald die Stadt eingenommen ist.

Auf diese Weise werden unsere beiden Freunde mit ihrer ungewöhnlichen, weil auf den ersten Blick »gelehrten« Perspektive Zeugen der Belagerung von Constantine und seiner dramatischen und unendlich grausamen Einnahme! Cirta ist ein Adlernest, dessen Unterwerfung in all den Jahrhunderten nur selten gelungen war!

Die Belagerung beginnt am 6. Oktober 1837. Sie stellt beide Heere auf eine harte Probe: Die sintflutartigen Regenfälle dauern ohne Unterbrechung bis zum 12. Oktober an – Lord Temple träumt schon weniger inbrünstig von der Entdeckung des Grabes von Masinissa! Sechs Nächte sind die Pioniere mit der Aufstellung der Artilleriegeschütze beschäftigt, wobei manch eine Kanone in die Schlucht stürzt, trotz der Anstrengungen der Sappeure und Zuaven, die im tiefen Schlamm waten und einem klebrigen Lehm, der an den Beinen von Pferden und Männern hängenbleibt.

Was auf seiten der Belagerer vorfällt, wird berichtet, mitunter recht plastisch: »Glücklich waren jene, die ein Zelt hatten, um sich auszuruhen!« seufzt der Erzähler. Auf dem Friedhof von Koudiet Aly brachen Soldaten die Gräber an der Seite auf »und warfen die Reste des Toten hinaus, um sich selbst an seine Stelle zu legen«.

Morgens, am 12. Oktober, ist das Wetter wieder schön; Damremont, der Chef des Generalstabs, der sich auf Inspektionsrunde begibt, um die Festung mit seinem Fernrohr zu begutachten, wird auf dem Pferd von einem Kanonenschuß niedergemäht. Er stirbt an Ort und Stelle und nach ihm General Perrégaux, der ebenfalls tödlich getroffen wurde.

Am selben Tag wird die Stadt eingeschlossen: Bey Ahmed hielt sie für uneinnehmbar (»Die Natur«, schrieb Lord

Temple, »hat aus ihr ein zweites Gibraltar gemacht«) und hatte nur für schwache Befestigungen gesorgt. Als der Tag, an dem die beiden französischen Generäle getötet wurden, zu Ende geht, wird eine Bresche geschlagen. Am 13. Oktober um vier Uhr morgens beginnt die Erstürmung mit Lamoricières Truppe an der Spitze.

Der Kampf geht Mann gegen Mann, Haus für Haus, Gäßchen um Gäßchen; man führt ihn mit einer Verbissenheit, die durch die Explosion eines Munitionsdepots der Verteidiger noch verstärkt wird. Zahlreiche Kämpfer finden den Tod. Die Verteidiger beginnen, sich in die Kasbah zurückzuziehen. Lord Temple berichtet noch ganz kurz über eine Episode, in der Hunderte den Tod finden, die durch die Schlucht von el-Medjerdah aus der Stadt entkommen wollten: »Sie lassen sich vom Felsvorsprung mit Hilfe von Seilen herab«, die unter dem Gewicht reißen, »die einen werden von den anderen in ihrem Fall mitgerissen«. Am nächsten Tag wird man die nicht weggeräumten Leichen zu Hunderten zählen.

Am 14. Oktober (»In der Nacht vom 13. auf den 14.«, wirft der Augenzeuge erneut ein, »gab es eine völlige Mondfinsternis zwischen 9 Uhr abends und 2 Uhr morgens«) wird am späten Vormittag die Kasbah eingenommen: Die Trikolore flattert über der Stadt.

In der Nacht können, vielleicht gerade wegen dieser Mondfinsternis, Bey Ahmed und der größte Teil seiner Kavallerie in die nahen Berge entkommen. Die Überlebenden dagegen, die Zivilbevölkerung, die nicht fliehen konnte oder wollte, ungefähr sechzehntausend Menschen, verkriechen sich in ihren ziegelgedeckten Häusern. Nun fangen sie an, die französische Besatzung kennenzulernen: In jedem Haushalt werden die Wintervorräte an Weizen und Gerste beschlagnahmt für die Versorgung der siegreichen Armee ... Die Bürger ziehen sich ganz auf ihre Erinnerungen, ihre Patios, ihre Damen zurück.

Gustave Flaubert wird diese Stadt etwa zwanzig Jahre später besuchen – bevor er, wie unsere Archäologen, nach Osten, nach Karthago geht. Sein Führer wird der Enkel des großen Salah Bey sein (eine legendäre Figur aus der Zeit Anfang des Jahrhunderts, ein Held des Widerstands, der als Märtyrer der türkischen Macht zum Opfer fällt), aber sein Nachkomme hat es nur noch zum Sekretär eines französischen Offiziers gebracht! Als er in die Tiefe der Rummel-Schlucht vordringt, erinnert sich der große Schriftsteller an den Sturz Hunderter von unglücklichen Flüchtlingen, die an den Seilenden hingen: Diese historische Szene hatte einem Bild im Stil der Zeit als Vorlage gedient ... Auf der Brücke von el-Kantara gerät der große Romancier über jene wilden Plätze ins Träumen: »Ein zauberhafter und zugleich teuflischer Ort.« Und Flaubert kommt zu folgendem unvergleichlichen Schluß: »Ich denke an Jugurtha, das sieht ihm ähnlich. Constantine ist übrigens eine echte Stadt im antiken Sinn.«

Kehren wir zum Oktober 1837 zurück und zu unseren beiden Freunden, Sir Temple und Falbe, die sich in der eroberten Stadt niederlassen. Anhand des englischen Berichts von Doktor Shaw stellen sie ein Verzeichnis auf von jenen antiken Bauwerken, die noch zwanzig Jahre zuvor in gutem Zustand waren – viele wurden zerstört; die unterirdischen Zisternen sind jedoch noch da, den Brunnen Aïn el-Safsaf (»die Quelle der Pappel«), den Leo Africanus Anfang des 16. Jahrhunderts erwähnte, gibt es noch, seine Hieroglyphen jedoch sind spurlos verschwunden.

In der Kasbah hat eine alte Kirche die Zeit byzantinischer Bauweise beinahe unbeschädigt überdauert. Und die berühmte Brücke, über die man nach Bab el-Kantara gelangt, zeigt ihre zwei Gewölbereihen mit dieser »bemerkenswerten Struktur«, wie schon Edrisi ausrief. Unsere zwei Touristen beginnen wieder mit ihren Berechnungen und

Aufstellungen, als auf einmal die Statue einer Frau mit zwei Elefanten, die Shaw gezeichnet hatte, Sir Temples Bewunderung erregt: Sie hält mit beiden Händen einen Umhang, mit dem sie bis zum Gürtel verhüllt ist, darunter trägt sie ein enganliegendes Kleid. Sie hält den Kopf – ihre Gesichtszüge sind verwischt – schräg: Geflochtenes Haar fällt über ihre Schultern. Die kleinen Elefanten zu ihren Füßen haben ihren Rüssel verloren.

So gerät die schöne Unbekannte aus Stein ins Blickfeld: eine reglose heidnische Abgöttin, die erhalten blieb, weil sie unten aufgestellt war, ganz unten zur Schlucht hin. Über ihrem Haupt toben in jenen Oktobertagen der wilde Zorn und der Tod hinweg, vor den Augen der beiden Fremden, des Engländers und des Dänen, die lediglich der Vergangenheit wegen gekommen sind. Doch sie widmen sich nur dieser Unbekannten mit dem in vielen Jahrhunderten abgetragenen Gesicht, das ihnen nunmehr etwas verkündet, was, wenn nicht die Zerstörung?

Die Zerstörung

Zerstörung der Freiheit von Cirta: Mit ihr wird auch der Tod der algerischen Unabhängigkeit eingeläutet, die sich nach 1830 ein letztes Mal aufbäumt.

Bey Ahmed trägt den Aufstand in das Bergland des Aurès und macht sich so, man höre und staune, zu einem Anführer der Guerilla; zehn Jahre hält er stand. Im Westen führt Emir Abd el-Kader weiterhin Krieg, erst neun Jahre später wird man ihn besiegen.

In jenem Jahr, als Constantine fällt, befindet sich der Sohn Hamdan Khodjas, eines hohen Würdenträgers von Algier, in Paris. Auf diese katastrophale Nachricht hin schreibt er seine Erinnerungen an eine Reise, die er zusammen mit seinem Vater unternahm; dieser mußte die –

immer noch nicht unterworfene – Kabylei durchqueren, um mit Bey Ahmed zusammenzutreffen. Der junge Ali Effendi diente seinem Vater als Dolmetscher der Berbersprache bei Verhandlungen mit den Stammeshäuptlingen, die notwendig waren, damit man in den Genuß der *anaia*, der Gastfreundschaft, kam.

Ali ben Hamdan Khodja ließ seinen Text von dem Orientalisten F. de Saulcy ins Französische übersetzen und gab ihn in Druck. De Saulcy kannte Hamdan Khodja, der in mehreren Hauptstädten Europas Briefkontakte unterhielt (er sprach außer arabisch und türkisch auch fließend englisch und französisch). Nach der Kapitulation des Statthalters von Algier hatte Hamdan Khodja vergeblich versucht zu retten, was noch zu retten war, und wurde dann sehr schnell zum Anführer der zivilen Opposition: ein Posten, der kaum zu halten war. Man nahm ihm seinen Besitz und trieb ihn zum Äußersten.

Er kam nach Paris, denn hier hatte er zahlreiche Freunde, allesamt Vorkämpfer einer französischen Präsenz, welche jedoch die individuellen Freiheiten der Algerier respektierte ... Er verfaßte ein Buch mit dem Titel *Der Spiegel*, in dem er die Übergriffe der französischen Militärs in Algier anprangerte, und schrieb so als erster Essayist über diese Versklavung, die erst ihren Anfang genommen hatte.

Im Jahr 1836 wirft er alles hin. Er läßt seinen Sohn in Paris zurück und begibt sich mit einer Eskorte von sechzig Getreuen auf dem Landweg nach Konstantinopel, der dortige Sultan gewährt ihm eine Pension. Hier hofft er, einen Umschwung in der Maghrebpolitik der osmanischen Machthaber herbeiführen zu können: Sie sollen Ahmed Bey zu Hilfe kommen. Mit ihm korrespondiert er im Namen des Sultans, wobei er sich einer chiffrierten Sprache bedient.

Nach seiner Niederlage und der Einnahme seiner Stadt fordert Ahmed Bey in einem Brief an den Sultan die Entsendung von viertausend Soldaten mit Geschützen. In Konstantinopel trägt man sich zur gleichen Zeit mit dem Gedanken, angesichts der in Tripolitanien ausbrechenden Unruhen Ahmed Bey zum Pascha von Libyen zu ernennen. Aber der Zickzackkurs der türkischen Machthaber dauert an, trotz Hamdan Khodjas Interventionen, der warnt: »Die Franzosen ... werden zuerst Constantine besetzen. Aber danach werden sie Tunis und Tripolis infiltrieren und ihren Einfluß bis nach Ägypten ausweiten, daran besteht für mich kein Zweifel. Morgen schon kann es zu spät sein!«

Die Frauenstatue aus Constantine war für Lord Temple und Falbe der Vorbote einer anderen Zerstörung – sie konnten es kaum erwarten, zu den Ruinen von Karthago zu gelangen: Es gibt viel zu tun in diesem Jahr 1837!

Seit Napoleons Ägyptenfeldzug weiß man von den unermeßlichen Schätzen dort. Das Land wird Opfer von Schleichhandel und Ausplünderung, erleidet Schäden, die nicht gutzumachen sind: Für Waren aus der Antike (Mumien und Papyri eingeschlossen) findet man leicht Absatz, die Zwischenhändler werden reich. Die Rivalitäten zwischen den Nationen und den Agenten mit ihrem konsularischen Rang beleben sich in Kairo.

Der englische Generalkonsul in Tunis, Thomas Reade, der auch 1833 Lord Temple und seine Freunde empfing, schließt aus dessen zweiter Reise auf ein anwachsendes archäologisches Interesse für Karthago. Er weiß, daß seine Kollegen aller Nationen in Ägypten bei diesem lukrativen Handel miteinander wetteifern, da wirft er ein Auge auf die zweisprachige Stele von Dougga. Er beschließt, sich ihrer zu bemächtigen, um sie ans British Museum zu verkaufen. Er rechnet mit mindestens fünfzehnhundert Pfund.

1842 begibt er sich nach Dougga, heuert an Ort und Stelle eine Gruppe von Arbeitern an, die das Bauwerk abtragen und die Stele mitnehmen sollen! Sicherlich hat er die Erlaubnis von irgendeinem Würdenträger der beylikalen Autorität. Es ist kein Geheimnis, daß die Verwaltung muslimischer Länder nur allzuoft ein großes Desinteresse für die Denkmäler aus der Antike an den Tag legt ... Reade läßt die ganze Fassade zerstören, die auf der Stele ruht; diese wird entzweigesägt, um leichter transportiert werden zu können.

Den eilends angeheuerten Arbeitern aus der Region fehlt es an Mitteln, um die Stele systematisch abzubauen: Man hätte alle darüberliegenden Blöcke abnehmen müssen, bis man an jenen Block gelangte, wo die Inschrift eingepaßt war. Sie aber setzen mächtige Brecheisen ein, um die Steine von oben nach unten abzustemmen. Als die zweisprachige Stele auf dem Weg nach Tunis ist, bleibt ein Ruinenfeld zurück!

Ein Franzose namens Victor Guérin, der mehr als zehn Jahre später die Stätte aufsucht, berichtet: »In den kreuz und quer umherliegenden Trümmern habe ich den Rumpf einer geflügelten Frauenstatue entdeckt (jedoch ohne Kopf, ohne Arme und ohne Beine). Auf einem erhalten gebliebenen Block ist ein von vier Pferden gezogener Wagen zu sehen; der Lenker dagegen ist verstümmelt, ebenso eine zweite geflügelte Frauenstatue ...«

Der Engländer Nathan Davis hatte zuvor noch heftiger die »schändliche Zerstörung« angeprangert, hervorgerufen durch die »Gier von Europäern, die lediglich pekuniäre Interessen verfolgen«. Er beschrieb ebenfalls dieses Mausoleum, das »auf barbarische Weise« in Stücke geschlagen worden war; die von seinem Landsmann angerichtete Plünderung nennt er ein »Verbrechen«.

Mit trauriger Ironie berichtet er uns, daß der Konsul die Stele zwar an das British Museum verkaufen konnte, nicht jedoch für die erhofften eintausendfünfhundert, sondern für lediglich fünf Pfund!

Die Zeit vergeht, und Tunis gerät unter französisches Protektorat. Die Ruinenfelder, ob punisch oder römisch, werden zu einem Gebiet erklärt, das ausschließlich französischen Archäologen vorbehalten bleibt. Einer von ihnen, L. Poinsot, unternimmt eine Rekonstruktion des Zenotaphs von Dougga: anhand der Skizzen des Reisenden J. Bruce von 1765.

Kurz nach 1900 beginnt man mit sorgfältigen Rekonstruktionsarbeiten und geht dabei von den an Ort und Stelle befindlichen Steinen aus, außerdem werden die Statuen der geflügelten Frauen, der Quadriga und des Wagenlenkers restauriert. 1910 ragt das Bauwerk, wenn man von der zweisprachigen Inschrift absieht, die in London geblieben ist, wieder beinahe ganz empor, wenn auch seiner Doppelinschrift beraubt.

Fünfzig Jahre später widmet sich dann C. L. Poinsot den Papieren des Grafen Borgia, die in Leiden vergessen wurden. Indem er das Geheimnis der Stele teilweise rekonstruiert, kann er nachweisen, daß es in Dougga tatsächlich zwei Stelen gab – die Schrift der zweiten und zweifellos bedeutenderen war an manchen Stellen wie weggewischt.

Auch wenn das Totendenkmal zu seiner hybriden – halb griechischen, halb orientalischen – Eleganz zurückgefunden hat, scheint Dougga immer noch von Geheimnissen umgeben, wegen der einen Steininschrift, die geschändet und fortgeschafft wurde, und auch wegen der anderen, die als Opfer der Erosion beinahe völlig verschwunden ist.

Das Geheimnis

Mit der Schrift von Dougga hat sich Gesenius als erster wissenschaftlich beschäftigt, und zwar anhand der von Lord Temple 1835 veröffentlichten Kopie: Er stellt einige Hypothesen auf. F. de Saulcy kommt in Paris zu präziseren Ergebnissen, und auch Honegger arbeitet auf diesem Gebiet, doch vor allem Célestin Judas forscht im Jahr 1846 und dann noch bis in die sechziger Jahre hinein, bis es ihm gelingt, die Bedeutung der sieben libyschen Zeilen aufzuklären und eine genaue Liste der dreiundzwanzig Buchstaben dieses Alphabets aufzustellen.

Eine von Venture de Paradis Ende des vorhergehenden Jahrhunderts abgeschlossene Arbeit war eben zur Veröffentlichung gelangt. Dieser hatte ein französisch-berberisches Lexikon erstellt, das 1838 mit einem Vorwort von Champollion erschien. Célestin Judas stützt sich auf zahlreiche Beobachtungen von Venture de Paradis, der wiederholt die Kabylen von Algier über die Struktur ihrer Mundart befragt hatte.

Im Verlauf des 19. Jahrhunderts wurde das Interesse an der Stele von Dougga von der Frage nach einem verschwundenen Alphabet und einer verlorenen Sprache bestimmt – die ebenso alt sein mußte wie jene eleganten Gestalten der afrikanischen Fürsten, die den Pharaonen einen Besuch abstatteten und die mit einem Hauch von Melancholie auf ägyptischen Fresken festgehalten waren.

Ganz wie Champollion hatten die Paläographen das Gefühl, in eine Höhle mit durchaus lebendigen Bildern und Schriften einzudringen, die gleichwohl aus der Vergangenheit stammten.

Dann kommen plötzlich Zweifel auf: Was, wenn dieses »Altafrikanisch«, das die Eingeborenen in Nordafrika selbst für einen Dialekt halten, der lediglich mündlich überliefert wurde, diese »barbarische« Mundart, die man später als »berberisch« erkannte und die bereits verschriftet und geschrieben wurde, was, wenn sie nichts anderes war als das Libysche, dessen Schatten sich während der sieben Jahrhunderte der Herrschaft Karthagos abzeichnen, wenn also dieses archaische Alphabet bereits vor der phönizischen Kultur existierte und sie um etliche Jahrhunderte überlebte?

Was, wenn in dieser seltsamen Schrift sich neues Leben regte und sie sich mit eigener Stimme in der Gegenwart meldete, wenn man sie mit lauter Stimme buchstabieren und singen konnte? Wenn dieser mutmaßliche »Dialekt« von Menschen, die mit Karthago auf punisch, mit den Römern und den Romanisierten bis zur Zeit Augustinus' lateinisch, und griechisch und dann über dreizehn Jahrhunderte hinweg arabisch sprachen, aber ihren eigenen Dialekt weiterhin Generation für Generation am Leben erhielten für den Gebrauch innerhalb ihres eigenen Stammes (im Dialekt, den sie vor allem mit ihren Müttern, Gattinnen und Töchtern sprachen), wenn der Ursprung dieser Sprache noch weiter zurückreichte? Und somit jene Sprache war, in der Jugurtha seiner unzähmbaren Energie, zu kämpfen und zu sterben, Ausdruck verlieh, und auch jene, die Masinissa in seiner sechzig Jahre währenden Regierungszeit benutzte! Wenn, um noch weiter zurückzugehen, die Barbaren/Berber, die Gäste, manchmal Freunde, aber auch Rivalen der großen Pharaonen waren – von denen bei Herodot von Halikarnassos die Rede ist –, wenn jene Vorväter, die manchmal auftauchten, wenn sie sich den Völkern des Orients oder des Nordens unterwarfen oder wenn sie sich erhoben und kämpften, bis man ihnen die Luft zum Atmen nahm – ja, wenn diese allerersten Männer und Frauen auf Häute, auf Scherben, auf Steine, auf die Flanken ihrer Pferde oder ihrer Kamele dieselben Zeichen, dieselben Symbole geschrieben haben? Dieses Alphabet, das sich später nicht mehr entziffern ließ, bis Mitte des 19. Jahrhunderts, bis also eine Stele mit sieben Zeilen ins British Museum kam, die ein Feld von zerbrochenen Statuen und eingestürzten Säulen zurückließ?

In ihren Stuben suchten die Gelehrten, studierten, forschten und stellten Vermutungen an … immerzu im Glauben, auf der Suche nach einem verlorenen Sinn, einem unterirdischen Echo zu sein.

Aber diese Schrift lebte; denn ihre Laute, ihr Klang und ihr Rhythmus waren in der Umgebung dieser Reisenden und ihrer Nacheiferer zu hören, die zwischen Dougga und Cirta verkehrten, auch in der eingenommenen Festung Constantine und in dem noch fünfzehn Jahre nach Constantine aufständischen Bergland der Kabylen, dann über die Sandflächen der Sahara bis ins Herz der Wüste! Denn dort, von Fezzan bis nach Mauretanien, bei jenen Nomaden, die der Auffassung waren, die Numider seien dem Vergessen anheimgefallen, hatten sich die libyschen Buchstaben von einst heimlich eingeschlichen, vielleicht schon seit der Zeit der Garamanten – die ihre Pferde gegen die aufkommenden Kamele eintauschten und aus deren Gebiet der Vogel Strauß verschwand, von denen nichts bleiben sollte als die Silhouetten von tanzenden und sich drehenden Menschen, die auf die Wände jahrtausendealter Höhlen geritzt waren.

Diese libyschen Buchstaben zogen sich einer verabredeten Flucht gleich so weit wie möglich hinter die roten Dünen zurück, wie auf Geheiß eines reglosen Götzen: Sie suchten Zuflucht in den Handlinien der vornehmen Damen – Königinnen, Gattinnen, Geliebten der verschleierten Männer.

Schrift der Sonne, schöpferisches Geheimnis aus der Vergangenheit!

Die Etappen dieser Wiederauferstehung einer verlorenen Schrift erstrecken sich über einige Jahrzehnte hinweg vor dem Hintergrund der Rivalität zwischen England und Frankreich.

Im Jahr 1822 veröffentlicht ein gewisser Scholz, der von Alexandria bis nach Tripolitanien gereist war, verschiedene unbekannte Buchstaben, die auf alten Monumenten aus der Antike wie auch auf arabischen Gebäuden gesichert wurden: Seiner Ansicht nach waren einige mehrere Jahrhunderte zuvor eingeritzt worden, während andere neueren Usprungs zu sein schienen.

1827 bemerkt ein anderer Reisender namens Pacho, von der Cyrenaika kommend, weitere seltsame Zeichen auf Gebäuden und Felsen, welche die Nomaden auch auf die Flanken ihrer Kamele schrieben. Daraus folgert er voreilig, daß es sich nicht um das Alphabet einer verlorenen Sprache handelt, sondern um nützliche Zeichen im Alltag der Hirten.

Aber bereits vor Pacho hatte der Arzt Walter Oudney, als er in den Jahren 1822 und 1823 von einer Expedition zurückkehrte, von neunzehn Buchstaben berichtet, die er in ein römisches Monument in Germa eingeritzt gesehen hatte, dann auch in Felsen der Wüste zwischen Tripolis und Fezzan, an Orten, die von den Tuareg aufgesucht werden. Er stellte fest, daß gewisse Zeichen mehrere Jahrhunderte alt, andere neueren Datums waren. Oudney läßt in seinem veröffentlichten Bericht keine Zweifel aufkommen: Die Einwohner von Guerma können die meisten Inschriften nicht lesen. Aber der Reisende beschleunigt den Gang der Dinge, denn er trifft auf Tuareg und lernt ihre Schrift kennen: »Zum ersten Mal machten wir die Entdeckung, daß die in die Felsen geritzten Buchstaben von den Tuareg stammten!«

Dieser auf englisch verfaßte Bericht ist in Paris im Jahr 1836 greifbar: F. de Saulcy nimmt ihn zuerst zur Kenntnis, dann Célestin Judas. Das Geheimnis zeigt die ersten Risse. Am Ende fragen sich die Gelehrten: Was, wenn diese uralte Schrift auch heute noch geschrieben wird?

Im selben Augenblick erzählt also in Paris Ali Effendi ben Hamdan Khodja Monsieur de Saulcy von seinem Aufenthalt bei den Kabylen als Begleiter seines Vaters. De Saulcy übersetzt diesen Bericht ins Französische. Zum Dank ist Ali Effendi bereit, ihm ein oder zwei der Briefe zu überlassen, die er von der Korrespondenz des Bey Ahmed mit seinem Vater aufbewahrt hat.

Der Pariser Gelehrte steht vor einem Rätsel: Der Text ist überwiegend auf arabisch verfaßt; am Rand hat Bey Ahmed mehrere Zeilen in einer geheimen Schrift hinzugefügt: ein Code, vermutet de Saulcy. In der Nacht läßt ihn die Neugierde nicht mehr los, und ihm kommt die Idee, die Zeichen mit jenen zu vergleichen, die Doktor Oudney in der Cyrenaika abgeschrieben hat. Dann erinnert sich de Saulcy, als er die erste Zeile entziffern möchte, daß jeder unter Muslimen geschriebene Brief mit der heiligen Formel beginnt: »Im Namen Gottes, des Barmherzigen, des Erbarmers! ...«

Plötzlich begreift der Franzose: Es könnte doch sein, daß Bey Ahmed, der ganz offensichtlich die Berbersprache der Chaouia sprach, in Constantine von durchreisenden Nomaden aus der Sahara diese Geheimschrift lernte und sie nun als Code benutzte, im Glauben, dieses mittlerweile seltene Alphabet könne als einziges gewährleisten, daß seine Mitteilung geheim blieb?

Und überwältigt kommt de Saulcy im Gegensatz zu Venture de Paradis, der sich zwar die Mühe machte, die Berbersprache zu lernen, es aber ganz selbstverständlich in arabischen Buchstaben schrieb, zum Schluß: Es könnte doch sein, daß die Berbersprache schon immer geschrieben wurde? Und zwar seit Menschengedenken!

Bey Ahmed unterhält zuerst in Constantine und später, als man ihn aus seiner Stadt verjagt hat, in dieser Schrift eine politisch-militärische Korrespondenz, während zur gleichen Zeit, Mitte des 19. Jahrhunderts, dieses alte Alphabet bei der Mehrzahl der Bevölkerung nahezu völlig in Vergessenheit geraten ist. Der Anführer des Widerstands benutzt es als eine Schrift in Zeiten der Gefahr, um gerade damit die Gefahr zu bannen!

Er wird erst 1847 die Waffen strecken, ein Jahr nach

Emir Abd el-Kader. Nirgendwo erfährt man, in welcher Sprache er seine Kapitulation unterzeichnet; hätte er denn jeden beliebigen Text unterzeichnet? Im Jahr 1830, als der Dey von Algier, ohne wirklich gekämpft zu haben, seine Kapitulation unterzeichnet, liefert er sich auf türkisch – der damals offiziellen Sprache – den Invasoren aus.

Nach der Niederlage von Bey Ahmed werden die Tuareg noch siebzig Jahre lang frei sein. Als würde diese uralte Schrift, die jenseits aller Unterwerfung bewahrt wurde, einhergehen mit der Unnachgiebigkeit und Flexibilität eines Volkes, das in einer Geste höchster Eleganz seinen Frauen die Schrift anvertraut, während die Männer in der Sonne Krieg führen oder des Nachts vor den Feuern tanzen ...

Célestin Judas hat schließlich, als er die Inschriften aus Fezzan und der Cyrenaika erneut in die Hand nimmt, die von den englischen Reisenden überliefert wurden, und dann von den intuitiven Einfällen de Saulcys erfährt, die Lösung klar vor Augen: Ob man sie Libysch oder Berberisch nennt, über Jahrtausende hinweg haben wir es mit derselben Schrift zu tun, die einige Varianten aufzuweisen hat: Alt- und Neulibysch.

Wir befinden uns in den fünfziger Jahren des letzten Jahrhunderts: Damals besucht Gustave Flaubert Constantine; er erwähnt den Enkel von Salah Bey, aber auch dessen französischen Chef, Capitaine Boissonnet, der mit de Saulcy korrespondiert. Boisonnet hat einen wertvollen Informanten, el Hadsch Abd el-Kader, Sekretär des Scheikh von Touggourt, der früher mit den nomadischen Karawanenführern reiste. Von ihm erhält Boissonnet ein »kleines Schriftstück in Tifinagh«, er schickt es dem Pariser Orientalisten mit dem Kommentar: »Ich war erstaunt über die Identität der hier gezeichneten Buchstaben mit denen der libyschen Inschrift von Dougga.«

Gewiß, dieser Informant ist seit sechs oder sieben Jahren nicht in seinem Land gewesen, vielleicht läßt ihn auch sein Gedächtnis hier oder dort im Stich. Capitaine Boissonnet kann ihn jedoch dazu überreden, mit den Nomaden Kontakt aufzunehmen; möglicherweise möchte er selbst eine weitere Reise in den Touat unternehmen, es wäre dann das siebzehnte Mal!

Wird el Hadj Abd el-Kader aus Touggourt das Wagnis eingehen? Immerhin leitet er im folgenden Jahr eine zweite, diesmal vollständigere Liste aus Constantine an Capitaine Boissonnet weiter mit Zeichen, die die verschleierten Männer gegenwärtig benutzen!

Erneut macht sich Célestin Judas an die peinlich genaue Entzifferung: Er vergleicht die Zeichen der Stele von Dougga mit den von den Engländern aus der Cyrenaika mitgebrachten Buchstaben und zudem noch mit jenen Zeichen, die der Offizier aus Constantine nach Paris sendet: Auf dem Stein und den Felsen des Fezzan stehen dieselben Zeichen, und sie sind identisch mit jenen, welche die Krieger der Tuareg auf die Flanken ihrer Kamele zeichnen.

Wir schreiben das Jahr 1857 … Kurz darauf entdecken die englischen und französischen Reisenden in Dougga das »barbarische Verbrechen« des Konsul Reade an der zweisprachigen Stele und empören sich: In diesem Augenblick wird jedoch die Bedeutung – genau wie der Klang und die lebendige Mündlichkeit – dieses Alphabets neu belebt und gestärkt, daß es niemals mehr fürchten muß, erstickt zu werden!

So tritt in den Jahren um 1860 die bewegende Spur einer uralten Zivilisation wieder deutlich zutage, deren Gedächtnis zwar die Sprache in ihrer Härte und herben Sanftheit bewahrt hat, aber die Buchstaben kehren nun aus ihrem Exil in den Sandflächen wieder zum Ursprung der Quelle zurück, wollen wieder von allen geschrieben werden!

Nun enthüllt sich das Geheimnis – Frauen und Männer, von der Oase Siwa in Ägypten bis zum Atlantik und sogar bis zu den Kanarischen Inseln, wie viele sind es noch, wie viele sind wir noch, die wir singen, weinen, in schrillen Tönen, aber auch lieben, freilich eher mit der Unmöglichkeit des Liebens vertraut sind – ja, wie viele sind wir: Erben von Bey Ahmed und den Tuareg aus dem letzten Jahrhundert wie auch der zweisprachigen Ädilen von Dougga, die sich aus ihrer ersten Schrift vertrieben fühlen?

Stele und Flammen

Dougga, an einem Frühlingstag des Jahres 138 v. Chr. Die Notablen der Stadt stiften ein prachtvolles Kenotaph zum Gedenken an den Todestag des großen Masinissa, der sich zum zehnten Mal jährt. Mit neunzig Jahren war er als König über ganz Numidien nach sechzigjähriger Regierungszeit gestorben. Er war es, mit dessen Hilfe die Römer durch ein letztes Aufbieten aller Kräfte Karthago schließlich vollkommen besiegten.

Acht Jahre zuvor wurde die altehrwürdige Hauptstadt Hannibals nach einer Belagerung von knapp fünf Jahren ein Raub der Flammen. Erstaunlich, diese beständige Energie, dieser verzweifelte Widerstand der Punier! Unglaublich die Verbissenheit der Römer, deren Senat von Anfang an das Dekret der Unnachgiebigkeit erlassen hatte: *»Delenda Carthago!«* Und schließlich dann diese Tage im April 146.

Masinissa hat zugesehen, wie die Belagerung begann, und er sah auch, wie die Hauptstadt nach und nach erstickte. Er starb vorher an Altersschwäche, bevor Karthago an Erschöpfung starb. Durch Folter und durch Feuer.

Masinissa starb, bevor er den Untergang seines unversöhnlichen Feindes mitansehen konnte. Sein Sohn Micipsa, der bei dieser Gedenkveranstaltung in Dougga zugegen ist, war Zeuge jener Tragödie; ein anderer Sohn, Gulussa, hatte mit Tausenden von unerschrockenen Reitern aktiv dazu beigetragen: auf seiten von Scipio, auf seiten der Sieger.

Als das Gemetzel begann, beschloß Scipio Aemilianus (der seinen Lehrer für griechische Literatur, den Schriftsteller Polybios, aus Rom zu sich gerufen hatte, dem somit bestimmt war, zum Chronisten und Augenzeugen des Niedergangs der Metropole zu werden), Scipio also, Adoptivenkel Scipios des Großen, des Rivalen von Hannibal, beschloß, etwas Punisches zu retten, um einst Zeugnis abzulegen von der Größe dieses Volkes.

Gewiß, der alte Schatz, den man den Bürgern von Syrakus geraubt hatte, gab man ihnen wieder zurück; man verschonte auch fünfzigtausend Überlebende und führte sie als Sklaven fort; was jedoch sollte man von Karthago retten, wenn nicht die Schrift und die Bücher?

Alles brennt; alles zerfällt zu Asche und Staub: die Heiligtümer, die Paläste, die herrlichen Statuen des Baal. Pracht und Schönheit einer siebenhundert Jahre alten Gesellschaft vergehen in wenigen Tagen.

Scipio – hinter ihm steht sein alter Meister – hebt seine Hand und unterbricht: »Rettet die Bücher!«

Dann gibt er mit einem gnädigen Lächeln zu verstehen, daß er sie nicht mit nach Rom nehmen möchte! Nein. Die Römer wissen mit der punischen Kultur nichts anzufangen. Im Gegenteil. Sie werden Salz säen, damit alle Welt sieht, daß selbst die Erde unfruchtbar werden soll.

»Rettet die Bücher!« wiederholt einer, der Scipios Erläuterungen gehört hatte: »Nicht für uns, wir wollen sie nicht nach Rom bringen! Rettet die Bücher, und gebt sie unseren Verbündeten!«

»Unseren Verbündeten?«

»Dem König der Berber!«

So kommt es, daß die punischen Bücher, mit knapper Not den Flammen entrissen, die schon an den Mauern der wichtigsten Bibliothek emporzüngeln, ausgesondert werden: In mehreren Schreinen aus Metall mit Kupferbeschlägen werden sie fortgetragen. Laut Befehl des Generals wird die Übergabe schon einige Stunden später erfolgen: beim Zelt des Königs Micipsa. Dieser zeigt kein Erstaunen und bedankt sich nicht. Er wird befehlen, daß man die Beute bis nach Cirta bringt, in die hehre Hauptstadt. »Dort werden wir weitersehen«, denkt er: als ob damit das Gedächtnis der stolzen Feinde seines Vaters unversehrt über die Flammen hinwegzufließen begänne.

An diese Bücher denkt Micipsa heute, er steht aufrecht, die schwere und friedliche Gestalt eines Fünfzigjährigen, man nennt ihn respektvoll den »Lebenden unter den Lebenden«. Die Notablen von Dougga bilden einen Kreis um die Stelen mit dem doppelten Alphabet.

»Zweisprachig, wir wollten die Inschriften in zwei Sprachen«, erläutert der Chef der technischen Einheit, ein Mann namens Atban.

Von den Anwesenden weiß jeder nur zu gut, daß Masinissa einst das Punische zur offiziellen Sprache in seinem Königreich erklärt hat, andererseits ist es wohltuend, endlich wieder unter sich zu sein und die Sprache der Vorväter zu sprechen, die man nun gleichberechtigt in den Stein meißelt!

»Der große Masinissa und der Lebende unter den Lebenden seien gepriesen für alle kommenden Generationen! Denn schließlich ist es ihrem Kampf zu verdanken als auch ihrer Wachsamkeit, daß wir nicht in den Niedergang der Punier hineingezogen wurden oder unter römisches Protektorat gerieten, das immer erdrückender wird!« denken die Notablen von Dougga, einer friedlichen Stadt, in der es sich noch gut leben läßt.

Micipsa tritt näher an die Stelen heran. Er überprüft jede Inschrift. Er dankt den Zimmerleuten und den Steinmetzen, ebenso dem Maler und dem Bildhauer: Die Statuen der geflügelten Göttinnen sind hervorragend gelungen.

»So war es mir in reifem Alter beschieden«, erklärt er ohne eine Spur von Feierlichkeit, als ob er gar zu sich selbst spräche, »daß ich die völlige Zerstörung der größten Metropole der Welt mit ansehen durfte!«

Zwei oder drei Beamte der Stadtverwaltung von Dougga beginnen mit den Festansprachen: Der erste spricht ein auffällig flüssiges Punisch (es ist offensichtlich, daß er in Karthago studiert hat, er ist immer noch stolz darauf); der zweite ist etwas untersetzt und ergreift in der Berbersprache das Wort und läßt dabei das neue Gefühl spüren, sich gehenlassen zu dürfen, ein Gefühl der Wärme, weil man nun »unter sich« ist. Und der dritte, der auch der jüngste ist und die auffälligste Kleidung trägt, kommt recht hastig zum Schluß … auf Latein, »der Sprache der Zukunft«, wie er sich wohl gesagt haben mag.

Micipsa hat geduldig zugehört und hebt nun den Arm; er dankt den Rednern für ihre Lobesreden auf Masinissa, seinen Vater. »Ich möchte mich nun vor euch allen mit einer Bitte an meinen jungen Neffen wenden! Als er noch keine zehn Jahre alt war, hat er genau wie wir alle gesehen, daß unser Feind gleichsam in einem Alptraum unterging. Nun gehört er aber, wie ich mich entsinne, zu denen, die am besten die Sprache von gestern sprechen! Er soll es sein, der uns allen in beiden Sprachen die meinem Vater geweihte Stele verliest, und auch die andere, die die Namen der talentierten Handwerker trägt! Bitte, lieber Neffe!«

Und nun tritt Jugurtha vor.

Mit überaus deutlicher Stimme, die in der respektvoll eingetretenen Stille nachklingt, beginnt er in der »Sprache der anderen«, wie er sagt, und sein Punisch steigt empor zum Lob des großen Masinissa, seiner Ahnen und seiner drei Söhne; aber im selben Zug nennt er auch die Namen von Atbans Handwerkern.

Einen Augenblick schöpft er Atem, und in der Stille jener kurzen Pause ist das Zirpen einer Grille zu hören. Dann nimmt er seine Lesung wieder auf, diesmal in der »Sprache der Vorväter«, wie er mit Nachdruck sagt.

Die Anwesenden antworten ihm mit aufbrausendem Beifall. Der junge Berberfürst steht einen Augenblick aufrecht vor dem eleganten Denkmal, ohne zu lächeln; kurz darauf geht er unter den Ölbäumen davon.

»Nur fort von hier!« denkt Jugurtha, der noch keine achtzehn Jahre alt ist. Er verbringt seine Tage mit Jagd und Kampfübungen im Kreis seiner Studienkameraden. Er studiert, zumindest wenn er in Cirta residiert, juristische Texte und historische Berichte in punischer Sprache – die Bibliothek der Familie wurde unendlich bereichert durch die vielen neuen Bücher aus der Beute von Karthago …

Jugurtha hat die Schilderungen der früheren Kriege zwischen Rom und Karthago gelesen; aber ihn verfolgt weder der Schatten von Hasdrubal dem Großen noch des ruhmreichen Hannibal, der in Rom und zahlreichen anderen Städten Italiens triumphierte, nein. Er träumt vielmehr vom unbeugsamen Feind dieser beiden Helden: dem großen Scipio.

Denn der junge Mann erinnert sich noch gut: Als er gerade sieben Jahre alt war, erstarrte er in Bewunderung am Palasttor in Cirta hoch über den Klippen, denn ein Römer namens Scipio, mit kaum dreißig Jahren bereits Heerführer – es heißt, der »Afrikaner« in Rom habe ihn adoptiert –, kommt an der Spitze einer Abordnung als erster auf ihn zu.

Mit leuchtenden Augen mustert ihn das Kind Jugurtha. Und lauscht dem lateinischen Gespräch. Micipsa stellt sich vor; begrüßt den römischen Gast nach den Regeln der

Höflichkeit: »Mein Vater ist vor kaum zwei Stunden gestorben! Wir haben mit dem Begräbnis auf Euch gewartet. Die Klageweiber stehen um sein Lager und auch seine Frauen!«

Dann hüllt er den General nach altem Brauch in eine Toga aus reiner Wolle und läßt ihm beim Übertreten der Schwelle den Vortritt.

Am Eingang zum Vorhof zeigt sich das Kind, aufrecht und mit nacktem Oberkörper, in stolzer Haltung, die Hände gefaltet und bereit zur Gabe. Es reicht die Tasse mit Ziegenmilch und drei in Akazienhonig eingelegte Datteln.

Jugurtha hebt die Hände hoch empor. Der General beugt sich mit seinem gegerbten Gesicht hinab, das schwer vom Helm gedrückt wird. Er lächelt zugleich mit Augen und Mund: Das Fürstenkind spricht langsam eine Formel der Gastfreundschaft auf libysch, und sein Onkel Micipsa übersetzt alles Wort für Wort: »Er heißt Euch in unserer Sprache willkommen. ›Auf daß die Trauer‹, sagt er, ›sich durch Euer Kommen mildere, o Freund!‹«

Bevor er trinkt, betrachtet Scipio Aemilianus lange das Gesicht des Kindes. Er fragt es nach seinem Namen.

»Jugurtha«, antwortet das Kind mit seiner schneidenden Stimme.

Der verschleppte Schriftsteller

Die Heldentaten Jugurthas wurden nicht in der Sprache der Berber niedergeschrieben: Die Buchstaben dieses Alphabets liegen über den Boden verstreut wie die Quadrigen und die geflügelten Göttinnen des zerschlagenen Monuments von Dougga, als ob sie von selbst die Flucht ergriffen hätten, sich im Sand davonstahlen und bis zur Wüste der Garamanten kamen, um sich dort auf uralten Felsen niederzulassen.

Jugurtha und seine Leidenschaft für den Kampf werden auch nicht im punischen Alphabet aufgeschrieben – Karthago ist nicht mehr, auch wenn Caesar hundert Jahre später versucht, das Gebiet wieder fruchtbar zu machen und die Stadt auferstehen zu lassen. Karthago ist nicht mehr, aber seine Sprache wird weiterhin von Mund zu Mund getragen in den kulturell verfallenden, noch nicht romanisierten Städten, ob die Menschen lesen können oder nicht. Jawohl, sie geht um, aber sie läßt sich nicht festhalten: Die punische Sprache tanzt, sie erzittert und bringt sich noch fünf oder sechs Jahrhunderte lang zu Gehör. Befreit von den Soldaten Karthagos, den Priestern und den Kinderopfern Karthagos, frei und beweglich, verwandelt sich der punische Dialekt und trägt mit lebendiger Poesie den Geist der Numider in sich, die gestern noch Krieg gegen Karthago führten. Jetzt begreifen sie, daß sie zu Karthago auch ein Liebesverhältnis hatten – brutal zwar, bitter und auf Vergewaltigung aus.

Später, im 1. Jahrhundert v. Chr., wird es anderswo genauso gären, und es gibt eine ähnliche Unfähigkeit, über das letzte Aufbäumen des Widerstands zu schreiben, der in Gallien für seine Unabhängigkeit kämpft: Auch hier wird es dem Sieger Caesar überlassen, zu berichten, wie Vercingetorix geschlagen wurde ... Später.

An jenem Frühlingstag in Dougga allerdings, als Jugurtha die doppelte Inschrift auf Wunsch Micipsas verliest, schreibt Polybios, »der größte Denker seiner Zeit«, der bald siebzig wird.

Er schreibt die Geschichte der Zerstörung Karthagos – vor ihm richten sich die Helden der Tragödie auf, inmitten der Feuersbrunst, die sechs Tage und sechs Nächte lang dauert und dann die folgenden Wochen noch nachglüht, sie scheint in alle vier Himmelsrichtungen des damaligen Mittelmeers zu flammen: In den Straßen von Byrsa stürzen unaufhörlich die Häuser zusammen, mengen sich die lebendigen Körper von Frauen, Kindern und Greisen unter die Leichen. Und in diesen mit Schreien untermischten Schlamm verspritzen die Pferdehufe der römischen und numidischen Soldaten menschliches Gehirn. Neunhundert Verzweifelte schließen sich im Äskulaptempel ein; in ihrer Mitte auf dem Dach die Frau Hasdrubals, des punischen Heerführers, der nun zu einem flehentlichen Bittsteller geworden ist, zu Füßen des römischen Generals kniend, die Gattin aber, an jeder Hand hält sie eines seiner Kinder, wirft ihm ein improvisiertes Gedicht über ihre Verachtung ins Gesicht, in dem sie das freie Geleit für sich und ihre Kinder zurückweist, um sich dann mit ihnen in das knisternde Feuer zu stürzen ... Eine Reihe von Sklaven verläßt nach und nach die Stadt und die Ruinen – sie, die Überlebenden, verschont von Scipio Aemilianus, der plötzlich großherzig geworden ist. Von einer metaphysischen Sehnsucht ergriffen, deklamiert dieser die Verse der *Ilias* über den Niedergang Trojas und das Ende der Weltenreiche.

Der alte Polybios war bei der literarischen Träumerei seines Schülers Scipio zugegen, der nun im Herzen seines totalen und mörderischen Sieges einer schöngeistigen Trauer verfällt, jetzt, da am Geschehen nichts mehr zu ändern ist.

Er, der vor nunmehr sechzehn Jahren vom Peloponnes verschleppt wurde, ist jetzt erfüllt von den Flammen Karthagos, vom Delirium der niedergestreckten stolzen Seelen, von den zu Tausenden niedergetrampelten Körpern und auch von den Bildern der Verzweiflung und der Flucht. Polybios von Megalopolis macht sich bereit, über die Zerstörung zu schreiben, ausgehend von der Zerstörung.

Bevor er nach Hause, nach Griechenland zurückkehrt, wollte er noch auf Reisen gehen, das hat er sich auserbeten. Er möchte den Atlantischen Ozean sehen, das Ufer der

Mauren in Augenschein nehmen – das heutige Marokko, bis hin zu den Gefilden Mauretaniens reisen. In ihm ist eine heftige Sehnsucht nach Beschäftigung mit Geographie, als wäre er in Wirklichkeit der Geschichte müde, weil sie zu schwer, zu düster ist. Lieber noch das Schauspiel der physischen Welt, der Landschaften, der Tiere. (»Was die Anzahl und Kraft der Elefanten, der Löwen und Panther angeht, die Schönheit der Vogel Strauße«, schreibt er, »so gibt es absolut nichts von alldem in Europa; Afrika ist jedoch voll von diesen Arten.«)

Polybios, der gleich danach in sein Land zurückkehrt, muß im Herbst desselben Jahres das Schauspiel der Plünderung von Korinth, der »Perle Attikas«, über sich ergehen lassen. Er hat als Unterhändler versucht, die Niederlage der Seinen zu regeln. Gegen den eigenen Willen ist er zum zweiten Mal Zeuge des unabwendbaren Scheiterns des Autonomiebestrebens der Achäer, das unter den Stiefeln brutaler römischer Haudegen zermalmt wird. Er sieht, wie das leuchtende Griechenland mit einem Schlag zerstiebt, er hat dies zu akzeptieren und beschreibt es.

Als bescheidene Erzählerin sage ich heute, während Jugurtha in der Sprache seiner Vorväter in Dougga vorliest, sage ich, daß das Schreiben des Polybios, das seine Nahrung findet in zahlreichen miteinander einhergehenden Niederlagen – er ist Zeuge des brennenden Karthago, der zertrümmerten Statuen von Korinth, die zu Tausenden zerschlagen oder weggetragen wurden, und schließlich nicht viel später jemand, der den Brand von Numantia mit ansehen muß und die spanischen Gefallenen, erstarrt in großartig heroischer Geste –, sage ich, daß dieses Schreiben sich zwar in der Muttersprache niederschlägt, sich aber auch gleichzeitig mit den kultivierten Denkern des damaligen Okzidents vermählt, polygam auf vielen Hochzeiten gleichzeitig tanzt!

Als wollte Polybios sich über den Tod Gewißheit verschaffen – den Tod von Menschen, altehrwürdigen Städten, vor allem aber des aufklärenden Geistes, der die Nacht erleuchtete –, indem er die Bestandsaufnahme seines Lebens ins nunmehr dritte Alphabet einschreibt – seine politische Verschleppung, was er in Rom bei den Mächtigen sah, seine Reisen und das Bild von jenen gigantischen Ruinen, als sie im Begriff sind, in sich zusammenzufallen. Als hätte Polybios beinahe gegen den eigenen Willen das Kettenhemd jeglichen Widerstands umgedreht und von seiner Kehrseite gezeigt: Und vielleicht ist gerade dies die Sprache der Poesie?

Für ihn ist Geschichtsschreibung tatsächlich zuerst einmal Schreiben überhaupt: In die todbringende Wirklichkeit, der er hartnäckig auf der Spur bleibt, pflanzt er einen kaum wahrnehmbaren, lebendigen Keim ein ... Er hält den Seinen die Treue, rechtfertigt, tröstet und versucht sich selbst zu trösten: vor allem, und nun verwischt er die Grenzen der Lager, weil sein Schreiben direkt im Zentrum eines seltsamen Dreiecks der Zerstörung steht, in einer neutralen Zone, die er entdeckt, ohne mit ihr gerechnet zu haben, ohne nach ihr gesucht zu haben.

Und so schreibt er, weit entfernt von Karthago, ebensoweit von Korinth entfernt, das doch ganz nah liegt, er schreibt weder als Diener noch als Kollaborateur, sondern einfach an einem anderen Ort. Und das ist der Grund für seinen überraschenden »Realismus«.

Polybios, der Historiker – der nicht wie sein Vorgänger, der eifernde Thukydides, lediglich Rechenschaft abzulegen hatte von den schicksalhaften Verwundungen des Bürgerkrieges –, Polybios, der verschleppte Schriftsteller, der an seinem Lebensabend zurückkehrt in das Land seiner Geburt, wird sich bewußt, daß er nunmehr ohne Land, ohne Boden sein wird (da dieses in Ketten liegt und unterworfen ist), sondern nur eine Sprache hat, an deren Schönheit er sich erfreut und die ihm hilft, zu erklären, wie seine Feinde von gestern zu Verbündeten geworden sind.

Er schreibt. Seine Zunge, seine Hand, sein Gedächtnis und all seine Kräfte werden, kurz bevor sie schwinden, aufgeboten für diese unbequeme, aber notwendige Übertragung ... Ist das der Grund, weshalb sein Werk, nachdem es mehrere Jahrhunderte lang den Wissensdurst und die Neugierde der Nachfolger genährt hat, plötzlich unversehens riesige Lükken aufweist und wie die Stele von Dougga erlischt?

Von den Berichten des Polybios über Karthago, über Korinth, über Numantia sind nämlich nur zerstreute Fetzen geblieben, nur Schatten ihrer selbst in den Spiegeln, welche Epigonen von geringerer Größe bereithielten, Appian, Diodorus Siculus und einige andere.

Als berge dieser Antrieb, etwas schriftlich aufzuzeichnen, auch die Gefahr, das unabwendbare Erlöschen erst recht zu beschleunigen!

Abalessa

Aufbruch Aufbruch Aufbruch
Es gibt Ankerplätze
Da zerrt ein Wind an den Ketten
Die Bäume zu entwurzeln
Malek Alloula
»Träumer/Grabmale«

Und endlich träume ich die königliche Tin Hinan herbei, Ahnin der edlen Tuareg aus dem Hoggar! ... Ihre Geschichte wurde lange Zeit weitergegeben wie ein von einem Legendenkranz umwundenes Märchen, eine Silhouette, die wie Rauch verfliegt, eine Erscheinung oder gar ein Mythos. Diese imaginäre Figur gewann plötzlich durch die archäologischen Entdeckungen einer aus Fran-

zosen und Amerikanern bestehenden Expedition im Jahr 1925 konkrete Gestalt: Tin Hinan hat existiert. Ihr Leichnam (ein Frauenskelett, das große Ähnlichkeiten mit dem pharaonischen Typ aufweist) wurde aus der Totenstadt Abalessa entfernt und ins Museum von Algier gebracht!

Und jawohl, ich träume die flüchtige Tin Hinan herbei, die Prinzessin, die vorstieß bis ins Herz der Wüste aller Wüsten!

Angeblich wurde sie im Norden geboren: im Tafilalet des 4. Jahrhunderts n. Chr., kurz nach Konstantins Herrschaft. Was war der Grund für die Flucht des jungen Mädchens aus dem berberischen Norden, in Begleitung seiner Gefolgsfrau Takamat und einer Gruppe von Dienerinnen? Aus welchem politischen oder privaten Grund beschloß sie, trotz ihrer Jugend und nun, da sie vielleicht an die Regierung kommen würde, alles stehen- und liegenzulassen, jenseits der Oasen in der Sahara abzutauchen? War etwa ihre Freiheit bedroht, die eigene Freiheit oder die ihrer Familie, ihrer Gruppe?

Seither lieben es die Tuareg, von ihrer Irrfahrt zu erzählen: Tin Hinan, auf einer weißen Kamelstute reitend, wird von der getreuen Takamat begleitet sowie von einer vorwiegend weiblichen Karawane, junge Mädchen, schwarze und weiße: Aus der Heimat hat man Datteln und Hirse mitgenommen, außerdem seltene und wertvolle Gegenstände, sicherlich den königlichen Schmuck und auch Vasen und Urnen, die für den heidnischen Kult der Gruppe notwendig waren.

Der Weg bis zum Hoggar ist weit; bei den letzten Etappen begann der Proviant knapp zu werden. Die Lage wurde kritisch: in der Wüste verhungern!

Takamat auf ihrem Mehari oder Tin Hinan oben in ihrer Sänfte – die Geschichte unterscheidet nicht zwischen den beiden Freundinnen – nimmt am Boden kleine Ameisenhügel wahr. Takamat beginnt mit Hilfe der Dienerinnen Korn für Korn die Ernte der fleißigen Ameisen aufzulesen! Dank dieser fruchtbaren

Geduld kann Tin Hinan mit ihrem Gefolge die Reise weiterführen: Als der Hoggar endlich nah ist, liegt ein grünes und fruchtbares Tal vor ihnen. Gerettet!

Sie lassen sich hier im Westen von Tamanrasset nieder: Abalessa war bereits ein Wallfahrtsort, bevor man dort das Mausoleum der Prinzessin entdeckte.

An einem Tag im Jahr 1925 betreten der Franzose Reygasse und der Amerikaner Prorok die Kammer der toten Prinzessin, siebzehn Jahrhunderte nach ihrer Bestattung im Zentrum einer ausgedehnten Totenstadt, in der elf weitere Grabmale zu finden sind ... In der nächsten Umgebung war ein Rundweg angelegt worden für religiöse Prozessionen, die inbrünstig der Toten gewidmet waren!

Durch ihre Dimensionen, ihre komplexe Struktur, die Dicke ihrer Mauern und den Basalt, mit dem man hier baute, ist diese Begräbnisstätte die eindrucksvollste vorislamische Totenstadt der Region.

Ich träume mir jenen Tag herbei, als Tin Hinan in Abalessa zu Grabe getragen wurde: Man legte sie auf ein Bett aus geschnitztem Holz. Ihr schlanker Körper, bedeckt mit Stoffen und reichen Lederverzierungen, wurde auf den Rücken gelegt, Arme und Beine leicht angewinkelt, nach Osten ausgerichtet.

Wie die beiden Archäologen nach eingehender Untersuchung ihres Skeletts feststellen, trägt Tin Hinan sieben silberne und sieben goldene Armreife am linken Handgelenk, aber nur ein einziges silbernes Armband am rechten; um den linken Knöchel ist eine Kette aus Antimonperlen gebunden. Feine und wertvolle Perlen bedecken auch ihre Brust.

In ihrer Nähe wurden Körbe mit Datteln und anderen Früchten abgestellt – von denen nur Kerne und Steine übriggeblieben sind. Gegenüber dem liegenden Körper eine stilisierte Frauenstatuette (ihr eigenes Abbild?), die nicht völlig zerfallen ist, außerdem Geschirr, von dem einige Fragmente übrig sind.

Die goldene Prägung einer Münze mit dem Bild des Kaisers

Konstantin ist erhalten, in einem Nachbarraum ist eine römische Lampe aus dem 3. Jahrhundert in gutem Zustand gefunden worden: Trotz der zeitlichen Ferne dieses Jahrhunderts kann so eine chronologische Datierung angenommen werden.

In meinem lang anhaltenden Traum, der bemüht ist, die Asche der Zeit aufzusammeln, und sich in alle Spuren im Umkreis der wie durch ein Wunder erhaltenen Grabmale vergräbt, verwirren mich vor allem, natürlich abgesehen von dem Transport Tin Hinans nach Algier, verwirren mich die Inschriften in Tifinagh, die man hier fand: sehr alten Ursprungs etwa an den Wänden der benachbarten Kammern (der sogenannten chouchatt*), in denen jede Freundin der Prinzessin einzeln bestattet wurde.*

Eine libysche Schrift – noch älter als die von Dougga –, welche die Tuareg nicht mehr lesen konnten, die hinter den beiden Archäologen respektvoll das Grab betraten und sich dann von der daliegenden Tin Hinan abwandten.

Ich stelle mir also die Prinzessin aus dem Hoggar vor, die einst bei ihrer Flucht das archaische Alphabet mitgenommen hatte und dann die Buchstaben, kurz bevor sie starb, ihren Freundinnen anvertraute.

So kommt es, daß mehr als vier Jahrhunderte nach dem Aufstand und dem dramatischen Scheitern Jugurthas im Norden und ebenfalls vier Jahrhunderte vor dem grandiosen Widerstand der Kahina – jener Berberkönigin, die der arabischen Eroberung Widerstand leisten wird – die im Sand beinah ausgelöschte Tin Hinan uns eine Erbschaft hinterläßt, und das, obwohl ihre Gebeine heute leider in ihrer Totenruhe gestört wurden. Unsere geheimste Schrift ist ebenso alt wie das Etruskische oder die »Runen«, im Gegensatz zu diesen jedoch tosen in ihr die Geräusche und Atemzüge von heute – und sie ist sehr wohl Vermächtnis der Frauen in den tiefsten Tiefen der Wüste.

Tin Hinan versenkt im Schoße Afrikas!

III

Ein stilles Begehren

»Bekenntnis ist nichts,
Erkenntnis ist alles.«
Hermann Broch

»Die ahnungslose Ausreißerin«

Sie sind zu viert, als jedoch die Nachricht, die am Ende eines Rohrstabs festgebunden ist, aus dem verschlossenen Fenster kommt, ist sie nur für einen von ihnen bestimmt ...

Die vier sind Gefangene und sehen vermutlich recht abgerissen aus, nur dieser vierte nicht, der einen Brief erhält, der auf arabisch verfaßt ist, weshalb er ihn nicht versteht, außerdem ist eine erkleckliche Summe Golddukaten beigefügt. Das in der Sprache der Einheimischen verfaßte Schriftstück wird ein Renegat übersetzen, den man eingeweiht hat, es stammt von einer im verborgenen lebenden Frau von hoher Geburt, der einzigen Tochter eines reichen Mannes, einer Tochter, die geliebt wird.

Es ist die Geschichte von dem Sklaven und Zoraida aus Don Quijote. Ich stelle mir vor, dieser Auftritt einer Algerierin im ersten großen Roman der Moderne könnte in Wirklichkeit stattgefunden haben, warum auch nicht, zwischen 1575 und 1579 in Algier, irgendwo unter einem vergitterten Fenster: Der Hilferuf einer Frau aus Algier, die vielleicht nicht unbedingt die schönste war oder die reichste oder die einzige Erbin ihres Vaters, nein, aber mit Sicherheit war sie eine eingeschlossene Frau.

Da sie unzählige Male die unglücklichen Bewohner der Welt der »Bäder« heimlich beobachtet hat, jener Bagnos, die offene Gefängnisse waren, wagt es die Unbekannte, aus ihrem vergoldeten, aber verschlossenen Gefängnis heraus so mutig den Dialog zu beginnen.

Es ist ein Dialog mit dem anderen: Sie hat ihn jedoch nicht vor allem deshalb begonnen, weil er ein anderer Mensch ist, sondern weil sie es verstand, hinter seinen Lumpen und dem augenblicklich heruntergekommenen Äußeren wahrhaften Edelmut und echte Manneswürde zu erkennen (die Würde des Helden von Lepante). Und so ergreift sie, mit Luchsaugen versehen und langsam dem Kitzel des Gefährlichen nachgebend, eine tollkühne Rolle:

als Befreierin des Mannes, der sich mit ihr in das Abenteuer des schlimmsten Ungehorsams begibt. Kann sie als Anstifterin zu dieser ersten Verschwörung vorausahnen, daß sie am Ende ihrer Reise die Gattin dieses Christen oder vielleicht eines anderen sein wird, die jedoch niemals die Sprache von Cervantes erlernen wird? ... Natürlich wird die Ausreißerin sofort die Bilder von Maria-Marién in den Kirchen erkennen, zur Belohnung für diese an Wechselfällen reiche Umsiedlung einer ganzen Gruppe, in der sie das Juwel zu sein scheint, wird für sie schließlich nur die Rolle einer Taubstummen von allerdings strahlender Schönheit bleiben – freilich wird sie dann nicht mehr schreiben.

Indem sie den Helden, der ein Sklave ist, aus den Bagnos von Algier befreit, kommt sie selbst von ihrem Vater frei, der ihr alles gab, außer der Freiheit, ihn wird sie an den Gestaden Afrikas zurücklassen, ein Verrat, für den er sie verflucht. Sie tauscht einen umschlossenen Raum im reichsten Haus von Algier, dessen Königin sie war, gegen ein zwar grenzenloses, aber ungewisses Etwas.

Ihre Schrift ist unleserlich geworden, weshalb sie sich als nutzlos erweist und erlischt – so ist Zoraida, die erste schreibende Algerierin, zwar nicht Don Miguel, aber immerhin dem Sklaven aus Don Quijote begegnet. Die Schrift einer Ausreißerin, die ihrem Wesen nach vergänglich ist. Der Ritter von der traurigen Gestalt erhebt sich als erster Zeuge in der Christenheit, während sie die laut gesprochene oder schriftlich festgehaltene Sprache, die von da an um sie sein wird, nur mit einem stummen Blick bedenken wird. So findet der Dialog am Anfang zu seinem Abschluß, vielleicht auch die Verblendung der Reisenden.

Dies ist also der erste Austausch: ein in die Zukunft weisendes Überkreuzen der Geschlechter – zuerst der Sprachen, dann der Blicke, bevor die Körper niedersinken – von beiden Seiten des Mittelmeers. Eine ambivalente Umkehrung der Rollen: Die Frau ist frei und der Mann ein Sklave, das erste Bild eines Paares in diesem Gleitflug über die Welten hinweg, um schließlich, nachdem einiges in Fluß gekommen ist – beispielsweise das simultane Ende der Gefangenschaft der beiden –, zu einem anderen Gleichgewicht zu gelangen: das Paar, bestehend aus der Mauresken als einer seltsamen Fremden – eine christliche Gattin, das heißt weder frei noch Sklavin – und dem Soldaten, der zwar seiner Eisen ledig ist, nicht jedoch der Armut und Ungewißheit ...

Diese Erzählung, in der ständig alles in Bewegung ist, steht anfangs unter dem Zeichen einer arabischen Frauenschrift, von Schriftstücken, die immer wieder mit Geldgeschenken beschwert werden. Hier bezahlt die Schreibende, aber sie ist auch die Räuberin, die Verräterin in den Augen des Vaters und ihrer Leute, die in dem ländlichen Garten des Sahel von Algier eine Intrige erfindet und ins Werk setzt, um im Herzen der Nacht in den Armen des Fremden schwach zu werden, und schließlich auf ihrer Flucht beharrt. Sie tritt ihre Reise in einem mit Diamanten besetzten Kleid an und beendet sie im Gewand der Armut, das Gesicht wie zu Hause verschleiert, und sie reitet auf einem Esel: Zwei Exotismen treffen aufeinander – und gleichen sich aus.

Die Geschichte von Zoraida, in ihrer stummen Gegenwart erzählt von dem ehemaligen Sklaven in einem Landgasthaus, wo Don Quijote und Sancho Pansa Station machen, ist auch eine Metapher für die schreibenden Algerierinnen, zu denen ich mich zähle.

Die Stadt, aus der meine Familie stammt, das einstige Caesarea, wurde mit Hunderten von Morisken wiederbevölkert, jenen Zeitgenossen aus Cervantes, die in Massen vertrieben wurden, ein endgültiger und tiefgreifender Aderlaß, den Spanien zu Beginn des 17. Jahrhunderts aus sich selbst heraus vollzieht. Sie fanden Zuflucht in Städten des maghrebinischen Nordens, auch in meiner kleinen, aber sehr alten Stadt, der ehemaligen Hauptstadt der römischen Provinz.

Diese Familien schlugen also den Weg in die entgegengesetzte Richtung ein, und ihren nach 1492 für drei oder vier Generationen im geheimen praktizierten mohammedanischen Glauben nahmen sie mit. Im Hin und Her dieser Auszüge und Abenteuer auf hoher See bieten auch sie den Anblick von Flüchtlingen ...

Frauen aus meiner Stadt in jener Zeit: Diese Flüchtlinge lassen in den bescheidenen Patios verarmter Häuser Jasmin- und Zitronenbäume neu erblühen, während ihre Männer, sofern sie sich nicht für den Obstbau an den Berghängen der Umgebung entschieden haben, aufs Meer zurückkehren, um Rache- und Raubzüge zu unternehmen, wieder werden sie zu Korsaren …

Drei Jahrhunderte nach diesem Auszug ohne Wiederkehr wurde meine Mutter kurz vor den zwanziger Jahren unseres Jahrhunderts in diese Familien hineingeboren, die noch mit naiver Eitelkeit die Schlüssel der Häuser aufbewahrten, die sie in Córdoba oder Granada zurückgelassen hatten. Welches Vermächtnis wurde ihr hinterlassen, und was gab sie mir von dieser bereits im Sande verlaufenden Erinnerung? … Einige Einzelheiten in den Stickereien an der Frauentracht, einen Akzent, der den lokalen Dialekt beeinflußte und als einziger Überrest gehütet wurde, man konservierte die arabische Mundart Andalusiens so lange wie möglich … Vor allem die sogenannte »andalusische« oder »klassische« Musik, die von einfachen Handwerkern – muslimischen und jüdischen Flickschustern, Barbieren und Schneidern – in den Abendstunden mit großer Hingabe gepflegt wurde. Die Kantilene der Musikerinnen in den Kreisen der Frauen bewahrte parallel hierzu – mit Hilfe eines schmachtenden Rhythmus – jene rhetorischen Figuren in ihrer altmodischen Schönheit und der süßlichen Sehnsucht nach einer glorreichen Epoche, die den Schmerz verbarg, als sich dort drüben die Rassen, die Sprachen und die Weisheiten vermischten.

So empfing ich in den Sommertagen meiner frühesten Kindheit, inmitten von Stickerinnen, Sängerinnen, jungen und alten Odalisken aus dieser abgeschlossenen Stadt, wo nur zur Laute die Klage vernehmlich werden durfte, jenes flimmernde Leuchten, das die Jahrhunderte durchdrang und vom Licht der Frauen Andalusiens herrührte, das immer noch ein wenig Nahrung spendete.

In dem Dorf, das sie kolonialisiert hatten und wohin sie meinen Vater, einen Französischlehrer, begleitet hatte, war meine Mutter plötzlich eine isolierte Städterin, und so hing sie von ihrer ganzen Aussteuer, die Kaftane aus Velours, alten Schmuck und seltene

Schatullen umfaßte, am meisten an ihren Musikheften: Sie, die nicht französisch schreiben konnte, die es später zwar sprechen lernte – nicht jedoch das Schreiben –, zuerst durch französische Nachbarinnen, dann durch ihre Kinder, blätterte in jenen Seiten, auf die sie als Heranwachsende die Texte der andalusischen Noubas *geschrieben hatte. Die Couplets konnte sie auswendig, und da sie diese arabischen Verse immer wieder und wieder las, blieb ihr in unserem Kreis der Status einer Analphabetin erspart.*

Und ausgerechnet dieser Handschrift sollte ein vielsagendes Schicksal in den Jahren des Algerienkriegs widerfahren! … Eines Sommers war unsere Wohnung verschlossen (meine Mutter hatte den traditionellen Schleier abgelegt, um in Frankreich ihrem einzigen Sohn einen Besuch abzustatten, der in Lothringen inhaftiert war), in einem Sommer, als meine Mutter also auf Reisen war, brachen französische Soldaten ein, um die Räume zu durchsuchen: Bei den in solchen Fällen gewohnten Ausschreitungen zerrissen sie die andalusischen Musikhefte mit der für sie rätselhaften Schrift, die sie als Mitteilungen einer Verabredung der Nationalisten interpretierten …

In den ersten Tagen der Unabhängigkeit erzählte mir meine Mutter mit Tränen in den Augen von dem Schmerz, den sie angesichts dieser geschändeten Schrift empfand. Ihr Leid könnte vielleicht unangemessen erscheinen in Zeiten, als zahlreiche Frauen in unserem Umkreis ihren Sohn oder Bruder beweinten. Ich fühlte jedoch auch, wie mein Herz sich zusammenzog angesichts der Irrfahrt dieser beschriebenen Blätter, die von so weit her gekommen waren, über die Jahrhunderte und Meeresufer hinweg, von Frau zu Frau weitergegeben, manche auf der Flucht, manche eingesperrt.

»Du konntest diese Texte immerhin auswendig«, sagte ich schwach.

»Aber ich hatte sie doch aufgeschrieben«, seufzte sie, »als ich fünfzehn Jahre alt war. An ihnen hing ich mehr als an meinem Schmuck!«

Meine Mutter, die zwar arabisch schrieb, jedoch vor allem

französisch sprach, fürchtete zweifellos um die Sicherheit im Schreiben der gelehrten Sprache: Sie legte bereits keinen Schleier mehr über ihr Gesicht oder ihren Körper, war kreuz und quer durch Frankreich gefahren, um seine Gefängnisse zu besuchen, aber als Trägerin dieses Vermächtnisses aus alter Zeit sah meine Mutter plötzlich dessen Auslöschung, und dies erfüllte sie mit unsagbarer Traurigkeit.

Das Ende einer Schrift der Frauen, als hätte nun, nachdem ihr Körper sich ohne den Schleier der Ahninnen in Bewegung gesetzt hatte, ihre Hand, mit der sie schrieb, auf einmal ihre Glut, ihr Ziel verloren!

Zoraida kehrt also zurück, freilich in umgekehrter Richtung. Mit einer neuen Geschichte über einen Gefangenen, die davon handeln könnte, wie der Sohn damals aus den französischen Gefängnissen freikam, allerdings von der Tochter erzählt, die sich der Stellung ihrer Mutter bemächtigt …

»Die ahnungslose Ausreißerin« oder eine Frau, die noch nicht weiß, daß sie auf der Flucht ist. Zumindest bis zu jenem Augenblick, da ich vom Kommen und Gehen fliehender Frauen aus ferner oder naher Vergangenheit berichte … da mir meine ständige Existenz als Flüchtige bewußt wird – ich möchte sogar behaupten, einer in der Flucht verwurzelten Existenz. Gerade weil ich schreibe und damit ich schreibe.

Ich stelle keine Liste mit den Texten der Noubas *auf, denn dazu bin ich nicht in der Lage. Ich rufe sie mir ins Gedächtnis: Wo ich auch bin, in mir ist eine beständige Stimme, ein sanfter Bariton oder ein blinder Sopran. Ich singe diese Lieder in meinem Kopf, während ich durch die Straßen irgendeiner Stadt in Europa oder anderswo gehe, aber wenige Schritte in der erstbesten Straße von Algier genügen, und mir fällt sofort jedes Gefängnis auf, ob zum Himmel hin offen oder geschlossen.*

Ich schreibe im Schatten meiner Mutter, die von ihren Reisen in den Zeiten des Kriegs zurückgekehrt ist, ich, die meinen verfolgend in diesem obskuren Frieden, der dem dumpfen inneren

Krieg entstammt, den inneren Divisionen, der Unordnung und den Erschütterungen des Landes, in dem ich geboren wurde.

Ich schreibe, um mir einen geheimen Weg zu bahnen, in der Sprache der französischen Korsaren, die in der Geschichte vom Sklaven Zoraida ihr diamentenbesetztes Kleid wegnahmen. Ja, in dieser sozusagen »fremden« Sprache werde ich mehr und mehr zur Ausreißerin. Wie Zoraida, der man das Kleid nahm. Wie sie habe ich den Reichtum verloren, mit dem ich aufgebrochen bin, in meinem Fall das mütterliche Erbe, und was habe ich denn gewonnen, wenn nicht die Beweglichkeit des entblößten Körpers, wenn nicht die Freiheit gar.

Ahnungslose Ausreißerin, also. Wüßte ich nämlich allzuviel, müßte ich verstummen, und die Tinte meiner Schrift wäre nur allzuschnell eingetrocknet.

Frauen auf dem Land I

Am 18. Dezember jenes Jahres drehte ich die erste Einstellung meines Lebens: Ein im Rollstuhl sitzender Mann betrachtet von der Türschwelle aus seine Frau, die im Zimmer schläft. Er kann nicht hinein: Der Raum liegt um zwei Stufen höher, die er mit seinem Rollstuhl nicht überwinden kann. Ein Zimmer wie eine Höhle, warm, nah und doch so fern: Das Bett ist niedrig und breit, umgeben von zahlreichen weißen Schafsfellen, wodurch die Schroffheit der hohen Wände dieser bäuerlichen Behausung gemildert wird. Die Schlafende hat ihr Haar nach althergebrachter Sitte in einem roten Tuch gebändigt. Der Gatte schaut von weitem zu, ohne sich zu rühren. Dann macht er eine Bewegung mit dem Oberkörper; seine Hand legt sich auf den Türrahmen, eine Sekunde bevor die Szene zu Ende ist.

In den drei nachfolgenden Einstellungen nimmt die Kamera die Position des Mannes ein – der Schauspieler hat blaue, traurige Augen. Langsam, sehr langsam umrundet sie das Bett: Musik aus dunklen Spiralen, die sich in meinem Kopf entrollen, befindet sich später auf der Tonspur. Der Blick des Gelähmten: ein Tanz ohnmächtigen Begehrens.

Die arabische Frau erscheint schlafend, mit dem roten Kopftuch ein beinahe traditionelles Bild, nicht greifbar. Die ersten »Einstellungen« meiner Arbeit: gleichsam eine männliche Niederlage. Ich sagte: »Kamera ab!« Plötzlich war ich wie von einer inneren Erregung gepackt. Als hätten zusammen mit mir sämtliche Frauen aus allen Harems »Kamera ab!« geflüstert. Ein geheimes, anregendes Einverständnis. Seither war mir nur noch ihr Blick von Bedeutung. Er ist auf jene Bilder gerichtet, die ich arrangiere, entstanden in einem Gärungsprozeß, der von jenen unsichtbar hinter mir stehenden Schatten gefördert wird.

Diesen Blick nehme ich für mich in Anspruch. Es ist »unserer«. Ein unverwechselbarer Blick, der die Wände vergangener Jahrhunderte durchdringt, den Totenhäusern von heute entkommt und sich niederlassen möchte, sich ganz in sich versenkt. Er verleiht dem Rhythmus der Dinge ihre ursprüngliche Bedächtigkeit und Form.

Meine Begeisterung läßt nicht nach. »Kamera ab!« Meine Stimme, ganz neutral. Um mich herum eine Mannschaft aus neunzehn Leuten, darunter vierzehn Techniker. Außer mir zwei Frauen: die Maske und das Scriptgirl. Julien, ein Freund, der für mich den Fotografen spielen möchte, wird in der nächsten Pause Standfotos machen. Im Hin und Her dieses Aufbruchs kommt die Nacht, und es wird kalt, ich könnte mich einsam fühlen. Aber nein. Der Mann betrachtet seine Frau, fernes Bildnis, sie schläft, und ich schaue ihm bei Schauen zu.

Für das Volk der eingeschlossenen Frauen in Vergangenheit und Gegenwart steckt in einem bildhaften Symbol die wahre Kraft für diese Jagd nach Bildern, die jetzt erst beginnt. Der weibliche Körper völlig verschleiert mit einem weißen Laken, das Gesicht vollkommen maskiert, nur ein Loch bleibt frei für das Auge. Ein Gespenst, das erst durch das Verbot entgegen allem Anschein Geschlechtlichkeit annimmt: ein wandelnder Schatten! Und über Jahrhunderte hinweg haben wir nicht hinausgeschrien, daß wir lebendig begraben sind, haben das Laken nicht weggerissen und unsere Haut gleich mit, wenn es sein muß. Dieses Bild ist die Realität meiner Kindheit, der Kindheit meiner Mutter und meiner Tanten, meiner mitunter gleichaltrigen Cousinen, dieser Skandal, der in meiner Kindheit die Normalität war, ist nun der Ausgangspunkt dieses Strebens: unverwechselbare Gestalt einer Frau, die in den Bahnen ihrer Laken, wie in Leichentüchern, die fünfhundert Millionen Ausgestoßenen der islamischen Welt umfaßt. Und plötzlich ist sie es, die schaut, allerdings hinter der Kamera, die durch ein Loch, das in ihrem maskierten Gesicht frei bleibt, die Welt verschlingt.

Dieses Loch, ihr einziger Pfeil in den Raum. Das fragende Auge war hinter der Leinwand verschwunden, die Unglückliche sucht ihren Weg: nur ein bißchen Licht, einen Lichtschein, an dem sie sich orientieren kann, und dann vorwärts, um den männlichen Blicken zu entrinnen.

»Denn sie spähen, beobachten, durchforschen, spionieren! Derart eingepackt, dem Ersticken nahe, gehst du zum Markt, ins Krankenhaus, ins Büro, zur Arbeit. Du beeilst dich, du versuchst dich unsichtbar zu machen. Du weißt, daß sie gelernt haben, deine Hüften, vielleicht auch deine Schultern unter dem Stoff zu erraten. Sie schätzen deine Fesseln ab und hoffen, dein Haar zu sehen, deinen Nacken, dein Bein, falls der Wind deinen Schleier hebt. Draußen darfst du nicht existieren: Die Straße gehört ihnen, die Welt gehört ihnen. Du hast theoretisch das Recht auf Gleichheit, aber ›drinnen‹, eingesperrt, verschanzt. Eingekerkert.«

Dieser künstliche Blick, den sie dir gelassen haben, ist

kleiner, ein Hundertstel oder Tausendstel von dem, den Allah dir bei deiner Geburt gegeben hat. Dieser seltsame Spalt, welchen die Touristen fotografieren, weil sie dieses kleine schwarze Dreieck anstelle der Augen pittoresk finden, dieser verkleinerte Blick wird von nun an meine Kamera sein. Wir alle, Frauen aus der Welt im Dunkeln, drehen nun den Spieß um: Endlich sind wir es, die sehen, und es ist erst der Anfang.

Erstes Motiv: Die Mutter als Reisende

Seit drei Monaten und ein paar Tagen hatten sie von Selim keine Nachricht mehr erhalten. Keine Postkarte aus einer beliebigen Stadt in Frankreich – mit immer der gleichen unleserlichen Schrift, das Wetter, das angebliche Studium. Nicht einmal ein kurzer Anruf spätabends, wie es bereits zwei- oder dreimal vorgekommen war, eine unbekannte Stimme sagte dann auf arabisch: »Es geht ihm gut, er läßt Ihnen sagen, daß Sie sich keine Sorgen machen sollen.« Nichts, Schweigen der Post und des Telefons.

Nur daran dachte die Mutter, aber sie wagte nicht, mit ihrem Gatten darüber zu sprechen. Sie sah ihn jeden Morgen sehr früh für einige Minuten hinuntergehen, dann wieder mit den beiden örtlichen Zeitungen zurückkommen, die er ängstlich durchschaute, und während sie ihm das Frühstück brachte, fragte sie schließlich bedächtig: »Nichts Neues?« Sie dachten beide an ihren Sohn in diesem Augenblick. Nach kurzem Schweigen antwortete der Vater mit erzwungener Ruhe: »Nichts Neues!« Mit den Kollegen würde er dann natürlich die Attentate und die militärischen Operationen vom Vortag durchsprechen oder die Liste in der Zeitung … Sie dagegen ging sofort in die Markthalle hinunter, die sich direkt im Untergeschoß befand, unten im Gebäude, in dem sie wohnten, zusammen mit zwei weiteren Haushalten die einzigen einheimischen Lehrerfamilien unter Hunderten von Europäern: Bei der Gelegenheit stattete sie ihrer französischen Freundin in der Apotheke neben dem Markt einen Besuch ab: Nur um ihr lächelnd zwischen zwei Kunden guten Tag zu sagen – das tröstete sie, die Mutter!

Mehr als drei Monate also nicht das geringste Zeichen Selims von dort drüben, aus Ostfrankreich, wie der Vater vermutete, als er zum einzigen Mal vor seiner Gattin und dem Schwager, der gerade zu Besuch war, sein Herz ausgeschüttet hatte: »Wir sagen zwar unseren Nachbarn, also den Europäern, wenn sie uns fragen, aus reiner Höflichkeit: ›Unser Sohn? Der hat sich eingeschrieben, ist Student, jawohl, in Paris!‹ Aber wir wissen sehr wohl, daß er nicht mehr in Paris ist und auch nicht mehr seine Vorlesungen besucht, obwohl er seine Immatrikulationsbescheinigungen für die Zurückstellung vom Militärdienst benötigt und damit er sich im Land frei bewegen darf! Wir wissen das ... Aber was wissen wir denn wirklich heutzutage über unsere Söhne, über uns selbst!«

Dann schwieg er. Noch nie hatte er so ausführlich über seine innere Unruhe gesprochen, aber der Bruder seiner Frau war auch sein bester Freund. Das drängte ihn dazu, in dessen Anwesenheit all jene Ängste laut auszusprechen und offen darzulegen, die er, vor allem seinen Sohn betreffend, nicht einmal sich selbst eingestand, geschweige denn seiner Gattin ...

Die Mutter erhob sich und ging mit kerzengerader Haltung aus dem Wohnzimmer. Sie ließ die beiden Männer unter sich und betrat das kleine Badezimmer, wusch sich das Gesicht mit mehreren Handvoll kalten Wassers und betrachtete ihre Züge, sie war eine Frau von gerade vierzig Jahren. Vor dem Spiegel stieg ein Seufzer in ihr hoch, der ihre Wangen verzerrte: Sie war fest entschlossen, nicht zu weinen. Vor allem mußte sie ihrem Mann den Rücken stärken, dann erst kam sie! Ihre Angst, die nicht in Worte zu fassen war, dämpfte sie allerdings normalerweise durch ausgiebige Palaver mit einigen alten Damen – die Aufwartefrau, die jeden Montag kam, um die Wäsche zu waschen, eine oder zwei Marktfrauen, die Kräuter oder Eier verkauften – von ihnen bekam sie nämlich zu hören, welches Glück sie doch hatte, einen solchen jungen Mann zum Sohn zu haben (freilich ihr einziger Sohn, sozusagen »ihr Augenstern, der Stolz ihrer Zukunft« etc.), der weit fort war, ob nun in Frankreich oder anderswo, jedenfalls nicht hier, wo er der Unberechenbarkeit von Repressalien, Verfolgungen oder Verhören zum Opfer fallen konnte … Hatten die Verkäuferinnen oder die Wäscherin jeden Montag ihr das zugeraunt, konnte die Mutter tief durchatmen, beinahe hatte sie den Eindruck, wirklich in einer glücklichen Lage zu sein, und sie nahm sich vor, eines Tages bei der Rückkehr zur Stadt ihrer Kindheit das zu tun, was ihre alte Mutter einst getan hatte: das Heiligtum am Meer aufsuchen, Lichter und Kerzenstummel mitbringen, für die Armen harte Eier und Kuchen, sich beim toten Heiligen bedanken und um den Segen seiner Erben nachsuchen – wofür sie natürlich zu bezahlen hatte –, das würde sie tun, aber kein Wort zu ihrem Gatten, den solche Rituale erbosten!

Als sie aus dem Bad kam, war sie für einen Augenblick ganz ruhig, denn sie hatte sich überzeugt, es in diesem endlosen Krieg ganz glücklich getroffen zu haben, weil sie als Mutter verschont bleiben würde: Sie hatte schließlich nur diesen einen Sohn, was hier nicht oft vorkam. Gott würde sich ihrer erbarmen …

Drei Monate und ein paar Tage ohne Nachricht, die Banalität des Alltäglichen und des Schicksals!

Den Abschluß des Ramadan nahm sie zum Anlaß, die Erlaubnis einzuholen, am nächsten Tag zu verreisen –

außerdem hatte ihre jüngste Tochter, die dreizehn Jahre alt war, Schulferien – sie wollte den ganzen Tag in ihrer Stadt, Caesarea, bleiben …

Kaum waren sie dort angekommen, fanden sie und ihre Schwägerin als Vorwand, eine schwerkranke Tante zu besuchen, allerdings erst nachdem sie gegessen hatten. Tatsächlich beeilten sie sich jedoch mit diesem Besuch, auf dem Rückweg schlenderten sie in ihren Seidenschleiern und mit dem kleinen, gut gestärkten Schleier aus bestickter Organza über der Nase umher – nur ihre beiden großen Augen waren noch zu sehen, was sie halbwegs anonym machte – und traten bei der Seherin ein (wie bereits geplant, als sie zu Hause aufbrachen), die vor kurzem von einer Pilgerfahrt aus Mekka zurückgekehrt war und nun keine Zaubertränke mehr verkaufte, nicht mehr Karten las, sondern von Almosen und ihren Ersparnissen lebend immer mehr in ihren Gebeten versank: Lla Rkia, ein Name, der bei allen Matronen der Stadt bekannt war.

Denn schon als sie am Vormittag angekommen war, hatte die Mutter ihrer Schwägerin anvertraut: »Wenn das Schweigen von Selim nicht aufhört, kann ich nicht mehr weiterleben, aber ich werde mir nichts anmerken lassen, sondern für meinen Mann stark sein, für meine Kleine, für …«, und ihre Stimme brach.

»Wir beide werden zu Lla Rkia gehen: Sie hat Visionen, die häufig tröstlich sind! … Allerdings muß sie sich dazu bereitfinden, was nicht mehr so sicher ist, seit sie *hadja* wurde! Aber vielleicht für unsere Familie …«

Nachdem das Töchterchen der Nachbarn ihr zweimal eine Nachricht gebracht hatte, ließ die Dame ausrichten, die beiden Frauen seien ihr zur Stunde des Kaffees willkommen und sie tue es nur »aus reiner Dankbarkeit gegenüber Gott und seinem Propheten!« Wie die Schwägerin erläuterte, benutzte sie diese Formel, um von vornherein zu signalisieren, daß sie kein Geld annehmen würde, weil sie ihren Eid nicht brechen wollte. Natürlich könnte ihnen niemand verbieten, ein seltenes Geschenk zu besorgen, Parfum aus Paris oder ein Stück Seide ... Und so gingen sie die kleine Mauer entlang, die das alte antike Theater und seine Ruinen von der höhergelegenen Straße abtrennte. Sie kamen zu dem kleinen Haus, das abseits in einem dunklen Winkel lag.

Die Mutter klopfte mit der »Hand der Fatma« aus ziseliertem Eisen. Sie traten ein, durchquerten einen Patio von bescheidenen Ausmaßen, der aber in beinahe violettem Licht, das von einer himmlischen Fontäne herabzurieseln schien, erstrahlte ... Mit einem Flirren in den Augen ließ die Mutter den Schleier über ihr Haar gleiten, nahm rasch den kleinen Schleier ab und neigte sich über die ehrwürdige Dame, die sie auf einem niederen Diwan sitzend empfing. Nach den üblichen Umarmungen und Komplimenten wartete die Mutter bewegten Herzens, ganz nah bei ihrer Schwägerin stehend.

Und die Schwägerin begann mit ihrer sanften, gleichsam verträumten Stimme beinahe feierlich über Selim zu sprechen: Es war, als ob er anwesend wäre, als ob er im nächsten Augenblick dieses Zimmer betreten würde, er würde sich bücken, weil er zu groß war, ein wenig lächelnd, wie er eben mit seinen Mundwinkeln zu lächeln pflegte ... Als sie so zuhörte, versank die Mutter in seiner nahen Anwesenheit, die nicht ganz zu verleugnen war.

Stille. Unbeachtet von der Mutter, hatte eine Dienerin eben einen mit Glut gefüllten *kanoun* in den Raum gestellt und war wieder verschwunden. Die Stille dehnte sich aus, wurde dann durchsichtig. Die Mutter sah im Halbdunkel des kleinen kühlen Zimmers maskenhaft das Gesicht von Lla Rkia, ihr hellrotes Tuch mit schwarzen Fransen. Unter den halb geschlossenen Augen und der langen, abgemagerten und stolzen Nase murmelten ihre schmalen, beinahe unsichtbar gewordenen Lippen in eine Stille, die keine

Stille mehr war: Die Alte leierte zusammenhanglose, ausgefaserte Zeilen von Suren herunter. Dann wurde das Wort des Korans vernehmlich, als fließe es von den Lippen einer Halbtoten: Die Mutter wartete, diesmal ohne inneren Aufruhr. Mit rascher Hand warf die Zauberin, ohne sich dem *kanoun* zu nähern, etwas hinein, ein Pulver, Kräuter, ein Säckchen mit Arznei. Plötzlich waberten zuerst weiße, dann beinahe grüne Rauchwolken empor, ihr scharfer Geruch ließ die beiden Besucherinnen für einen Augenblick husten. Mit undurchschaubarer Miene wartete die Alte, dann, als der Rauch verflogen war und die Frauen sich beruhigt hatten, fragte sie mit rauher Stimme: »In welchem Monat ist er geboren, dein Prinz?«

»Im Monat Rdscheb! Am 27., glaube ich!« sagte die Mutter nach kurzem Zögern.

Wieder war da eine kopflose Angst in ihr und tobte wie ein Unwetter in ihrem Innern. Dann gab sie sich einen Ruck, senkte den Kopf an ihre Brust, suchte nach ihrem schwebenden Atem; dachte endlich daran, ebenfalls den Anfang einer Sure zu sprechen, dieses Mal die geläufigste von allen, die Fatiha. Sie wiederholte drei- oder viermal die ersten Verse und gewann ihre Ruhe zurück. Sie beobachtete forschend die Lippen der Sprechenden, die sich mit gesenkten Lidern sammelte.

Eine dicht zusammengedrängte Stille herrschte im Zimmer. Die Schwägerin schien unsichtbar, gar wie tot: Man hört nicht einmal mehr ihren Atem, sagte sich die Mutter, die nun Geduld und Vertrauen geschöpft hatte. Wenn Selim das wüßte, dachte sie, würde er sie mit Sicherheit auslachen! Wenn er sie aber jetzt so sehen könnte, von Vertrauen erfüllt, dann würde er ihr nachsichtig zulächeln! Und die Vorstellung von dieser stillen Zärtlichkeit, die ihn, seit er erwachsen war, immer auszeichnete, tröstete sie.

Die Alte hustete. Dann begann sie: »Mach dir keine Sorgen um den Jüngling! Über ihm ist der Schutz von Sid el-Berkani.« Dankbar stellte die Mutter fest, daß sie an den heiligen Vorfahren dort oben in den nahen Bergen gedacht hatte.

Dann fuhr sie in etwas sanfterem Ton fort, als hätte sich ihre Vision bereits eingestellt und müsse nur noch in Worte gefaßt werden: »Mach dir keine Sorgen um ihn! Das Schicksal wartet auf ihn … es hat ihm mehr zugedacht als seinem Vater!« schloß sie pathetisch.

Die Schwägerin legte sanft ihre Hand auf den Arm ihrer Begleiterin, die unwillkürlich aufgeschreckt war. Die Stimme von Lla Rkia erklärte nach einem Seufzer, der beinah wie ein Röcheln klang, mit lautem, siegesgewissem Ton: »Ich sehe ihn … Ich sehe ihn …«, sie zögerte etwas, fuhr dann fort, »… ich sehe ihn, wie er auf dem Weg nach Verdun ist!«

Diesen Namen sprach sie auf französisch und mit rollendem *r*, was Überraschung auslöste. Die beiden Besucherinnen blickten einander trotz des Halbdunkels an: Sie kannten die Rentner, Veteranen des anderen Krieges, die man selbst auf arabisch »die aus Verdun« nannte, immer mit gerolltem *r*. Was hatte denn der andere Krieg, von dem nur ein paar alte Männer geblieben waren, mit diesem hier, dem »unseren«, zu tun? dachten die beiden Frauen. War die alte Rkia vielleicht auch, trotz all der Zaubertränke und ihrer kürzlichen Pilgerreise, beängstigend senil geworden?

»Zugegeben«, bemerkte die Schwägerin unter ihrem Schleier auf dem Rückweg, »ich dachte schon: ›Jetzt kommt sie ins Schwimmen, sie kann nicht mehr so klar sehen wie früher!‹ Aber weißt du, sie hat dann noch einmal mit Bestimmtheit gesagt: ›Selim ist wohlauf.‹ Was schert es uns da, wo er sich jetzt befindet!«

»Sie hat ein wenig von meiner Unruhe genommen«, sagte die Mutter anerkennend.

Sie gingen ins Haus der Familie zurück, wo sie die anderen vorfanden. Natürlich wurde der Spruch von Lla

Rkia nur unter Frauen, jungen wie alten, noch einmal heraufbeschworen. Manche umarmten überschwenglich die Mutter, die bei sich dachte, daß sie auch wegen dieser gefühlsinnigen Anteilnahme und der beinahe kindlichen Spontaneität am zweiten Tag des Aid hierhergekommen war.

Begleitet von ihrer jüngsten Tochter und ihrem Mann, suchte sie noch am selben Abend ihre Wohnung in der Hauptstadt auf.

In den folgenden Nächten schlief sie ruhig.

Zehn Tage später kam ein Schreiben vom Gericht aus Metz in Lothringen: Die Strafvollzugsbehörde teilte dem Vater mit, man habe seinen noch nicht volljährigen Sohn festgenommen und ein Strafverfahren gegen ihn eingeleitet (als »Mitglied einer kriminellen Vereinigung« und wegen anderer Anklagepunkte, die ebenso geschwollen klangen, der Mutter jedoch weniger schwerwiegend erschienen als damals bei Selims erster Festnahme hier im Land, er war gerade siebzehn geworden). Sie sagte nichts, blickte ernst zu ihrem Mann, atmete tief durch und dachte schnell: »Hauptsache, er ist am Leben und es ist ihm nichts passiert! Und wenn sie alle Gefängnisse dieser Welt hätten! Einmal wird er wieder rauskommen! ...« Schließlich fragte sie langsam: »Metz, in Lothringen, ist das nicht in der Nähe von ... Verdun?«

»Verdun?« gab er Vater überrascht zurück.

»Die Seherin, die bei uns ...«

Sie begann zu stammeln, dann jedoch erklärte sie verwirrt und erleichtert zugleich, oder gestand vielmehr, bei ihrem letzten Besuch in ihrer Heimatstadt Lla Rkia aufgesucht zu haben, und diese hatte Selim »gesehen«, und zwar »auf dem Weg nach Verdun«, sagte sie nun beinahe triumphierend. So kam es, daß die Nachricht von der Verhaftung des Sohnes in Wirklichkeit weder Besorgnis noch Angst auslöste – zumindest bei der Mutter.

Kurz darauf gingen sie zusammen ins Dorf, um die alte Amme zu besuchen. Sie hatte selbst einen Sohn im Gefängnis, hier im Süden. Sie sagte: »In der Sahara«, und wenn sie, ohne zu seufzen und eher stolz, erklärte, sie habe von ihren beiden Jüngsten keine Nachricht erhalten, konnte man ihrem Schweigen entnehmen, daß sie wahrscheinlich »in die Berge gegangen« waren, also in den Maquis nicht weit von hier.

Die Amme ging auf die Sechzig zu und war krank: Herzschwäche und gleichzeitig chronische Diabetes. Ans Bett gefesselt, erfuhr sie nun im Halbdunkel ihrer kühlen Hütte, daß Selim in Lothringen verhaftet worden war. Man konnte also beruhigt sein (die Gefängnisse in Frankreich waren weniger schlimm als die hiesigen), hatte sich mit Geduld zu wappnen, bis alles für immer vorbei sein würde! ... Diese Neuigkeiten hörte sie auf ihrem Krankenbett, dabei liebte sie Selim, wie sie früher oft gesagt hatte, genauso wie ihre beiden Söhne zusammen!

»Ich werde langsam alt«, murmelte sie schließlich. »Hoffentlich muß er nicht für Jahre im Gefängnis bleiben! Damit ich ihn eines Tages sehen kann, wie er aufrecht vor mir steht ...« Sie hielt träumerisch inne und schloß dann: »... als freier Mann! O ja, Herr und sanfter Prophet, der Sohn meines Herzens ein freier Mann!«

Die Mutter hörte ihr zu, fragte dann, ihre Rührung verbergend, nach dem Leben im Dorf. Die mitgebrachten Medikamente stellte sie hin, nahm eine weitere Liste an sich und suchte ihren Mann auf, um in die Hauptstadt zurückzukehren.

Spätabends faßte sie in der Küche stillschweigend und für sich selbst einen Entschluß (sie wollte zuerst mit ihrer beinah erwachsenen Tochter sprechen, bevor sie beim Gatten das Terrain vorbereitete, um seine Erlaubnis zu erhalten), ja, sie entschloß sich mit Bestimmtheit und unwiderruflich: Sollte ihr Sohn für Jahre im Gefängnis bleiben, dann würde sie eben nach drüben reisen, »wenn es sein muß, sogar allein«, denn ihr Mann, der aus dem Lehrberuf ausschied, würde in den Sommerferien weniger Zeit haben als zuvor. Sie wiederholte, diesmal zu ihrer Kleinen am nächsten Abend und wieder in der Küche, als sie mit dem Geschirr fertig war: »Ich werde allein und ohne Schleier gehen – das weiß ich jetzt –, allein gehe ich in jedes Gefängnis, in das sie ihn stecken!«

»Du nimmst mich mit!« unterbrach die Tochter nicht sonderlich überrascht über diese Entschlossenheit ihrer Mutter.

So zeichnete sich mit der Nachricht von Selims Verhaftung für die Mutter der Beginn eines Abenteuers ab ...

Vom Dorf zurück, schlief sie ruhig ein. Am nächsten Tag sprach sie nach dem Markt mit ihrer einzigen Freundin, der Apothekerin. Sie kaufte Aspirin und besah sich noch zögerlich die verschiedenen Modelle von Sonnenbrillen (denn sie würde ja im Sommer in dieses Land reisen, und plötzlich hatte sie vor Augen, wie sie von Bord des Schiffes ging und den Zug nahm, ohne Schleier also, aber zumindest mit einem Balken aus diesen schwarzen Gläsern im Gesicht, das schien ihr einfacher! ...). Die Französin überließ ihre letzten Kunden dem Gehilfen und bat die Mutter in den hinteren Teil des Geschäfts. Dann wurde die Nachricht von der Verhaftung des Sohnes überbracht und hin und her gewälzt. »Ich habe also guten Grund, mir nicht allzu große Sorgen zu machen?« fragte die Mutter und beobachtete dabei das Gesicht der Apothekerin. Aber sie wartete keine Antwort ab, sondern brachte den vorbereiteten Satz hervor: »Mein Sohn ist ein politischer Gefangener!« Sie wiederholte die beiden letzten Worte, probierte sie aus, achtete auf die kleinste Reaktion bei ihrer Gesprächspartnerin, die weiterhin freundlich blieb; natürlich war »politischer Gefangener« ein vornehmer Status, für den man sich nicht zu schämen brauchte. Würden Europäer, die ihr weniger geneigt waren, genauso reagieren? …

Sie hätte gern ihre Pläne geschildert, einfach um Ermutigung zu finden: Würde ihr Gatte sie allein reisen lassen, falls er unabkömmlich wäre und im Urlaub nicht nach Frankreich reisen konnte, würde er sie alleine losschikken? … Diesmal sprach sie noch nicht darüber: In drei oder vier Tagen, bei ihrem nächsten Besuch, würden weniger Kunden dasein. Dann würde sie auch dies ansprechen. Sie würde erklären, daß sie sich stark fühlte und auf Unterstützung aus war.

Am Abend in der Küche, nachdem sie mit ihrer Tochter alles aufgeräumt hatte, flüsterte sie ihr mit einem komplizenhaften, ein wenig spitzbübischen Lächeln zu: »Suche für uns eine Landkarte mit der Stadt Metz! Ich habe nämlich folgende Idee: Wir gehen zur Kur ins Elsaß! … Das ist doch nicht weit davon entfernt? Dein Vater wird es erlauben, da bin ich ganz zuversichtlich! …«

Sie schlief ein mit dem Gedanken an die hohe Fassade des Gefängnisses von Metz: nicht grau, nicht schwarz, gewiß ein hohes Gebäude, aber von ansprechendem Äußeren, ein wenig wie ein großes Hotel, in dem ihr Sohn abgestiegen war, und sie ging mit entschlossenem Schritt hinein …

Mitte Juli im Jahr 1959 brachte der Gatte sie und ihre Tochter zum Schiff, mit einiger Ergriffenheit, weil sie allein eine so weite Reise unternahmen. Während der Überfahrt kümmerte sie sich in der Kabine zweiter Klasse um die Tochter und diese um ihre überaus junge, elegante Mutter, »vor allem«, dachte die Heranwachsende, »wenn all die Pied-noirs hier auf dem Schiff wüßten, daß diese Dame im geblümten Sommerkostüm nur wenige Wochen zuvor in Caesarea noch als andalusische Moriske in der ersten Reihe thronte, zwar ebenfalls sehr elegant, aber anders, neben den geladenen Damen, die wie Götzen um die Musikantinnen saßen am siebten Tag der Geburt des letzten Neffen! ... Wo spielen wir eine Rolle, drüben im Familienkreis oder hier auf diesem Schiff, inmitten von Passagieren, die uns, genau wie sie, für Touristen halten? ...« Die Mutter blieb in der Kabine, sie hatte sich hingelegt, weil sie fest davon überzeugt war, daß sie seekrank werden würde, obwohl das Meer klar und ruhig blieb. Ihrer Kleinen, die auf die Brücke hinaufgehen wollte, hatte die Mutter freilich geraten: »Vorsicht! Sprich nicht mit Leuten, die du nicht kennst, und wenn es sich absolut nicht vermeiden läßt, dann erwähne zumindest nicht den wahren Grund unserer Reise, ich meine deinen Bruder! Nicht, daß du dich seiner schämen müßtest, im Gegenteil! Wir sind stolz auf ihn! Man kann aber nie wissen, schließlich sind wir als Frauen allein inmitten von ›denen‹, sie werden uns für ›Fellaghas‹ halten, wie sie sagen! Denk daran, wir wollen uns erholen, eine Kur in den Vogesen, das ist übrigens nichts als die reine Wahrheit!« Sie hatte ihre Ermahnungen auf arabisch gesprochen; jetzt legte sie sich zu Bett, bestimmt würde sie nicht schlafen können, weil ihr bald übel war, und erst wenn sie am nächsten Tag in Marseille im Zug saßen, würde sie wieder schlafen. Ihre Tochter nickte, ging zur Brücke hinauf, blieb für Stunden allein, um die Bilder der Nacht, welche die Wellen zum Funkeln brachten, in sich hineinzuschlingen.

Am übernächsten Tag kamen sie in der Kurklinik an, die »Drei Ähren« hieß, schweigend, ein Herz und eine Seele, todmüde. Sie hatten einen dreiwöchigen Aufenthalt geplant. In der ersten Woche warteten sie auf einen Brief aus Metz. Er kam.

Selim schrieb darin (seine Schrift war an manchen Stellen befleckt von den Zensurstempeln der Gefängnisverwaltung), sie sollten besser nicht zu ihm kommen. Er war wohlauf, wie er mehrfach beteuerte. Die Haftbedingungen waren jedoch momentan schlimm, und die »Brüder« (das war ein Wort direkt vor einer Streichung der Zensur), etwa vierzig an der Zahl, wie es nach dem durchgestrichenen Wort hieß, und auch dieses konnte seine kleine Schwester schließlich lesen oder erraten, »organisierten« sich!

»Ja, ich bin sicher, er hat geschrieben, daß sie sich organisieren! Und die von der Direktion haben das Wort durchgestrichen!«

»Was soll das heißen?« fragte die Mutter, und zögernd erklärte ihre Tochter, daß sie zweifellos einen Hungerstreik begonnen hatten, die Gefangenen eben, daß sie wahrscheinlich politische Rechte geltend machten oder einfach nur einige Hafterleichterungen forderten. »Ich weiß es nicht, also, es ist nicht so, daß er uns nicht sehen will, aber es ist jetzt der falsche Moment! So ist das nun einmal, selbst im Gefängnis befinden sie sich im Kampf!«

Da brach die Mutter in ihrem Doppelzimmer auf dem Bett schluchzend zusammen und weinte, ließ ihrem Leid freien Lauf. Vor ihrer schweigenden Kleinen, vor deren weit aufgesperrten Augen. Dann faßte sie sich wieder, trocknete ihr Gesicht und entschuldigte sich. Schon kurz danach machte sie sich bereits Vorwürfe wegen ihrer Schwäche und schlug vor, sie könnten doch an diesem zweiten Sonntag einen Ausflug unternehmen, »sogar nach Deutschland fahren, wenn du willst, von dort aus können wir eine Karte an deinen Bruder schicken!«

Ihr Aufenthalt endete melancholisch. Sie verzichteten darauf, auf der Rückreise drei Tage in Paris zu verbringen, wo sie bei einer befreundeten Emigrantenfamilie hätten wohnen können. Sie packten für Selim mehrere Päckchen mit all den Sachen, die sie ihm mitgebracht hatten, auch den Strickarbeiten der Cousinen ... Das Geld, das Gebäck und die Lebensmittel aus der Heimat, die sie »eigenhändig«, wie die Mutter leise seufzte, zu ihm bringen wollten, all das war gleich am Tag nach dem enttäuschenden Brief abgeschickt worden.

Ein Jahr verstrich in Algier. Alltag eines Krieges, der auf dem Land die Zähne zeigte. Im Gebirge wurde Napalm abgeworfen, dort gab es Nester des Widerstands in Höhlen, wo die Bauern unter Kontrolle »neu gruppiert« wurden. Über die Hauptstadt legte sich die Angst wie ein diffuser, grauer Nebel, und es sollte noch lange andauern, bis dann etwas später der tragische Dezember kam. (Tage auf den Barrikaden, und über den Frauen und Kindern, die im Kugelhagel fielen, wehte das neue Banner rot und grün …). Später!

Vorerst unterhielt der Vater eine regelmäßige Korrespondenz mit dem Anwalt seines Sohnes, die Mutter schien jedoch resigniert zu haben. Über Selim sprach sie nie, höchstens in Caesarea im Kreis der Frauen, ihrer Freundinnen, die sehr wohl wußten, sie würde nicht klein beigeben, sondern weiterhin zu ihrem einzigen Sohn reisen, ganz bestimmt. Zu ihrem Sohn »in Sicherheit«, wie sie sagte, statt »in Haft«, denn in den vergangenen Monaten waren so viele junge Leute in ihrem Umkreis aufgebrochen, und auch erwachsene Männer verschwanden oder wurden entführt! Sogar ihr Bruder (ihr Halbbruder väterlicherseits), M'hamed, den sie wegen seiner Herzensgüte und seiner Schönheit von allen am meisten liebte. Eines Tages wurde er zwischen Caesarea und Hadjout bei einer Kontrolle der französischen Armee aus dem Bus geholt und zusammen mit zwei anderen, die wie er in den Vierzigern waren, in den nahen Wald gebracht! Ihre Leichen hatte man nicht wiedergefunden; der beauftragte Anwalt hatte in allen Gefängnissen der Umgebung nach einer Spur gesucht! Sechs Monate später hatte man immer noch nichts gefunden! Regelmäßig ging die Mutter nach Hadjout, um ihre Schwägerin und die vier Kinder zu besuchen – es stand bereits fest; jeder von den Verwandten sah sie bereits als Witwe an und ihre Kinder als Waisen: Besonders schlimm war jedoch, daß man M'hamed nicht offen beweinen durfte, daß man nicht das Recht auf eine Zeremonie hatte, weil der Leichnam nicht da war!

»Nein«, protestierte ihr Mann, »wir dürfen die Hoffnung für M'hamed nicht aufgeben, wir müssen weiter nach ihm forschen!«

Als sie von Hadjout oder Caesarea zurückkamen, erwartete sie ein Brief von Selim mit auf den ersten Blick unbedeutenden Neuigkeiten. Er bedankte sich für die Päckchen. Wie immer gab er zu verstehen, daß er alles mit den Kameraden teilte. »Wir machen gemeinsame Kasse«, schrieb er, und das war bereits nicht schlecht, wie die kleine Schwester erläuterte, die aus der Schule kommend die Nachricht selbst durchlas, daß die Zensur jetzt solche Mitteilungen durchließ!

Die Mutter sagte nichts, gar nichts mehr – abgesehen von ihren regelmäßigen Gesprächen mit der Apothekerin, die manchmal zur Teestunde heraufkam. Das ganze Jahr über sagte die Mutter nichts: Sie war in ihrer Geduld verwurzelt, bis dann endlich der Sommer des Jahres 1960 kam.

Im Juli suchte die Mutter wieder denselben Kurort auf, diesmal allein – ihre vierzehnjährige Tochter hatte man in die Ferienkolonie für junge Mädchen in den Pyrenäen geschickt.

Als die Reisende auf »Drei Ähren« ihr Zimmer bezog, ließ sie der Direktion sofort ausrichten, daß sie am folgenden Samstag nicht anwesend sein würde. Erst nach dem Wochenende würde sie sich hier einfinden, denn sie habe vor, nach Metz zu gehen. Sie nahm den Zug, fragte dann am Bahnhof nach dem Bus »zum Gefängnis«. Sie sprach jetzt akzentfrei; ihr Haar war hellbraun, mit ihren Kleidern aus der elegantesten Boutique von Algier sah sie nicht so sehr wie eine Französin aus (vierzig Jahre, sie schien jedoch um zehn Jahre jünger, ein wenig steif in ihren »chicen« Kleidern), sondern eher wie eine Bürgersfrau aus Norditalien oder eine Spanierin, die zur Französin geworden war …

Dann stand sie vor dem Gefängnistor. Ohne den Aushang der Besuchszeiten zu beachten, klingelte sie und wartete mit klopfendem Herzen. Der Pförtner empfing sie in seinem Glaskasten mit der erstaunten Frage: »Und die Besuchstage, die Besuchszeiten?«, worauf sie ihm trotz ihrer damenhaften Erscheinung – man hätte sie für eine Lehrerin, die Gattin eines Notars, eines Magistraten halten können – mit beinahe mädchenhafter Stimme erklärte (so gut konnte sie sich in dieser Sprache ausdrücken): »Ich komme von weit her! Noch weiter als Straßburg! Gestern und den ganzen Vormittag bin ich unterwegs gewesen! Ich möchte meinen Sohn sehen!«

Sie nannte seinen Namen, Selim.

»Ihre Papiere!« rief der Wächter schließlich in barschem Ton.

Er war ein wenig außer Fassung, das war doch ein arabischer Name, also handelte es sich um einen der »Agitatoren«. Was er nicht begreifen konnte: Diese Dame machte doch so einen guten Eindruck! »Sie soll die Mutter sein! Diese beinahe blonde Frau, die aussieht wie …« Er beobachtete sie schweigend mit wachsendem Groll. Sie wartete und strengte sich an, die erwartungsvolle Erregung auf ihrem Gesicht zu überspielen: »Eine Braut«, vermutete der Mann mißtrauisch, »man sollte nicht denken, daß sie die Mutter ist … und kommt von drüben!«

Schließlich telefonierte er. Erklärte, da sei eine junge Dame, die offenbar seit gestern unterwegs war … Sie behauptete, »Mutter von Selim« zu sein, und er nannte auch den Nachnamen des jungen Rädelsführers! Das vorige

Jahr hatten sich die Häftlinge im Kampf für den »Status als politische Gefangene« befunden, er war ihnen schließlich zugestanden worden. Sie hatten sogar begonnen, Arabischkurse zu organisieren: »Auch noch Ansprüche stellen!« schimpfte der Mann, der auf Anweisungen wartete und die Besucherin nicht aus den Augen ließ. Kurz darauf bekam er die Antwort: »Hier müssen Sie durchgehen!« sagte er zu der Mutter. »Man möchte zuerst einmal mit Ihnen sprechen. Ich kann Ihnen nicht sagen, ob Sie Ihren Sohn sehen werden! Aber Sie dürfen eintreten …«

Und als die Gestalt der Besucherin hinter der zweiten Tür verschwand, ergriff ihn Abneigung und Zorn.

Man nahm der Mutter alle Pakete ab: »Was glauben Sie denn, wir lassen doch keine Leckereien hier durch, Gebäck ›aus der Heimat‹, wie Sie sagen, Datteln!« Aber hier saßen mehr als sechzig beisammen, und darunter die zehn Altgedienten aus dem wichtigsten »Fang« in Lothringen (darunter Selim, »der Student«), die Atmosphäre in der Gruppe war aufs äußerste gespannt! Wie lange noch? Wie sollte man das wissen … Und dieser Selim hatte die Alphabetisierungskurse übernommen. Aber ja doch, gewiß!

Bis dahin hörte sie immer in den halbdunklen Fluren im Halbdunkel vorwärtsschreitend das Gespräch der beiden Wächter vor ihr. Sie wußte, daß sie es hören sollte, ihr Ton war freilich undefinierbar: warnend oder hinterlistig. Vielleicht wollte man sie auch auf die endgültige Ablehnung vorbereiten! Sie hörte zu, ihr Herz war nur erfüllt von einer einzigen Furcht: »Wenn ich ihn nur sehen darf, nur ihn sehen, Gott hilf mir, verlaß mich nicht! Nicht wie im letzten Jahr!« Und ihre beiden Führer setzten ihren Bericht etwas leiser fort: ein Raunen, vielleicht nicht einmal ein besonders feindliches, das da vor ihr herging.

Die letzte Tür öffnete sich, plötzlich schlug ihr grelles Licht entgegen: das Büro des Direktors. Die anderen verschwanden, aber ihr war, als ob der Mißmut von ihnen allen, den Wächtern, Aufsehern und Pförtnern in ihrem Rücken, auf sie wartete.

Jetzt stand ein Mann vor ihr, musterte sie. Mit leeren Händen blieb sie stehen, schlenkerte mit der Ledertasche, die über ihrer Schulter hing. »Man wird mir meine Päckchen am Ausgang wiedergeben«, dachte sie, ohne zu wissen, was sie mit ihren Händen anfangen sollte, den Fremden schaute sie immer noch nicht an; nur seinen Schreibtisch und dieses Licht, an das sie sich endlich gewöhnte.

»Nehmen Sie Platz, Madame!« sagte eine überaus höfliche Stimme.

Sie setzte sich mit einem Ruck in den Ledersessel gegenüber dem großen Schreibtisch, wartete, die Hände auf den Knien. »Wird er zulassen, daß ich meinen Sohn ...«, fragte sie sich sorgenvoll, ihr gegenüber der Direktor, der nun ebenfalls Platz genommen hatte.

Und der Direktor begann zu sprechen ... Sie hörte nicht alles. Aus seiner Miene, seinen Ausführungen und seinem Tonfall versuchte sie zu schließen, ob er es ihr wohl gestatten würde, Selim zu sehen? Sind sie einverstanden? Sie beobachtete das Gesicht des Mannes, als würde es im Nebel liegen, und sie dachte an all die anderen, diese anderen Männer, eine ganze Armee ... Im Umgang mit ihnen allen (plötzlich kam durch das geöffnete Fenster ein Raunen herauf, Stimmenfetzen, die kurze Befehle enthielten) die Würde zu wahren versuchen, in fehlerfreiem Französisch antworten, denn sie sollten sehen, daß auch sie eine Mutter war wie die Mütter »bei ihnen zu Hause« ...

Der Direktor wiederholte eine Frage: »Sie kommen von weit her, aus Straßburg?«

Sie nickte bestätigend mit dem Kopf. Er wartete nicht, sondern sprach weiter, aber im Grunde nicht feindselig, dachte sie und begann Hoffnung zu schöpfen.

»Er ist jung, der Jüngste bei uns … Er ist intelligent, und Charakter hat er auch.«

Schweigen: Sie glaubt sich plötzlich in einem Schulzimmer. Dieser Mann mit seiner Brille, der sie diskret beobachtet, könnte ein Kollege ihres Ehemannes sein, zwar »Direktor«, aber in einer Schule.

Und dann begreift sie, was es bedeutet, noch bevor er es sagt: »Sie dürfen ihn sehen! … Aber hier, in meinem Büro, ausnahmsweise. Nicht lange. Immerhin hatten Sie einige Strapazen!«

Das stimmt, sie ist von weit her gekommen! Eine plötzliche Schwäche überkommt sie. Sie wendet den Kopf, würde gerne an das offene Fenster treten, wagt sich nicht zu bewegen. Sie holt Luft, um die aufsteigende Ohnmacht niederzuhalten. Geräusche an der Tür. Drei Gestalten: Zwei Aufseher bleiben reglos stehen: »Er« tritt ein, von den beiden in die Mitte genommen. Selim. Mager und hochgeschossen. Magerer als sonst. Und diese seltsame Mütze, ein Teller auf seinem Kopf.

Er schaut sie an. Rührt sich nicht. Wendet den Kopf dem Direktor zu. Sagt keinen Ton. Wartet, dann geht er zögernd einen Schritt auf sie zu.

Sie springt auf. In ihrer Brust ein Gedränge von Sätzen, die sich vermengen. Ihr die Luft nehmen. Sie findet keinen Atem. Arabische Sätze.

»Ich gebe Ihnen beiden eine Viertelstunde, vielleicht auch ein bißchen mehr!« erklärt der Direktor ziemlich laut, dann bedient er sich einer pathetischen Geste und wendet sich Selim zu: »Umarmen Sie Ihre Mutter!«

Er möchte noch etwas hinzufügen, besinnt sich eines anderen. Er steht da, macht den Aufsehern ein Zeichen. Sie verlassen zu dritt das Zimmer.

Und endlich kommen auf einen Schlag die Sätze, jene arabischen Wörter der Zärtlichkeit aus ihr heraus, die sie zurückgehalten hat, jetzt bricht alles hervor. Vermischt mit unterdrückten Schluchzern und Lachen.

Selim in ihren Armen. Er läßt sich nicht gehen, sondern macht mit – allerdings staunt er (später in seiner Zelle wird er daran zurückdenken) über ihre jungmädchenhafte Überschwenglichkeit. Mit einem Mal denkt er im grellen Licht des Direktorenzimmers: »Wie jung meine Mutter ist. Sie haben das sicher auch gedacht und hatten womöglich Zweifel …!« Später wird er sich sagen: »Wenn sie sich wie eine Pariserin kleidet und ihre Gesten wie geborgt erscheinen, dieser Kleidung wegen, mit ihren kurzen Ärmeln, dem Collegekragen und dann diese Farben, Lila und Hellrosa … dann ist sie wie ein junges Mädchen!«

Die Mutter ist ruhig geworden. Sitzt wieder. Ist heiter, ungeachtet der Örtlichkeit. Vielleicht, weil sie mit ihm allein ist und sich auf arabisch aussprechen konnte. Nach und nach hat sie dadurch ihren Panzer und ihre Haltung zurückgewonnen … Ihre Art, ihr Ton, sogar ihre Gesten einer traditionellen Städterin von drüben (»Ihre Gesten von zu Hause«, sagt sich Selim zärtlich), all das ist plötzlich wieder da, trotz der französischen Kleider, in denen sie zerbrechlicher wirkt, gewiß hübscher aussieht, aber auch ausgeliefert …

Sie stellt ihm Fragen: Wie ist das mit dem Essen, dem Hofgang, dem Arzt. »Schließlich bist du ja nicht gewachsen, wenn du also größer erscheinst, dann mußt du abgenommen haben!« Ob er allein schläft in seinem … sie hat »Zimmer« gesagt. Er lächelt schräg. »Nein«, antwortet er, »wir sind zu dritt.«

Sie fragt, aus welcher Gegend die anderen kommen. Aus der Kabylei? »Also nicht unsere!« sagt sie.

Er verbessert: »Überall drüben sind ›unsere‹!«

»Natürlich«, sagt sie, aber es wäre eine Beruhigung für sie, wenn sie ihren Sohn, der doch noch so jung ist, unter Männern wüßte, die, wenn schon nicht aus ihrer Stadt, so doch zumindest aus der Umgebung stammen, einer Stadt in der Nähe … Er ist ein wenig verärgert, ein wenig ironisch. Das merkt sie, entschuldigt sich, verstummt, beschaut sich dann die seltsame Kopfbedeckung, eine Baskenmütze, zu groß, zu rund und flach wie ein Teller.

»Kannst du das nicht abnehmen?«

Sie lacht. Sie findet, er sieht zwar nicht gerade wie ein Bandit oder ein Wegelagerer aus, nein, aber doch wie … ein Häftling. Sie wiederholt »Häftling« auf arabisch, dann mit einem Seufzer: »Gefängnis!«

Sie streckt den Arm aus, sie zögert, dann nimmt sie ihm entschlossen diese Mütze ab, diesen …, fährt ihm mit den Fingern durch sein kurzes und krauses Haar.

Selim zwinkert ihr zu. Er hat sich ihr gegenüber hingesetzt, aber erst seit sie ihre Aufmerksamkeit der Gefangenenmütze schenkt. Er sagt ihr mit leiser Stimme auf arabisch: »Sie haben die Tür offengelassen!«

Sein Ton ist warnend. Wenn der Direktor hinter seinem Rücken eintritt, soll er sie beide nicht so sehen, ganz vertraut, arabisch sprechend. Er erkundigt sich rasch nach dem Vater, seinen Schwestern.

Sie beginnt nun ebenfalls zu sprechen, aber auf französisch. Er bemerkt, wie gewandt sie sich ausdrückt, sie hat große Fortschritte gemacht. »Ihr Französisch ist jetzt korrekt und beinahe akzentfrei!« Er könnte ihr das sagen, weiß, daß er ihr damit eine Freude bereiten würde, seiner jungen Mutter, die von so weit her kommt. Es rührt ihn, aber er schweigt. Er lächelt mit den Augen, hört ihr zu.

Sie ist in Fahrt, hört nicht mehr auf. »Dort in den ›Drei Ähren‹, weißt du, was ich da zu dem Verantwortlichen gesagt habe? Ich würde nur einen Nachmittag pro Woche freinehmen, um nach Straßburg zu gehen! Jetzt muß ich meinen Sohn besuchen, in Metz. Ich brauche zwei Tage! Diesmal und dann noch einmal! Also«, fügt sie etwas leiser hinzu, als sei es ein Geheimnis, ein unbedeutender und drolliger Vorfall, »habe ich ganz selbstverständlich hinzugefügt: ›Mein Sohn ist ein Gefangener!‹« Und sie wiederholt lauter, beinahe fröhlich: »Ein politischer Gefangener!«

Der Direktor steht in der Tür. Selim springt abrupt auf. Rasch hat seine Hand die Mütze auf sein gekräuseltes Haar gesetzt.

Die Mutter ist mit einem Schlag verstummt und schaut zu ihrem Sohn auf, zu diesem fremden Äußeren, das ihm nun wieder zu eigen ist, eines jungen Mannes, der, wie sie es empfindet, gleichsam umgeben wird von einer Hülle, die despektierlich scheint, in der er linkisch wirkt, als käme er vom Land, dabei war er als Heranwachsender eitel und elegant, denkt sie später, vielleicht liegt es an »der Politik« oder daran, daß er, um älter zu erscheinen, jetzt aussehen möchte wie ein »echter Araber«, wie einer von seinen Cousins, die aus ihrer Zaouia in den Bergen kaum herausgekommen sind! …

Auf ihren Zügen ist ein schmerzliches Zucken, sie merkt es nicht. Sie schaut auf den Direktor, der näher kommt.

Selim sagt ganz leise auf arabisch: »Auf Wiedersehen, Mutter!«

Er beugt sich nicht einmal herab, um sie in den Arm zu nehmen. Vor dem Direktor möchte er sie nicht umarmen, mit den Aufsehern im Rücken.

Er schaut in das mütterliche Gesicht, das sich mit zerbrechlicher Traurigkeit verdüstert. Sein Gesicht wird streng: »Beruhige dich!« scheint er zu sagen. »Nicht vor ihnen!«

Sie versteht. Sie bringt kein Wort hervor. Sie lächelt nicht einmal. Der Direktor sagt mit einem Ton, der verständnisvoll klingen soll: »Sie müssen Ihrem Sohn auf Wiedersehen sagen, Madame! … Das nächste Mal dann nur zu den Besuchszeiten!«

Selim hat sich halb umgewandt. Seine Mutter ist ganz nah neben ihm aufgestanden: Sie kommt bei seinem Gesicht an. Er sieht sie nicht an. Nur eine Gebärde mit den Händen, eine leichte Berührung an ihren Schultern. »Auf Wiedersehen«, sagt er noch mal auf arabisch, vertraulich.

Plötzlich dreht er ihr den Rücken zu. Er geht zu den Aufsehern. Verschwindet.

Sie steht mit hängenden Armen da. Der Direktor hat sich hingesetzt, beobachtet sie wie zu Beginn: eine beinahe ethnologische Aufmerksamkeit. »Diese junge, so gut gekleidete Frau soll eine Moriske sein?« Das denkt er, während er sie mustert.

Sie lauscht aufmerksam seinen Erläuterungen über die Besuchsbestimmungen, dankt ihm, nimmt ein Blatt, auf dem die Zeiten aufgeführt sind. Sie murmelt: »Auf Wiedersehen.«

Sie schließt die Tür, folgt den beiden Aufsehern, die ganz nah bei ihr wiederaufgetaucht sind, durch die grauen Korridore. Stimmengewirr um sie herum: »Wie im Hammam«, denkt sie und der hartnäckige Geruch von Feuchtigkeit. Und mittendrin ist ihr Sohn, für immer! Ihr Inneres verhärtet sich, sie geht im selben Schritt weiter, kommt am Pförtner vorbei, der ihr die Päckchen von vorhin aushändigt. Sie möchte sie ablehnen, nimmt sie dann doch zurück: Sie wird sie aufgeben, die werden sie zwar öffnen, aber dann bekommt er zumindest die Wäsche. Das Taschengeld wird sie ihm wie vereinbart per Post anweisen: Er wird es bekommen, für seine Zigaretten …

Jetzt ist sie draußen, geht ein paar Schritte in der Sonne, unter der hohen Mauer. Ein wenig weiter läßt sie schließlich wie ein kleines Mädchen langsam ihre stillen Tränen fließen.

In der Stadt besichtigt sie nichts, sondern geht direkt zum Bahnhof. Sie trinkt in der Bahnhofsgaststätte einen Milchkaffee, und ißt einen Keks dazu, wartet auf den nächsten Zug. Es ist schon fast Nacht, als sie in Straßburg ankommt.

Erst in ihrem kleinen Hotelzimmer in Bahnhofsnähe fühlt sie dann, wie sie in sich zusammenfällt, ausgestreckt auf dem engen Bett, hört sie wieder den Gefängnislärm.

Sie konnte ihren Sohn nur fünfzehn, vielleicht zwanzig Minuten sehen, nach eineinhalb Jahren des Wartens, mehreren angstvollen Monaten. Ganz allein rollt sie sich auf dem kalten Bett zusammen (sie hat Magenkrämpfe, weil sie nichts zu Abend gegessen hat, ihr fehlte der Mut, allein so spät in ein Restaurant zu gehen). Sie löscht das Licht – und lauscht dem Raunen aus dem Gefängnis, das sie verfolgt, plötzlich tröstet, denn schließlich bringt es ihr doch den Augenblick zurück, als sie den »Kleinen« sah, plötzlich fällt ihr dieser Name für Selim ein.

Sie hat das Licht gelöscht, liegt vollständig angekleidet im Dunkeln und weint: stoßweise, zuerst mit unterdrückten Wehlauten, dann mit Schluchzern, die sie lange zerreißen, wieder Ströme voller sanfter Tränen … Der Schmerz möchte nicht aufhören, fließt, als würde sie Blut oder Milch verlieren … Wie eine Traurigkeit, die wieder vergeht? Nein, die sie ganz einhüllt, sich über das Halbdunkel dieses anonymen Zimmers legt, die sich mit der murmelnden Erinnerung von Metz vermischt …

Die Schluchzer und Wehlaute versucht sie noch zu unterdrücken. Sich nicht gehenlassen! So lange war sie standhaft, aufrecht und stark! … Doch nun, da sie allein ist, daliegt, verloren in einer fremden Stadt. Nein.

»Der Kleine«, fängt sie wieder an. Nun ist nichts mehr von Selim da, der Lärm aus dem Gefängnis von Metz ist verschwunden und das Dunkel des Hotelzimmers, auch ihre Reisen (mit Bus, Bahn und Schiff) in Frankreich, »deren Land«, wo die Gefängnisse voll sind mit Kameraden ihres Sohnes … Nein, alles entzieht sich, zerfasert, entrückt, und sie weint, die Tränen fließen, ihre Wehlaute bilden jetzt eine einzige, lange und formlose Klage, denn ihr

Kummer ist so langwierig und doch so ganz ohne Grund. »Mein Kleiner!« wiederholt sie, bevor sie in einem Schlaf aus Gitterstäben versinkt, die sich langsam weiten und krümmen wie auf einer beige-, malvenfarbenen Leinwand, dann mit vielfältigen Farben, die zu einem harmonischen Ton verschmelzen.

Sie versteht nicht, sie möchte nicht verstehen, daß sie nur den Kummer anderer aus der Vergangenheit durchlebt, daß sie die Tränen anderer vergießt, die bis dahin noch niemals vergossen wurden. Und sie weiß es doch, wird es wissen, doch nein, sie schwimmt, aufgelöst, müde, dem Schlaf völlig ausgeliefert – ganz eins mit sich –, der sie bis zu den Ufern des nächsten Tages trägt.

Frauen auf dem Land II

Lila schläft, das Bild der ersten Einstellung. Ein Gesicht mit reinen Zügen, über der Stirn nach traditionellem Brauch ein rotes Tuch geknotet ... Zuvor saß die Schauspielerin, meine Freundin, auf dem Teppich vor dem großen Kupferspiegel – den ich nicht ohne Grund bei meiner Mutter abgeholt und hierhergebracht habe, er gehörte nämlich meiner Großmutter aus Caesarea – und machte langsam das Kopftuch über der Stirn fest, um ihr Haar zu verbergen.

Ich nehme sie in der Totale auf, im Licht von einigen Kerzen, ihr blaugeblümtes kabylisches Kleid sticht vom Halbdunkel ab. Aus dem Hintergrund beobachte ich ihre Bewegungen, die allen Frauen in meiner Kindheit eigen waren, in diesen überfüllten Häusern, umgeben von der Kinderschar, dem Geschrei, dem Dampf des Couscoustopfes und den Seufzern, mein Gott, diese Seufzer ... Die Bewegung, wie sie mit erhobenem Arm das Tuch an der Stirn so fest wie möglich zieht. (»Ich schnüre meinen Kopf, ich schnüre mein Unglück zusammen!« Wozu all das Gerede, diesen roten Stoff festziehen ist, als würde man die Zähne zusammenbeißen, die Geduld überstrapazieren.)

Jetzt schläft Lila im Bett, die Augen ihres Mannes Ali ruhen auf ihr, mit seinen Krücken wird er versuchen, in seinem Rollstuhl aufzustehen, er möchte über die Schwelle gehen, aber sinkt dann wieder auf seinen Sitz zurück …

Der Blickwinkel ist jetzt anders. Am anderen Ende des Zimmers verfolgt die Kamera, auch sie eine Voyeurin, den Mann, wie er vor der unüberwindlichen Schwelle steht. Er ist ein Theaterschauspieler. Er mimt das Anspannen der Muskeln, stemmt sich hoch, legt den Kopf an den kalten Türrahmen … Ich sage ihm, er soll jetzt auf seinen Rollstuhl zurücksinken. Und wir machen mehrere Aufnahmen: den ersten Versuch, den zweiten …

Ganz dicht an seinem Körper lenke ich Alis Fall. Ja, er muß mit der Krücke den Punkt finden, wo er am besten ansetzt, wenn er sich hochstemmt … Ja, er soll das Gleichgewicht möglichst gut halten, bevor er versucht, aufrecht zu stehen. Schmerz drückt sich nicht unbedingt in der Mimik aus, sondern mit der Schulter, dem Torso, der Haltung des Kopfes, jedesmal kaum spürbar. Der Darsteller, der Ali spielt, ist geduldig, ich möchte alle Geduld der Welt haben, um zusammen mit ihm die Umrisse der von der Finsternis geschluckten Zeichen zu finden.

Ein Blick nach innen auf mich selbst, vor diesem sich abzeichnenden Arbeitsgespräch. Ich stelle fest, daß ich ihn still und bescheiden lenke. Ich freue mich, beim Schauspieler einen Sinn für die Wirklichkeit anzutreffen, ich lenke ihn mit seinem Einvernehmen.

Ja, soeben stelle ich das fest und bin jetzt glücklich wie eine Königin mit der gelassenen Selbstsicherheit meiner vierzig Jahre. (Jener Phase, in der man Tag für Tag in jedem Alter lebt; Alter der politischen Volljährigkeit, wie die Römer dachten; Alter, in dem sich das prophetische Wort einstellt, wie die Araber glauben; für mich hat es sich so ergeben, daß ich mit vierzig anfing, Bilder und Töne zu »schaffen«.) Ich »dirigiere« ihn also, wie ich im Bett einem unerfahrenen Mann die Gesten der Liebe zeigen würde, und ich würde ihm seine Unerfahrenheit nicht übelnehmen, weil ich froh wäre, ihn mit meiner Sicherheit ins Reich des Fließens führen zu dürfen. Seltsam, diese Arbeit, was für eine ruhige Freude!

Alle Techniker sind am Drehort. Das ständige Brummen des Generators, der die Scheinwerfer mit Strom versorgt, betäubt uns. In mir ist Stille. Ich erscheine kalt, geschlechtslos, bestenfalls liebenswürdig. Gewiß halten mich die anderen für eine »Intellektuelle«. Ich weiß, daß sie natürlich etwas verwirrt sind, weil zum ersten Mal eine Frau »Chef« ist.

Und doch ist es nicht das, was zwischen ihnen und mir Distanz schafft. Hier hegt keiner einen Zweifel daran, daß ich nach monatelanger Arbeit an einer Konzeption für dieses Projekt im Augenblick des »Drehens« – das ist wie einen neuen Raum schaffen – als Frau arbeite, an einem Vorhaben, das in meinen körperlichen Rhythmus eingebettet ist und meine zunehmend dünnhäutigen Empfindungen abklopft. Was bedeutet denn »drehen« für mich? Doch wohl den Versuch, jedesmal so zu sehen und zu hören, als wäre es das erste Mal? »Drehen« heißt, zuerst einmal die Augen schließen, um besser in der Nacht lauschen zu können, und sie erst danach wieder zu öffnen, für die flimmernde Sekunde lang einer Geburt.

Zwei oder drei Jahre vor diesem Projekt erfuhr ich im Radio von Pasolinis Tod, als ich mich an einem Sonntag einer wollüstigen Mittagsruhe hingeben wollte, zurück von einem Ausflug in den Sahel von Algier, über blaugraue Novemberstraßen. Pasolini tot, sofort war ich in diesem Bett wie festgenagelt.

Wie der Schlag mit einer Axt in meine persönliche Geschichte (wobei ich die letzten Monate im Nebel ehelicher Probleme verbracht hatte) … Nein, sagte ich zu mir – aber wenn jener, den ich so geliebt habe, der mich so geliebt hat, eine Geste, ein Wort, einen Impuls für mich bereitgehalten hätte: »Ja, Pasolini ist tot, und ich werde dich lieben«, wenn er mich auf die Lider geküßt hätte, um zu flüstern: »Ja, Pasolini ist tot.« Mein Gott, sagte ich mir angstvoll vor, selbst Paare werfen brüderliche Schatten, und wozu sollen diese gut sein, wenn wir uns nicht verwandelt sehen in die zwei Seiten einer Auster, die sich schließt! Nein, nicht meine persönliche Geschichte! Niemals mehr einen Traum, der all sein Licht ausschüttet.

Vielleicht erscheint es lächerlich, daß eine arabische Frau, die allzulange liebte und geliebt wurde – leider als Fluch der Liebe –, eines Tages beschließt: »Nein, so wird es bei mir die Liebe nicht mehr geben, denn eben habe ich erfahren, daß Pasolini erschlagen wurde! Und es ist mir gleichgültig, ob sie jetzt feixen oder du mich jetzt verlachst und sagst: ›Da wurde ein homosexueller italienischer Filmkünstler ermordet, und du stellst dir vor, auch du hättest von diesem Schlag etwas abbekommen …‹ Ich würde entgegnen: ›Weil sie es kaum erwarten können, auf seine Leiche zu spucken, sie haben ihn umgebracht, und jetzt wollen sie ihn beschmutzen. Eine schöne moralische Ordnung, die sich nun unter allen Himmeln ausbreitet! …‹«

So kam es auch. Von diesem Augenblick an wollte ich auf die eine oder andere Weise die Scheibe einschlagen, hinter der ich mich allzulange eingerollt hatte.

Weshalb Pasolini? Weil es nun einmal so gekommen ist … Ich, eine arabische Frau, die das klassische Arabisch nur fehlerhaft schreibt, liebe und leide im Dialekt meiner Mutter, wissend, daß ich den tiefen Gesang finden muß, der in der Kehle der Meinen erwürgt wurde. Ihn kann ich durch das Bild finden, durch das Raunen hinter den Bildern, und so sage ich mir seither: »Ich beginne (oder ende), weil ich im Bett mit vierundzwanzigstündiger Verspätung und dem Mittelmeer dazwischen vor der Liebe den Tod Pasolinis spürte wie einen Schrei, einen offenen Schrei.«

Ich erinnere mich auch noch, daß meine Mutter zehn Monate danach beim Tod eines andalusischen Sängers weinte, der in der Gegend um Algier populär war: Dahman Ben Achour.

Es war der siebenundzwanzigste Tag des Ramadan. Als die Meldung, einige Minuten bevor das Fasten gebrochen wurde, im Radio kam, hat sie einfach geweint, und wir schwiegen beim Mahl ... Weil meine Mutter eine rassige Frau ist, habe ich damals erfahren, daß ein Künstler nicht stirbt, nicht am Tag seines Todes. Später vielleicht, wenn die anderen mit ihrem Dreck und ihrer Brutalität ... Meine Mutter weinte, während die anderen das Fasten beendeten.

Und ich hätte am liebsten die Tränen meiner plötzlich so jungen Mutter eingesammelt oder seinen Gesang ausgehoben ... aber wie, mit welcher Choreographie des Unwirklichen: Bilder von Frauenkörpern, die über Höfe hinwegfliegen und in der Luft schweben zwischen den Modulationen jenes Baritons aus zitterndem Marmor, der eben gestorben ist!

Entschlossen nehme ich das Ton-Bild in Angriff, mit geschlossenen Augen mich ins Dunkle vortastend, auf der Suche nach dem verlorenen Echo solcher Threnodien, für die Liebestränen vergossen wurden, hier, in meinem Land. Ich suche diesen Rhythmus in meinem Kopf ... Erst dann mit dem inneren Blick zu sehen versuchen, das Wesentliche, die Struktur, das Materielle, bevor es sich in die Lüfte erhebt ...

Zweites Motiv:
Die Großmutter als junge Braut

Die Großmutter als junge Braut: Mit vierzehn Jahren gibt sie der Vater in die Ehe – er selbst ist gerade vierzig Jahre alt – an einen Alten, den reichsten Mann der Stadt, und sie wird dessen vierte Frau ... Ist sie noch ein kleines Mädchen? Keinesfalls, seit vier Jahren ist sie in heiratsfähigem Alter. Da sie jetzt in die Stadt hinabgeht – sie hat bisher oben in einem Bergdorf gelebt, in der Nähe des ältesten Heiligtums dieser Gegend, gewidmet dem in der lokalen Geschichte am tiefsten verwurzelten Heiligen Ahmed ou Abdallah; von ihm stammt ihr Vater, somit Mokkadem, ausgestattet mit einer allseits respektierten religiösen Baraka, die er mit aller Selbstverständlichkeit verwaltet: ein kleiner Adliger der Region, stolz, dickschädlig und berechnend –, da sie jetzt in die Stadt hinabgeht, ist sie sehr stolz, daß sie den Schleier der Städterinnen aus jener Zeit tragen darf: Er läßt Schultern, Brüste, Hüften, den ganzen Körper verschwinden, darunter trägt sie eine weite, bauschige Hose, welche die Linie der Beine verwischt. Den Schleier nennt man »Straßen-Sarouel«. Wolle über Wolle, weite Falten, die langsam und erst nach langer Vorbereitung fallen, kurz bevor man das Haus verläßt; Wolle über Wolle sogar zur Sommerzeit: Seide und Moiré werden erst zwanzig oder dreißig Jahre später die rauhe, undurchsichtige Wolle ersetzen, am Ende des Ersten Weltkriegs! ...

Fatima ist also ein für seine Zeit normales heranwachsendes Mädchen, wir befinden uns im Jahr 1896 – und erst vor fünfzig Jahren wurde das Städtchen (Caesarea, früher »Stadt des Caesar«, mehrmals zerstört und wiederaufgebaut) französisch, es gibt hier eine Gemeinde provenzalischer Kolonisten und auch eine Minderheit von maltesischen

Fischern, die sich abseits niedergelassen haben und gerade erst sich hier zu verankern beginnen … Ferhani, der Vater, ist Grundbesitzer, er hat Pächter auf den Hügeln der Nachbarschaft, aber nur ein eher gewöhnliches Haus im alten Herzen des arabischen Viertels, im Schutz der alten Stadtmauer. Hier wohnt er normalerweise nicht, nur wenn er am Markttag aus den Bergen herabkommt, dann bleibt er über Nacht in der Stadt; er leidet darunter, daß er hier kein standesgemäßes Haus besitzt. Auch weil die Städter, allesamt Emporkömmlinge in diesen Zeiten der Unterwerfung, nicht einmal ahnen, daß er oben in den Bergen, das heißt im ganzen Dahra bis nach Miliana im Süden und Tenes im Westen, bei allen Leuten – ausgenommen natürlich die Landstreicher und Hungerleider, die leider immer zahlreicher auf diesen Straßen herumstreunen –, daß er dort bei allen Leuten anerkannt ist als Sohn seines Vaters und des Vaters seines Vaters, bis zu jenem Heiligen aus dem 13. Jahrhundert: Ahmed ou Abdallah! Außerdem küssen sie seine Hand und bezahlen Pachtgeld, wenn sie zur Wiege der Familie kommen, zur Zaouia. Fatima hat, obwohl sie noch jung ist, ein wenig vom väterlichen Stolz geerbt, zumindest stellt sie ihn zur Schau, vermischt mit schüchterner Zurückhaltung.

Ferhani gibt aber seine zweite Tochter, die nicht älter als vierzehn Jahre ist, einem Alten von …

»Siebzig Jahren?« frage ich. »O nein«, antwortet meine Tante. »Es hieß, er sei über hundert!«

»Nein, das ist vollkommen unmöglich! Außerdem hätte er dann doch nicht noch einmal geheiratet!« Die Tante bleibt dabei: »Die Enkel von diesem Soliman hatten bereits Bärte! … Er hatte, wie man erzählt, eben seine dritte Frau verloren, die er ganz jung geheiratet hatte, eine Jungfrau aus bescheidener Familie, mit fünfzehn oder sechzehn Jahren, er war damals aber schon fünfundsechzig, ich bin ganz sicher! … Schon bei seiner dritten Hochzeit waren seine Söhne beleidigt, vor allem der älteste, der in einer anderen Stadt, Kolea war es, glaube ich, ein angesehener Mann des Gesetzes war: Damals hatte Soliman vorsichtshalber nicht bei einer Familie von Notablen um die Hand angehalten, sondern bei bescheidenen Leuten, die sich immerhin geehrt fühlen mußten! …

Nun gut, diese Ehefrau hatte ihm weitere vier oder fünf Kinder geschenkt, drei von ihnen lebten noch. Sie starb ganz plötzlich nach einer neuen Geburt: Ein frühes Kind, und als es die Luft einatmete, jene Gabe Gottes, kam ein erstes, ein zweites Jammern, und dann verstummte es für immer. Die Unglückliche mußte dagegen einen ganzen Tag leiden: Trotz der Erfahrung ihrer alten Amme blutete sie praktisch völlig aus.

Kaum war die Beerdigung vorbei, soll der alte Soliman in sein Zimmer gegangen sein – er hatte das schönste im ersten Stock, das nach Westen hinausgeht – und laut geseufzt und geweint haben … Seine Schwiegertöchter, oder zumindest die zweite, die in seinem Angesicht zu sprechen wagte, ihm manchmal sogar die Stirn bot, weshalb er sie den anderen vorzog, hat sich vor ihn hingestellt und ihn ausgeschimpft: ›Baue auf Gottes Nachsicht, auf seine Geduld! Verzweifle nicht und höre auf, so über das Schicksal der unglücklichen Waisen zu weinen! … Sie haben Brüder und Schwestern, die bereits Männer und Frauen sind! Auf sie können sie sich verlassen! … Ich verspreche dir, daß ich, wenn du es willst, das kleinste Mädchen säugen werde! Ich werde ihr eine Mutter sein! …‹

Diese Halima hatte ein großes Herz. Sie glaubte, ihn so trösten zu können. Er aber, mit seiner unverhohlenen Art, die mit dem Alter immer deutlicher wurde, weißt du, was er ihr geantwortet hat?

›Ich weine nicht wegen der Waisen, nein! Sie sind noch klein und wissen nichts vom Leben! Aber was ist mit mir, soll ich denn mein Leben ganz einsam beenden?‹

Du siehst, zehn Jahre nachdem man ihn für zu alt hielt, eine Jungfrau zu heiraten, beklagte er sich: weil er ein kaltes Bett fürchtete! Er wollte eine Frau ...«

Meine Tante seufzt, steht auf, um sich Tee nachzuschenken, und nach gedankenverlorenem Schweigen, gesenkten Hauptes in jener Vergangenheit versunken, die sie völlig in Anspruch nimmt, beginnt sie erneut zu sprechen:

»Man hat sich damals natürlich vorgestellt, daß er, da er bereits so fortgeschrittenen Alters war (und wo, frage ich dich, liegt der Unterschied zwischen achtzig oder hundert Jahren?), zumindest eine verwitwete Dame suchte, die kein Kind mehr bekommen konnte, gerade wegen der Kälte in seinem Bett jeden Abend, und auch damit er, wie man bei uns sagt, von ihr ›getragen‹ würde, er mit seinen alten Knochen! ... Das wäre doch nur normal gewesen, die Männer sind schließlich, vor allem wenn sie etwas älter werden, große egoistische Kinder!« Und dann sagte sie auf einmal heftig: »Mit Ausnahme – Gott möge mir verzeihen! – unseres Propheten, der unserem Herzen so nah ist. Er und die vier wohlgeleiteten Imame, allen voran Sid Ali, sein Cousin, sein Schwiegersohn und ...« Ihr Frömmigkeitsgeflüster verlor sich in einer langen Liste von Namen, die durch ihre Tränen unverständlich wurden.

»Bei Soliman«, sagte sie, als sie sich wieder beruhigt hatte, »denke ich vor allem an seine Söhne, das waren schon zehn, und seine Töchter, mindestens fünf oder sechs, zwei von ihnen, die Witwe und die Verstoßene, waren ins Haus ihres Vaters zurückgekehrt! Nicht nur, daß der Alte nicht zu sterben gedachte – man darf auch nicht vergessen, daß er ein harter Geschäftsmann war, auf seinen Vorteil bedacht, gegenüber den Erben noch mehr als gegenüber Fremden –, sondern er heiratete auch noch zum vierten Mal, und zwar deine Großmutter, die noch so jung war!«

»Erkläre mir doch, Lalla, wie es kam, daß dieser Ferhani, dieser Mokkadem, der, wie du sagst, nicht älter als vierzig

Jahre war, auf den Gedanken kommt, seine junge Tochter an einen Mann zu geben, der vielleicht noch älter war als sein eigener Vater!«

»Das ist wahr«, seufzte sie, »wenn der alte Soliman nicht so viele Söhne gehabt hätte, dann hätte man denken können, daß Ferhani, der Vater, damit rechnete, er könnte, im Falle einer vorzeitigen Witwenschaft seiner Tochter, selbst der Gewinner sein ... Aber in einem solchen Fall, das wußte er genau, war nur ganz wenig zu gewinnen! ... Übrigens hatte Fatima, die wirklich nach drei Jahren in diesem großen Haus zur Witwe wurde, nur eine Tochter, jedoch keinen Sohn!«

Die Tante zögert einen Moment; sie hält inne, schöpft Atem, dann sprudelt etwas heiter aus ihr heraus: »Man muß auch sagen, weshalb sollte ich es dir verschweigen – er ist immerhin mein Großvater mütterlicherseits, auch wenn ich ihn nicht gekannt habe! –, daß dieser Ferhani als äußerst geldgierig galt.«

Ich ließ meine Gedanken schweifen. Für mich war es unmöglich, mir diesen Ahnen vorzustellen, der nun meinetwegen aus dem Dunkel treten sollte: In meiner Kindheit besaß nur Geltung, wer mit dem Vater meiner Mutter zu tun hatte, also dem dritten Mann meiner Großmutter, nur seine Genealogie, nur der Vater des Vaters der Mutter und so in die Vergangenheit zurück, nur die Väter der vorausgegangenen Väter, als hätte es nur einen berühmten, kostbaren, heldenhaften Zweig gegeben, vielleicht einfach deshalb, weil er als einziger schriftlich festgehalten worden war! ... Jetzt tauchte plötzlich der Vater der Großmutter auf, eine unfertige Gestalt aus der Erzählung der Tante.

»Vater Ferhani forderte, als er seine Tochter weggab, daß der alte Soliman ihm die eigene Tochter überließ, die Lieblingstochter, und er bekam sie auch, Amna nämlich, Tochter seiner zweiten Gattin, gewiß eine Schönheit von zwanzig Jahren, vor allem jedoch wegen ihrer Mutter – die einzige Tochter eines *kaid* – ein bereits sehr reiches Mädchen. Man hatte ihr den Beinamen ›Goldfrau‹ gegeben: Nun war sie vor kurzem Witwe geworden, Witwe und noch kinderlos! Dies war also der wahre Grund: Der alte Soliman war bereit, die schöne Amna an Ferhani zu geben – der bereits verheiratet war und mehrere Kinder hatte, diesmal jedoch alles in allem das Angenehme mit dem Nützlichen verband: Er wurde Schwiegersohn des reichen Soliman, und gleichzeitig opferte er sein Töchterchen und wurde Schwiegervater des Alten! ... Ich weiß nicht, wie sie auf diesen Handel gekommen sind, ob wirklich Ferhani das alles ausgebrütet hat. Vielleicht hatte er die Frauen in aller Breite alles erzählen hören, wie der Alte um seiner selbst willen weinte und nicht wegen der letzten Waisenkinder ihrer Mutter! Zweifellos hatte Ferhani es schon lange auf die Schönheit und den Reichtum von Amna abgesehen, das steht fest: Jedenfalls fand der Tausch zwischen den beiden Männern statt, zuerst beinahe im geheimen, aber dann kannten die Klatschtanten der Stadt, kurz bevor die Hochzeit deiner Großmutter stattfand, schon alle Einzelheiten und tratschten darüber auf den Terrassen und hinten in den Höfen! ... Aber keine war empört, man fand es zulässig, daß dieses kleine Mädchen von vierzehn Jahren in die Hochzeitsnacht geschickt wurde, in die Arme dieses Mannes.« Die Tante zögerte ein wenig, dann setzte sie grob hinzu: »In die eisigen Arme eines fast schon Leichnams! ...«

So viele Jahrzehnte danach schien sie plötzlich mit dieser Jungfrau Fatima mitzufühlen, die ihre Hochzeitsnacht antrat. Ohne den Grund zu kennen, war ich ganz in den Bann dieser Tante geraten, die ihren Erinnerungen nachhing. Und es brach mir das Herz, wie diese Frau von über sechzig Jahren ihrer Mutter gedachte, die seit fünfzehn Jahren tot war, und sich nun in deren Leben fast um ein dreiviertel Jahrhundert zurückversetzte, sich jedoch nicht in ein bewegtes oder verbittertes Mädchen verwandelte, sondern eine Frau blieb, die einer anderen Frau ins Gesicht sah und versuchte, an ihrer Stelle die Leiden und Prüfungen ihrer anfänglichen Bestimmung neu zu erleben!

Wieder allein und ganz nah bei dem Balkon, auf dem die Tante ihren grazilen und doch so blütenreichen Jasmin zieht, versuche ich mir vorzustellen, wie Fatima als junge Braut das Haus in Caesarea betritt, das ich sehr gut kenne: Es ist das luxuriöseste aller arabischen Domizile in der Stadt.

Als im Jahr 1896 der Brautzug eintrifft (Kaleschen und eine Prozession von Fußgängern, die Braut reitet auf dem zur Zeremonie gehörenden Maultier und verschwindet völlig unter dem Burnus des Vaters; nach ihr die Reihe von Frauen und Kindern, die Kandelaber tragen, ihnen voraus eine Kapelle von schwarzen Musikern, die mit ihren Zimbeln den Klagegesängen einen Rhythmus verleihen, schließlich die Menge, die durch die engen Gäßchen in der Nähe des römischen Theaters zieht, dessen Ruinen damals noch kaum abgetragen sind!), sitzt Fatima von ihrem Reittier ab und wird in die erste Kammer getragen, von dort aus mit kleinen Schritten in den ersten Stock geführt, durch das Gedränge auf der mit Marmor und Mosaiken verzierten Treppe – bis zu Solimans Ehrenkammer ... Es ist ein Sommertag oder besser eine Sommernacht im vergangenen Jahrhundert, und doch höre ich das Herzklopfen der Tochter des Mokkadem: Sie kann die Frauen und Kinder des Hauses, in dem sie nun leben wird, nicht sehen, sie weiß, daß sie auf einem Thron sitzen wird (man schließt die Türflügel aus kostbarem Zedernholz, gibt ihr Limonade zu trinken, besprüht sie mit Duftwässern aus Mekka, und eine Alte stimmt eine schrille Litanei an). Ja, sie wird hier als Herrin wohnen, als Infantin im reichsten Hause von Caesarea ...

Morgen, oder vielleicht erst nach einem nicht enden wollenden Protokoll von sieben Tagen, wird sie sich alles anschauen können: das Geländer mit den kupferverzierten Säulen und Bögen, das die ganze Galerie des ersten Stockwerks entlangführt, unten der Patio mit der Brunnenschale, dessen Fußboden in Türkisblau und Wassergrün gefliest ist. Sie wird hinabgehen und im Spiegelbild des Beckens den umgekehrten Himmel der Stadt betrachten. Sie wird in der Dämmerung oder bei Einbruch einer Vollmondnacht zu den Terrassen hinaufsteigen, um von dort aus zusammen mit den Mädchen der Familie auf die Terrassen der Nachbarn hinüberzuspähen, und sich im Spiel der Frauen üben, die mit einzelnen Fingern oder dem nackten Unterarm Nachrichten weitergeben, eine Zeichensprache, von der man ihr schon in der Zaouia in den Bergen erzählt hat. Offenbar kennen sie nur die Städterinnen, manche behaupten sogar, sie sei aus Andalusien eingeführt worden. Sogar Aouicha, die einfältige Tochter des Bäckers, kann diese Sprache ganz leicht verstehen, obwohl sie stumm ist, und so nimmt auch sie, plötzlich in Lachen ausbrechend, am nächtlichen Gespräch teil, das durch den Himmel von Dach zu Dach wogt, zwischen Frauen, die sich auf diese Weise ihre Freiheit nehmen …

Ja, Fatima sitzt unter ihrem Brautschleier, Hände und Füße leuchtendrot mit Henna gefärbt, das Gesicht ganz dem Brauch gemäß mit Pailletten geschminkt, die zwischen den Wimpern aufgeklebt sind, und oben auf den Wangen trägt sie glitzernde Dreiecke, ja, Fatima wird bald mit gesenkten Augen auf den Eintritt des »Prinzen« warten! Fatima stellt sich das Herz und den ganzen Leib dieses Hauses vor, beinahe ein kleiner Palast, in dem sie von morgen an als Herrin regieren wird … Sie weiß, daß Soliman, ihr neuer Gatte, vor langer Zeit die Bauarbeiten selbst überwacht hat, Marmor aus Italien, Kacheln aus Marokko und vielleicht sogar aus Holland kommen ließ. Er hat lange

Zeit die besten Handwerker des Landes beherbergt. Dieses Haus wurde dann mit seiner zweiten Hochzeit eingeweiht, und auch die dritte hat er hier gefeiert ... Fatima fühlt sich plötzlich klein und einsam: Ihre Mutter ist nicht mitgekommen, sie blieb in den Bergen, um zu weinen, aber ihre stolzen und harten Tanten mit ihren fahlen Schals, wie man sie auf dem Land trägt, schätzen den Wert des Kupfers und Marmors und heucheln Gleichmut bei all diesem Luxus, sie wollen nicht zeigen, daß sie beeindruckt sind. Dann beschleunigen die Youyous in der Menge der Frauen zuckend ihr erregtes Vibrato.

Wird der Prinz hereinkommen? Wird der Bräutigam den Vorhang heben? ... Trotz der alten Wächterin, die auf der Schwelle kauert und sie nicht aus den Augen läßt (oder zumindest den kleinen Seidenschleier, der das Gesicht der Abgöttin zur Hälfte verdeckt), keimt in ihr die Hoffnung, wie so viele junge Mädchen sie bei der Hochzeit hegen, ein »Brauträuber« könnte ganz unerwartet auftauchen. Er ist ein Adonis, er wird hereinkommen, wird sich, für alle anderen unsichtbar, einschleichen, er und nicht der andere wird den kleinen Gazeschleier anheben, ihre Lippen berühren, ihre Hände ergreifen. Er wird sie an sich nehmen, und plötzlich werden beide wie Schatten davonfliegen, in den Vorraum entschweben und mit Leichtigkeit den Zugang zur Treppe, die auf die Terrasse führt, finden. Dort werden sie Zuflucht suchen: allein im Angesicht der ganzen Stadt, des Hafens und des Meeres in der Ferne, im Widerschein des funkelnden Onyx.

Fatima träumt reglos, als der Vorhang gehoben wird. Die Stimme der alten Wächterin moduliert einen herkömmlichen Glückwunsch: »Das Glück sei mit dir, o Soliman!«

Und als ihre Hand den großzügigen Obolus empfangen hat, gleitet sie hinaus, läßt den Vorhang zurückfallen, hinter dem sich langsam die beiden Türflügel aus Zedernholz schließen. Fatima fühlt, wie ihr Herz stillsteht und ihr

Körper mit einem Schlag erkaltet. Sie hält die Lider gesenkt, während der Mann – ihr Meister – mit den Fingern den kleinen Schleier anhebt und sein graues Gesicht sich den Augen der jungen Braut nähert … Seine tastende Hand berührt die Wangen, die Augen von Fatima, die langsam endlich zu ihm aufschaut.

Soliman flüstert demütig und mit Rührung in der Stimme: »Ein Geschenk Gottes, mein Mädchen! … Gottes!«

Dann geht er dem Brauch gemäß in den Winkel des langen Zimmers, um sein Gebet zu verrichten: Zitternd fleht er Gott an, er möge ihm die Macht verleihen, damit er – wie er wörtlich am Ende der Anrufung wiederholt – »die Gaben Gottes genießen« kann!

Unter dem Jasmin auf dem Balkon meiner Tante und beinahe ein Jahrhundert später frage ich mich, ob der Siebzigjährige gleich in dieser ersten Nacht die Jungfrau deflorieren konnte. Bestimmt stellten sich am nächsten Tag die Frauen aus der Verwandtschaft, ob jung oder alt, diese Frage, ebenso die wartenden Erben: die Söhne, die Söhne der Söhne, die Schwiegersöhne, die Schwäger … Morgens suchte Soliman sofort seinen privaten Hammam auf: »Für die Waschungen«, sagte er, trug den Kopf ziemlich gerade, mit stolzem Blick.

Wurde denn aus dem Ausgang dieser Hochzeitsnacht ein Geheimnis gemacht: War der Alte bereits in der ersten Nacht »potent« oder erst nach mehreren nächtlichen Bemühungen? Das konnten die Frauen nicht erraten, indem sie die Braut heimlich beobachteten, wie das normalerweise der Fall war, ob ihr Gesicht vor geheimer Befriedigung strahlte, in hingebungsvollem oder heiterem Einverständnis, oder ob eine notdürftig bezwungene Bitterkeit von ihm ausging … Die vierte Frau schien noch sehr jung und, wie man feststellen mußte, sehr auf Abstand bedacht, wo doch die Schwiegertöchter und Töchter genauestens unterrichtet waren über die Kindheit dieser Tochter des Mokkadem vom heiligen Ahmed ou Abdallah auf dem Lande, die sie zweifellos in Freiheit verbracht hatte, als ein verwöhntes Mädchen und immer zum Lachen aufgelegt … Am Tag nach der Hochzeit war sie aufrecht, geheimnisvoll, weder bitter noch erblüht: Aber sie zeigte sich nicht etwa verschlossen, das war keine Pose, sie hatte nichts zu verbergen … Sah sie bereits bei so vielen Matronen, Erbinnen und Gattinnen von Erben einer Zukunft aus dumpfen Rivalitäten, Verschwörungen und Bespitzelungen entgegen? Nein. Sie war und blieb die Tochter des Mokkadem, gewohnt, dort oben in ihrem Weiler in aller Ruhe die Ehrerweisungen der Bäuerinnen und auch der Bauern entgegenzunehmen, dank der Baraka, mit der auch sie ausgestattet war.

Sah sie sich eher als die Tochter oder gar Enkelin des alten Soliman, der vermutlich, so stellten es sich die Frauen aus der Verwandtschaft vor, die ganze Nacht ihren nackten Körper liebkoste, die aufknospenden Brüste, das ihm dargebotene Gesicht? Sie sagte nichts. Sie gestand nichts. Aber sie schien auch nichts zu bereuen.

Und auch beim Besuch im Hammam am nächsten Vormittag wollte sie sich nur in Anwesenheit ihrer jungen Tante und ihrer kleinen Schwester waschen, und sie schenkte später dem Flüstern kein Gehör, als das eheliche Leintuch, das eine lange purpurne Spur aufwies, bei den ältesten Damen von Hand zu Hand ging, die auf niederen Matratzen im Empfangssaal saßen, gegenüber dem Zimmer des Hausherrn.

Ich wohne bei meiner Tante, die als einzige von den Schwestern meiner Mutter noch am Leben ist, bereits recht alt, fromm und sanft, von ihr fühle ich mich umsorgt in jenen Tagen, in denen ein Wechsel in meinem Leben stattfindet, sie ahnt es und macht sich Sorgen: »Dann hältst du es also genauso wie deine Großmutter – bei ihr kam das allerdings erst später, als sie ihren jüngsten, den dritten Mann hatte –, du verläßt deinen Gatten, du ergreifst die Flucht und läßt ein offenes Haus zurück? Ist das gesetzmäßig, kannst du zumindest noch dein Recht wahren? ... Ach, was haben wir denn schon für Rechte, ob wir nun Analphabetinnen oder Gebildete sind, wir alle, Frauen in Vergangenheit und Gegenwart?« Das flüsterte sie eines Abends, als wir noch wach im Halbdunkel beisammensaßen, während der Lärm der belebten Straße bis zum offenen Balkon hinaufdrang.

Warum muß es so sein, dachte ich, immer noch meiner Großmutter nachträumend, daß die weibliche Erinnerung in konzentrischer Kreisbewegung unablässig zu den Vätern zurückkehrt und die wahren Dramen im Dunkel läßt (und selbstverständlich im Schweigen dessen, was nicht aufgeschrieben wurde), die Schwächen, den Niedergang einer Frau? Als wäre das zuviel, als könnte diese unsere Kraft und Hoffnung direkt an der Wurzel treffen, die Zukunft bedrohen! Zuviel ...

So war es auch mit Vater Ferhani! Er verheiratete seine vierzehnjährige Tochter, und kurze Zeit später feierte er selbst in aller Eile Hochzeit: Er zwang seine erste Frau, am Hochzeitsfest teilzunehmen; das Essen zu kochen, die Gäste zu empfangen, die notwendigen Vorkehrungen fürs Fest zu treffen ... er hat sie vor allem dazu gezwungen (seltsam und undurchschaubar, diese Grausamkeit des Gatten), die Braut anzuschauen, die gewiß jünger und schöner, wenn auch schon Witwe war, vor allem jedoch erfolgreicher gewesen sein muß. Sie, als »Goldfrau« im Zimmer der Nebenfrau thronend – und im Kerzenschein den Gatten erwartend, der in seinem weißen Zeremonienburnus gerade eintreten wollte, mit der Schulter an die Tür lehnte und unter den Youyou-Rufen glückselig lächelte –, während die erste Frau, die Hände vor Butter triefend, das Gesicht gerötet über der heißen Couscousbrühe, im Küchendampf, aber doch von ihrem Platz aus den Gatten sah, wie er nun erneut das Zimmer betrat, fünfzehn Jahre nach ihrer eigenen Hochzeit.

Fünfzehn Jahre waren genug, um ihr eine andere Rolle zu geben, denn nun wartete sie nicht mehr als Abgöttin mit pochendem Herzen, sondern war Dienerin, Köchin am Herd geworden. Ja, an jenem Abend lächelte der Mann genauso wie heute, betrat das Zimmer genauso wie heute und plötzlich – plötzlich ein langgezogener Schrei, gefolgt vom Schweigen aller (zu spät, der Bräutigam hatte schon die Tür vor seinem Brautgemach geschlossen). Und sie, die erste Frau, schlägt der Länge nach hin, genau auf die Schwelle des Anrichtezimmers ... Die Frauen aus der Verwandtschaft stürzen herbei, benetzen Gesicht und Handflächen mit kühlem Wasser, setzen sie auf – eine schlaffe Puppe –, sagen ihr Verse ein, lassen Kannen kreisen und Orangenblütenwasser. Trotz allem trug man sie acht Tage später zu Grabe: »Mit geblähtem Unterleib«, berichtet mir die Tante. »Was war das für eine Krankheit?« errege ich mich und füge hinzu: »Was hatte denn der Arzt gesagt?«

»Gab es damals einen Arzt für die Frauen? Nein ... Damals wären wir niemals in ein französisches Krankenhaus gegangen, nicht einmal, um zu gebären! ... Die Frauen, die mir das erzählt haben (nicht deine Großmutter, nein, sie hat sich über ihre Hochzeit immer ausgeschwiegen, aber ihre jüngere Schwester schon eher, meine Tante, die du noch gekannt hast, die Mutter des ›großen Widerstandskämpfers‹), diese Frauen dachten, es sei die schwarze und ohnmächtige Eifersucht gewesen, die ›ihr Blut gerinnen ließ‹.«

Und so wurde Vater Ferhani Witwer, kurz nachdem er zum zweiten Mal geheiratet hatte. Man muß anerkennend sagen, daß die »Goldfrau«, die frisch Vermählte, sich als großherzig erwies: Sie ging in die Stadt und ließ sich in einem Haus aus ihrem mütterlichen Erbe nieder. Dort empfing sie regelmäßig ihren Gatten, wenn dieser herunterkam, weiß gekleidet und noch prächtiger als je zuvor, wie ein Kaid oder ein Bachagha. In den kommenden Jahren blieb sie unfruchtbar, aber sie kümmerte sich als großzügige Stiefmutter um die Kinder ihres Gatten.

»Starb er denn von allen geehrt, Männern wie Frauen?« fragte ich ironisch, denn immerhin war dieser Ferhani verantwortlich für den Tod seiner Frau, betonte ich.

»Oh«, sagte die Tante erstaunt, »selbstverständlich waren die Männer damals hart! Oft haben sie das nicht einmal gemerkt … Gewiß gibt es andere, ich denke an Moh', den Halbbruder deiner Mutter, und an M'hamed, den zweiten Halbbruder, die reinen Herzens waren, und manchmal haben sie ihr ganzes Leben lang nur eine einzige Frau geliebt! … Ferhani starb im Heiligtum, ich erinnere mich an die Nachricht von seinem plötzlichen Tod, ich war damals noch ein ganz kleines Mädchen. Und was ist denn vom Grab des Heiligen geblieben, nichts als Ruinen, zerstört während des Befreiungskrieges! … Und die ›hochgestellten Persönlichkeiten‹ von heute sprechen nur mit Ironie über unsere ›Marabouts‹ … Weil sie nämlich auf keine eigene Ahnenreihe zurückblicken können …« Sie brummelte etwas unzufrieden vor sich hin, zuckte mit den Schultern, verstummte dann.

Ich stelle diese Erinnerung wieder her, als ich mich nach dem endgültigen Zerbrechen meiner ersten Ehe acht Tage lang in den Windungen meiner Ahnenreihe versenke; die Genealogie meiner Mutter und der Ahnin, die ich noch als schreckliche Frau kannte …

Und ich wollte herausfinden, wie sie war, als der alte Soliman kurz vor 1900 starb: Was geschah am Tag des Aufbruchs mit der siebzehnjährigen Witwe, als sie jenes Haus verließ, das mir später so vertraut werden sollte?

Die zahlreiche Verwandtschaft ist auch nach dem dritten Tag der Trauerfeierlichkeiten zugegen. Die Frauen sind von dem ländlichen Friedhof zurück, der über der Stadt, gleich neben den römischen Thermen im Westen liegt ... Weshalb die Toten der letzten Generationen weiteren Ausgrabungen im Wege stehen, die einige aus der Hauptstadt angereiste Wissenschaftler durchaus für notwendig erachten!

Solimans Söhne, Töchter und der Enkel beugen sich dem althergebrachten Brauch: Sie behalten das Haus (das viele in diesen Zeiten der Enteignung als den letzten arabischen Kleinpalast ansehen) und teilen es nicht auf. Der Älteste erhält den Vorzug und der Fleißigste unter den Jüngeren, das heißt, der zumindest weniger träge ist als die anderen (seltsamerweise sind manche Söhne Solimans ganz im Gegensatz zum Gründervater träumerische und vergnügungssüchtige Männer, die sich vor allem darin auskennen, mit den Fischern zusammen in abgelegenen kleinen Buchten die Nächte mit Musik zu verbringen); man läßt also »die Fähigsten« die Gehöfte und Obstgärten der Umgebung verwalten.

Die Hierarchie der Erben wurde sichtbar, als das Haus neu aufgeteilt wurde: Die vornehme Etage (die der Vater bewohnte) mit vier langgezogenen und geräumigen Zimmern, von denen jedes ein separates Anrichtezimmer und ein »türkisches Kabinett« besitzt, die überdachte Galerie mit leuchtenden Mosaiken und einem Geländer mit gedrechselten Kolonnaden aus dem Holz von Zedern und Aleppopinien, das erste Stockwerk also, war den Söhnen aus dem ersten Ehebett vorbehalten, zumindest jenen, die in der Stadt geblieben waren. Die Zimmer im Erdgeschoß, die zwar zahlreicher, aber auch dunkler waren, die sich weit zum Patio hin öffneten, mit dem Becken und der Fontäne, deren Musik dünn und süßlich perlte, jenes Stockwerk war zur Hälfte für die Töchter (die Verstoßene, mehrere Enkelinnen und die Jugendlichen) vorgesehen und außerdem für zwei der letzten Söhne, die Junggesellen geblieben waren ... (Ich stelle sie mir vor: bereits von Jugend auf leicht angewidert oder vielleicht nur peinlich berührt von der »Vitalität« ihres allzu gegenwärtigen Vaters, die sich in Hochzeiten wie einer zahlreichen Nachkommenschaft ausdrückte!)

Diese Neuaufteilung des Wohnraums wurde gewiß leichter, als Fatima, die junge Witwe, entweder durch eine der alten Frauen (jene armen Verwandten, die sich hier für zwei oder drei Monate niederlassen, bevor sie anderswo Zuflucht finden, in einem anderen der »großen Häuser« der Stadt) oder direkt durch die älteste der Schwiegertöchter ihre Entscheidung bekanntgab: »Ich werde nicht bei euch bleiben! Gewiß, ihr seid meine Familie. Ich habe jedoch meinen Vater rufen lassen: für mich und meine kleine Tochter!« Und die Schwiegertochter hatte geantwortet: »Dies ist dein Haus, o Lalla.« Denn obwohl die junge Witwe noch keine zwanzig war, blieb sie die einzige Witwe des alten Soliman mit dem entsprechenden Anteil an der Erbschaft.

Fatima schaute Halima lange an, die immer die wortgewandteste in jenen Tagen des engen Zusammenlebens war: »Ich danke dir, o Halima. Dieses Haus wird eine Zuflucht sein für meine Tochter Khadidja; hier wird ihr Glück sein, unter euch, ihren Brüdern und Schwestern. Und sie sind, Gott sei Dank, so zahlreich! ... Sag bitte deinem Gatten, daß ich nach meinem Vater geschickt habe. Denn morgen möchte ich zu ihm gehen.«

Halima küßte bewegt die Hand und die Wangen der Witwe: Sie hatte eben einen Beweis für den Charakter und die Reife Fatimas erhalten. »Erst siebzehn Jahre alt!« denkt Halima. »Wenn doch nur die Söhne des Toten, die jetzt schon vierzig sind, den klaren Blick dieser Heranwachsenden hätten!«

Vater Ferhani, schön in seinen beiden Kaftanen, dem wollenen aus Tlemcen und dem leinenen aus Fez, kam noch am selben Abend. Schweren Herzens überbrachte er eine Botschaft seiner Gattin, die er bewunderte, wenn nicht sogar liebte, ich weiß es nicht. Vielleicht fürchtete er sie auch: Amna, die »Goldfrau«, ließ ihre Halbbrüder wissen, daß sie an den Unterredungen über das Erbe nicht teilnehmen werde, das mögen sie dem Kadi mitteilen. Allah hat ihr ein leichtes und friedliches Leben beschert, allein durch die Güter ihrer Mutter – die ihr Vater allerdings mit glücklicher Hand Früchte tragen ließ. Damit gab sie sich zufrieden. Sie hatte keine Nachkommen. Ihr Gatte war, Gott sei Dank, vornehm und »Gott wohlgefällig«. Ihr Haus und die »Gärten des *kaid*« (die schönsten Ölbäume an den Hängen sowie ein Orangenhain in Oued el-Mellah) genügten ihr vollauf für ihr Wohlergehen und die Almosen, die sie von nun an noch großzügiger verteilen wollte. Sie würde sich um ihre jüngste Schwester Khadidja kümmern, die kaum zwei Jahre alte Tochter Fatimas, durch glückliche Fügung Enkelin ihres Gatten, den sie so sehr respektierte … Fatima sollte kommen und sich bei ihr niederlassen: Sie würde hier in Ruhe und Heiterkeit leben!

Also packt Fatima ihre Sachen: ihre drei aus Weide geflochtenen Koffer, die mit rosa Samt ausgeschlagen sind; außerdem mehrere andere Koffer, nach Art der Künstler von Algier aus bemaltem Holz, ihre Kleider und vor allem ihren Schmuck, den sie zur Hochzeit und auch danach bekommen hatte, denn Soliman beschenkte sie mit Freuden nahezu Monat für Monat, weil er gegen Ende immer großzügiger zu seiner jungen Gattin wurde.

Fatima nimmt ihre kleine Tochter in den Arm, obwohl sie vermutlich ebenso dicht verschleiert ist wie vor drei Jahren, als sie zur Hochzeitsnacht hierherkam.

In diesen drei Jahren verließ sie regelmäßig einmal wöchentlich das große Haus: Am Donnerstagabend besuchte sie den Vater und ihre Stiefmutter. Gleich zu Beginn sagte sie damals zu Soliman: »Mein Vater hat sich daran gewöhnt, daß ich ihm jeden Freitagmorgen das Kupfergefäß für die Waschungen bringe, dann die Handtücher, und daß ich ihm den alten Teppich aus Fez ausbreite: Nur für das Morgengebet, denn das zweite macht er in der Öffentlichkeit, zwar nicht wie noch sein Vater, der von der Zaouia herabstieg, um in der großen und ehrwürdigen Moschee zu beten, der ›Hundertsäuligen‹ mit dem grünen Marmor – leider wurde der heilige Ort von den Franzosen zu einem gewöhnlichen Hospital degradiert! –, aber auch er geht in die älteste der verbliebenen Moscheen, die am besten besucht ist.«

Soliman hatte im Zimmer – es war etwa der zehnte Tag nach der Hochzeit, und Fatima wußte bereits ihre Wünsche zu äußern – dem Gelübde seiner kindlichen Gattin gelauscht: »Ich möchte nicht, daß mein Vater, der Mokkadem, mich an jedem Freitagmorgen vermißt!«

Zum Erstaunen aller hatte Soliman eingewilligt, er machte die religiöse und somit gesegnete Herkunft Fatimas geltend: So ging sie jeden Donnerstagabend ins Haus von Amna, um die Nacht bei ihrem Vater zu verbringen; stand bei Morgengrauen neben dem Kopfkissen ihres Vaters, noch bevor die leiseste Stimme des am weitesten entfernten Muezzin zu hören war.

Diesmal jedoch kehrte sie in Begleitung ihrer Tochter zu ihrem Vater zurück. Dort blieb sie bis zum nächsten Tag, der ein Freitag war. Wachte über Ferhanis Gebet … Dann hörte sie sich sieben Tage und sieben Nächte später sagen, zu ihm wie auch zu seiner Frau, die an seiner Seite saß, und zwar strahlend: »Ihr beiden dürft mir nicht böse sein! Gott ist mein Zeuge, daß ich am liebsten mein ganzes Leben bei euch verbringen würde! Und ihr seid auch wahre Wächter für meine Tochter! Aber …«

Sie hielt schüchtern inne.

»Was willst du denn, Tochter?« rief Vater Ferhani mit barscher Stimme, einen fragenden Blick auf seine Frau werfend, die ebenfalls überrascht war.

»Mir fehlen die Berge und die Zaouia, ansonsten geht es mir gut! Ich möchte gern dorthin zurückkehren, und dann allerdings dort leben!« seufzte sie.

Ihre Tochter im Arm, verließ Fatima kurz darauf in einer Kalesche die Stadt.

Frauen auf dem Land III

Ein Monat vor Drehbeginn fuhr ich zusammen mit meinem Regieassistenten im Auto zu diesem Landgut hinunter, nachdem wir bereits zwei Tage die Gegend erkundet hatten. Ein paar Hütten, auch massiv gebaute Häuser, allerdings in dichtem Schilf verborgen. Es war ein schöner Tag.

Ich ging um das Hauptgebäude herum. Hinten eine weite, ebene Fläche, die zum Meer hin steil abfiel und durch ein Dickicht von Feigenkakteen abgetrennt war. Dort auf rotem Kies zwischen roten Felsen bot sich das Panorama mit dem Chenouagebirge an: Eine weite Landschaft, der freistehende Berg ragte wie ein gigantisches Schiff über die tiefe Bucht. Erhabenheit der Linien, majestätisch bei aller Bescheidenheit in der vielfältigen Farbgebung, und links dann Hügel, die zur Zentralebene hin erstarben ... Der Chenoua: eine nahezu theatralische Wand vor den Bergen meiner Familie, in denen ich mich seit nunmehr vier Monaten herumtreibe.

Diese Esplanade wählte ich dann als Loge mit Blick auf die Natur, die täglich für das Filmpaar als Bild der Ruhe bereitsteht. Glücklicherweise ist das Touristendorf, das seit einem Jahrzehnt wie ein weißer Fleck daliegt, von hier aus nicht zu sehen.

Hinter mir warten auf der Anhöhe der Chauffeur und

der Regieassistent von Bauern umringt auf mich. Es ist vier Uhr nachmittags: Ich habe mein einsames Rendezvous mit dem Raum. Die Landschaft meiner Kindheit, mehr noch ... vielleicht auch dieser fiktiven Geschichte, die noch zu erfinden ist. Vier Uhr nachmittags: Dabei denke ich nicht einmal an Camus und seinen *Fremden*.

Allein gehe ich über das ebene Gelände. Um meine Erregung zu verbergen, verfalle ich in eine sportliche Gangart, nehme plötzlich Riesenschritte (froh über meine langen Beine, mit denen ich lebhaft gehen kann in jenem Augenblick, da alles in mir in Bewegung ist).

An diesem Novembertag ist die Luft mild, der sich dem Ende zuneigende Herbst nimmt eine nahezu frühlingshafte Buntheit an, und ich bin glücklich. Ich überspiele es nicht. Aber ich zeige es auch nicht. Noch nicht. Denn noch schnelle ich nicht empor zum Tanz, zu Luftsprüngen und dem heftigen Begehren, mich aufzulösen, fortzufliegen und zu verschwinden. Ach, diese Monate heftiger Keuschheit (ebenso heftig wie die Jahre sinnlicher Liebe)!

So hat alles angefangen. Nicht in der Heimlichkeit der ersten Phase, dem unaufhörlichen Geflüster mit den alten Frauen aus meiner Sippe, den scheinbar banalen Fragen in der Sprache meiner Kindheit.

In Wirklichkeit hat alles an diesem ersten Tag auf dem Bauernhof begonnen. Damit meine ich, daß der Film nun nicht mehr nur theoretisch existierte, sondern Realität wurde, als ich meinen Raum für das Alltägliche fand. Eine Freiheit, die wenig Aufhebens von sich macht. In Wirklichkeit paßt diese Landschaft zu mir. So muß man, sage ich mir, die Erzählung eines Films beginnen, wenn der ihm angemessene Raum gefunden ist. Ihn zuerst umreißen. Wie man früher zuerst eine Stadtmauer baute, in deren Mitte dann eine Stunde oder einen Tag später mit dem Bau der Stadt begonnen wurde.

An diesem Novembertag wurde meine Stadt gegründet –

das Haus, in dem meine drei Personen leben werden: Lila, Ali und ihre Tochter Aicha.

Dann gehe ich hinauf bis zum Kakteendickicht, welches das Hauptgebäude umgürtet. Hamid, mein äußerst aufgeweckter Regieassistent, verhandelt bereits mit den Einwohnern, Fischern oder Bauern aus der benachbarten Genossenschaft, für den Fall, daß ich vorhabe, eine Örtlichkeit mitsamt der dazugehörenden Natur zu mieten. Ich lasse sie gewähren. Ich sage, der Blick sei wundervoll. Ich gehe nach hinten zu einer Tür. Frauengestalten, die uns durch eine Lücke im Schilf beobachten. Begrüßungen. Sie bitten mich herein. Eine weitere Liebe auf den ersten Blick, ebenso geheim, verschlossen.

Drei Frauen in Zimmern ohne elektrischen Strom. Ein Säugling schrie ab und zu. Ich tastete mich voran, bis ich mich an die Dunkelheit gewöhnt hatte.

Die Mutter war wahrscheinlich vierzig, sie sah aus wie fünfzig oder älter. Strenges Äußeres, harmonische Züge, hochgewachsen. Lächelnd, aber mit einer gewissen Distanz. Eine stets wache Aufmerksamkeit, auch für das, was sich am Rand ihres Blickfeldes abspielte. Zwei weitere Frauen, ein junges Mädchen – sechzehn Jahre alt, mit vollen Wangen, sie heißt Saïda, später im Film wird sie »Djamila« sein, eine mit dem Paar befreundete Nachbarin – und dann noch eine andere Frau, die mit ihrer Schönheit jeden Gast in Erstaunen versetzen könnte.

Ich habe niemals ihren Namen erfahren. Ich werde sie die »Unbekannte vom Hof« oder »Madonna« nennen. Zwanzig Jahre, nicht älter: ein Gesicht von verwirrender Harmonie und reinem Glanz, gleichzeitig aber wie von einem Schatten getrübt ... Halb lächelnd, wird sie selbst ihrer eigenen Traurigkeit nicht gewahr. Eine Madonna: Immer hatte sie ihr Baby im Arm, ein kränkelndes Kind. Wie soll ich ihr erstes Erscheinen schildern, das jeden einzelnen der vierzig Tage beschien, die ich auf dem Bauernhof verbrachte: Vierzigmal kam und ging ich durch eine Seitentür, welche die für den Film gemieteten Zimmer mit dem Rest des Hauses verband, diese Tür war für alle außer mir verboten: Und jedesmal fand ich diese schlanke Gestalt vor, aufrecht, lediglich die Schultern ein wenig nach innen gebogen, als drohte sie an Tuberkulose zu erkranken. Sie, die Madonna.

Manchmal hatte sie eine Brust entblößt, aber ihr wimmerndes Kind habe ich mir nie angeschaut, denn ich fühlte und hörte, daß es krank war. Sie lächelte mir entgegen, ein Geschenk. Vierzigmal betrachtete ich die blendende Reinheit ihres Gesichts, ihres klaren Blicks, ihre noch von der Jugend geröteten Wangen und diese Beugung der Schultern …

Ich verweile bei der Madonna. Vielleicht, weil ich mir einige Tage vor Drehbeginn ganz gewiß war, daß sie im Film nicht mitspielen würde … Ich war zufällig auf eine Familie gestoßen, die aus wirtschaftlichen Erwägungen, aber auch aus natürlicher Aufgeschlossenheit (die neuerdings auf dem Land recht selten geworden ist) bereit war, daran mitzuarbeiten, daß unsere Bilder entstanden, und sich an der ganzen Maschinerie, die wir mitbrachten, zu beteiligen … In der folgenden Zeit fragte ich mich, inwieweit der Einfluß der Mutter vorherrschend war, der das Vertrauen in sich selbst und in ihre Autorität den Angehörigen gegenüber eine Vermutung eingab, daß wir für sie nützlich sein konnten, ohne daß sie moralisch Schaden nehmen würde … Und ich glaube auch, daß die Mutter instinktiv ein Urteil über mich gefällt hatte, mir eine neue Rolle zugestand und mir zutraute, eine Bedrohung abwenden zu können …

Ich wußte also recht schnell, daß die Madonna nur für mich existieren würde, außerhalb meines »Bereichs«, weil ihr Bild nicht für Geld zu haben war … Als hätte sie von

Anfang an ihre Unbescholtenheit mit doppelter Anstrengung zurückgehalten, als müßte ihre Schönheit, das kristallisierte Familiengeheimnis, außerhalb unserer Reichweite bleiben ... Dies ohne jede schroffe Zurückweisung, nicht einmal das islamische Verbot, das man sich durchaus aggressiv vorzustellen hat, kam zum Tragen. Die Mutter setzte mir ein ganz ruhiges »Nein« entgegen und nannte als einzigen Grund, was ganz einsichtig erschien: »Denn ihr Mann – mein Sohn – arbeitet in der Stadt und kann nicht hier sein.«

Ich fragte nicht weiter. Ich wußte sofort, daß es bei diesem »Nein« bleiben würde. Trotzdem war mir in dieser Zeit kühler Erregung, in dieser Woche vor Drehbeginn, ebenfalls klar, daß ich alles erreichen würde (was meine Jagd nach Bildern anbelangt) – weil ich überzeugt war, daß jegliche Bestimmtheit, Sympathie, Solidarität und auch der Appell an den gesunden Egoismus mir ehrenwert schienen und als »Mittel« in Frage kamen. Schließlich bestand meine Sicherheit nur in dem Ansporn, den Film Wirklichkeit werden zu lassen, und die ganze undankbare oder erregende Arbeit war, das dokumentarische Material in eine Form zu bringen. Genauer, seine ursprüngliche Form zu finden und aus ihr eine eigene herzustellen.

Ich komme auf die Madonna im Schatten zurück, auf ihr Kind, das trotz seiner Krankheit an ihr trank ... Sie schenkte mir ein schüchternes Lächeln, als wollte sie von Anfang an zu mir sagen: »Ich vertrete hier all jene Frauen, die deine Maschinen nicht einfangen dürfen. Ich bin der Rand des Verbotenen, und ich liebe dich.«

Sie machte mir einen Kaffee, wenn ich in Momenten der Anspannung bei ihr eintrat, um das Gefühl zu haben, anderswo zu sein. Sie war für mich das »Anderswo« – und somit meine ganze Vergangenheit weiblichen Geschlechts. Heute verstehe ich es so: Von dem Augenblick an, als man mir verbot, ihr Bild festzuhalten, weil sich ihre Schönheit ganz in der Nähe befand, und wegen des Halbdunkels, in dem sie ständig lebte, war ihre Anwesenheit wie eine Verlängerung, wurde ein Hintergrund, vor dem die Kulissen des Films ungewiß erschienen. Sie war ein Inbegriff von im Grunde ewiger Dauer ...

Und nun suchte ich die Nahtstelle mit den Frauen meiner Kindheit auf. Dort gab es eine Entsprechung zur Madonna, nämlich die Gattin meines Onkels mütterlicherseits, die bereits mit zwanzig Jahren im Kindbett starb – ich habe sie kaum gekannt. Aber es gab ein verblichenes Foto (mit langgestrecktem Gesicht und schwindendem Körper saß sie im riesigen Sessel eines Salons in Syrien, dessen perlmuttschimmernder Luxus mich Jahre später einschüchterte), das ihr in meinen Kinderträumen eine poetische Erscheinung verlieh, die mich verfolgte. Da sie tot war, wie man mir sagte, glaubte ich, sie hinter einer Kulisse antreffen zu können – und dann würde die Realität in lauter Schatten zerfallen.

Für mich war die Madonna Inbegriff der Anmut, durch die mein Projekt in seinem Fortgang heimtückisch in Frage gestellt wurde. »Ich bin das ungreifbare, unsichtbare Wesen, deine Bilder können zwar laufen, wenn ich jedoch bereit wäre, hier zu erscheinen, würden sie sich als blutleere Kopfgeburten offenbaren.«

»Wenn ich bereit wäre ...« Ich bewegte mich zwischen den Welten, ging aus dem Schatten in die Realität, vom Drehort hinter die Kulissen, aus dem Scheinwerferlicht in den Kerzenschein der Madonna. Dabei wurde mir Stück für Stück klar: Es waren die anderen, die Brüder, der Ehemann, die Nachbarn, alle vereint in der allmächtigen Figur der Mutter, welche eine Barriere zwischen den beiden Räumen errichtete. »Wenn ich bereit wäre ...«

Die Madonna könnte plötzlich ihr krankes Baby auf ein Hammelfell legen oder zu ihren Füßen absetzen: Sie hätte nur einen Schritt gehen müssen. Ich würde ihr die Tür öffnen, und vor dem Filmteam hätte sie nicht viel zu tun, vielleicht die Andeutung einer Geste, mit der sie den Kragen ihres Kleides schließt, vielleicht ein paar Schritte.

Mit einem Schlag hätte sich dann dieses Ton-Bild-Projekt aufgelöst, meine Erzählung wäre überflüssig geworden, weil, o Wunder, jede Frau auf dieser Erde plötzlich gehen konnte, wohin sie wollte.

»Dann ist es endlich vorbei mit diesem spähenden Blick«, ruft meine Lila laut heraus. Im Scheinwerferlicht würde Lila ihre Hände der Madonna entgegenstrecken und immer weiter rückwärts gehen, die Scheinwerfer würden erlöschen, und die Blicke würden sich öffnen, die Augen wären aufgerissen, und aus ihnen könnte endlich das wahre Licht hervorströmen, während die Madonna lächelnd vorüberschwebt. »Wenn ich bereit wäre …«

Drittes Motiv: Die Mutter als kleines Mädchen

Zwanzig Jahre später geht Fatima, Tochter des Mokkadem vom heiligen Ahmed ou Abdallah, in die Stadt hinunter, diesmal für immer.

In den beiden vergangenen Jahrzehnten wurde ihr eheliches Schicksal von drei Männern bestimmt (der dritte war mein Großvater, von ihm trennt sie sich in jenem Jahr 1920 eigenmächtig, bittet den Kadi um die Vollmacht, ihre Güter gemäß muslimischem Recht allein zu verwalten); und ihr Leben als Mutter nimmt sie ebenfalls in die Hand, denn sie kehrt in Begleitung beinahe sämtlicher Kinder nach Caesarea zurück (zuerst wohnt sie bei ihrer Stiefmutter Amna, die seit gut zehn Jahren Witwe und eine treue Freundin ist), nur ihre älteste Tochter Khadidja nicht, die mit sechzehn in einen Nachbarweiler verheiratet wurde. Damals liegt diese gerade in Erwartung im Wochenbett – ein Sohn, der diesmal, o Barmherzigkeit Allahs, am Leben bleiben wird, nicht wie die drei vor ihm, allesamt tatsächlich Jungen, die aber immer nach ein paar Tagen bereits starben!

Von nun an sagen alle Lla Fatima (während ich wie meine Cousins »Mamanee« sage, womit wir eine Zärtlichkeit andeuteten, die wir ihr nicht zeigen konnten, weil sie so streng war), Lla Fatima hat also bei diesem ersten Umzug ihren einzigen Sohn bei sich – zwar gerade erst zehn Jahre alt, jedoch von außergewöhnlicher Schönheit, später wird er, wie sie selbst sagte, ihre »einzige Zukunft« sein – sowie ihre drei Töchter, zwei sind bereits junge Frauen, und die kleinste ist zwei Jahre alt, außerdem das einzige Kind des Ehemannes, von dem sie sich gerade trennt. Dieses kleine Mädchen, das dem Gebirge den Rücken kehrt (und damit auch der Berbersprache), ist meine Mutter.

Die Mutter als kleines Mädchen? ... Nie wird sie mir etwas über diesen Tag erzählen, als sie in zartestem Kindesalter das erste Haus von Caesarea betrat. Kann sie sich überhaupt daran erinnern? Zweifellos möchte sie es nicht, weshalb an diese einschneidende und schmerzliche Veränderung zurückdenken: Sie war nun nicht mehr im ländlichen Herrenhaus mit den zahlreichen niederen Zimmern, die jedes Frühjahr mit bläulichem Kalk gestrichen werden, den beiden Innenhöfen mit den Feigenbäumen im Spalier und in der Mitte jeweils einer majestätischen Zen-Eiche. Und überall waren Kinder. Kein Lachen mehr, kein weiter Horizont ... auf einmal wohnen sie in der Stadt in einem hohen Gebäude mit einschüchternden Mauern; unten ein dunkles großes Zimmer, in dem sie alle eingepfercht sind.

Ihre Mutter führt Unterredungen. In der ersten Zeit sucht sie um Ratschläge bei einem alten Angestellten nach, der mit der Familie verbunden ist. Bald danach verkauft sie ihren ganzen Schmuck, um etwas weiter oben unweit der Stadtmauer ein altes Haus zu erwerben, das freilich noch im arabischen Viertel liegt. Lla Fatima wird also beinahe die Nachbarin von Amna sein, in einem Viertel, wo sich einst Solimans Domizil befand. Übrigens kommen seine Töchter zu Besuch, sie sind alt geworden, manche bereits Großmütter, und beglückwünschen sie zu ihrem Entschluß, sich hier niederzulassen: Sie gilt als ein Beispiel für Entschlossenheit und weibliche Intelligenz. Sie sagen »Tante« zu ihr oder respektvoll »Amti«, das heißt »Tante väterlicherseits«.

Lla Fatima ist endlich wieder zu Hause, zusammen mit ihrem Sohn, der in die französische Schule geht, und ihren drei Töchtern beginnt sie ein neues Leben. Sie ist noch keine vierzig.

Die kleine Bahia ist etwas älter als zwei Jahre, bald wird sie drei, sie unternimmt einen Rundgang durch die neuen Örtlichkeiten: vier geräumige Zimmer, im Patio ein einziger Orangenbaum (mit den wegen der Konfitüre so geschätzten »Bitterorangen«), der sein tiefhängendes und buschiges Laubwerk ausbreitet. Hinten im Hof der Rand eines Brunnens und gleich gegenüber eine Treppe, die zu einer geräumigen tiefergelegenen Terrasse führt, von dort aus hat man einen Ausblick auf die gebirgigen Hügel im Süden der Stadt.

Bahia setzt sich allein ganz nahe an den Brunnenrand. Wenn man nach ihr ruft, flieht sie. Sie steigt die Treppe hoch, versteckt sich auf der Terrasse mit ihrer Katze in einem verborgenen Winkel, wo sie eine Matte ausgelegt hat. Sie legt sich auf den Rücken, betrachtet das Gebirge, nimmt das Raunen aus den Nachbarhäusern wahr, den Geruch von geröstetem Kaffee oder gedünstetem Paprika, die vereinzelten Rufe der Frauen aus der Verwandtschaft. Sie schreien und lachen. Kurz vor dem Abendgebet singt eine unbekannte Stimme einsam und rein immer dasselbe Klagelied …

Auf dem Rücken liegend, füllt sich Bahia die Augen bis oben hin mit Himmelblau und träumt: Sie wäre gern weit fort aus dieser Stadt (unten im Empfangssaal wollen die Glückwünsche der Damen für Lla Fatima kein Ende nehmen); sie denkt daran, wie es wäre, wenn sie bei ihrem Vater in der Zaouia der Beni Menacer sein könnte.

Aber Lla Fatima hat Bahias Vater verlassen. Einmal die Woche kommt er auf einen Nachmittag zu Besuch. Eine Stunde nach dem öffentlichen Freitagsgebet klopft er an die Eingangstür. Das Essen steht auf dem Tisch, er tritt ein. Dann schließt er sich mit seiner Gattin in ihrem Zimmer ein.

Hassan, der Sohn von Lla Fatima, kommt von der Schule zurück und erfährt, daß »der andere«, jener, der nicht sein Vater ist, Lla Fatima zur Vernunft (zum Gehorsam?) bringen möchte.

Also geht der Sohn auf die Terrasse hinauf, findet dort die kleine Bahia vor, und um seinen Ärger zu kühlen, sagt er ironisch: »Weshalb gehst du denn nicht mit deinem Vater nach Hause? ... Er ist doch wohl dein Vater, nicht wahr? ...«

»Er ist mein Vater!« antwortet das Kind.

»Na siehst du, wenn er wieder geht, dann sage ihm doch, daß er dich mitnehmen soll!«

Bahia wäre nichts lieber als das. Wie gern würde sie die Hand des Vaters ergreifen, wenn er den Patio überquert, wie gern hätte sie, daß er sie fröhlich ruft mit seiner klaren, melodischen Stimme, daß er sie hoch in die Luft hebt und ausgiebig lacht; sie würde gern bei ihm bleiben ... Sie beginnt zu schluchzen, weint still vor sich hin, aber was hat sie dem großen Bruder entgegenzusetzen?

Da erscheint ein fünfzehnjähriges Mädchen: langes kastanienbraunes Haar und honigfarbene, schmal geschnittene Augen. Sie hat das Gespräch der Kinder gehört, jetzt schilt sie Hassan: »Warum bist du eifersüchtig auf sie? Und was soll denn ohne uns aus ihr werden?«

Bahia hängt sich an die Rockschöße ihrer Lieblingsschwester Cherifa. Jetzt weint sie noch lauter, weil sie getröstet werden möchte, um Cherifas Zärtlichkeit zu genießen, ihre warmherzige Stimme, ihre beinahe mütterlichen Liebkosungen.

Der Bruder zuckt mit den Schultern: Er weiß, worum es geht, und das zeigt er auch: »Du glaubst wohl, ich wüßte nicht Bescheid! ... Mma (die Mutter) hat uns alle hier heruntergebracht, damit sie ihr Hab und Gut behalten kann. Und das kommt von meinem Vater. Er dagegen«, sagt er mit einer wütenden Geste zum Zimmer hin, in dem das Paar sich aufhält, »er hat bisher nur davon profitiert!«

»Du bist noch keine zehn Jahre alt, aber du beschäftigst dich schon mit den Angelegenheiten der Großen!« sagt Cherifa ironisch, sie hat aufgehört, das kleine Mädchen zu trösten. »Wie wird die Autorität meines Bruders über mich, meine Schwestern und meine Mutter erst aussehen, wenn mein Herr Bruder« (sie sagt auf arabisch: »Sidi Khouya«) »ein ganzer Mann ist!«

Und Cherifa bricht ungezwungen in spöttisches Gelächter aus.

Auch heute noch, ein dreiviertel Jahrhundert später, weiß ich, Isma, die Erzählerin, die Nachgeborene – durch die jüngste dieser Töchter –, nicht, ob Lla Fatima (»Mamanee«) ihre beiden Ehemänner nacheinander liebte oder den einen eher als den anderen oder den einen mehr als den anderen ... Ohne Zweifel bin ich jedoch die einzige, die sich derartige Fragen über die Toten stellt!

»Die beiden Ehemänner aus dem Gebirge«, bin ich versucht, mit dieser Formel abzukürzen. Dieses Gebirge ist der Dahra – etymologisch stammt es von dem Wort für »Rücken«, der Dahra ist also »jenes Gebirge, das einem den

Rücken kehrt«, nämlich der Stadt Caesarea: Entgegen allem Anschein konnten sich jedoch zu Beginn dieses Jahrhunderts in den Schluchten dieses Berglandes einige tapfere Kerle niederlassen und an die verwitterten Hänge und in die Tiefen seiner halbwegs ausgetrockneten Wadis geschmiegt ihr Leben führen, zu einer Zeit, die manche als »koloniale Nacht« bezeichnet haben, und hier hielten sie durch, immer noch aufsässig, denn sie fühlten sich noch wie »Aristokraten«, obwohl ihre Güter zu Staub zerfallen waren. Aber in ihnen war der schwarze Quell der Erinnerung an alte Kämpfe gegenwärtig (einst gegen die Türken, gestern gegen die Franzosen).

Ist Fatima dieser frischen Luft aus zerfurchtem Stolz und des herben Geruchs der Freiheit wegen von der Stadt wieder in die Berge hinaufgegangen, als sie mit siebzehn Witwe wurde? Hat mehrere Jahre lang ihr Töchterchen Khadidja allein großgezogen? Kam nur einmal im Jahr nach Caesarea hinab, beim großen Fest Abrahams, um ihre erste Tochter den zahlreichen Halbbrüdern und Halbschwestern zu zeigen?

Als Khadidja sechs Jahre alt wird, ist Fatima auf Anraten ihres Vaters, des Mokkadem, bereit, einen achtbaren Bewerber aus der Gegend zu heiraten: Si Larbi, Abkömmling eines anderen Heiligen, dessen Ort etwa fünfzig Meilen von hier entfernt an jener Seite gelegen ist, die nach Miliana hinabgeht, er genießt höheres religiöses Ansehen als Ahmed ou Abdallah.

Si Larbi ist nicht mehr der Jüngste, aber er ist auch kein Greis. Er befindet sich im »besten Mannesalter«: Zumindest übermittelt das Ferhani Fatima über seine Gattin Amna, die »Goldfrau«. Diese war im Frühjahr für ein paar Tage oben in der Zaouia. Sie hat gesehen, wie Fatima mit ihren vierundzwanzig Jahren als Herrin der kleinen Gemeinschaft vorsteht: die Diener, die Familien der »Klientel«, die Pächter … Fatima steht nachts um vier Uhr als erste auf und kümmert sich zuerst um das Vieh – weckt die Hirtenjungen und die Mädchen in den Gehöften. Und so geht es pausenlos weiter: eine blühende, lächelnde und standhafte Frau, die sich zur Mittagszeit kaum Ruhe gönnt, sondern gleich danach die üblichen Besucherinnen empfängt. Diese kommen mit den neuesten Geschichten über kleine Ereignisse, wie sie die Täler entlangsickern, über die Hügel und die winzigen Weiler. Ein wenig zerstreut lauscht sie den Neuigkeiten, die Amna ihr aus der Stadt mitbringt. Solimans Familie ist weit verstreut: Hochzeiten, Trauerfälle, wer ein Vermögen gemacht hat …

Amna spricht von den Berkani, jener angesehenen Familie des Bewerbers. Sie verschweigt, daß sie Ferhanis Strategie sehr wohl durchschaut: Bis dahin hatte er seine taktischen Fähigkeiten gegen die Erben der beiden heiligen Berkani aufgeboten (Vater und Sohn, in zwei Mausoleen Seite an Seite begraben), Menschen, stark in ihrem Glauben, die erst zwei Jahrhunderte zuvor hierhergekommen waren. Die einen behaupten, sie können nur aus Seguiat el-Hamra gekommen sein, einem Ort, der auf mauretanischem Gebiet liegt und Wiege nahezu aller heiligen Genealogien, während andere dem andalusischen Exil den Vorzug geben, mit den üblichen Etappen: Tetuan, dann Fez und Tlemcen, schließlich die Berge bei Medea, als Algier noch ein bescheidenes Städtchen war, ein kleiner Stützpunkt von Korsaren, die von den Spaniern des Peñon in die Zange genommen wurden, um dann Anfang des 18. Jahrhunderts diese Zaouia der Beni Menacer zu errichten, die später der »ruhmreiche« General Saint-Arnaud vom Keller bis zum Speicher plünderte, der außerdem Ölhaine und Gärten brandschatzte …

Wenn man den Berechnungen und listigen Plänen des Mokkadem Ferhani Glauben schenkt, scheinen sich die Algerier Anfang dieses Jahrhunderts gegenseitig zu bekämpfen, ein toter Heiliger gegen den anderen toten Heiligen, eine Koubba, das heißt ein Grab und Heiligtum, gegen die andere Koubba – wie anderswo übrigens der eine Glockenturm gegen den anderen … Ein gespenstisches Algerien, in dem die Lebenden zwar für sich selbst zu leben glauben, in Wirklichkeit jedoch weiterhin die Rechnungen der Toten begleichen, die noch nicht vollkommen tot sind, aber immer noch einer den anderen schlucken möchte …

In ihren Gesprächen kann Amna die junge Fatima überzeugen, Si Larbi zu heiraten, den Nachkommen des heiligen Berkani, der als »Modernist« angesehen wird, seit einer seiner Enkel (tatsächlich ein Großneffe zweiter Linie) sich spontan für das Lager von Emir Abd el-Kader entschied, gegen die Schützlinge der Franzosen. Aissa el-Berkani, einer der fünf Kalifate des Emirs, verlor dadurch fast den ganzen Familienbesitz, stieg aber deswegen um einiges im Ansehen der Leute. Si Larbi also, der zweite Ehemann Fatimas, war offenbar nach einem aufregenden Leben, das er zu einem Großteil im westlichen Exil verbrachte, ein geliebter, vielleicht sogar liebender Gatte … Auf jeden Fall klug und von gesetztem Charakter. Noch lange nach seinem Tod konnte es geschehen, daß Lla Fatima im Alter, das sie ärmlich verbrachte, seiner manchmal gedachte und über ihn sprach …

Von ihm bekam sie zuerst die ungemein schöne Cherifa, dann die zwei Jahre jüngere Malika (die Tante, die in jenen Tagen der Rast mir Obdach gewährt und mich verwöhnt, zweifellos weil sie immer darunter litt, daß sie nur Jungen hatte und kein Mädchen); schließlich kam dann ihr geliebter Sohn. Kurz darauf beriet Si Larbi Fatima, der sich zärtlich der ältesten Tochter Khadidja widmete, wie diese zu verheiraten sei. Dann wurde er krank: Fatima pflegte ihn ein Jahr lang. Von jedem Hügel, vom kleinsten Heiligtum, und zwar im Umkreis der Hauptstadt bis zum

Sahel, kamen die Händler mit ihrer alten Medizin, die Verkäuferinnen von Tunken und seltenen Kräutern, um ihm zu helfen: Aber kein *Roumi,* nicht einmal ein gelehrter Doktor, denn der Kranke hätte sie alle zurückgewiesen. Das bedauerte Fatima, die wußte, daß kein Christ die Schwelle der Zaouia der Beni Menacer überschreiten würde. Zum zweiten Mal findet sie sich als Witwe wieder: Diesmal, stelle ich mir vor, hat sie geweint.

Als sie zwei Jahre später einen leiblichen Cousin von Malek el-Berkani heiratete (sie war jetzt dreißig oder ein wenig älter; er ungefähr gleichaltrig, manche sagen, er sei bestimmt zwei oder drei Jahre jünger gewesen), war man in ihrer Umgebung überrascht: Man hatte erwartet, sie würde für immer in trostspendender Frömmigkeit versinken. Nein.

War dies nun ihre Liebesheirat? Niemand wird es je erfahren ... Die bittere und zynische Version des Sohnes »des anderen« scheint manchmal die Oberhand zu gewinnen: Ja, Fatimas Vermögen stammte vor allem von Si Larbi, stand also seinem Sohn und den beiden heranwachsenden Töchtern zu ... Allerdings nimmt sein Cousin, nachdem er im selben Haus Hochzeit gefeiert hat, zahlreiche Neuerungen in Angriff: Er modernisiert den Baumbestand, kauft landwirtschaftliche Geräte ein, die hier oben noch nie gesehen wurden ... Bis dahin war noch kein »eingeborener« Bauer so weit gegangen, die europäischen Kolonisatoren aus der Ebene nachzuahmen!

Während der ruhigeren Jahreszeit sucht der junge Ehemann Zerstreuung, er, der zuvor so fleißig gewesen war: Er liebte die fahrenden Musikanten und hielt sie aus, zeigte sich erst bei Morgengrauen, nachdem er irgendwo in der Ferne die Nacht verbracht hatte, in Begleitung, wie es hieß, von Tänzerinnen ... Dies wurde Fatima häufig hinterbracht, die zusammen mit ihren Kindern in nächster

Nähe des Heiligtums blieb. Trauerte sie jenen Zeiten nach, als sie allein auf der väterlichen Zaouia ebenso wie dieser Mann allem eine neue Dynamik verlieh, oder bewohnte eher der Schatten dieser Tänzerinnen ihre Schlaflosigkeit an einsamen Abenden? … Sie zögerte.

Dann wurde Malek wieder seriös, ging völlig in der Beaufsichtigung der Ernte auf: Nannte man ihn denn nicht in der ganzen Region *»Chatter«*, das heißt den Unermüdlichen, den Aktiven? …

Das Mädchen, das sie von ihm hatte, Bahia, war nun zweijährig, wie damals ihre Älteste, als sie zum ersten Mal Witwe wurde und den Entschluß faßte, ins Gebirge namens »Rücken« zurückzukehren! Sie murmelte jenes Wort: *Dahra.* Ein Ort alter Aufstände, und sie dachte: »Ort der Bitterkeit für die Frauen.« (Als wollte plötzlich das Bild ihrer Mutter, die unter so dramatischen Umständen gestorben war, wieder hochkommen!) Schließlich entschied sie sich für die Gütertrennung, die ihr das islamische Recht zugestand.

»Ich muß die Zukunft meines Sohnes sichern!« erklärte sie an jenem Tag, als sie mit beinahe allen Kindern in einer Kalesche endgültig nach Caesarea zurückfuhr.

Zwei oder drei Jahre später hatte sie sich gerade an ihr neues Haus gewöhnt und mußte dann erfahren, daß Malek, ihr Gatte, dessen wöchentliche Besuche immer seltener wurden (denn Lla Fatima wollte dort oben nicht mehr leben, diesmal nahm sie zu dem Argument Zuflucht, das Französischstudium ihres Sohnes sei wichtig!), nun zu handeln begann: Lla Fatima wollte nicht zurückkehren und überließ ihm auch nicht die Verwaltung ihrer Güter. Gut, dann würde er ein zweites Mal heiraten. Er schickte ihr den Brief der Verstoßung … Beginnt sie an diesem schwarzen Tag mit ihren theatralischen, trancehaften Sitzungen? … Nein, ich glaube nicht.

Das Unglück nimmt kein Ende – und doch kauft sie sich ein weiteres Haus in der Nähe des europäischen Viertels, gleich hinter der Kirche, die wie ein antiker Tempel aussieht. Dieses Gebäude ist größer, die geräumigen Zimmer im ersten Stockwerk haben Fenster und Balkone, die auf die Straße hinausgehen, aber auch auf maureske Galerien, die sich dem Meer und dem Hafen öffnen. Also ein halbmodernes Stilgemisch (sie stellt sich bereits vor, wie sie in zehn Jahren hier ihren Sohn verheiraten wird!): Aber noch wohnt sie nicht hier. Eine der Wohnungen im Erdgeschoß vermietet sie an den ehemaligen Rabbiner der Stadt und seine Familie, mit der sie bekannt ist. Sie selbst möchte im ersten Stock wohnen, und in den noch freien Zimmern im Erdgeschoß könnte sie ihre Pächter empfangen … Sie denkt an ihren Umzug im Herbst.

Das Unglück nimmt seinen Lauf, oder vielleicht ist es »der böse Blick«: In der Stadt herrschte im Jahr 1924 eine Typhusepidemie – sie zeigte sich zuerst in der Umgebung, aber keiner sah sich vor, und so erreichte sie recht schnell das arabische Viertel.

Kurz bevor es Sommer wurde, entdeckte Lla Fatima, daß sich beinahe alle ihre Kinder angesteckt hatten. Nur Malika hat aufgepaßt, sie pflegte Cherifa, die als erste bettlägrig wurde, dann Bahia, die Kleine phantasierte unter dem starken Fieber besorgniserregend. Als dann Hassan an die Reihe kam und sich ständig übergeben mußte, verließ Lla Fatima der Mut. Sie war allein: Ihr Vater war seit zehn Jahren tot, ihre jüngere Schwester seit langem verheiratet in einer fernen Stadt und Amna nunmehr fast gelähmt vom Altersrheuma.

Mit der Hilfe von Malika – kaum dreizehn Jahre alt, aber ganz bei der Sache, schweigsam und tatkräftig – zeigte sie allen Unbilden die Stirn. Und rang sich schließlich dazu durch, sogar einen Arzt zu rufen – jawohl, den französischen Arzt, warum denn nicht: Sie war die erste arabische

»Dame« der Stadt, die es wagte. Der Doktor, ein unwirscher Fünfzigjähriger, der ein paar Wörter des Dialekts von der Gegend hier sprechen konnte, kam zu ihr ins Haus. Er schlug mit der »Hand Fatmas« an der schweren Tür kurz die Glocke an, durchquerte den Patio, betrat das erste Zimmer, in dem der Sohn seit drei Tagen beinahe ohnmächtig lag. Er untersuchte ihn, verschrieb etwas, wollte dann die kranken Mädchen sehen; beschäftigte sich lange mit Cherifa, die ihn melancholisch anlächelte. (Erst in diesem Augenblick gewahrte die Mutter, wie stark die Heranwachsende abgemagert war: Sie klagte nie, war eine duldsame, sanfte Kranke, ihre schmalen Augen blickten einen aus großer Ferne an, sie kamen von weit her – und immer dieses Lächeln! ...) Bahia, die Kleine, schien den Franzosen ebenso zu beschäftigen. Er gab ihr von sich aus einige Säfte, die er in seiner schweren Tasche hatte. Dann schrieb er ein weiteres Rezept aus und sagte, er werde übermorgen wiederkommen.

Während er sich Hände und Handgelenke wusch – Malika goß das Wasser aus der Kanne in der Nähe des Brunnens –, bemerkte er, daß er von den benachbarten Terrassen aus von unbekannten Nachbarinnen beobachtet wurde. Er lächelte nicht einmal: Er war noch mit den Kindern Fatimas beschäftigt.

Lla Fatima verstand das und war ihm dankbar: Ein Franzose konnte also ihr Verbündeter sein. Sie dankte ihm mit ehrlichen Segenswünschen, fragte, wie sie ihn »bezahlen« solle. Er antwortete kurz auf arabisch: »Später« und ging hinaus.

Das war eine kleine Revolution in der Stadt: Die alten Familien nahmen zur Kenntnis, daß Lla Fatima, obwohl sie väterlicherseits als auch durch ihre beiden Ehemänner Nachfahrin jener Menschen war, die einst dem Besatzer Widerstand entgegengesetzt hatten, nicht zögerte, ihre Kinder »bei den Franzosen« kurieren zu lassen.

Übrigens erholte sich Hassan als erster, und für seine Mutter war es, als fiele ihr ein Stein vom Herzen. Bahia blieb leidend, sagte kaum ein Wort: Allerdings wich sie nicht vom Bett ihrer geliebten Cherifa, in deren Armen sie oft eingeschlafen war – und Cherifa wurde nicht mehr gesund.

Das Wehklagen der Frauen ... Das kleine Mädchen kauerte neben dem Kopf der jungen Toten.

Die Augen des kleinen Mädchens blieben trocken, denn unzählige Frauen in Weiß saßen im Kreis um Cherifa, die unter dem Leintuch verschwunden waren, nur ihr Gesicht war zu sehen, fahl, eine Maske. Das Mädchen betrachtete sie schweigend; es würde morgen schweigen und auch noch acht Tage danach.

Die Frauen aus der Verwandtschaft waren gerührt; eine stand auf und wollte Bahia zu sich ziehen, auf ihren Schoß nehmen: »Ein sechsjähriges Kind, das am Kopf einer Toten thront! ...«

»Nehmt euch vor dem bösen Blick in acht!« fügte eine andere hinzu und eine dritte: »Tatsächlich war Cherifa, Gott möge ihr barmherzig sein, wie eine zweite Mutter für ihre jüngste Schwester! Als ob die Arme geahnt hätte, daß sie niemals ein Kind bekommen würde, daß sie vorher gehen muß!«

»Waise der eigenen Schwester sein, das ist das Schrecklichste!« wimmerte eine andere, eine Unbekannte, die, aus der Hauptstadt kommend, vor kurzem eingeheiratet hatte, mit ihrer etwas wilden Schönheit wurde sie von ihren Schwägerinnen gefürchtet und deshalb respektiert.

»Die Schwester zu verlieren soll schrecklich sein?« rief eine Alte mit durchdringendem Blick aus. »Es ist die Mutter und nur die Mutter, die eine offene Wunde hinterläßt, wenn man sie verliert!«

»Ich«, sagte die Fremde (man nannte sie so, weil sie

keinen Akzent von Caesarea hatte), »ich bin sicher, daß es die Schwester ist!«, dann deklamierte sie, ohne sich zu erheben, in einer höheren Tonlage und gelehrten Worten:

O mein anderes Ich, mein Schatten, mein Ebenbild,
Du bist gegangen, du hast mich verlassen, mich, die Ländliche,
Die Pflugschar deines Schmerzes hat mich aufgewühlt, die Tränen haben mich fruchtbar gemacht.

Nach diesen Worten, die sich auf altarabisch reimten, begann plötzlich eine Frau zu schreien: Groß und hager, richtete sie sich auf, zerriß ihr Kopftuch mit der einen Hand, die andere zerkratzte mit offenen Fingern langsam ihre linke Wange.

Die Dichterin saß und verstummte; Bahia erhob sich, offenen Mundes staunend, die Augen weit aufgerissen vor dem blutenden Gesicht des Klageweibs.

Eine andere begann, das kleine Mädchen vorsichtig zu sich zu ziehen. Jene, die eben geschrien hatte und sich jetzt zerstreut die Wange abwischte, wurde von einem seltsamen Zucken gepackt, ihr Oberkörper schüttelte sich gleichsam unter einem Lachen, dann begann sie zum Erstaunen aller zu schreien: in einer fremden Sprache, welche die Mehrzahl der Städterinnen nicht verstand oder bereits vergessen hatte, jedenfalls zeigten sie im Laufe dieser Phantasmen eine verdrossene Miene, halb aus Verlegenheit, halb herablassend.

Und die Sprache der Berber ergoß sich geschwind, als habe sie nur darauf gewartet, während eine Frau der anderen zuflüsterte: »Sie ist eine Cousine der Toten, sie kam aus der Zaouia herunter, dort im Gebirge trägt sie häufig auf diese Art in ›ihrer‹ Sprache etwas vor!«

Und die Cousine rief mit nunmehr trockener Wange, auf der nur noch die rosa Spuren der Kratzer zu sehen waren:

Seg gwasmi yebda useggwas
Wer nezhi yiggwas!

Dann schrie sie folgende Verse in noch schmerzlicherem Ton:

Meqqwer lhebs iy inyan
Ans'ara el ferreg felli!

Und Malika, die Schwester der Toten, die nicht weinte, sondern bis dahin reglos bei der Schwelle gestanden hatte, fiel mit ihrer metallenen Stimme ein: »O sei gesegnet, Tochter meines Onkels, die du von weit her gekommen bist, um unseren Schmerz zu teilen!«

Dann wandte sie sich an jene, denen die »Sprache des Gebirges« ungelegen zu sein schien, und fuhr fort: »Und für alle, die nicht die Sprache der Vorfahren verstehen, übersetze ich jetzt, was die Tochter meines Onkels gesagt hat, was sie für meine Schwester, die Unvergeßliche, gesungen hat.« Zuvor jedoch tat sie einen Schritt in die Mitte der Weißverschleierten, vergewisserte sich, daß ihre Mutter Lla Fatima nicht anwesend war, die seit dem frühen Morgen bewußtlos ruhte, weil sie nach einer langen Sitzung der Trance und der lyrischen Verzweiflung beinahe den Verstand verloren hatte. Schließlich übersetzte Malika für jene Städterinnen, die nur den Dialekt ihrer Stadt verstehen wollten:

Seit dem ersten Tag des Jahres
Hatten wir nicht einen Festtag!
Weit ist das Gefängnis, das mich erdrückt,
Woher soll mir die Erlösung kommen?

Bei diesen Worten setzte sich die kleine Bahia, die aufgestanden war, von selbst langsam auf den Boden und nahm so ihren Platz am Kopf der Toten wieder ein. Fest entschlossen, dort zu bleiben, bis die Träger des Totenbrettes sich ankündigten …

Bahia, völlig reglos. Wenn eine Frau aus der Verwandtschaft ihr die Stirn oder die Hände mit Kölnisch Wasser besprenkelte, war es, als würde sie eine Tote segnen. Stumm und trockenen Gesichts wiederholte Bahia ganz tief in ihrem Inneren die berberische Klage der Cousine mit der zerkratzten Wange …

»Weit ist das Gefängnis«, »Meqqwer lhebs«, einige Worte, die in ihr nachklangen, mal auf arabisch, mal in der Berbersprache, langsam und holprig, gleichsam ein unebener, schlingernder Gang, der ihr jedoch Ruhe gab – und so kam es, daß sie das plötzlich eingehüllte Gesicht von Cherifa heiter betrachtete, bald verschwand es unter dem Bahrtuch, das man nun forttrug.

In den folgenden Tagen, Wochen, dann Monaten und schließlich Jahreszeiten sagte Bahia kein Wort. Lächelte nicht. Sang nicht.

Sie lebte so dahin, ruhig, wenn nicht gar kühl, schmerzerfüllt oder heiter, wie sollte man das wissen, bis zu ihrem siebten Lebensjahr.

Als sich Cherifas Todestag jährte oder kurz danach, willigte Lla Fatima ein, daß ihre Jüngste in die Hände einer Zauberin aus der Umgebung gegeben wurde, die wußte, was zu tun war, wie man ihr sagte, um einen Lebendigen oder eine Lebendige von der Besessenheit eines oder einer geliebten Toten zu befreien, die ihren Raub allzulange gefangenhielt, »gegen den Willen Gottes« …

Aber nur mit Unbehagen ließ sie das kleine Mädchen in Begleitung einer alten Nachbarin gehen, die ihr zugeraten hatte: »Es ist nicht weit vom Strand, die Einsiedlerin wohnt in einer abgelegenen Bucht! … Du wirst sehen, sie wird mit dem Willen und dem Schutz der Heiligen deiner

Linie, Ahmed ou Abdallah und Berkani Vater und Sohn, erfolgreich sein! ...«

Bahia kam am Abend schweigend zurück. Am nächsten Morgen – es war ein Freitag, der letzte vor dem Fastenmonat – begann Bahia gleich nach dem Gebet ihrer Mutter und ihrer großen Schwester langsam zu sprechen, als ob sie schon immer gesprochen hätte, ohne Melancholie: ein paar Worte über die Frische der Luft und den Glanz des Lichts.

In der kommenden Woche verteilte Lla Fatima jeden Morgen Almosen.

Zwölf Jahre später wurde Bahia neunzehn Jahre alt. Mich brachte sie mit achtzehn zur Welt. Mit neunzehn Jahren, genau dreizehn Monate nach meiner Geburt (sie hat mich nämlich nur im ersten Monat gesäugt; dann hatte sie keine Milch mehr, fühlte sich krank und magerte ab. Ihre Traurigkeit und ihr Ekel milderten sich, als einige Wochen später jene glückselige Schwangerschaft sie erfüllte, die ihr neue Lebenskraft einflößte, bei der sie aufblühte), bekam sie endlich einen Sohn. Ihren ersten.

Wie schön er ist. Ein Baby, so dick, daß es ihr bei der Geburt große Schmerzen zufügte. Aber um so glücklicher war sie über die Komplimente der Besucherinnen: »Weiß, dick und blond, so blond ...«

»Er hat blaue Augen, hast du ein Glück! Das wird ein echter Herr! Ein Bräutigam! ...«

»Die Augen hat er von seinem Vater, der ist aus der väterlichen Linie!« – »Von den Berbern aus dem Gebirge«, flüsterte eine andere süßlich.

Aber Lla Fatima – die Mutter meiner Mutter – gab ruhig zur Antwort: »Richtig! Die Männer von unserer Seite haben alle schwarze Augen und lange Wimpern! ... Alles schöne dunkle Männer bei uns«, seufzte sie, indem sie mit Sehnsucht an ihren Sohn dachte, den Frankreich als Soldaten behielt, weit entfernt in der Sahara!

Die unerschöpflichen Gespräche der Besucherinnen ganz in der Nähe bilden ein warmes und wirres Raunen. Bahia liegt in ihrem Bett, drei Tage nach ihrer Niederkunft; vor dem siebten Tag wird sie wieder aufstehen, um ein Fest zu feiern. Welch ein Glück, daß sie ihren Sohn ausgerechnet in ihrer Stadt und im schönen Haus ihrer Mutter bekommen hat; nun wird sie die Zeremonie auskosten. Zahlreiche Gäste werden kommen; die Musikantinnen werden spielen. Lla Fatima wird für alles sorgen, wie kürzlich bei der Hochzeit ihrer Jüngsten (die schönste Hochzeit in dieser Stadt, noch lange Zeit in aller Munde, weil die Braut, nachdem man ihr den traditionellen Kaftan angelegt hatte, mit großem Stolz als erste in der Stadt das weiße Kleid der europäischen Bräute trug: Es war der Wunsch des Bräutigams, der Freund ihres Bruders, der seinen Abschluß an der Pädagogischen Hochschule gemacht hatte ...).

Deshalb findet Bahia neue Zuversicht. Das Zeremoniell des siebten Tages erfüllt sie mit ruhiger Heiterkeit, die sie süß und erweichend durchströmte.

Als im vorigen Jahr das Mädchen kam, mußte dagegen alles in großer Eile geschehen und weit fort von hier, an dem Ort, wo man ihrem Gatten die erste Lehrerstelle zugewiesen hatte, in den Bergen nördlich von Bou Saada. Als hätte sie ihr erstes Kind in der Verbannung geboren! Es war der letzte Schultag, und das Baby kam acht Tage zu früh, dabei hatten sie beide doch vorgehabt, am nächsten Tag aufzubrechen (in den Ecken standen die Koffer halb offen und warteten nur darauf, verschlossen zu werden). Nun waren Sommerferien, dort in der Stadt hatte die Mutter ihr Zimmer hergerichtet, das Bett, die Leintücher und die Vorräte für das Fest, wenn die Besucherinnen kamen! ... Dann kam jene Geburt mitten in den Bergen, bei der man auf die Hebamme vertrauen mußte, eine recht alte Bäuerin mit großer Erfahrung, gewiß, und einem guten Gesicht, zugänglich und Vertrauen einflößend, aber trotzdem, sie sprach nicht einmal arabisch, außer den Wörtern, um Gott anzurufen und die Patientin zur Geduld zu gemahnen: Ihre mit Koranzitaten gespickte Rede war der Gebärenden wie eine fremde Sprache vorgekommen, während sie versuchte, ihre Schmerzen zu ertragen.

Die Alte wollte das Seil bereitlegen, das man an der Decke befestigte, damit die Gebärende sich an ihm festhalten und sich somit Erleichterung verschaffen konnte, indem sie sich an ihm mit erhobenen Armen hochzog ... Bahia hatte abgelehnt: Sie wußte, daß dies bei den Bäuerinnen Brauch war. Nein. In ihrer Stadt kippte man lediglich das Bett ... Das kochende Wasser war vorbereitet, die werdende Mutter litt und sprach dabei Koranverse ... Im schlimmsten Fall würde man den französischen Arzt rufen. Lla Fatima war entschlossen: Er würde auch noch um Mitternacht kommen, schließlich kannte er die Familie ... Bisher hatte Bahia ihrer ersten Niederkunft ruhig entgegengesehen. Aber nun, in Gegenwart dieser aus dem nahegelegenen Douar herbeigeeilten alten Bäuerin, mußte meine Mutter leiden, anfangs schweigend, dann mit einem immer rhythmischer werdenden Stöhnen – bis ich das Tageslicht erblickte.

Die Alte setzte zu einem großen Gelächter an. Kappte die Nabelschnur. Kehrte mich sofort um, Kopf nach unten. Wartete auf meinen ersten Schrei. Dann gab sie einen langen Satz von sich, den meine erschöpfte Mutter hörte, aber nicht verstand.

Als Lla Fatima vier und fünf Tage später eilig anreiste (mit dem Bus bis Bou Saada, dann noch weiter, bis die Straße aufhörte, dort verlangte sie eine Stute oder ein Maultier, und vor den erstaunten Bauern nahm sie stolz das Reittier zwischen die Schenkel), ungeduldig, zu sehen, ob ihre Jüngste, obwohl altmodischen Bräuchen ausgeliefert, gesund und munter war, als die Großmutter endlich der Amme gegenüberstand (sie brachte ihr aus der Stadt ein

Stück Stoff für ihren *sarouel*, Duftwasser aus Mekka und einen Rosenkranz, der überdies geweiht war), versanken die beiden Frauen sofort in ein Gespräch, das den ganzen Abend währte.

Meine Mutter auf ihrem Lager, denn erst nach dem dritten Tag konnte sie aufstehen, einige Schritte gehen und mußte sich dann wieder zu Bett legen, meine Mutter hörte sie lachen und dachte: »Schon lange habe ich meine Mutter nicht mehr lachen gehört, diese strenge Frau! ... Die beiden scheinen sich gut zu verstehen!«

Endlich ging die Hebamme und überschüttete sie mit Segenswünschen. Lla Fatima sagte zu ihrer Tochter: »Weißt du, wie sie die Ankunft deiner ersten Tochter begrüßt hat, als das Baby den ersten Schrei ausgestoßen hat?«

»Ich habe gehört, daß sie eine ganze Rede gehalten hat«, sagte meine Mutter, »aber ich habe nichts verstanden.«

»Glücklicherweise spricht sie ein Berberisch, das der Sprache meiner Kindheit ganz ähnlich ist: Wir haben wie zwei Cousinen miteinander geredet!« Sie setzte erneut zu einem Lachen an, das aber sanft und kaum zu hören war und ihren ganzen Oberkörper schüttelte, während Bahia sie immer noch erstaunt ansah; schließlich schöpfte sie Atem und fuhr fort: »Als deine Schmerzen endlich aufhörten, hat die Hebamme gesagt: ›Sei gegrüßt, Mädchen aus den Bergen. Du wurdest in Eile geboren, und es scheint dich nach Tageslicht zu dürsten: Aus dir wird eine Reisende werden, eine Nomadin, die aufbrach in diesem Gebirge, aber wohin wirst du gehen? Noch viel weiter!‹«

Bahia, die junge Mutter, sagte kein Wort.

»Eine solche Rede für ein Mädchen!« seufzte sie.

»Das nächste Mal wirst du einen Jungen bekommen!« antwortete die Großmutter.

Tatsächlich geschah bei der zweiten Niederkunft alles, wie Bahia es sich erhofft hatte. Mit der strahlenden Schönheit des Neugeborenen hatte sie nicht einmal gerechnet.

Die blauen Augen, das war natürlich die väterliche Seite – während ihre Tochter nußbraune Augen hatte, wie sie feststellte, ohne es jemandem zu sagen, denn es war die Honigfarbe Cherifas, der Schwester, die sie als Kind verloren und niemals beweint hatte.

Im Alter von neunzehn Jahren und wenigen Monaten wurde Bahia die Freude zuteil, wenn man das Reich der Mütter betritt: Die Besucherinnen strömten einen ganzen Monat lang zu Lla Fatima, als wollten sie die Tatsache ausgleichen, daß die Erstgeborene, das »berggeborene Mädchen«, wie man sagte, nicht gebührend gewürdigt werden konnte.

»Ein Prinz! Du hast einen Prinzen als Gabe erhalten, du, die Prinzessin deiner Mutter!« rief die Nachbarin gleich von nebenan aus, die als Frau mit der größten Rednergabe galt, bei Glücks- wie auch bei Todesfällen.

Zwei Monate später trug Bahia ihr schönes Baby in ihren Armen fort. In einen Seidenschleier eingehüllt, nahm sie zusammen mit ihrem Gatten den Bus, der sie in jenes Dorf im Sahel brachte, wo mein Vater zum »Lehrer der Eingeborenenklasse« ernannt worden war.

Und wie ist es mir auf dieser ersten Reise ergangen? … Nun, ich weiß es nicht. Meine Mutter kann sich an nichts erinnern. Vermutlich hat der Vater das Mädchen auf seinem Arm getragen.

»Es sei denn, du hättest mit elf Monaten selbst gehen können. Dann wärst du mit uns bis zur Bushaltestelle getrottet.« Meine Mutter erinnert sich, mit welcher Vorsicht sie das Baby in ihren Armen schützte: sein Gesicht bedecken, damit es keinen Staub schluckt! »Und auch vor dem bösen Blick!« war der Rat der Großmutter.

Zu viert haben wir also die französische Wohnung betreten, in der ich bis zu meinem zehnten Lebensjahr wohnte, außer im Sommer und in den Herbst- und Frühjahrsferien: Dann suchten wir anfangs mit dem Bus, später mit dem eigenen Wagen die alte Stadt auf, die uns beiden, meiner Mutter und mir, wie ein Hafen der Ruhe, ein weiches Nest erschien: In meiner verzauberten Kindheitserinnerung wurde diese Stadt in einen Ort immerwährender Feste verwandelt, in der es sich die sanften und trägen Frauen offenbar wohl gehen ließen.

Waren wir in unserer Wohnung, fühlten wir uns »unter Franzosen«.

»Nun ja, die Franzosen aus Frankreich!« erklärte meine Mutter ihren Freundinnen, wenn wir wieder einmal in der Stadt waren. »Die Lehrerfamilien kommen alle aus Frankreich. Sie grüßen uns, ich lerne sogar ein paar Worte von den Nachbarinnen ...« (»Was für ein aufregendes Leben!« dachten die neugierigen Freundinnen). »Aber bei den anderen, den Europäern aus dem Dorf, ist es wie hier: Sie haben ihre Welt und wir die unsrige!«

Somit kamen wir im Mietshaus für Lehrerfamilien mit dem Rand eines anderen Bereichs in Berührung, der für die Leute von Caesarea völlig fremd war: »die Franzosen aus Frankreich«. Es war, als ob meine Mutter und ich auf dem Dorf nahezu einen anderen Planeten streiften.

»Ich habe zwei Sprachen«, sagte die mit zwanzig Jahren verwaiste Mutter leise.

»Verwaist« bedeutet, sie hat ihren ersten Sohn verloren.

»Ich habe zwei Sprachen!« Viele Jahre später höre ich diese Klage, als die Mutter Frankreich durchquert, zwanzig Jahre waren vergangen.

In ihrem Hotel in Straßburg, wo sie weinend eingeschlafen ist, wacht sie mitten in der Nacht wieder auf. Knipst das Licht nicht an. Öffnet die Augen und schaut. Erinnert sie sich? Fern von ihrem Sohn in Gefangenschaft, den sie nicht einmal für eine Stunde sehen durfte, und weit weg von Algerien, das sie mit einer Kühnheit, die ihr nicht bewußt war, verlassen hat, betrachtet sie jene Tage in einer fernen Vergangenheit.

Das Baby in der Wohnung: als sie die Schwelle überschritten hatte, ihren ersten Jungen auf dem Arm, unter zahlreichen Schleiern. Und sie beginnt zu sprechen, sie sagt zu mir: »Er war sechs Monate alt ... Im Dorf damals, kurz vor Beginn der Ferien, bevor wir nach Caesarea gingen, und meine Schwiegermutter lebte bei uns, eher schüchtern war sie, sogar schweigsam, aber sie konnte ihn so gut wiegen, abends, bevor er einschlief, und morgens ganz früh, damit wir noch ein wenig schlafen konnten, beugte sie sich also über seine Wiege.

Und ich höre noch heute das Brabbeln des Säuglings, von dem lange Zeit nur ein Vogelgurren kam und dann ein Piepsen. Die Großmutter platzte laut heraus; noch nie hatte ich sie so aufgeregt gesehen: ›Hörst du ihn, meine Tochter? ... Er hat eben berberisch gesprochen!‹

Und als sie mich zweifeln sah, bekräftigte sie: ›Aber ganz gewiß! ... Natürlich ein Wort nach dem anderen, beinahe abgehackt. Ohne eine folgerichtige Bedeutung ... aber es war Berberisch!‹

Ich zuckte mit den Schultern und verließ das Zimmer. Heute tut es mir leid, nicht weil er nicht mehr da ist, mein sechsmonatiges Baby (wie sollte er auch berberisch sprechen, bei uns hat niemand diese Wörter in den Mund genommen ... und die Amme aus dem Dorf ist erst nach der Geburt meines zweiten Sohnes zu uns gekommen!). Ihretwegen tut es mir leid, wegen meiner Schwiegermutter, weil sie jetzt tot ist, und wenn man einmal von dieser Szene absieht, habe ich nie wieder gegen sie gefehlt, glaube ich ... Sie war sanft. An diesem Tag war sie sicher bekümmert über meine Heftigkeit!

Dann fuhren wir also nach Caesarea in die Ferien. Mitten im Sommer, während der heißen Hundstage, ist mein Kleiner dann krank geworden; es war in der Nacht zum

Freitag … Am nächsten Tag starb er kurz vor der Mittagszeit. Er hatte innerhalb von wenigen Stunden alles Wasser verloren … Der französische Arzt hat geschimpft: ›Ihr hättet mich in der Nacht wecken sollen!‹ … Gestorben und noch am selben Tag beerdigt, mein Kleiner! Mit ihm wurde diese Sprache erstickt, das ist sicher. Er kam mit offenem Mund in die Erde; die Hände mit gespreizten Fingern und seine Augen … Seine Augen, ich wache heute noch manchmal nachts auf, und dann schaue ich hinein, starre auf ihr Blau!«

Die Mutter wollte sein Grab nicht besuchen. Nicht einmal am dritten Tag. Sie kehrte auf den Friedhof erst bei dem Begräbnis von Lla Fatima zurück, ihrer Mutter, die acht Tage nach der Unabhängigkeit starb!

Selim, der lebende Sohn, wurde eben aus französischen Gefängnissen entlassen, er mußte allerdings für einige Zeit in einem Sanatorium bleiben – seine Lungen wurden im letzten Gefängnis sehr mitgenommen, in Rouen, denn dort stand er zu lange unter strengem Arrest. (Die einzige Erinnerung von den zahlreichen Reisen zu den französischen Gefängnissen, die ich mit meiner Mutter teile: ein Tag im Jahr 1961, als wir alle drei, meine Mutter, meine kleine Schwester und ich, uns im Gefängnis einfanden und der Direktor uns in seinem Büro empfing. Er ließ seinen kalten Blick auf dieser von zwei jungen Mädchen eingerahmten Dame ruhen und verkündete dann, daß Selim in »strengem Arrest« bleiben müsse, weil man kürzlich einen Ausbruchsversuch von ihm vereitelt habe.)

Nein, selbst im Sommer 1962, als wir alle uns um das Grab der Ahnin versammelten – »Frauentag«, immer der dritte – und von dort aus das Panorama bewunderten, die Stadt als Viereck über dem antiken und halb überschwemmten Hafen mit dem bemerkenswerten Leuchtturm, selbst da ging meine Mutter nicht zum Ort ihres toten Kindes: weil sie es nicht glauben will, daß er begraben ist – und zwar seit 1938. Er wäre vierundzwanzig geworden, fünfzehn Monate älter als Selim.

Weshalb rührte sie wieder an diese nutzlose, dunkel schimmernde Verkrustung einer einstmals zurückgewiesenen Trauer: zweifellos weil sie zusammen mit diesem sechsmonatigen Baby, das ihr allzuschnell und grausam entrissen wurde, vor allem auch die Sprache begraben hatte, und zwar jene, die für diesen ersten Sohn gleichsam als ein Kranz aus Orangenblüten gedacht war!

Wenn nur nicht dieses Vergessen, diese Zurückweisung, diese Verleugnung lange Zeit vorher zum ersten Mal geschehen wäre, da sie als Sechsjährige auf das Verschwinden der wunderschönen Cherifa mit dem Verlust der Stimme reagierte und sich in diesem ausdauernden Autismus, dieser Lähmung des Mundes, der Kehle, der Stimmbänder, ja sogar des Schlagens der ein- und ausatmenden Lungen, jene Sprache des Vaters verflüchtigte, der es vorgezogen hatte, dort oben in der Zaouia zu bleiben, die Sprache der Pächter, die zu Lla Fatima, der befehlenden Frau, kamen, um Rechenschaft abzulegen – diese Sprache also, von der sie sich als kleines Mädchen abwenden wollte, verschwand mit einem Mal: aus ihr selbst und aus ihrer Umgebung.

Und so blieb das tote Kind für immer, im Grab ihrer Erinnerung, das schlafende Kind.

Frauen auf dem Land IV

Zweiter Drehtag ... Bis jetzt war nur von den Örtlichkeiten die Rede, vom Hof und seiner Königin, die für die neunzehn Leute des Aufnahmeteams nicht existiert: die Madonna.

An diesem Tag schaffen wir es bis zum letzten Zoom: Es fängt die Frau ein, deren Schlaf nun unruhig geworden ist. Dann stellt sich das Problem mit dem Kinderbett im Hintergrund: Man sieht dort den Kopf des schlafenden Mädchens. Aber Ferial, die für diese Kinderrolle vorgesehen ist, kommt erst am nächsten Tag aus der Hauptstadt.

Ich trete bei den Bauern ein, deren Kinder vom Beginn der Dreharbeiten ganz aufgeregt sind. Man sagt uns, das erste Haus gehöre der »Witwe«: Ich platze bei ihr herein, wähle schnell den dunklen Kopf eines Kindes aus, das so alt ist wie Ferial. Ich erkläre, es habe nichts zu tun, außer zu schlafen, vielleicht zwei oder drei Stunden lang, das Kinderbett sei bereits gemacht. Auf der Leinwand wird von ihm nur ein Büschel schwarzer Haare zu sehen sein. Ich nehme die kleine Aichoucha bei der Hand, führe sie zum Drehort. Die Arbeit drängt, die Techniker beeilen sich, es ist zehn Uhr, wir werden bis Mitternacht arbeiten. Draußen ist es kalt und der Boden aufgeweicht, hier im Licht der Scheinwerfer die Scheinwelt einer halb primitiven, halb raffinierten Behaglichkeit, eine aus der Kindheit vertraute weibliche Atmosphäre.

Ich lasse die Hand des Mädchens nicht los, spreche sanft auf es ein, trotz des Lärms. In der Nähe des Bettes (das ich von meiner Mutter abgeholt habe, jedes von ihren drei Kindern hat darin geschlafen) ziehe ich Aichoucha die Schuhe aus, die ihr die Witwe trotz der Eile noch unbedingt anziehen wollte. Leider sind ihre Füße trotzdem voller Schlamm, und wennschon. Wir haben jetzt nicht die Zeit, ihr die Füße zu waschen (obwohl das ein Bild großer Poesie abgegeben hätte: ein Hirtenmädchen, dessen schmutzige Füße im Scheinwerferlicht gewaschen werden).

Ich hebe Aichoucha hoch, lege sie ins Bett mit den weißen Leintüchern, die nun schmutzig werden. Aber das ist im Augenblick völlig unwichtig, mich rühren die Augen dieses Kindes, ich streichle es, flüstere, es soll wirklich schlafen, wir brauchen nur die schwarzen Locken auf dem Kopfkissen. Die Einstellung beginnt.

Aichoucha, ein achtjähriges Hirtenmädchen, die zweite unbestrittene Schönheit an diesem Ort. Ich habe hier zwei Königinnen getroffen: die abwesende Madonna und das kleine Hirtenmädchen, das als erste Statistin auftritt. Später wurde ihre Gegenwart immer deutlicher, aber als Silhouette, die hinter ihren Schafen herrennt.

Kehren wir zu jener Nacht zurück, als ich plötzlich in diese Hütte hineinplatze. Neun Uhr abends: weder Öllampe noch Kerze; jemand bringt eine Lampe. Die Mutter zeigt mir jetzt ein junges Gesicht mit riesigen Augen, eine Schar von Kindern hängt an den Falten ihrer Pluderhose. Aichoucha, die ich dann mitnehme, hat dieselben Augen wie ihre Mutter: groß und ziemlich rund, die einen unablässig und lange anstarren können …

Am nächsten Morgen ließ ich es mir nicht nehmen, sie erneut zu besuchen, beim Kaffee nicht nein zu sagen, mich im Kreis der kleinen Familie niederzulassen, ihnen etwas Zeit zu widmen.

Die Witwe ist dreiunddreißig oder vierunddreißig Jahre alt, vielleicht jünger, sie weiß nicht genau, wie alt sie ist. Die Abnutzung und Müdigkeit machen sie älter, aber ihre Stirn und ihr Blick wirken noch jung. Trotz der Morgensonne draußen herrscht Halbdunkel in der Hütte. Als Einrichtung nur das Nötigste: eine Berbertruhe, etwas Geschirr, ein *kanoun* für Kohle, einige Schafsfelle und dann doch noch zwei Stühle im westlichen Stil, mit dünnen Beinen und zu hoch. Ich sitze auf einem der beiden, angestaunt von den über die Matte verstreuten Kindern, ich trinke Kaffee und protestiere, als die Hausfrau damit beginnt, nur für mich Brot zu backen; ich höre vor allem zu. Kurz darauf halte ich das warme Brot in der Hand, Aichoucha liegt wie eine Katze zu meinen Füßen, und ich höre zu, was die Mutter zu erzählen hat.

Sie erinnert sich an den Todestag ihres Mannes: Er kümmerte sich um die Maschinen der Genossenschaft. Sie erzählt den Hergang des Unfalls: ein Lastwagen, dessen Bremsen plötzlich nachgaben. Sie beschreibt, wie die Nachricht sie erreichte, man rief sie sich über die Felder zu. Sie schildert die Einzelheiten, Tränen, Familie, die Nachbarn. Nach alldem gibt es nur ein tröstliches Wort: »l'assurance« – die Versicherung.

Dieses Schlüsselwort – das sie auf französisch sagt – ist ihre ganze Hoffnung und Verzweiflung: Denn die Formalitäten kommen seit beinahe drei Jahren nicht voran. Die Kinder wachsen heran; der Älteste, ein vierzehnjähriger Junge, geht als einziger in die Schule, aber durch das Unglück ist er zum Familienoberhaupt geworden: Man setzt ihn zeitweise als Lehrling ein, dafür erhält er die Hälfte des herkömmlichen Tageslohns, so wird die karge Unterstützung etwas aufgebessert, die von der Genossenschaft ausbezahlt wird, bis die Entschädigung der Versicherung da ist.

Es überrascht mich, als ich erfahre, daß alle anderen Kinder nicht zur Schule gehen: Der Hof und die benachbarten Hütten liegen an der Grenze zwischen zwei Gemeinden. Für unser Projekt hatten wir mit der Gemeindeverwaltung von Tipasa zu tun: Sie hat einen agilen Vorsteher, die Schulprobleme in den abgelegenen, jedoch geographisch von der Gemeinde abhängigen Bergdörfern werden angepackt. Für die Kinder gibt es kostenlose Schulbusse, auch für die Mädchen bis zum Alter von vierzehn Jahren (in dieser ländlichen Gesellschaft bedeutet das eine wahre Revolution).

Diese Häuser liegen jedoch zwei Kilometer von der Gemeinde entfernt in einem Gebiet, das an keinen der kollektiven Fahrdienste angeschlossen ist. Konkret bedeutet das: Da das Einkommen der Witwe lächerlich gering ist, kann sie keine zwei Dinar pro Kind täglich für den Bus aufbringen, der es zur Schule bringen soll. Übrigens habe ich bemerkt, daß man es bei Jungen noch einsieht, Geld für den Transport zu bezahlen; für die Mädchen wird es nur von wenigen Familien aufgebracht, die auch nicht unbedingt zu den wohlhabendsten Bauern gehören.

Also geht Aichoucha nicht zur Schule. »Wie können wir uns hier nützlich machen?« frage ich mich plötzlich an diesem Morgen. Werden wir nur so lange bleiben, bis die notwendige Anzahl von Filmmetern belichtet ist?

Ich höre mich plötzlich die bescheidenen Sätze für Statistenhonorare erläutern, die in unserer Kalkulation vorgesehen sind. Also werden wir das »Familienoberhaupt« im Knabenalter als Gehilfen anstellen, solange wir hier sind. Ich nehme noch einmal Kaffee, sage nichts mehr. Bin ich wirklich am Vorabend wie eine Schattendiebin hier hereingekommen, dieses Kindes wegen mit den Puppenaugen und den schmutzigen Füßen?

Zwei Tage später erfahre ich zufällig, daß der technische Stab zusammengelegt hat, um der Witwe ein vorläufiges Kostgeld geben zu können, und daß diese nun darauf besteht, ihnen ein Couscous zu kochen, das in der Mittagspause serviert wird. Ich habe diese Einzelheiten gegenseitiger Höflichkeit nur durch Zufall erfahren: Jemand wollte unbedingt, daß ich von diesem Couscous koste, weil es »Glück bringt«, wie er sagte.

Ambivalente Gefühle, die Augen vor Verwirrung geschlossen ... Als Grund für diese Initiative des Teams sehe ich zum einen eine gewisse Selbstlosigkeit, die für diesen Drehbeginn nicht ungewöhnlich ist (als hätten wir es darauf abgesehen, daß unser Projekt unter einem guten Vorzeichen steht), aber auch gewissermaßen ein indirekter Dank der Techniker: Ohne mein Gespräch mit der Witwe hätten sie von dem Drama nie erfahren, jetzt beginnen sie meinen Arbeitsrhythmus halbwegs zu entschuldigen, während sie zuvor etwas erstaunt waren, weil ich offenbar von der Routine abwich.

Ich sprach von ambivalenten Gefühlen. Die wahre Geschichte lautet folgendermaßen: In der bescheidenen Behausung ist es dunkel; ich komme nachts herein, um das Mädchen mit den schwarzen Füßen und den hennaroten Händen mitzunehmen, die Mutter ist niedergeschlagen, sagt jedoch nichts, am nächsten Tag das einfache Gespräch … Dann hinter dem Dickicht die Techniker, unter neunzehn Männern sind siebzehn von dieser Geschichte betroffen und setzen ihr eigenes Drehbuch um beim Warten auf die träge Versicherung.

Und das bringt mich in Verlegenheit: Kann soviel guter Wille, der von einer außerordentlichen kollektiven Großzügigkeit getragen wird, nicht mehr zustande bringen als sozialen Beistand?

Dabei sind wir doch, diese neunzehn Personen und ich, mit einer Kamera, das heißt mit einem Blick, sogar mit »dem« Blick hierhergekommen. Man müßte also die erste Falte festhalten, das Raunen in jenem Augenblick, als ich wie die Menschenfresserin aus den Legenden komme, um das Kind mit der Schönheit in den unschuldigen Augen zu holen. Und die Kamera müßte den Blick der Witwe festhalten, als sie am nächsten Tag jenen Unfall schildert, da der Gatte nicht mehr Beschützer und der kindliche Sohn nur eine Stütze auf Zeit sein kann. Die Kamera müßte das Schweigen meiner Pupillen aufzeichnen: Wenn man angesichts des Unglücks nichts zu sagen weiß, kann man sich kaum beherrschen, die Augen vor dem anderen zu schließen, dessen Unglück blendet.

Aber die Kamera nimmt nichts auf. Die neunzehn Personen, die eigentlich wissen müßten, daß sie wie die neunzehn Facetten eines Gucklochs sind, meinen im Grunde, sie seien gutherzig. Wie alle auf dieser Welt haben sie ein gutes Gewissen, wenn die Witwe unter Segenssprüchen dieses »sonnige Couscous« aufträgt.

Ich habe kein gutes Gewissen.

Aichoucha wurde mir in den folgenden zwei Monaten eine Freundin mit verträumtem Lächeln auf den Lippen. Ich überraschte mich selbst oft dabei, wie ich sie beobachtete, zerrissen, wie sie war, weil sie uns einerseits bei der Arbeit zusehen wollte, andererseits sofort eines ihrer Tiere verfolgen mußte, wenn es sich entfernt hatte. Sie kam und ging, ohne ihre Pflicht als Hirtin zu vernachlässigen, und beobachtete uns ohne wirkliche Neugier, eher mit einer herzlichen Nachsicht.

Ihr Schutz, dem wir unterstanden, erschien mir ein wenig flatterhaft. Mitunter erfaßte mich die Sehnsucht, eines ihrer Schäflein zu sein, wollte ich das Gefühl auskosten, daß es ihr als Hirtin zukam, mich zu hüten, mit meiner Begeisterung, die leicht ins Schwimmen geriet und sich in zahlreiche andere Flüsse ergoß ... Aichoucha, die Hirtin, mit acht Jahren noch Analphabetin, im heutigen Algerien ist das, siebzig Kilometer von Algier entfernt, ein Skandal. Aichoucha ist die eigentliche Fremde an diesem Ort, wo, wie ich finde, die Zukunft unmerklich hervorleuchtet ...

Viertes Motiv: Die Erzählerin in der französischen Nacht

In welchem Jahr des Weltkriegs soll ich diese Nacht ansiedeln, die ich heraufbeschwören möchte – nicht jedoch, um damit meine Erinnerungen an die früheste Kindheit zu eröffnen, nein –, jene Nacht, während der etwas in mir unmerklich in Bewegung geriet, als ich drei Jahre alt war? ... Als habe durch die Tatsache, daß ich unwiderruflich der familiären Gemeinschaft eines kolonisierten Landes zugehörig und damit einer Dichotomie unterworfen war, als habe durch diese Zugehörigkeit in meinem Bewußtsein eines voll und ganz arabischen Mädchens plötzlich etwas wie eine Alarmglocke geläutet und eine Erschütterung stattgefunden, deren unterirdische Welle ich erst Jahrzehnte später wahrnehme.

Aber benennen wir zuerst die Fakten dieses Weltkriegs, der in meiner Erinnerung damals erst am Anfang stand. Die Deutschen bombardieren Nordafrika. In jedem Handbuch könnte ich ohne Frage das präzise Datum finden: den fraglichen Monat im Jahr 1940 oder 1941, vielleicht sogar später ... Aber ich möchte mich nur auf diese kindliche Erinnerung stützen, denn die Szene, die ich schildern möchte – und ein weiteres Mal erleben will, im Licht der schwachen oder blendenden Scheinwerfer meiner brüsk erweckten Neugier –, diese Szene hat das elterliche Zimmer zur Kulisse, eine bescheidene Wohnung in einem Wohnhaus für die Lehrer eines Dorfs im algerischen Sahel.

In jenem Schlafzimmer hatte auch ich mein Bett – ein niederes, enges, schmiedeeisernes Bett, das später dann im Zimmer der Heldin meines Films Verwendung finden sollte – und dort habe ich mindestens bis zur Geburt meines Bruders geschlafen, des zweiten, der nicht starb, der drei Jahre und drei Monate jünger ist als ich. Nach dessen Geburt suchte ich das Lager meiner Großmutter väterlicherseits auf und schlummerte von da an jeden Abend in ihren Armen ein, ließ mir die Füße von ihren Händen wärmen; und daß ich einige Jahre lang derart umhüllt war von ihrer mütterlichen Wärme, war für mich, ich bin mir sicher, gleichsam eine zweite Geburt.

Die seltsame Nacht oder besser das nahezu wunderliche Erwachen in jener Nacht, die ich heraufbeschwören möchte, liegt also vor jenem zweiten Abschnitt.

Es gab Krieg, Bombardierungen; und ich muß jünger als drei Jahre und drei Monate gewesen sein: Die sanfte und bescheidene Großmutter mit ihrem zärtlichen Flüstern im nächtlichen Halbschatten wird für mich zu einer gleichsam reglosen Statue (eine weibliche Gottheit aus dem Kreis der Laren), aufgestellt inmitten dieser zuerst anbrandenden Erinnerung.

Mit diesen Bombardierungen gehen zahlreiche stürmische Nächte jener Zeit einher, die unmittelbar davor lag: wahrscheinlich gut zehn Nächte in etwa drei Monaten … Nicht weit vom Wohnhaus der Lehrer – im Zentrum des Dorfes, zwischen der gut sichtbaren Kirche und dem Musikpavillon auf dem Platz –, ein Gebäude, in dem wir die einzige »eingeborene« Familie waren neben fünf oder sechs Haushalten französischer Lehrer, hatte man Gräben ausgehoben. Ich sehe noch, wie wir alle auf diesen Unterstand zustreben, eine Kolonne von etwa zwanzig Personen, im Dunkel der Nacht, das der Schein einiger Kerzen kaum zu durchdringen vermag …

Diese sporadischen Ausflüge sind mir als fröhliche in Erinnerung geblieben: nicht nur beim überstürzten Aufbruch, um die Gräben möglichst schnell aufzusuchen, denn sie befanden sich ganz in der Nähe, schließlich waren sie in einem nahen Garten angelegt worden, sondern vor allem dann, wenn alle mehr oder weniger im Kreis saßen und wir, endlich beschützt, darauf warteten, daß draußen wieder Ruhe einkehren würde. Es gab da und dort einige Kinder wie mich; wir waren sicher ganz aufgeregt, weil vor unseren Augen das protokollarische Verhalten unter den Erwachsenen durcheinandergeriet. Worauf warteten wir, wenn nicht darauf, daß die Gefahr vorübergehen würde … Unser Dorf lag am Fuß des algerischen Tellgebirges, wegen irgendeiner strategischen Einrichtung das Hauptziel dieser feindlichen Flugzeuge, ich weiß nicht, welche es war. Mein Vater und zwei oder drei andere Lehrer meinten während des Wartens, zweifellos weil sie die Damen beruhigen wollten, beim Verlassen unseres Schutzraums sei kaum zu befürchten, daß unsere Häuser in Schutt und Asche lagen, das Dorf zerstört wäre und unter der Bevölkerung, die nicht wie wir die Schutzräume aufsuchte, Tote zu beklagen wären …

Von ihrer Argumentation ist mir noch gleichsam ein leeres Rascheln geblieben, mit dem man sich das Warten vertrieb … Tatsächlich gab es eine subtile, unausweichliche Verschiebung in der Beziehung unter den Erwachsenen, die sich mir einprägte. Beispielsweise kann ich mich überhaupt nicht mehr erinnern, ob meine Mutter (zu der Zeit etwa zwischen zwanzig und zweiundzwanzig Jahre alt), die sich damals nach Art der Städterinnen verschleierte, uns als Europäerin oder Maureske begleitete. Ich habe mir diese Einzelheit nicht eingeprägt; jetzt, wo ich dies schreibe, bräuchte ich sie nur zu fragen – sie würde meine Gedächtnislücke auffüllen oder korrigieren … Ich tue dies nicht, denn ich möchte herausfinden, weshalb ich eine Veränderung, einen Orientierungsverlust in dieser Miniaturgesellschaft fühlte.

Alle Eltern saßen zu Paaren nebeneinander und bildeten einen Kreis, wobei die meisten mit erhobenem Kopf zur Decke blickten, sobald sich ein dumpfes Hämmern meldete oder eine ferne Sirene unregelmäßig blökte …

Eng an meinen Vater geschmiegt, betrachtete ich die Szene wie in einem gleichsam schwebenden Theater: genau wie die Anwesenheit meiner gewöhnlich schweigenden Großmutter (sie hatte sich gewiß mit ihren Schleiern vermummt) und meiner jungen Mutter. Bei ihr fällt mir deutlich die vorsichtige Stimme wieder ein, mit der sie eine der französischen Ehefrauen anspricht, einige Bemerkungen austauschend, und es ist, als würde ich zum ersten Mal französische Wörter hören, zögerliche, behutsame Wörter, ein wenig aufs Geratewohl nacheinander hervorgebracht – als ob die Angst der anderen in dieser Woge allgemeiner Furcht ganz unvergleichlich gewesen wäre mit der, die meine Mutter jetzt empfinden mußte, weil sie durch die Macht der Umstände in einer ihr noch nicht vertrauten Sprache zur Konversation gezwungen wurde, um ihre »Stellung zu wahren«.

Die deutschen Flugzeuge bombardierten im nahen Gebirge einen strategischen Punkt der französischen Armee, meine Mutter nutzte diesen Moment, um die ersten Schritte in der Sprache der anderen zu wagen: Das Zittern ihrer Stimme, die Anstrengung bei der Aussprache, wie sollte dies bemerkt werden, wenn eine französische Dame – eine von jenen, die normalerweise zu Hause blieben, oder eine andere, etwa eine Lehrerin – auf jedes Pfeifen, das draußen zu hören war, mit ihren »Ohs« und »Ahs« antworteten, auf jedes platzende Geschoß, dessen Echo bis zu uns widerhallte …

Einerseits gab es diesen Krach. Und in seiner Mitte, im Herzen einer unterirdischen Stille, die gleichsam eine unsichtbare Falte war, gab es andererseits die Erregung meiner Mutter, die es gewagt hatte, sich in das Gespräch der anderen einzuschalten, sich einzuschleichen – in die Welt der Nachbarn, anderer Hausfrauen, aber auch in die Welt der Schule, normalerweise der Bereich ihres Mannes.

Das konnte ich spüren, nicht etwa diesen Unterschied in den Erregungen, aber doch diese Verschiebung und auch eine schüchterne Rötung auf der Wange meiner Mutter, bevor wir wieder an der Oberfläche auftauchten, um festzustellen, daß das Dorf tatsächlich noch stand, die Häuser noch ganz waren, die gewohnte Welt gesund und munter …

Einige Stunden später hörte ich, in mein kleines Bett verkrochen, im Wohnzimmer nebenan die zögernde Stimme meiner Mutter: Sie fragte meinen Vater, ob in den wenigen Sätzen, die sie recht laut mit Madame Carbonel ausgetauscht hatte, nicht allzu grobe Fehler waren … Ihre Frage höre ich nun wieder mit diesem leichten Zittern: Fetzen eines Gesprächs unter Eheleuten – sie hatten die Tür einen Spaltbreit offengelassen und glaubten, ich sei schon eingeschlafen. Ihre sich vermischenden Stimmen hüllten mich ein mit diesem ein wenig nuschelnden Dialekt, der typisch ist für unsere Stadt, die einst von Andalusiern wiederbevölkert wurde ... In jener Sprache legt meine Mutter ihre zeremoniellen Gewänder wieder an, beinahe würde ich sagen, ihren Hochmut und ihre Eleganz; daß sie vielleicht etwas ungelenk gewesen sein könnte, weil sie sich in »deren« Sprache gewagt hatte, erschien mir damals als ein nur schwer zu ertragender Gedanke. Mein Herz begann heftig zu pochen. Noch im nachhinein wurde mir bang: Meine großartige Mutter hatte womöglich bei den anderen Frauen einen schlechten Eindruck hinterlassen?

Indem sie nun ihre Fragen stellte und weil sie sich wieder in der Wärme des eigenen Herdes und ihrer Sprache befand, faßte sie neue Sicherheit – als ob sie tatsächlich Angst gehabt hätte, freilich grundlos –, nun schien sie eher einer koketten Anwandlung gegenüber ihrem jungen Gatten nachzugeben.

Selbstverständlich habe ich die väterliche Antwort nicht in Erinnerung behalten; vielleicht konnte ich sie nicht einmal wirklich verstehen. Nur diese kurze Verwirrung in mir der Worte meiner Mutter wegen: All die anderen, die sich zuvor im Unterstand aufhielten, nur erhellt von der Notbeleuchtung, hatten sich womöglich von ihr, die in meinen Augen eine Aureole aller Nuancen der Anmut besaß (ihre Kultiviertheit, ihr leichter Stolz, ihre Ungezwungenheit), ein völlig anderes Bild gemacht?

Sie, die Fremden, und keineswegs nur die Erwachsenen – ohne Unterschied Männer, Frauen, Kinder, nunmehr unsere Nachbarn im Haus –, die mir, je häufiger ich im Alltag mit ihnen in Berührung kam, immer mehr wie Wesen aus anderen Gefilden erschienen, in einem Äther treibend, der nicht der unsere war ... Fremde, deren Sprache ich zu stammeln begann, kaum weniger ungelenk als die von mir idealisierte Mutter, die jedoch meiner zur Stummheit entschlossenen Ahnin völlig fremd war (sechs Monate im Jahr ertrug sie aus Liebe zu ihrem Sohn in beinahe völligem Schweigen dieses Zusammensein mit den »anderen«, das ihr peinlich war). Sie schienen mir fremd: Stimmt das wirklich, war es so?

Man muß sich auch vergegenwärtigen, daß das Fremde in dieser Zeit kollektiver Knechtschaft nicht nur als anders empfunden wurde; nein, wo nicht als »Feind«, so wurde der Fremde doch immer als der christliche Roumi angesehen (die einheimischen Juden gehörten in unseren Augen nicht zu dieser Kategorie, vor allem wenn sie, wie die Frauen und die alten Leute, »unsere« Sprache, und gewiß auch die ihre, bewahrt hatten, die sie manchmal mit dem ihnen eigenen Akzent »zerhackten«). Das Fremde wurde außer in sehr seltenen Ausnahmefällen als das »Nichtfreundschaftliche« angesehen und aufgenommen, das niemals vertraut werden würde, mit dem man nur unter dem Zwang der Verhältnisse verkehrte. Ein kompaktes, wenn auch unsichtbares Schweigen, eine Neutralität, weiß wie die Verdammung, umgab sie, trennte uns ... Ich war offensichtlich zu jung, um die Unmöglichkeit einer Überschreitung zu analysieren oder zu verstehen: Auf jeden Fall erschienen mir diese Lehrer, ihre Gattinnen und ihre Kinder wie unwirkliche Wesen, auch wenn wir sie meistens als »Franzosen aus Frankreich« ansahen – sie betraten nur selten unsere Wohnung. Und auch wir überschritten nicht ihre Schwelle. Wir begnügten uns mit höflichen Grüßen im Treppenhaus oder auf dem Hof. Wenn mein Vater etwas aus seinem Berufsleben meiner Mutter erzählte, etwa ein Gespräch mit einem Kollegen wiedergab, dann fungierte dieser gleichsam als der Vertreter eines anderen Ortes. In jener Nacht freilich ...

Mit großem Unbehagen nähere ich mich dieser ersten Erinnerung, jener Nacht, als ich drei Jahre alt war, im

Zimmer der Eltern: Ist es ein Knoten, den ich erst jetzt lösen werde, oder ein Kratzer, ein Riß, ein endgültiger Schnitt, der, wenn es nach mir ginge, baldmöglichst verschwinden sollte, jene Nacht also, in der mir jene »Franzosen aus Frankreich« seltsamerweise weniger fremd erschienen?

Nächte in frühester Kindheit. Das hellbraune, schmiedeeiserne Bett steht direkt hinter der Tür: Es scheint mir tief, so tief, daß ich in ihm versinke, ich erinnere mich auch vage daran, daß ich mich gern in ihm aufstellte, wenn ich morgens aufgewacht war: Dann ragte nur mein Kopf heraus.

Anfangs schlafe ich allein im Zimmer; durch den Spalt der Tür, die offengelassen wurde, höre ich die Stimmen: Mein Vater muß Klassenarbeiten korrigieren, es ist meine Mutter, die sich leise mit meiner Großmutter unterhält. Wir haben eine eher kleine Wohnung.

Ich schlafe langsam ein, in Sicherheit gewiegt durch die Gesprächsfetzen der Erwachsenen. Mir gegenüber ist das Fenster zum Dorfplatz mit dem Musikpavillon. Die Scheiben sind mit Zeitungspapier verklebt; es ist Krieg. Ich liege und betrachte dieses Zeitungspapier. Vielleicht bin ich damals bereits fasziniert von einem Foto: ein französischer Offizier mit Schnurrbart und recht elegant, der mich lange Zeit ansah in jenem Lichtdreieck, das durch den offenen Türspalt fiel, ein gewisser General Weygand, wie ich erst später erfuhr.

Ich schlief also langsam ein, während der Blick des Generals auf mir ruhte. Wenn ich kurz vor Morgendämmerung aufwachte, galt mein erster Blick dem Bett der Eltern: Zweifellos war meine Mutter bereits aufgestanden und eben aus dem Zimmer gegangen ... Sonntags wollte ich mich mit einem Sprung zu diesem großen Bett schwingen, so wird erzählt, um mich zum Vater zu legen, oder zwischen das Paar, in der Kuhle ihrer Verschworenheit … Lachen und Geplauder; die Fetzen jener trägen Morgenstunden sind unwiederbringlich verblaßt. (Nein, sie sind mir dreißig Jahre später recht lebhaft in Erinnerung, als in den Morgenstunden der Muße mein eigenes Töchterchen denselben Platz zwischen Vater und Mutter aufsuchen wird!)

Aus dieser Kindheit habe ich ein überraschendes Erwachen behalten.

Es war also Krieg. Häufig zerschnitt die Sirene unsere Abende oder Nächte in diesem Dorf. Wenn sie heulte, hörte ich, wie mir scheint, wie sie sich unendlich tief in mein Fleisch hineinbohrt: Das Wohnhaus für die Lehrer stand gleich gegenüber dem Rathaus, wo das Alarmsignal herkam. So war mein erster Reflex, daß ich zum Fenster des Schlafzimmers rannte und versuchte, die Fassade des Rathauses anzustarren. Aber es war bereits Nacht. Alles mußte verschlossen bleiben, man mußte aufpassen, daß nirgendwo der kleinste Lichtschein herauskam. Mutter und Großmutter gingen von einem Fenster zum anderen, von Zimmer zu Zimmer … Mitunter zog ich es vor, wie von Wollust ergriffen im Bett zu versinken, und hatte dabei den Eindruck, als einzige in Sicherheit zu sein (der Alarm und die Flugzeuge, all das trug sich dort drüben im Gebirge zu, wir sahen nicht einmal das Schauspiel), aber auch die Unruhe auszukosten, die so herrlich aufregend war.

Erst später begannen wir, hinauszugehen und mit den anderen verstörten Leuten die hastig in die Gärten der Umgebung gebauten Unterstände aufzusuchen …

Vorerst befinde ich mich noch in jenen ersten finsteren Nächten. Ich rührte mich nicht aus meinem Bett; General Weygand schaute von der Zeitung am Fenster aus auf mich herab … So erwachte ich eines Morgens kurz vor Morgengrauen, nachdem ich wie üblich eingeschlafen war; ganz langsam schwankte es in meiner Umgebung und in mir selbst.

In dieser Nacht war zweifellos etwas Verwirrendes, Aufregendes vorgefallen, das ich nur am Rande wahrgenommen hatte, freilich ohne aufzuwachen. Diesmal war mein Schlaf allerdings nicht so rein gewesen, sondern eher gerüttelt worden, mit Stößen: zerrissene Stimmen in der Ferne, die mich gleichwohl gefährlich zugedeckt hatten. Plötzlich ein weißes Licht über meinem Kopf und meinen geschlossenen Augen, das dann mit einem Schlag erlosch. Im Dunkel ein Flüstern, vielleicht die anderen, oder hatte ich eher von einer neuen Stimme geträumt, der sanfte Ton einer Fremden und – diesen ungewöhnlichen Schlaf sollte ich freilich erst lange später rekonstruieren – ein »französisches« Geräusch, als wäre das elterliche Zimmer in die Horizontale gerutscht, hätte sich zum Dorfplatz hin um einen Spalt geöffnet, und nun lag ich immer noch schlafend in meinem Kinderbettchen, mit absichtlich geschlossenen Augen, während meine Eltern mich umstanden, wir waren ungeschützt, im Freien und für alle, für »die anderen«, sichtbar. Frankreich war für mich also einfach die Außenwelt.

Schließlich öffnete ich die Augen, und sofort erschien mir im Halbdunkel, obwohl im Zimmer alles noch an Ort und Stelle war, wegen der seltsamen nächtlichen Geräusche, aber auch wegen einer gewissen Reglosigkeit im Umkreis der Betten, schien es mir also offensichtlich, daß ich nun anderswo erwacht war, in einem Zimmer, das zwar noch dasselbe zu sein schien, in Wirklichkeit aber ein völlig anderes war. Der helle Tag beleuchtete mit seinem hellen graublauen, durchscheinenden Licht den beeindrukkenden Mahagonischrank und seine langen, mit Facetten eingefaßten Spiegel, er stand gegenüber von uns, undurchdringlich. Das regelmäßige Ticken der Wanduhr dort drüben auf der anderen Seite.

Wo war ich? Ich rührte mich nicht. Mein Herz pochte. Wo hatten sich meine Eltern versteckt? Ich blieb liegen und schaute nicht zur Seite. Immer noch hatte ich das absurde Gefühl, hier und zugleich irgendwo anders zu sein: Da waren beispielsweise andere Atemgeräusche; eine andersgeartete Stille herrschte im großen Bett. Ich lauschte begierig in die Richtung, in der sich die Kuhle in ihrem Lager befand, was waren das für kaum hörbare Atemzüge, die sich über die Leintücher legten? ... Wo war mein Vater, meine Mutter? Ich hatte ihre Stimmen in der Erregung oder dem Traum einer vernebelten Nacht gehört. Mein Herz klopfte zum Zerspringen.

Sie schliefen nicht in meiner Nähe, das konnte ich kurz darauf feststellen: Im Fenster wurde es hell. Eine Frauenhand, die nicht meiner Mutter gehörte, eine weiße fette Hand holte Leintücher heraus, knipste die Stehlampe an, eine andere Stimme als die meiner Mutter flüsterte etwas.

Was flüsterte sie? Eine Frage. Ich habe sie wohl nicht verstanden. Aber ich erkannte die französische Sprache: Ich erwachte bei Fremden!

Ich öffne die Augen im Schein der Lampe und dem grauen Licht der Morgendämmerung. Ich schaue: Im Bett der Eltern schläft unsere Nachbarin von nebenan, eine verwitwete oder geschiedene Lehrerin, ich weiß es nicht ... und dort liegt auch noch an der Seite der Lehrerin – in »unserem« Bett, so dachte ich, als habe sich hier in der Nacht ein Frevel zugetragen, der nicht wiedergutzumachen war – ihr Sohn, ein Junge von zwölf Jahren, Maurice, jetzt, in diesem Augenblick, fällt mir sein Name wieder ein.

Sie lagen also an der Stelle meiner Eltern, »sie«, die französische Mutter und ihr Sohn, unsere Nachbarn ... In dieser Nacht heulte die Sirene, und es gab deutsche Bombenangriffe auf die Anhöhen in der Nähe. In ihrer Panik hatte sich die Nachbarin allein gefühlt und völlig verängstigt an unsere Tür geklopft. Meine Eltern nahmen sie gastfreundlich auf, um sie zu beruhigen, und überließen ihr ganz selbstverständlich das eigene Zimmer. Sie selbst begnügten sich mit einer Matratze, die sie auf den Fußboden im Eßzimmer legten: einfache arabische Gastfreundschaft ... Die Arme war schließlich eine einsame Dame.

Dort, ganz nah bei mir, die ich reglos in meinem Bett verharrte, lag ein neues Paar: Mutter und Sohn ... Der Junge schlief: Ich hatte nur sein Haar gesehen, seidig, hellbraun. Die Lehrerin hatte sich aufgesetzt: im Nachthemd, mit üppigem Busen, blonde Zöpfe fielen aufgelöst auf ihre runden Schultern, und in ihrem pausbäckigen Gesicht ein beinahe mädchenhaftes Lächeln, ein leichtes, halb erstauntes, es galt mir: Sie sah mich an, als wollte sie sich bei mir entschuldigen, warf dann einen weichen Blick auf ihren noch schlafenden Sohn.

»Maurice ...«, begann sie, dann wandte sie sich wieder ganz mir zu, denn zweifellos starrte ich sie durchdringend an, als wollte ich von ihr Rechenschaft für diesen Einfall fordern.

Ich bewegte mich nicht aus meinem Bett und starrte auch die Nachbarin nicht mehr an. Plötzlich spürte ich diesen Jungen ganz dicht bei mir, der für mich in jenen Jahren die Bedeutung eines nahen und fernen Helden haben mußte. Das war für mich der Gipfel des Erstaunlichen – »er« bei mir, im trauten Zuhause, »bei uns«, und er schlief einfach weiter, als ob nichts wäre!

Diese Nacht, in der ein Aufruhr mich nicht völlig aufwecken konnte, wurde für mich zur Nacht der Verwandlung: Mutter und Sohn, »die Franzosen«, im Treppenhaus zwar unsere Nachbarn, aber für mich auch die nächsten Vertreter der »anderen Welt«, dieses Paar tauchte aus dem Dunkel auf und bot sich mir nun an der Stelle dar, wo sonst die Eltern lagen!

Eine Vertauschung: Sicherlich glaubte ich für ein paar

lange Minuten, dies sei nun nicht mehr rückgängig zu machen, meine Eltern seien hinter den Kulissen einer Bühne verschwunden und diese beiden, die hier so dalagen, Mutter und Sohn, hätten ihren Platz eingenommen … Vielleicht würde auch ich plötzlich zu einer anderen Person werden! Vielleicht konnte ich in der langsamen Bewegung dieser erstaunlichen Nacht nicht einfach bleiben, wer ich war: im Zimmer meiner Eltern (möglicherweise hatten sie andere Rollen bekommen, bei den anderen, vielleicht in einer anderen französischen Wohnung?) und dennoch im anderen Lager?

Nein, ich würde nicht aus diesem Bett weichen, das meine einzige Zuflucht war. Ich blieb starr mit offenen Augen liegen.

Viele Jahre später finde ich zu diesen unauslöschlichen Minuten des Erwachens zurück und möchte mich erneut in ihnen niederlassen: Was habe ich empfunden, woher kam diese Verwirrung?

Einen Schreck, wie man ihn bei einem dreijährigen Mädchen erwarten könnte, das sich für einen Augenblick vorstellt, es habe seine Eltern verloren, erkenne ich nicht wieder … Und das Aufregende einer unbekannten Welt, einer neuen Mutter (die Nachbarin erschien mir sicher älter, »matronenhafter« als meine Mutter, die damals kaum über zwanzig war), nein, diese Aufregung finde ich ebenfalls nicht. Die Nähe dieses zwölfjährigen Jungen allerdings, der mir im Garten, wo ich manchmal nachmittags mit ihm spielte, wie ein junger Mann vorkam, diese unerwartete Vertrautheit kann ich in ihren ambivalenten Gefühlen analysieren, in ihrer durchdringenden Lust.

Aber ich blieb, wo ich war: weder verschreckt noch besonders aufgeregt durch dieses Abenteuer. Ein weiteres Mal erlebe ich dieses Erwachen. Vielleicht habe ich mir für einige Sekunden vorgestellt, ich sei ein arabisches Mädchen (ich, mein Bett, gleich nebenan meine stumme und sanfte

Großmutter), das plötzlich französische Eltern bekommen hatte: jene Dame, ein Witwe (oder Geschiedene) mit aufgelösten Zöpfen, die neben mir aufwachte, als ob nichts wäre.

Ich lächelte nicht zurück. Ich machte auch keine Anstalten aufzustehen. Schließlich erschien meine Mutter an der Tür. Die Nachbarin stand auf, entschuldigte sich aufrichtig für ihre nächtliche Furcht.

Ich schloß die Augen. Ich wollte niemand sehen. Ich fühlte eine Grenze, aber welche? Einen Augenblick lang sollte ich eine französische Mutter haben, einen »Bruder« haben, der keiner war; ihren Sohn, der ganz nah in jenem breiten Bett ausgestreckt lag, in das ich zu springen pflegte, um mich zwischen Vater und Mutter zu kuscheln. Ich schloß die Augen. Ich habe wohl geträumt, daß ich erneut in dieses große Bett sprang, an meine sonntägliche Gewohnheit anknüpfend, mich an »die Dame« drückte, zwischen ihr und ihrem Sohn liegend, mich an Maurice drückte, doch, ich bin mir ganz sicher, zwischen Mutter und Sohn, meine Eltern, die französisch sprachen, französisch atmeten ... Diesen Augenblick erlebte ich mit drei Jahren.

Dies war, vielleicht ein Jahr oder mehr bevor ich in die Schule kam. Dieses andere Erwachen. Das einzige Erwachen aus meiner frühesten Kindheit, das mir gegenwärtig ist, plötzlich ganz lebendig, wenn auch sperrig zu sein scheint, mit einer Beweglichkeit, die nach ihrem empfindlichen Gleichgewicht sucht.

Wie sahen meine Spiele damals aus? Im Hof des Mietshauses singe ich unermüdlich die herkömmlichen Abzählreime, während ich mit anderen Mädchen den Ball gegen eine hohe, geweißelte Mauer werfe. Dann spielen wir um die Wette Himmel und Hölle, danach geht es um die Schaukel ... Ich wollte nicht mit ins Dorf gehen; mein

Vater hatte meinen Aktionsradius eingegrenzt: der Hof und der Garten vor dem Haus, aber nicht die Straße.

Im Garten dieses Hauses sehe ich mich glücklich, im Herzen eine unbeschreibliche Unruhe ... Ein paar Bäume, Zitronen und eine Mispel inmitten von Unkraut. In einer Ecke hatte jemand einmal Salat gezogen ... Wir gelangten dorthin durch ein wackeliges Tor, dessen Quietschen uns zum Lachen brachte.

Nur in diesem Garten habe ich mit Maurice gespielt, das sehe ich jetzt. Mit diesem zwölfjährigen Jungen, der eines Morgens in meinem Zimmer erwachte, ganz nah bei mir.

Mit diesem Jungen »spielen«: Die Stimmen unseres Zwiegesprächs sind entschwunden. In den Szenen, die wieder in mir hochsteigen, gibt es nur diese beiden kindlichen Körper, die sich an den höchsten Zitronenbaum hängen – dem kräftigen Maurice gelingt es, sich am höchsten Ast festzuhalten. Er winkt mir. Mit einer Geste fordert er mich auf, bis auf seine Höhe hinaufzuklettern.

Ich klammere mich jedoch am unteren Ast fest ... Seltsam, ich weigere mich, bleibe da, wo ich bin. Ich fürchte den Kontakt. Als wäre es für mich die schlimmste Sünde, zum selben Ast hinaufzugehen und mich neben ihn zu kauern. Mein Herz klopft. In mir ist ein mit stechender Angst verbundenes Schuldgefühl: In der nächsten Sekunde, das steht fest, wird mein Vater erscheinen, er wird vor dem Gartentor stehen, ich höre es schon quietschen. Meine Mutter steht sicherlich am Küchenfenster, und von diesem Beobachtungsposten aus sieht sie mir zu: Sie wird machtlos bei jener Szene zugegen sein, wie mein Vater mich ertappt, wobei denn, zweifellos bei einer Untat. Ich rührte mich nicht auf meinem Ast. Maurice macht immer noch auffordernde Gesten, ich sehe sein spöttisches Gesicht vor mir. Völlig arglos, er konnte sich überhaupt nicht vorstellen, daß der Grund für meine heftige Ablehnung etwas anderes sein könnte als mangelnder körperlicher Mut: Er bestand darauf, dann sehe ich, wie er plötzlich ins Gras hinunterspringt, etwas vor sich hin trällert und wieder hinaufklettert, bis zum höchsten Ast … Gewiß bedauerte er es, daß ich mich nicht mit ihm sportlich messen wollte!

Das seltsamste ist nicht so sehr meine Weigerung und daß sie den Anschein eines schwerfälligen Zögerns hat, als wäre ich bereits in heiratsfähigem Alter. Am unverständlichsten in meiner Erinnerung scheint mir, daß ich diese Szene auf dem Baum ohne jeden Ton wieder vor mir sehe, kein Wort kommt von mir. Sie wird von keinem Geräusch begleitet: kein Lachen, kein Rufen, keine Antworten … Ich sprach zwar damals noch nicht französisch, aber den Jungen fand ich hübsch – seine Kraft, sein lächelndes Gesicht, sein schönes braunes, glattes Haar, das ihm auf die Stirn fiel, und sein Benehmen eines Einzelkindes, das bis ins Detail von mütterlicher Fürsorge umgeben war.

Innerhalb dieser Sphäre, in der Maurice aufwuchs, ganz in meiner Nähe, aber dennoch beinahe irreal, weil sie weit hinter einer Grenze lag und der »Welt der anderen« zugehörig war, ist es zweifellos dieses Gefrieren der Stimmen, das dem Bild des Jungen Klarheit und eine starre Präsenz verleiht.

Ich sprach damals also noch nicht französisch. Und der Blick, den ich bis zum Wipfel des Baumes erhob, bis zu dem Jungengesicht mit seinem kastanienbraunen Haar und seinem spöttischen Lächeln, war der eines stillen, noch undeutlichen und außerordentlich hilflosen Begehrens in seiner extremsten Hilflosigkeit, weil es keine Sprache hatte, und sei sie noch so unvollkommen gewesen, um sich zu formen.

Maurice war weder ein Nahestehender noch ein Fremder: Er war vor allen anderen jemand, den ich durch die Zweige des Baumes hindurch mit den Augen verschlang, während meine Stimme plötzlich austrocknete und sich entleerte: ihres Lachens, ihrer Rufe, ihrer Worte.

In jenem Schweigen der Kindheit zeichnet sich das Bild der jugendlichen Versuchung ab, des ersten Gartens, des ersten Verbots. Es erscheint heftig, aber lähmend.

Diese Szene folgt beinahe unmittelbar, wie mir scheint, auf mein Erwachen in der »französischen Nacht«.

Ich ging damals noch nicht in die Schule. All diese Erinnerungen sind in meinem vierten Jahr angesiedelt, vor jenem Herbst, als mein Vater beschloß, mich in den Kindergarten zu bringen.

Die Mädchenschule war von der Knabenschule allein durch ein Eisengitter in der Mitte des großen Innenhofs getrennt. Von unserem Wohnhaus bis zu dieser Gemeindeschule waren es nur etwa hundert Meter. Zumindest in den ersten Jahren legte ich sie immer Hand in Hand mit dem Vater zurück, dem einzigen arabischen Lehrer für Französisch, dem einzigen auch, der seinen türkischen Fes aus granatrotem Filz stolz trug, ganz gerade über seinem klaren Blick thronend.

Er hatte eine Klasse mit »Eingeborenen«: In jenen Jahren war zumindest bei den Jungen der getrennte Unterricht dadurch gerechtfertigt, daß in diesem kolonisierten Dorf die arabischen Kinder zu Hause nicht französisch sprachen und folglich »verstärkten« Sprachunterricht benötigten. Für einheimische Schüler gab es den einheimischen Lehrer. Es war aber auch durchaus üblich, daß diesen Kindern, die in ihrer Mehrzahl Söhne von Landarbeitern waren, zwei Jahre für das Jahresprogramm der anderen zur Verfügung standen: Mein Vater kämpfte gegen diese Diskriminierung an. Er hatte mehrere Jahrgänge in einer Klasse, und weil er diese Ungerechtigkeit im Lehrplan ausgleichen wollte, wurde er streng und konnte mitunter seinen Schülern gegenüber unerbittlich sein.

Daß mein Vater im Ruf eines überaus strengen Lehrers stand, kann ich für meinen Teil rekonstruieren, sobald ich mir das erste Gruppenbild anschaue, auf dem ich auftauche (ich bin das einzige Mädchen in der Klasse meines Vaters und sitze inmitten von etwa vierzig Jungen unterschiedlichen Alters, die aber alle Einheimische sind). Dieses Foto hilft mir, mich an die erste Zeit in der Schule wieder zu erinnern: Ich wartete in der Klasse meines Vaters in der letzten Reihe sitzend, bis dieser seinen Unterricht beendet hatte. Als Beobachterin, die sich in dieser Jungenklasse still verhielt, erinnere ich mich aber an den allgemeinen Respekt, der vielleicht sogar in Furcht begründet lag und in der konzentrierten Aufmerksamkeit dieser Kinder zu finden war, die dem Unterricht des aufrecht stehenden Lehrers folgten, der mit seinem Stöckchen in der Hand von seinem Pult bis zum Rand des Podests ging, einen Satz oder eine Vokabel mehrmals wiederholen ließ, einen störrischen Schüler zurechtwies, Strafarbeiten verhängte.

Seine befehlende, unerbittliche, aber auch geduldige Stimme erhebt sich. Sie steigt und fällt. Er ist groß. Er trägt einen schwarzen Kittel, den er zum Schluß auszieht. Nicht eine Minute fällt er aus seiner Rolle. Ist es denn überhaupt eine Rolle? Ein brennender Wille erfüllt ihn: Diese Kinder sollen weiterkommen, diese intelligenten Wesen ... Er scheint unnachgiebig. Vierzig Augenpaare, die kleinen Jungen verschiedenen Alters gehören, sprechen Bände.

Selbst in der hintersten Reihe kann auch ich mich diesem Schrecken vor dem Meister nicht entziehen; er ist Meister im ganzen Sinn des Wortes Autorität. Auch ich habe Angst, obwohl ich »die Tochter des Meisters« bin: Ich darf mich nicht bewegen. Ich darf ihn in Ausübung seines hohen Amtes nicht stören.

Diese Jungen sehe ich nur von hinten. Manchmal steht einer von ihnen auf, weil der Lehrer ihn aufgerufen hat, und liest leiernd, was auf der Tafel steht. Der Lehrer wiederholt es, er kennt kein Erbarmen, vor allem bei der Aussprache und der Ausdrucksweise: Er verhängt eine Strafarbeit ... Ich verspüre plötzlich heftige Angst: als wäre ich das Kind dort drüben, das nicht die richtige Antwort weiß, aber gleichzeitig halte ich mich für unsichtbar.

Von Zeit zu Zeit setzt sich der Meister in Bewegung, geht zwischen den Reihen hin und her. Wenn er auf meiner Höhe ist, sagt er nichts zu mir: Er bedenkt mich nicht mit dem kleinsten Blick der Verbundenheit. Vermutlich liegt ein Buch vor mir oder vielmehr eine Schiefertafel. Aber ich bin vom Unterricht des Vaters derart gebannt, daß ich mich in eine Art sehenden Schatten verwandle, leidenschaftlich, aber ohnmächtig.

Alle sehe ich sie von hinten: Ich erinnere mich an keinen mehr. Natürlich hätte ich niemals mit ihnen geredet, weder vor noch nach der Stunde. Kein einziges Wort: Es sind Jungen. Obwohl ich noch so klein war, habe ich wohl das Verbot gefühlt.

Wenn die Schule aus ist, sobald der schrille Ton der Sirene das Ende der Schulstunde anzeigt (denn hier wird gelernt, und wenn ich mich noch aufhalten darf, dann nur, weil ich zu jung bin, um allein nach Hause zu gehen: Ich warte, bis der Vater mit mir kommt), dann werden wohl all diese Jungen mir einen Blick zuwerfen.

Ich entspreche wahrscheinlich ganz dem Bild der privilegierten »Tochter des Lehrers«, das sie sich von mir machen. Denn ganz offensichtlich gehen ihre Schwestern nicht in die französische Schule.

Auf seinem Podest säubert mein Vater die Tafel, zieht seinen schwarzen Kittel aus, der mit Kreidestaub bedeckt ist. Er ordnet sorgfältig seine Sachen; er verstaut die Hefte der Schüler in seiner Aktentasche.

Ich gehe zu ihm. Er ist jetzt wieder der Vater. Im Kreidestaub vor den offenen Fenstern – die Putzfrauen sind schon da, um das Erdgeschoß zu wischen und die Tische zu säubern – finden Vater und Tochter zu einem sanften und freundlichen Gespräch zurück.

Hand in Hand mit dem Vater gehe ich durch die Mitte des Dorfs. Ich gehe zusammen mit dem arabischen Lehrer nach Hause. Ein hochgewachsener Mann, er hat ein schönes Gesicht mit grünen Augen, darüber ein türkischer Fez, so begleitet er mich heim. Ein kleines Mädchen zuerst von vier, dann von fünf Jahren.

An die Sitzungen mit dem Schulfotografen habe ich keine Erinnerung mehr; zumindest an dieses erste Foto, auf dem ich mitten in dieser Jungenklasse bin.

Ich schaue es mir heute an, so lange Zeit später. Mein Vater ist damals noch keine dreißig, und ich stelle fest: Trotz seiner starren Haltung, denn in seiner Rolle oder Mission als einheimischer Lehrer des Dorfes posiert er mit Würde, erscheint er mir als ein schöner Mann. Erst heute mustere ich diese Jungen von vorn, einen nach dem anderen.

Man hat mich in der Mitte plaziert, in der ersten Reihe: ein kleines Mädchen mit hoher Stirn, ganz kurz geschnittenem schwarzem Haar und durchaus entschlossenem Blick, der mir jedoch undefinierbar erscheint. Auf der Schiefertafel, die ein Junge in meiner Reihe hält, steht das Schuljahr mit Kreide geschrieben: 1940.

Mein heutiger Blick fragt jeden dieser Jungen im Alter zwischen sieben und zehn Jahren aus ... Es sind *jauleds*, Söhne von Arbeitern und Besitzlosen in diesem Dorf des Sahel, wo sich die reichsten Farmen des kolonialen Algeriens befinden ... Einige der Schüler sehen allerdings nicht so volkstümlich aus: der Sohn des Lebensmittelhändlers (der später aufs Collège gehen und studieren wird), der des Friseurs. Außerdem sind unter diesen Gesichtern mit ernstem, beinahe sorgenvollem Blick zwei Söhne des *Kaid*. Dieser traditionell gekleidete *Kaid* war der wichtigste Würdenträger des Dorfes, ein arabisches Oberhaupt aus altem Schrot und Korn (mit seidenem Mantel und Wollburnus, er trug eine beeindruckende beduinische Kopfbedeckung). Mir erschien er immer wie ein Greis, wenn ich bei seinen Töchtern zu Besuch war und ihm nahe kam, dann erschreckte mich seine zitternde Hand.

Ja, ich mustere die Gesichter der Schüler aus der Klasse meines Vaters. Was ist aus ihnen fünfzehn oder zwanzig Jahre später, also während des Unabhängigkeitskrieges, geworden?

In ihrer überwiegenden Mehrzahl sind sie wohl in die Berge gegangen, die zu jener Zeit, als dieses Foto aufgenommen wurde, schon zu ihnen blickten, auf sie zu warten schienen. Mehr als die Hälfte sind dort gestorben, im Schützengraben, Kugelhagel oder Nahkampf ... Eine Minderheit – vermutlich drei oder vier – hat überlebt und ist zurückgekommen, vielleicht triumphierend. Einer wurde wahrscheinlich später zum Bürgermeister des Dorfes gewählt – das nun ein großer landwirtschaftlicher Marktflekken geworden ist. Ein anderer bekam vermutlich einen wichtigen Posten in der Region: als Abgeordneter oder als ein Mann, der durch Heirat oder Geschäfte mit wichtigen Offizieren in der nahen Stadt verbündet ist ... Wieder ein anderer wird Polizist geworden sein.

Ich halte das vergilbte Foto in meiner Hand: Wie soll ich diese namenlosen Jungen wiedererkennen, habe ich früher von ihnen geträumt? Welcher Wirklichkeit habe ich mich in der Klasse meines Vaters angenähert?

Das seltsame ist, daß ich vollkommen vergessen habe, wie wir fotografiert wurden. Wer war der Fotograf? Es gab einen Fotografen, der uns alljährlich gegen Ende des Schuljahres in unseren jeweiligen Klassen posieren ließ. Dieses allererste Mal war ich also bei meinem Vater.

Rekonstruktion des Augenblicks, als die Aufnahme gemacht wurde: Mein Vater ordnet an, daß alle seine Schüler nach draußen vor die Tür gehen: die Jüngeren oder Kleinen vorn, in zwei Reihen sitzend, dahinter die

Größeren stehend. Er hat offenbar sogar ihre Kleidung überprüft: damit sie nicht zu armselig aussehen. Dann setzt er sich selbst an die Seite. Alle warten gespannt auf den Auslöser.

Und ich? Ich habe wohl ehrfürchtig und schweigend ein wenig abseits gewartet. Es war das erste Mal: Niemand hatte mir erklärt, wie man bei der Aufnahme des Klassenfotos vorgeht. Plötzlich ... Was ist plötzlich in meinen Vater gefahren? Er schaut zu mir herüber, sieht mich so allein warten, schüchtern wie immer. Was hat ihn gepackt? Ein plötzliches Gefühl der Zärtlichkeit? Das undeutliche Gefühl, es sei ungerecht, daß ich so allein bin, abseits von diesen Kindern, gleichsam ausgeschlossen? Für eine Sekunde hat er vergessen, daß ich ein Mädchen bin, für seine Schuljungen also eine, die nicht dazugehört ... Er kommt, um mich zu holen, nimmt mich bei der Hand; er schiebt die Jungs in der ersten Reihe etwas beiseite und setzt mich in die Mitte, direkt gegenüber dem Fotografen ... Dann nimmt er seinen Platz als wachsamer Schulmeister an der Seite wieder ein. Und so thronte ich also geradezu als unverhoffte Königin unter diesen künftigen Kriegern! Thronte ahnungslos.

Jetzt, kurz vor dem Auslöser, ist alles bestens, findet der Lehrer: Er richtet sich in seiner ganzen Größe auf, wartet nahe bei jenen, die er unterrichtet. Er posiert für die anderen – das ganze Dorf, auch für die kleine koloniale Gesellschaft, die ihn mit Mißtrauen beobachtet, weil er stolz ist und egalitäre Forderungen aufstellt. Er posiert, zum einen stolz auf seine vierzig Jungen, die er erzieht, zum anderen auf sein ältestes Kind – es ist ein Mädchen, nun, dann hat er es eben in die Mitte gesetzt.

Da sitzt sie, die kleine Tochter, den Oberkörper leicht nach vorn gebeugt, mit angespanntem Gesicht und einem Ernst im Blick, der zweifellos etwas frühreif wirkt – vier Jahre, man könnte beinahe sagen, bald vierzig. Sie nimmt etwas wahr, aber sie weiß es nicht, es ist undeutlich, jedenfalls fällt sie aus dem Rahmen: Anderswo dürfte es nicht üblich sein, daß man ein Mädchen ganz allein zwischen vierzig Jungen setzt, die außerdem älter sind. Sie weiß nicht, daß sie diese Knaben einschüchtert; sie nimmt diese Knaben wahr als etwas Ganzes, Gegenwärtiges, respektvoll, aber mißtrauisch, wenn nicht sogar feindselig. Das Mädchen schaut den Fotografen an. Ihr Vater steht an der Seite und wartet wie alle anderen auf das Klicken.

Es war das erste Foto, das man von mir aufgenommen hat. Ein Schultag zu Beginn des Weltkrieges in einem Dorf des algerischen Sahel.

Frauen auf dem Land V

Aichoucha, wörtlich heißt das »kleines Leben«, kommt also in das Haus, in dem unsere nächtlichen Dreharbeiten stattfinden; in einem der beiden Räume wimmelt es von Leuten des technischen Stabs, außerdem ist er vollgestellt mit Scheinwerfern und Requisiten. Ich suche jemanden, in dessen Obhut ich vorläufig das Kind geben kann, vergesse es dann und tauche ein in die Welt der Nachahmung.

Eine Stunde später, als wir das letzte Bild aufnehmen, das die schlafende Lila in einem Kamerabogen einfängt, fällt mir das Kinderbett im Hintergrund wieder ein. Was ist mit Aichoucha? ... Sie hat sich kaum vom Fleck gerührt. In diesem grellen Licht dort schaut sie mir in die Augen, ihr Gesicht mit der Anmut einer vergänglichen Gipsfigur kommt zur selben Zeit wie ihr Schweigen bei mir an.

In dieser Stunde hat sie sich nichts entgehen lassen: die Unruhe, da und dort beschäftigte Leute, wahrscheinlich auch die kurzen Gespräche mancher über den Schlamm draußen oder den Preis eines Getränks in der Dorfbar ... Sie hat beobachtet, wie ich zusammen mit dem Schauspieler, der den Ehemann im Rollstuhl spielt, die Rolle durchspreche, und bei alldem hat sie nicht verstanden, was hier als Frau meine Aufgabe ist.

Wieder nehme ich sie bei der Hand, bringe sie weg von diesem Ort, entferne sie entschlossen von allem. In einem schwach beleuchteten Zimmer bleibe ich mit ihr allein und flüstere ihr alle Einzelheiten in kurzen Erklärungen ins Ohr: »Du wirst jetzt fotografiert, wie du schläfst! Du mußt nur schlafen … Nur dein Haar wird zu sehen sein … Einverstanden? … Morgen wirst du dann das Mädchen kennenlernen, auf das wir warten, es kommt aus Algier … Aber für sie wird es dann ganz schwierig …«

Sie lächelt mir vertrauensvoll zu. Ich ziehe sie langsam aus … Ich spüre, daß meine Gesten sanft und liebevoll werden, wie einst bei der eigenen Tochter, der ich mich ein ganzes Jahr lang vollständig gewidmet habe … ein Jahr das erfüllte Leben einer Mutter.

Während ich Aichoucha ausziehe, werde ich in frühere Zeiten zurückversetzt. Das ist die Geschichte dieses Ton-Bild-Projekts: den Versuch unternehmen, mich ohne allzu große Erschütterungen im Strom eigener Erinnerungen und denen anderer Frauen zu ergießen.

Das Mädchen kehrt lächelnd in die Welt der Scheinwerfer zurück, wieder an meiner Hand. In den folgenden Tagen werden wir einen Abglanz ihrer täglichen Arbeit als Hirtin im Hintergrund verfolgen können. Heute abend zieht sie jedoch zum ersten Mal ihre Schuhe vor dem Kinderbett aus. Ganz leise schelte ich sie, weil sie mit ihren schmutzigen Füßen in die Schuhe geschlüpft ist. Dennoch bin ich dagegen, daß man ihr jetzt noch die Füße wäscht, da alle warten …

Ich hebe das Mädchen hoch, lege es zwischen die weißen Laken, decke es zu, flüstere ihm ein oder zwei Koseworte zu. Eine Stunde lang kann sie zu schlafen versuchen, und tatsächlich wecken wir sie dann um Mitternacht, kurz bevor wir die Scheinwerfer ausschalten, weil wir beschlossen haben, daß es für heute genug ist.

So hat sie sich bei uns eingeschlichen, die Augen im Dunkel und im grellen Licht ... Und auf dieselbe Weise muß ich das Ton-Bild angehen: mit geschlossenen Augen zuerst den Rhythmus suchen, das Geräusch aus jenen Abgründen, die man für überflutet hält, dann wieder an die Oberfläche kommen und endlich mit frischgewaschenem Blick alles im Licht der Morgenröte wahrnehmen.

Vier Tage später betrat Ferial – die Tochter einer Kollegin an der Universität – ungestüm den Drehort, Aichoucha war ihr wie eine Dienerin auf der Bühne vorausgegangen. Ein Wunderkind, im Studio mit allen Wassern gewaschen, von instinktiver Leichtigkeit, Natürlichkeit, Vitalität, Intelligenz ... Sie war wirklich »der Star« in jener fiktiven Welt, die in diesen Anfangstagen nur mühsam zu sich findet, als »Star« auch wunderbar in den Augen der Bewohner des Anwesens. Für sie war Ferial das königliche Kind.

Sie glaubte mit aller Kraft an die »Kamera« und stellte dabei ihren liebreizenden Stolz unter Beweis, so daß die Fiktion in ihrer Künstlichkeit, derart verherrlicht durch den Glanz des kindlichen Traums, sich nicht mehr mit den kümmerlichen Ausmaßen eines von vornherein unausweichlichen Defizits zufriedengeben konnte.

Und als das Kind nun die Kulisse des Zimmers betrat, dachte ich ganz ruhig, daß nun das Trio seine Ausgewogenheit fand: Meine Freundin Lila strahlt echte Poesie aus, der Darsteller des Gatten ist von sicherem Instinkt geleitet, und nun schließlich die märchenhafte Begeisterung ihres Kindes.

Dagegen ist und bleibt Aicha das wirkliche Leben, die Ferse der Zukunft in der erstarrten Gegenwart des Paares, das jetzt vor uns zur Schau gestellt wird.

Die Mutter in der ersten Szene mit dem Kind im Bett. Der Chefkameramann, der wegen seiner Stattlichkeit »John Wayne von Belcourt« heißt, groß und gutmütig, aber ungeduldig, selbst Vater von fünf Kindern und dennoch ungeduldig, dieser Chefkameramann also fragt mich etwas mißgelaunt, da die Beleuchtung bereits recht lange steht: »Wie alt ist denn dieses Kind?«

»Fünf Jahre, Cheikh!«

»Wenn wir mit dieser Einstellung fertig sind, ist es sicher zwölf Jahre alt!«

»Wir müssen geduldig sein, Cheikh!« Ich bin hingerissen. Ferial ist die erste, die nicht nur den Star spielt, sondern auf ihre Weise auch den »Feminismus« personifiziert.

»Handelt dein Film von Frauen?« fragt sie mich.

»Aber natürlich, ich meine ... Du hast doch deine Mutter, eigentlich deine falsche Mutter; ihr liegt im Bett und spielt miteinander ... was du willst!«

Sie ist einverstanden. Aber vor den anderen will sie sich nicht ausziehen. Ich gehe mit ihr hinaus, ins Zimmer der Madonna, die ihr schweigend zulächelt.

»Ist sie deine Freundin?«

»Ja, sie ist meine Freundin.«

Sie erscheint in einem Nachthemd für besondere Anlässe ...

Einverstanden, sie ist einverstanden damit, auf dem Bett herumzutollen, mit Lila zu spielen, sich Geschichten erzählen zu lassen, sie ist einverstanden: Ich beobachte die falsche Mutter, dann die echte, die ein wenig unruhig aus nicht allzu großer Ferne zuschaut.

»Geht hinaus!« beschließt Ferial, sagt es zu den Leuten vom technischen Stab. (Ich fühle, es fehlte nicht viel, und sie würde sagen: »Das sind Männer«, als befänden wir uns alle plötzlich wieder in einer traditionellen Kindheit mit Patios aus Marmor und Springbrunnen ...) »Sag ihnen, sie sollen alle hinausgehen!«

Ich bin entzückt über den ersten Befehl, der bei diesen Dreharbeiten mit echtem Nachdruck hervorgebracht wird.

»Geht hinaus!« sage ich, Resignation heuchelnd. Sie gehen hinaus.

»Ich auch?« fragt Cheikh, der diesmal wohl eher in Valentinos Rolle geschlüpft ist.

Ferial kokett: »Gut, du kannst bleiben ...«

Als sie mit den Luftsprüngen und Purzelbäumen beginnt, können einige vom Team heimlich wieder den Drehort betreten. Das königliche Kind spielt, lacht, erfindet eine Gegenwart trotz der Scheinwerfer und der Zeugen, die es nun wieder gibt. Lila mit ihren Liebkosungen wird langsam zum stabilisierenden Element dieses Überschwangs. Ferial lacht.

Die Kamera nimmt alles gierig auf.

»Ferial, gehe etwas näher an deine Mutter heran!« Beinahe hätte ich den Zauber zerstört.

»Ist nicht meine Mutter!« schreit Ferial wütend. »Meine falsche Mutter. Meine Mutter steht doch neben dir!«

Und ich, durch das Spiel ganz geduldig geworden, ich sage: »Ja«, natürlich »deine falsche Mutter«, warum nicht, wenn es im Spiel funktioniert, auch das wirkliche Leben ist Illusion, die einer befreiten Kindheit ...

Ferial verausgabt sich, springt, ist ständig in Bewegung. Die Kamera, die bedauernswerte, zieht ihren technischen Stab hinter sich her, kann nur mit Mühe diesem sprühenden Leben folgen.

Es ist wie ein Tanz. Als gute Partnerin läßt Lila nichts anbrennen, setzt dem ausscherenden Rhythmus Grenzen. Ihr Lachen platzt gebündelt hervor. Ferial führt das Kommando und ist sich dessen bewußt, jetzt spielt es für sie plötzlich keine Rolle mehr, ob die Techniker anwesend sind, die sich wie bei einem Schauspiel zusammendrängen, sie weiß, daß sie als Star tun und lassen kann, was sie will, und das ist jetzt der Fall, aber in Anmut und reiner Fröhlichkeit, das Leben, das freie Leben nimmt seinen Lauf. Die Kamera jedoch kann nicht mehr folgen …

»Wir nehmen auf! … Wir nehmen noch mal auf! …«

Dann muß man eben eine müde Ferial aufnehmen, sie auf einem breiten Bett ruhen lassen: Plötzlich spürt sie ihre Müdigkeit, jetzt hätte sie lieber die wirkliche Mutter bei sich, ich greife auf Gebete zurück und auf Tricks. »Wir denken nicht mehr an dich …« – »Aber ich bin müde«, mäkelt sie. »Und dieses Bett?« – »Nein, ich will mein Bett haben.« Ich verhandle, entdecke in mir unbekannte diplomatische Fähigkeiten: »Nein, dein Bett in Algier bekommst du nicht. Bald wirst du mit mir in meinem Hotelzimmer schlafen, das haben wir doch ausgemacht, nicht wahr?« Damit ist sie einverstanden: »Jetzt ruhst du dich aus, keiner wird dich mehr beachten.« Endlich bekomme ich, was ich irgendwie gesucht habe: die lustvolle Trägheit der Gesten, ein kleines Mädchen, auf dem Rücken liegend, und ein graziles Bein, zuerst angewinkelt, dann wieder angehoben, die Kamera macht die letzten Aufnahmen der Nacht: kindliche Sinnlichkeit, jemand rührt an die Pforte zum geheimen Reich, die man für die junge Mutter in der Erzählung im Dunkel läßt.

Fünftes Motiv:
Die Erzählerin als Heranwachsende

Der Tanz im Patio: ich mit dreizehn Jahren und ein paar Monaten, noch nicht vierzehn … Weshalb ist mir die Hochzeit meiner leiblichen Cousine, der dritten, wieder gegenwärtig? Vielleicht wegen des Sommerkleids: Ich erinnere mich ganz genau an den schwarzen, purpurrot geblümten Stoff. Ich hatte es gewagt, bei der Schneiderin ein völlig rückenfreies Modell mit nackten Schultern und Armen zu bestellen.

»Also im Grunde ein Strandkleid«, stellte die Dame fest und lauschte lächelnd meinen nachdrücklichen Ausführungen über den außergewöhnlich weit geschnittenen Rock.

Zu meinem freudigen Staunen war meine Mutter einverstanden, unter der Bedingung, daß die Schneiderin noch einen Bolero mit kurzen Ärmeln anfertigte, den ich draußen überziehen konnte.

»Bei der Hochzeit sind wir unter Frauen, weshalb sollte sie da nicht ausgeschnitten gehen?«

Dennoch erschien es mir wie eine überraschende Kühnheit, die plötzlich mütterlich toleriert und »unter Frauen« zugelassen wurde!

War es dieses Kleid – mein allererstes –, dessen Erinnerung mir noch unvergänglich ist, als Spur der lebhaften Eitelkeit einer Heranwachsenden, das mir den Mut verlieh, der Aufforderung Folge zu leisten? Auf dem Höhepunkt des Festes im Herzen des Hauses der Töchter Solimans, das zum Platzen voll mit Frauen war, angesichts des Orchesters von Musikantinnen aus der Stadt, ja, da war ich bereit, mich zu erheben: Rücken und Arme nackt vor allen, und schon wenige Minuten später vergaß ich mich, um rittlings auf dem Rhythmus zu galoppieren, eine neue körperliche Lust zu entdecken, trotz des Publikums und seiner Augen, in jenem altehrwürdigen Domizil, das einst meine Großmutter als junge Braut betrat (während meine Aufmerksamkeit sich durch die Drehungen und Verrenkungen meiner Hüften und Schultern schärft, in der Bewegungsfreiheit meiner lianenhaften Arme), jawohl, ich war bereit, die Frauen aus der Verwandtschaft zu mißachten, die Zuschauerinnen, die sich in ein einziges, aus vielen bestehendes Wesen verwandelten, verschlingend und summend …

Die Mutter nahm die Komplimente über das schwarze Kleid, das dieses junge Mädchen bloßlegte, lächelnd entgegen. Ja und wennschon, das ist der Körper, er vollführt seine nicht zu bezähmenden Drehungen, erzittert vom

Scheitel bis zur Sohle vor all diesen Frauen, die mächtig auf der Hut sind – was macht es schon, wenn zwei oder drei Jungen, vielleicht sogar ein junger Mann, sich in einem angeschlossenen Zimmer verborgen halten und hinter den zugeklappten Läden den Voyeur spielen …

Ich tanze. Einige reife Damen in meiner Umgebung tanzen ebenfalls. Ohne es zu wollen, zeigen sie nach und nach ihr Leid, ihr Bedürfnis, hinauszugehen, sich in die Ferne zu wagen, in die stechende Sonne, ich dagegen … ich entwickle meine Schritte mit geschlossenen Augen (der Taumel beginnt). Welches Bild bot ich jedoch diesen Gefangenen, diesen kauernden Frauen, die sogleich bereit sind, mich zu verleugnen.

»Sie geht aus, sie liest und läuft so durch die Stadt, nackt, seltsam, daß ihr Vater das erlaubt … So läuft sie bei den anderen dort drüben herum, in der feindlichen Welt, also in der freien Welt, die aber weit, so weit entfernt ist! Dort drüben läßt sie sich treiben, ihre Eltern sind zu bedauern, irgendwann werden sie feststellen, daß sie auf Nimmerwiedersehen verschwunden ist! … Wozu ist denn die Karavelle gut, die weit fort fährt auf den Ozean, mit all den Kostbarkeiten, die sie nicht wiederbringt, wozu ist denn die Karawane gut, die jenseits der Wüsten vom Weg abkommt, um sich im Sand zu verlieren! Oh, wie unwissend die Eltern dieser Jungfrau sind!«

»Und sie tanzt mit ihren vor Schüchternheit und Inbrunst versteinerten Zügen. Allerdings zu lebhaft, zu nervös, das soll fröhlich sein? Sie hat es noch nicht begriffen, sie wird nie begreifen, daß sie niemals zu unserem Haus gehören wird, zu unserem Gefängnis; eingesperrt zu sein bleibt ihr erspart und damit auch unsere Wärme, unsere Gesellschaft! Und niemals wird sie es erfahren: wenn wir uns zur Laute und der schrillen Stimme des blinden Klageweibs erheben und nahezu in Trance geraten, so um der Trauer, der verkleideten Trauer willen.«

»Jetzt tanzt sie für uns, das ist wahr. Sie tanzt tatsächlich vor uns, aber was tanzt sie denn da, will sie etwa von ihrer Lebensfreude erzählen? Wie seltsam, woher kommt sie denn, aus welchem Stall, nein wirklich, sie ist eine Fremde!«

»Und doch«, rief eine der Matronen aus, die üppigste, mit dem lautesten Mundwerk, »wenn ihr Vater sie zurückbringt ... ich meine, dafür sorgt, daß sie sich wieder ›verschleiert‹, ich meine, wenn er sie in die Nacht und den Schutz unserer Wohnungen zurückholt, dann werde ich keinen Augenblick zögern, sie als Braut zu fordern für meinen ersten Sohn! Ich werde sie ihm beschreiben, wie sie jetzt da ist, in ihrer Größe, mit ihrer Haltung und ihren leidenschaftlichen Augen! Das ist gewiß! Ich werde sie für ihn fordern, und mein Sohn, das weiß ich, wäre glücklich darüber!«

Jemand sagte das der Mutter der Jungfrau weiter – nannte die Dame beim Namen. Die Mutter machte eine verdrießliche Miene. Jene, die sich gern als mögliche Schwiegermutter vorgestellt hätte (allerdings unter der Bedingung, daß der Vater seine Tochter zur gestrengen muslimischen Orthodoxie zurückführte ...), wurde von der Mutter der Erzählerin nicht als standesgemäß empfunden – für ihre Mutter, die väterliche Linie des Heiligen in den Bergen, die so präsent war für alle Männer und Frauen. Unvorstellbar eine Verbindung mit dieser Bürgerin »mit dem lauten Mundwerk«? Fürwahr zu laut!

»Außerdem«, meinte eine Freundin der Mutter ironisch (wobei sie allerdings einen ziemlich zugeknöpften Konformismus erahnen ließ), »eine Frau von vierzig Jahren, die ein dreizehnjähriges Mädchen sieht und es sofort selbst ihrem Sohn beschreiben möchte, ist das denn schicklich?«

»Und sie würde es wirklich selbst tun?« rief in naivem Erstaunen die Mutter aus.

Als ob man nicht wüßte, daß es bei jeder Mutter, besonders wenn sie jung ist, eine besondere Scham gegenüber ihrem erstgeborenen Sohn gibt, gegenüber all ihren Söhnen, sobald sie in die Welt ihres Vaters eintreten!

»Das sind nicht unsere Gepflogenheiten!« antwortete die andere.

Meine Mutter neigte wohl zu der Ansicht, daß dieser Zug eher sympathisch war: an die Zufriedenheit seines Sohnes denken, ihm ein hübsches Mädchen »mit leidenschaftlichen Augen« zu wünschen und ihm das zu sagen!

Plötzlich bekam sie Zweifel. Die befreundete Nachbarin, die die Bräuche besser kannte, mußte gefragt werden: »Was sagst du denn zu den Augen meiner ältesten Tochter?«

Die Nachbarin lobte mit den gewöhnlichen Worten und Metaphern die Züge, den Blick und das Haar der Jungfrau.

Daraufhin kürzte die Mutter das Gespräch folgendermaßen ab: »Jedenfalls wird der Vater seine Tochter zu Ende studieren lassen! Sag dieser Dame, sie soll anderswo nach einer Schwiegertochter suchen!«

Sobald sie im Dorf zurück war, brüstete sich die Mutter damit, daß sie ihre Älteste bereits hätte verloben können, obwohl sie noch so jung war. Sie sagte das in der einzigen Familie, in der sie empfangen wurde und die sie besuchte: der Familie des *Kaid*.

Dieser war Witwer. Die älteste seiner drei Töchter war geschieden und entschlossen, nicht mehr zu heiraten, weil sie sich um ihre Schwestern und ihre beiden ganz jungen Brüder kümmern wollte. Die jüngste von den Waisen hatte eben die Volksschule verlassen und wartete nun, im Haus eingesperrt, auf einen künftigen Bewerber.

Die Älteste des *Kaid* war die einzige Freundin meiner Mutter. Zurück aus der Stadt, beschrieb Bahia in allen Einzelheiten und mit diskreter Befriedigung vor ihrer etwas bäuerlichen Zuhörerschaft die Hochzeit ihrer Nichte. Solche Plaudereien unter Frauen fanden oft ihr Ende bei gemeinsamem Musizieren, besonders wenn sie im Haus des *Kaid* stattfanden, das am Dorfausgang lag und dessen Garten sich in der Tiefe verlor: Eine Frau holte eine Derbouka hervor, eines der Mädchen sein Tamburin, und unter Bäumen gleich in der Nähe eines Spaliers von Mandelbäumen lauschte man den ein wenig abgegriffenen, irgendwie genäselten Liedern aus der Mitidja – Gäste und Gastgeberinnen saßen auf Teppichen, die man direkt ins Gras gelegt hatte, rundum überall Kinder und im Hintergrund einige Tiere: Zicklein, ein Hahn und ein Pfau, ganz magere Katzen und sogar der fürchterliche Wolfshund, vor dem meine Mutter, die Städterin, sich ängstigte …

Zur Stunde der Dämmerung holte mein Vater uns in einem Citroën ab, den er zusammen mit dem kabylischen Bäcker gekauft hatte. Dieser benutzte den Wagen die ganze Woche über, dafür diente er meinem Vater, der nicht Auto fahren konnte, in seiner Freizeit mit Freuden als Chauffeur.

Der Bäcker hatte gerade seinen Laden geschlossen. In Begleitung meines unerschütterlichen Vaters fuhr er vor. Das Auto wartete. Einer von den Knaben sagte uns Bescheid. Wir stiegen hinten ein, meine Mutter in ihre Schleier vermummt, ich stocksteif als Dreizehnjährige, die sich zur Schau gestellt fühlte, und meine Schwester, die noch ganz klein war.

Dann gab mein Vater seinem Compagnon und Chauffeur zu verstehen (vielleicht waren sie auch schon übereingekommen, als sie noch unter sich waren), daß sie diesmal mit dem Auto einen großen Umweg fahren mußten: Denn es schlug bereits die »Stunde für den Apéritif« (dieses Wort meines Vaters kam mir früher geheimnisvoll vor, aber ich habe niemals nachgefragt, was es bedeutete), und in den beiden großen Cafés im Zentrum drängten sich die »Pieds-noirs«, während sich auf den Bänken direkt gegenüber die einheimischen Dörfler versammelt hatten, Kabylen und Araber in stummer, zorniger Konfrontation.

Mit seiner Gattin durfte man dort nicht vorbeifahren – auch wenn auf den vorderen Sitzen zwei Männer saßen –, denn sie würde unwillkürlich alle Blicke auf sich ziehen: als dürfte meine Mutter, obwohl eine mit Seide und brodiertem dünnen Gewebe verschleierte Dame, deren Gesicht beinahe völlig verhüllt war, um ihrer Ehrbarkeit willen einem solchen Publikum nicht preisgegeben werden.

Denn das Publikum war ausschließlich männlich, und zwar gewissermaßen im doppelten Sinne: einmal die Europäer, die auf den Terrassen zum Apéritif versammelt waren, und zum anderen die Saisonarbeiter, fest verschweißt durch ihre Feindseligkeit, die den anderen bei ihren Vergnügungen zuschauten.

Für meinen Vater war es undenkbar, mit einer »Dame« dort vorbeizufahren, selbst wenn es ganz schnell ging! Denn das waren Zuschauer, die zu keinerlei Differenzierung in der Lage waren: Diese maskierte Gestalt würden sie gerade wegen ihrer raffinierten Schleier nach der Mode von Caesarea von vornherein als überaus schön einstufen, selbst wenn sie nicht zu sehen war! Weshalb sollte man ihnen diese Freude bereiten, und sei es nur für jene fünf Minuten, bis man den kleinen Platz mit dem Citroën umfahren hatte und vor unserem Haus stand?

Außerdem hielt es der reichste *Colon* der Ebene ebenso: Ein allmächtiger Herr – mit seinen Landgütern und Hunderten von Hektar Rebland beschäftigte er eine Armee von Arbeitern –, er suchte den Bürgermeister aus, bestimmte die lokalen Abgeordneten, und man grüßte ihn mit einer tiefen Verbeugung, wenn er sich einmal zu zeigen geruhte, was selten vorkam. Dieser Meister des Geheimnisses versteckte auch Gattin und Töchter und ersparte ihnen, das Dorf zu durchqueren, als wäre er ein eifersüchtiger Sultan.

Dabei war nicht seine Eifersucht oder ein männliches Verbot der Grund, sondern schlicht Verachtung. Die Schloßherrin oder die »Königin«, wie die europäischen

Boulespieler und die einheimischen Dominospieler sagten, blieb unsichtbar, außer …

»Außer am 15. August«, erinnerte recht leise der Bäcker am Lenkrad, während er einen weiten Umweg zuerst nach Süden, dann ganz weit nach Osten nahm, um wieder in die Gasse einzubiegen, die an der Kirche entlang schließlich auf unser Haus zuführte und um diese Zeit nicht belebt war.

Während der ganzen Rückfahrt auf Schleichwegen hörte ich meinen Vater schimpfen, als befinde er sich im Duell mit diesem allmächtigen *Colon* (der Besucher aus Belgien, den nordischen Ländern und von noch weiter her anlockte, die den hohen technischen Standard seiner Farmen bewundern wollten, denn er nahm die Aussaat mit dem Hubschrauber vor und setzte in seinen Weingärten Erntemaschinen ein – freilich wagte sich niemand von ihnen in den innersten Bereich vor, jene unbekannten Winkel, wo die verwahrlosten Behausungen für seine Leibeigenen waren). »Er behandelt sie nämlich wie Leibeigene!« war der wütende Kommentar meines Vaters, der neben dem Bäcker saß. Heute sage ich mir, daß er sich meinetwegen zu seiner üblichen Schmährede gegen den lokalen Machthaber hinreißen ließ …

Als habe er mich bereits am Anfang meiner Jugendjahre zur Zeugin berufen: Deine Mutter, meine Frau, hat einen besonderen Status, denn sie ist »deren« Schloßherrin mindestens ebenbürtig, und wenn diese Männer – die »anderen« wie die unsrigen – nicht würdig waren, jene vorbeifahren zu sehen, dann galt das ebenso für sie … Denn ich (so lautet die väterliche Rede, die ich im nachhinein erfinde) bin ebensowenig wie jener Herr bereit, meine Frau zur Schau zu stellen – sie ist mein Herz. Gewiß, sie ist völlig vermummt in gestärkten Schleiern von makellosem Weiß, und gemäß unseren Sitten wird sie draußen Schweigen wahren und die Augen unter dem kleinen Schleier gesenkt halten! Ich bin nur der Schulmeister. Der einzige Schulmeister für die einheimischen Jungen. Auch fühle ich mich recht steif, und unter dem Fez steckt ein unerschrockener Kopf. Als junger Mann hegte ich große Bewunderung für Atatürk, wenn es nach ihm gegangen wäre, wären wir natürlich nicht kolonialisiert worden, das heißt, es wäre uns nicht passiert, daß wir im eigenen Land nicht zu Hause sind. Nun, deine Mutter könnte dann jedenfalls ganz wie die Damen der ehemaligen türkischen Aristokratie den islamischen Schleier ablegen, einen Pariser Rock tragen, und vielleicht könnte sie sogar diesen Citroën, den ich gewiß niemals fahren kann, mit sportlichem Schwung lenken. Und in diesem Fall wäre sie gewiß ein Foto wert!

In der Türkei, aber auch in Damaskus und Ägypten, in Kairo und Alexandria gab es Damen, die ersten emanzipierten Musliminnen, die hier ihre Nacheiferer gefunden hätten (mein Vater dachte da an viele Freunde: Ärzte, Lehrer, Rechtsanwälte, die genauso wie er zehn oder fünfzehn Jahre zuvor davon geträumt hatten, ihre Gattinen zu »entschleiern«, mit ihnen auf Reisen zu gehen!).

Aber wir lebten nun einmal in einem kolonisierten Land. Setif, Tebessa, Guelma, Städte der Unruhen – dort hatte es am 8. Mai 1945 Tausende von Toten und später Gefangene gegeben, zwei Jahre waren seither vergangen … Algerien befand sich im Kampf und hatte Gott sei Dank andere Sorgen: Vielleicht war es jetzt sogar von Vorteil, daß in diesen alten Kleinstädten die Familien derart zusammenrückten und die Frauen in der Wärme ihrer Frauengemächer aufgehoben waren, wenn auch zitternd.

Dann betraten wir unsere Wohnung.

In jener Zeit starb auch meine Großmutter väterlicherseits, die bei uns gewohnt hatte: Von ihr blieb gleichsam ein wehmütiger Schatten, der durch die Zimmer schwebte … In jener Zeit begann die lange Krankheit meiner Schwester, der jüngsten, die damals etwa sechs Jahre alt war, mehr als ein Jahr hatte sie zu leiden. Ich erinnere mich an jenen Sommer, den wir in einem sattgrünen Gebirgsort verbrachten, die gute Luft sollte ihre Genesung beschleunigen.

Bevor ich dreizehn Jahre alt wurde, vielleicht sogar bereits im Alter von zehn, als ich in die nahe Stadt aufbrach (»Stadt der Rosen« nannte sie André Gide, der sich zuvor in ihr aufgehalten hatte, genau fünfzig Jahre bevor ich als Internatsschülerin des Collège dort eingesperrt wurde, er selbst aber wiederum fünfzig Jahre nach dem Maler Fromentin, der als erster Franzose über diese arabische Stadt berichtete) – wann genau fand der Übergang statt von der Kindheit in die Zeit vor der Pubertät? ... Ich sehe mich noch zur Hälfte versunken in den Nebeln des zarten Alters, als sich für mich das Unbekannte ankündigt, jener ambivalente Zustand, der bei Eintreten der Heiratsfähigkeit entsteht, ein Gefilde, das auf islamischem Boden in unsäglichem Eifer mit Dornen überstreut wird.

Wann und durch welche ersten Szenen, die noch in der Passivität blinder Unschuld erlebt wurden, bin ich dann halbwegs »hervorgetreten« aus dem Nest der Familie, jenem warmen und schützenden Ort, den mir die Zärtlichkeit der Frauen in der Gruppe bot (die allerdings auch ihre drastischen Seiten hatte)?

»Hervortreten«: Dieser Begriff ist, wenn er auf Frauen angewandt wird, nämlich auf die »hervortretenden« Mädchen, in der Sprache der Mütter mit Drohungen belastet, die *kharidjin* im Plural Maskulinum sind zwar auch »Hervortretende«, also gewiß Abweichler, Träger einer religiösen Freiheit, die sich mitunter als Quelle des Krieges erweisen kann, aber immerhin das Abenteuer kollektiver Neuerungen in Angriff nimmt ... Die »Hervortretende« im Singular Femininum kündigt nur noch reine Gefahr an, manchmal sogar sinnlose Provokation. Wann bin ich denn aus diesen Gefilden der Unschuld hervorgetreten?

Die Töchter des *Kaid* waren zu dritt; dieses Dreiergespann hat einen festen Platz im Herzen meiner Erinnerungen an die Zeit auf dem Dorf.

Mit der jüngsten von den Schwestern, die ein oder zwei Jahre älter war, spielte ich regelmäßig. Wir waren als verschworene Freundinnen jeden Donnerstag oder Sonntag ganz hinten in ihrem leise rauschenden Garten, unsere Eintracht wurde gefördert durch häufige Streitereien mit ihren Brüdern, besonders mit einem von ihnen, der etwa zehn Jahre alt war – er kletterte auf die Bäume und stellte dort Vogelfallen auf, dann brachte er uns mit grausamem Lächeln die zuckenden und verletzten Körper. »Ich werde sie jetzt gleich nach dem Ritus schächten und sie für euch zubereiten: gerupft und geröstet. Ihr werdet schon sehen, wie ihr euch die Finger danach leckt!« Die lachenden Augen richtete er direkt auf mich, dabei ängstigte mich seine seelenruhige Grausamkeit ... Ich erstarrte, und seine Schwester schalt ihn unaufhörlich.

Wenn ich in diese aufregenden Zeiten zurückkehre, wir als kreischende Mädchen, aufgebracht durch diesen »Schuft«, wie wir ihn beschimpften, dann kommt in mir ein noch nicht völlig erloschenes Unbehagen auf.

War ich damals sechs Jahre alt oder sieben? Ich glaube, die Vorschule hatte ich eben hinter mich gebracht. Die jüngste Tochter des *Kaid* nahm sich an mir ein Beispiel und besuchte jetzt ebenfalls die französische Schule. Wenn ich bei ihr zu Besuch war, legten ihre Schwestern eine seltsame Neugier für meine Person an den Tag: Sie drängten mich in eine Ecke, hoben meinen Rock oder mein Kleid, um zu schauen ... was für einen Unterrock ich trug! Ein solches Wäschestück hatten sie noch nie gesehen: Meine Mutter, die selbst recht eitel war, kaufte für mich europäische Mädchenkleidung bei einer jungen Spanierin, die mit ihrem Lieferwagen die Dörfer der Ebene abklapperte, um Wäsche und verschiedene andere Kleidungsstücke an die eingesperrten oder einfach nur von der Außenwelt abgeschnittenen Damen zu verkaufen.

Die Töchter des *Kaid* waren traditionell gekleidet und wagten es nicht, meiner Mutter ihre besessene Neugier zu zeigen. Sobald ich mich in ihrem Haus befand und ihnen ausgeliefert war, waren sie ganz aufgeregt und betasteten mit zwanghafter Hast den Samt meines Unterrocks, manchmal seine Stickereien. Ich wehrte mich heftig. Ich spürte wohl, daß ihr Wissensdurst für Mädchenwäsche der gesamten französischen Damengesellschaft galt: Am liebsten hätten sie durch mich als Stellvertreterin, weil ich die Schule besuchte und deshalb in der Verkleidung eines französischen Mädchens auftrat, die fernen Damen am ganzen Körper liebkost und betastet, die ihnen zwar arrogant, aber auch überaus vornehm erschienen: »Wir wollen wissen«, riefen sie aus, während sie mich umzingelten und als Person nicht mehr sahen, »was sie alles tragen, wie sie sich herausputzen und was darunter ist! ...« Dieses »Darunter« kam ihnen mit einem heftigen Atemstoß von den Lippen, bei mir verursachte es einen Brechreiz.

Ich machte mich von ihnen los. Ich zog die jüngste Schwester zu mir herüber. Wir flohen zu zweit ganz weit hinten in den Garten. Ich hatte Tränen in den Augen wegen dieser Berührungen, die mir Gewalt antaten. Meine Freundin war ganz erstaunt über meine heftige Reaktion: Schließlich gab ich die Hoffnung auf, sie einmal allein antreffen zu können.

Ich nannte meiner Mutter den Grund. Offenbar habe ich sogar geweint – und von damals, denke ich, rührt meine instinktive Zurückhaltung, jene ängstliche Abwehr des geringsten Körperkontakts bei den herkömmlichen Zeremonien des gesellschaftlichen Lebens (außer in der Liebe, ja, im Gegenteil, gerade in der Liebe, jedoch erst am Ende eines sich dahinschlängelnden Weges) ... Später habe ich dann tatsächlich mit zwanzig oder dreißig Jahren herausgefunden, daß westliche Gepflogenheiten, die auf einer Vermischung der Geschlechter in vorgeblicher Neutralität beruhen, die Küßchen zwar großzügig auf alle Wangen verteilen, was jedoch nichts mehr zu bedeuten hat, höchstens eine leicht zu gewinnende Vertrautheit, die sich häufig unmittelbar einstellt. Das gilt auch für das ungezwungene Betragen eines Mannes in der Öffentlichkeit seiner Freundin gegenüber oder umgekehrt, das erstarrt, sobald der Blick eines anderen darauf fällt. Später stieß ich auf diese Körpersprache und ihre Darstellung, die mitunter exhibitionistisch war, mit den Augen einer Primitiven. Häufig konnte ich mich nur noch abwenden und entdeckte, wie prüde ich reagierte, dabei war ich einfach nur »Orientalin«, das heißt ausgestattet mit einem lebendigen Blick, begierig vor allem, die Welt in mich aufzusaugen, wie sie sich mir wirklich offenbarte: geheim, erleuchtet von der Schönheit allen Anbeginns.

Doch kehren wir zum Zwiegespräch mit der Mutter zurück: »Ich werde allein nicht mehr zu den Mädchen gehen! Nicht einmal zum Spielen ... Ich will nicht, daß sie mich anfassen!« Und jetzt schrie ich: »Ich will nicht, daß man mich anfaßt!«

Meine Mutter zog daraus eine unerwartete Konsequenz: Da sie noch zugegen war, wenn ich mich morgens ankleidete, beschloß sie, mir meine Amulette zu nehmen (zwei Vierecke und ein Dreieck aus Seide, ein Geschenk meiner verstorbenen Großmutter väterlicherseits). Ich trug sie unter dem Kleid oder dem Pullover: An den Faden kann ich mich noch gut erinnern, der nach alter Art geflochten war, er erschien mir viel kostbarer als eine verborgene Halskette. Manche Schulstunden sind mir noch in lebhafter Erinnerung, meine Aufmerksamkeit galt ganz der Tafel und der danebensitzenden Lehrerin, weil ich die Gewohnheit hatte, diese Vierecke oder Dreiecke mit magischer Schrift auf meiner Brust zu betasten. (»Diese Amulette werden dich vor dem Neid der anderen schützen!« hatte meine Großmutter häufig gesagt, für sie war die französische Schule eine feindliche Welt.) Abends trug ich mit Stolz auf meinem Nachthemd diese Schmuckstücke, die nun endlich gezeigt werden durften.

War dieser Nachtschmuck eine Verbindung zu meiner sanften Großmutter, die eine zweite Mutter für mich war? Zweifellos war ich der Überzeugung, daß diese Anhänger aus Seide in mattem Grau, Dunkelblau und Schwarz mich »beschützten«, wie sie es mir häufig beteuert hatte ... Ich schlief behütet ein, als würde die Ahnin in meiner Nähe über mich wachen. Tagsüber stand ich, ohne daß meine Mitschüler es ahnten, unter einem zusätzlichen Schutz: dem unsichtbaren Auge der Greisin, das mich aus der Ferne zärtlich betrachtete ...

Nun beschloß meine Mutter – eines Morgens oder eines Abends, ich weiß nicht, ich erinnere mich lediglich an das Zimmer, ich hatte mich ausgezogen, war vielleicht bereits im Nachthemd oder wollte mich für die Schule anziehen –, ja, sie beschloß, mir dieses Amulett abzustreifen. Bestimmt hat sie Gründe genannt, eine Erklärung: Sie führte einen Arztbesuch an, der für die kommenden Tage angesagt war. Was, glaubte ich denn, würden die anderen Mädchen sagen, die Fremden, wenn sie mich mit diesen magischen Vierecken und dem Dreieck sehen würden?

»Aber es ist doch immerhin die Schrift des Korans!« habe ich wohl protestiert.

Bin ich damals wirklich auf dieses rechtfertigende Argument gekommen? Ich weiß es nicht: Ich habe wohl davon gesprochen, daß sie ein goldenes Kreuz trugen, und zwar nicht im verborgenen wie ich! Für meine Mutter war es offensichtlich, daß die Lächerlichkeit, der ich anheimfallen würde, schlimmer wäre als die Tatsache, daß ich heilige Schriftzeichen trug, die, wie sie meinte, nicht gerade orthodox zu nennen waren. Man würde mich nämlich eine Heidin schelten, mich, die Einheimische unter Französinnen, die Muslimin!

Ich mußte mich damit abfinden: Diese Amulette wurden mir abgenommen, was einer Entblößung gleichkam. Und es war meine Mutter, die mir in einer Anwandlung von Rationalismus diese ersten Schriftzeichen nahm.

Allerdings besuchte ich in jener Zeit auch Koranstunden, wenn ich aus der Gemeindeschule kam. Meine Mutter feierte gern die Etappen meiner Aneignung des Heiligen Buches mit einem Fest, zusammen mit der Amme und der Familie des *Kaid* – zuerst drei Suren, dann zehn weitere, dann noch einmal zwanzig: Mein Brett, das der *cheikh* mit zahlreichen Kalligraphien schmückte, wurde überall stolz herumgereicht. Wie schön und elegant, riefen die Geladenen, dieses Brett, das bereits jetzt, wie sie meinten, mein »Hochzeitskleid« erahnen ließ!

Meine Mutter trug mit Begeisterung Gebäck herbei und rezitierte zusammen mit mir die Verse: Und das Fest endete in Anwesenheit der Töchter des *Kaid* mit musikalischen Versen, diesmal bei uns zu Hause!

Ich habe nur einen Toten beweint, meine Großmutter väterlicherseits, die Schweigsame. Ich habe sie laut und schreiend beweint, rannte die älteste Straße von Caesarea entlang, jene, die zu dem bescheidenen Haus führt, in dem mein Vater seine Kindheit verbrachte und seine verheiratete Schwester dahinsiechte. Schluchzend betrat ich das reiche, halb europäische Anwesen (mit Fenstern und Balkonen im ersten Stock) der Familie mütterlicherseits. Jetzt bin ich bei »denen«, denke ich mit etwas Groll, denn in diesem Augenblick fühle ich mich ganz als Tochter jener Frau, die mich in Kälte und Nacht hielt, die mich still umarmte, die vor den französischen Nachbarinnen des Dorfes nicht zu sprechen wagte. Ich bin vor allem die Tochter jener stummen Zärtlichkeit, jener Ahnin, die ich als demütig empfand (und weshalb sollte ich mich dessen schämen?): demütig und bescheiden …

Ich schreie, ich weine – möchte das Unendliche für diese Tränen geltend machen –, und meine Trauer, die mit meinem Lauf durch den Raum galoppiert, steigert sich weiter, bis sie zerreißt, gleichsam als riesiges Tuch meiner Empörung. Am Ende ist sie verraucht, als die Frauen, die mit weißer Kopfbedeckung auf den Teppichen kauern – die Nachbarinnen sind gekommen, um zu kondolieren –, mich endlich auf ihren Schoß nehmen.

Zwei, drei Jahre später, zur selben Zeit, als mir die Amulette genommen werden, sehe ich meine Mutter in geradezu kindlich guter Laune mit jener Frau verschworen plaudern, die wir die »Amme« nannten – seit der Geburt des zweiten Sohns arbeitete sie bei uns als Kindermädchen, im Dorf bekam sie, auch von den Ärmsten, den hochgestochenen Titel »Frau des Generals«. Ihr Mann, der sehr alt war und sein Bett praktisch nicht mehr verließ, war wohl in der Armee oder bei der Marine etwas wie ein Faktotum gewesen, einer, der über die Ausrüstung wachte … Irgendwer muß ihn deshalb einmal »gardien général« genannt haben, und diese Bezeichnung blieb an ihm haften, anfangs als Scherz. Jahrzehnte später jedoch trug er diesen Beinamen in aller Selbstverständlichkeit. Manche Leute fragten, wenn sie diesen Beinamen hörten: »War ihr Mann Sergeant? Generalsergeant?« Man hatte es bereits vergessen. Die »Frau des Generals« war eine dunkle Dörflerin in den Fünfzigern, deren Gesicht eine fröhliche Güte ausstrahlte (obwohl es von einer riesigen Warze auf der Wange entstellt wurde: Als meine Mutter darauf bestand, hatte sie schließlich den Mut, sie sich bei örtlicher Betäubung von unserem Hausarzt abnehmen zu lassen ...).

Ich sehe meine Mutter, wie sie sich an einem Donnerstagnachmittag von der Ermüdung des wöchentlichen Besuchs im türkischen Bad erholt; die Amme und Generalsfrau hat Krapfen gebacken, meine Leibspeise. Die Wärme im Haus nach der Kälte im Kaltraum des Hammam, wo man halb geöffnete Granatäpfel angeboten bekam, geschälte Orangen und Clementinen. Zu Hause der aufmerksame Empfang der Amme ...

An jenen Donnerstag erinnere ich mich gut. Und meine Mutter fragte mich plötzlich in ihrer Verschworenheit mit der Amme: »Gestern warst du in unserem Zimmer, du saßest auf dem Boden am Fuß unseres Bettes: Du hast in diesem Buch gelesen, das du dir aus der Bibliothek mitgebracht hast. In der Küche habe ich dann gehört, wie du weintest ... Du hast geschluchzt, aber leise, ein wenig war es, als würdest du singen! Ich bin heimlich hereingekommen, um nachzuschauen, ich wollte es verstehen!« Dann wandte sie sich tatsächlich an die Dörflerin: »Erkläre mir das, o meine Tochter, ich glaube nämlich, da gibt es ein Geheimnis: Wenn ich auf arabisch meine Texte von alten Liedern lese, dann singe ich sie und weine mitunter in meinem Herzen ... Aber ich singe!

Dich habe ich fasziniert von weitem betrachtet: Deine kleinen Hände haben eine Seite nach der anderen umgeblättert, du hast einen Augenblick zu weinen aufgehört. Dann plötzlich begann deine Stimme nach einem kurzen Augenblick zu wimmern – es war beinahe wie die Stimme einer anderen in dir. Wimmern? Nein, es war eher ein Schluchzen, aber leise, wie eine Klage ...« Sie wandte sich erneut der Amme zu, die zweifelnd lächelte. »Verstehst du, es war nicht, weil sie beim Singen weinte, nein, sie hörte nicht auf zu lesen, und als sie so weinte, machte sie den Eindruck, als würde es ihr gefallen: seltsam, nicht wahr?«

Ein wenig später gestand sie verwirrt: »Deinetwegen habe ich bedauert, daß ich nicht Französisch lesen kann! ... Wenn ich es jetzt sprechen lerne, ist das gut, aber ich würde es so gern lesen können! Man ist dann, glaube ich, niemals allein ...«

Die Amme lauschte und gab dann sanftmütig zurück, indem sie zuerst zur einen (der Mutter), dann zur anderen (der Tochter) blickte: »Aber was sagen Sie da, Lla Bahia! Der Mensch ist niemals allein: Gott, nicht wahr, schaut ihn an!«

»Gewiß«, murmelte meine Mutter melancholisch, ihre Aufmerksamkeit galt jetzt ganz mir, sie schien enttäuscht von der Bemerkung der Dörflerin. Vielleicht auch wegen ihrer unerschütterlichen Ruhe.

Vereinzelte Szenen einer Kindheit, aus der ich mit zehn Jahren hervortrat, um Internatsschülerin im Collège der Nachbarstadt zu werden.

Als ich dann dreizehn, fast vierzehn Jahre alt war, erschien mir der Tag ganz fern, da ich siebenjährig unter süßem Schluchzen meinen ersten Roman las, den ich mir von der Bibliothek mitgebracht hatte, *Ohne Familie* von Hector Malot!

Meine Jugend im Pensionat stand unter dem Zeichen einer heftigen Freundschaft mit einer Halbitalienerin, die wie ich Pensionärin war und jeden Samstag ihr Dorf an der Küste aufsuchte.

Gemeinsam entdeckten wir in der Bibliothek des Internats die Korrespondenz von Alain-Fournier mit Jacques Rivière: junge Leute aus der Pariser Abitursklasse vor dem Ersten Weltkrieg. Diese von Büchern dominierte, leidenschaftliche Freundschaft, die ein halbes Jahrhundert vor uns begonnen hatte (es war gewiß kein Zufall, daß unsere stille Freundschaft im Spiegel des Dialogs zwischen zwei jungen Menschen in der Vergangenheit entstand), wurde zum

Ausgangspunkt für unsere spätere Lektüre: Ein Königreich tat sich auf, ein sich weitender Horizont …

Die ganzen zehn Monate des ablaufenden Schuljahres lasen wir in täglichem Wettstreit, und in den Pausen führten wir beinahe heimlich unser Zwiegespräch über Gides Romane und das Theater von Claudel, wobei wir uns ein Stück nach dem anderen vornahmen. Danach stürzte ich mich in die galligen und klaren Kurzromane von Giraudoux, vor allem, weil mein Französischlehrer in jenem Jahr in Paris Aufführungen seiner Stücke gesehen hatte … Abends gab es dann leidenschaftliche Gespräche mit meiner Freundin, allerdings auch Meinungsverschiedenheiten: Sie machte sich lustig über meine Freude, wenn ich in der Absolutheit der Heldinnen von Claudel einen Widerschein sah, ja, wovon denn … meiner mütterlichen Kultur, meiner damaligen Neigung zur Religiosität? Unsere Bindung verfestigte sich dann noch, als wir völlig geblendet die Poesie entdeckten, zuerst Rimbaud und Apollinaire, dann Michaux. Plötzlich begann ich für meine Freundin, die »Pied-noir« war, nach Übersetzungen von Gedichten der alten arabischen und persischen Dichter zu suchen.

Etwas eilig behandle ich dieses Teilen der ersten literarischen Nahrung: weil mir der Tag gegenwärtig bleibt, als ich vierzehn Jahre alt wurde.

Ich kam aus dem Internat nach Hause. Niemand hatte die Idee gehabt, an diesem ersten Tag in den Sommerferien (bestimmt konnten wir es kaum erwarten, nach Caesarea in das Domizil der Familie zu kommen) eine Geburtstagsfeier für mich zu organisieren. Mein kleiner Bruder sagte ironisch (oder war das erst später?): »Den Geburtstag feiern? Wir haben zwar Franzosen in der Nachbarschaft, aber deshalb müssen wir noch lange nicht ihre Sitten übernehmen!«

Weshalb ragt dann der Tag, an dem ich vierzehn wurde,

unvergessen hervor? Weil ich damals insgeheim einen Vorsatz faßte: Ich wollte ein Tagebuch beginnen – vielleicht habe ich gedacht: »Wie Alain-Fournier, wie Jacques Rivière!«

»Dies wird das Projekt meines Lebens, zumindest bis ich dreißig Jahre alt bin. Und danach«, dachte ich, die schreibende Hand innehaltend, »werde ich alt sein!« Über dreißig, wie sollte man da noch leben, konnte man dann überhaupt noch Pläne machen? ...

Und von dort aus noch weitere dreißig Jahre? Ich dachte damals, bereits die Hälfte meines Lebens hinter mir zu haben – zumindest dessen, was sich lohnte: Bei meiner abenteuerlichen Lektüre war mir nämlich nicht bewußt, in welch eingeengtem Raum ich mich bewegte. Und so verblüffte mich noch nicht die Ungerechtigkeit, daß die Frauen meiner Familie eingesperrt leben mußten. Nur ihre Poesie, ihre Wärme, die manchmal nicht frei von Melancholie war. Allerdings auch der Stolz meiner Mutter, in meinen Augen war sie eine Aristokratin in ihrem gestärkten Seidenschleier – natürlich wie Zoraida aus *Don Quijote*, den ich damals noch nicht gelesen hatte, glaube ich.

Und so hielt ich mich nicht für einsam, obwohl ich in der Zwischenwelt dieses kolonialen Dorfes recht isoliert war. »Was wird das Projekt meines Lebens sein?« fragte ich mich pathetisch. Ich schrieb, und heute erinnere ich mich an die Zeilen aus meinem Tagebuch, das ich übrigens recht früh wieder abgebrochen habe, ich fand es zufällig unter altem Plunder wieder. Ich las diese Zeilen mit belustigter Nachsicht, da hatte ich plötzlich ganz frisch die Szene des »ersten Schreibens« vor Augen, wie wir es nennen wollen:

»Ich möchte«, schrieb ich, »mich dazu verpflichten, jener Lebensregel zu gehorchen, die ich mir heute wähle, da ich vierzehn Jahre alt geworden bin.«

Hinter mir standen die Dichter, die in den letzten Monaten meine Freunde geworden waren, aber zweifellos auch der drastische Stolz von Lla Fatima und ihrer Tochter Bahia, die damals in jenes Dorf verbannt war. Wenn man den aufsteigenden Worten meines jugendlichen Gelöbnisses noch weiter nachging, dann standen in gewisser Weise auch die Familienheiligen aus vergangenen Jahrhunderten hinter mir, deren Heiligtümer ich äußerst selten und in frühester Kindheit aufgesucht hatte: Vater und Sohn Berkani, die Seite an Seite begraben liegen, und Ahmed ou Abdallah, von dem ich so lange Zeit nichts gewußt hatte ... Hinter mir standen ... aber weshalb muß ich unbedingt bei dieser ersten Verpflichtung »hinter« mir Gespenster ausmachen, die zu Staub zerfallen, sobald ich sie beschworen habe, oder drüben in verwilderten Gräbern modern? Weshalb »hinter« mir und nicht vor mir, dem fernen Tod entgegen, dem Auffliegen zum allerletzten Abschied?

Ich schreibe. Gleich nebenan unterhält sich mein Vater im kleinen Salon ausgiebig mit dem Nachbarn, einem »eingeborenen« Angestellten wie er, der außerdem vor kurzem aus unserer Stadt Caesarea gekommen ist. Mein Vater erklärt diesem jungen Mann, wie dringend notwendig es ist, daß »unsere Töchter, alle unsere Mädchen zur Schule gehen, in den Dörfern, aber auch in solchen alten Städten, wo sie doch vor lauter Traditionen verknöchern«.

Ich habe dieses Tagebuch, das keine Fortsetzung erfuhr, wenn man von den Notaten meiner damals weitgespannten Lektüre absieht, mit folgenden Worten begonnen:

Ich verpflichte mich, weil ich dieser Lebensregel treu folgen will,
die ich für die reinste halte:
niemals Glück zu wünschen, sondern Freude!
niemals Heil zu suchen, sondern Gnade!

Im folgenden Jahr versenkte ich mich, diesmal freilich allein, in mystische Schriften, entweder islamischer Autoren oder solcher, die zu meiner Schullektüre gehörten: Im

Schlepptau von Claudels Helden näherte ich mich zuerst Pascal, dann Franz von Assisi ... Schließlich beherrschte ich auch das alte Griechisch und kannte Griechenland wie meine Westentasche!

Solche aufregenden Dinge beschäftigten mich in der Zeit des Pensionats, aber auch in den Harems der Familie in Caesarea im Sommer darauf und dann noch ein ganzes weiteres Jahr ... Ich habe davon nur den Rausch der Poesie behalten, einen Gefühlsüberschwang, den ich geheimhielt und der mich kurz darauf verfrüht in die Absolutheit einer ersten Liebe stürzen ließ. Sie dauerte siebzehn Jahre ...

»Niemals Glück, sondern Freude!« schrieb ich in Vorbereitung – und in der Überheblichkeit – der Jugend.

Mehr als zwanzig Jahre später, da ich mich dem vierzigsten Lebensjahr nähere und meine erste eheliche Bindung löse, habe ich mir von dieser vorzeitig festgeschriebenen Regel nur die schlichte Freude bewahrt, die sicherlich gedrängt, aber auch langsam sich nähert, die Freude am Raum, der sich öffnet, eine unerschütterliche Freude.

Noch heute suche ich, fern vom »Heil« und da mir die »Gnade« fehlt, die Lust an den Verwandlungen – selbst wenn diese mitunter zu eng sind, so ermöglichen sie doch zumindest, daß ich mir mit meinem suchenden Blick vorauseile.

Frauen auf dem Land VI

Der fünfte Drehtag. Wieder die Sonne mit ihrem brüchigen Licht. Ich bin mir nicht sicher, ob der Chefkameramann das Flattern darin fühlt, gleichsam ein fragendes Schillern ... Daß man den Wunsch verspürt, bei manchen verwischten Blautönen, bei grauen Anklängen in diesem Blau, bei dem matten Grün der Blätter der Kakteenfeige, die die Überblendungen plötzlicher Tönungen hervortreten lassen, daß man hier den Wunsch verspürt, sich etwas überzuziehen und gleichzeitig zu fühlen, wie man treibt, mit halbgeschlossenen Lidern in diesem winterlichen Sonnenschein. Anfang Januar in meinem Land, an der Mittelmeerküste. Das Gefühl des Lichts auf meinem Körper, ein rein weibliches Gefühl, als bedeutete es, daß man im Winter dem Winter entrinnen könnte, wenn man aus dem Dunkel des Harems auftaucht ... Ich entscheide mich für den Gedanken, daß diese Techniker, die als Männer ihren Körper dem Raum aufzwingen, nicht einmal eine Vorstellung davon haben, daß man sich in ihm leise einen Weg bahnen kann, als wäre man eingebrochen.

Ich schlendere mitten unter ihnen umher. Ich habe eine Einstellung auf die Landschaft vorbereitet, ich werde ein wenig Tristesse hineinträufeln. Am liebsten würde ich sagen, daß der Raum noch nie sowenig leer schien wie an diesem Vormittag, daß hier etwas Seltenes geschieht, weshalb man versuchen könnte, einmal wirklich hinzuschauen: die Dinge in ihrer Dichte sehen. Heute morgen erscheint die Natur jung. Die Hirtenkinder haben sich nun an uns gewöhnt, sie rennen in der Ferne herum oder in unserer Nähe, wie es ihnen gefällt – biblische Frische solcher Bilder.

Wann werden wir Filme mit Blinden machen, die vom brennenden Wunsch getrieben werden, wirklich zu sehen? Vorgeben, daß es in dieser ersten Unterbrechung etwas zu sehen gibt, bei dieser Pause, die, wenn nicht ästhetisch, so doch zumindest heidnisch ist! Lektion des Raumes, dann Lektion der Farben.

Anfangs ging es vielleicht darum, wie man die Stille bewahren kann. Die Lust vermitteln, einen Raum zu betreten nach Art der Schauspieler, die Hände nach vorn gestreckt, mit langsam treibendem und unmerklich widerstrebendem Körper. Jawohl, ich stelle mir selbst erneut die Frage:

Wann wird man Filme mit Blinden machen oder mit Menschen, die geblendet wurden? Dann lächle ich und finde wieder Hoffnung: für das kommende Jahrhundert, das folgende Jahrzehnt. Dann werden aus allen Harems zahlreiche Frauen ins Blaue fliegen, deren Augen sich allzulange in der Enge und im Schatten der Mauern befanden, weil sie mit dem wiedereroberten Licht verschmelzen wollen.

Den Glanz der Morgenröte fühlen, das blendende Gewicht der Mittage, das Weiß der zu langen Nachmittage, die Freiheit als Selbstzweck spüren. Diese ist nicht unbedingt ein Weg, sondern wie Äther, in den man eintaucht, man schläft im Stehen, man tanzt reglos, halb gebückt oder kaum vornübergebeugt, man verschmilzt mit den Überbleibseln der Lust. Licht, das den ganzen Körper abtastet …

Von dieser Realität, die keinesfalls erträumt, sondern mit Intensität wahrgenommen wird, kann ich nichts festhalten, keine Spur. Muß ich deshalb für alle Zeiten in Traurigkeit verfallen?

Die Sonne scheint, während wir die Außenaufnahmen machen. Im Bild muß dieses Licht »reifen«, genau wie der Blick Alis auf Lila allmählich reift, wie der Blick Lilas auf die Örtlichkeiten und Gesichter rundum reift, die sie entdeckt.

So komme ich auf die Reihe der Überlieferungen von Blicken. Nach und nach habe ich ihre ständige Anwesenheit gespürt. Anfangs war im Text der aufgeschriebenen Fiktion von der Reglosigkeit des Mannes auf seinem Stuhl die Rede. Lila existiert durch den Blick des Ehemanns, der um so verschlingender ist, als er in der Ferne bleibt. Deshalb wurde die erste Einstellung am ersten Tag so gedreht: nicht die arabische Frau, sondern das Bild der Frau für den arabischen Mann. Strenggenommen ein Gemälde des von der Umwelt abgeschnittenen Mannes.

Aber dieser erste Bezug hätte nur den Weg über die Entfremdung der Frau eröffnet: Einmal mehr wäre sie zum Schatten geworden und einmal mehr ein Vorwand für Anekdoten, wie fast überall im männlichen Kino, ob arabisch oder nicht.

Lange später finde ich zu dem echten Funken meines Projektes zurück: Ein Jahr bevor ich den Film drehte, lag ich immer wieder in meinem Bett und überlegte allein (in der Enge dieser Verwandlung habe ich nicht gesprochen, ich meine, ich sprach mit niemandem wirklich, ich habe mich niemandem anvertraut und schrieb überdies weder für mich noch für einen anderen Menschen …), damals habe ich mir oft als Rechtfertigung für das heftige Begehren nach Stille und Zurückgezogenheit diese immer gleichlautende Litanei wiederholt: »Ich rede, ich rede, ich rede, ich möchte nicht, daß man mich sieht …«

Ich wiederholte dreimal vor mich hin: »Ich rede«, obwohl ich kein Wort sagte. Ich befreite mich mit der stolzen Formel »Ich möchte nicht« wie bei der vollkommenen Ablehnung eines Zwangs. Und jedesmal drängte sich mir dasselbe Bild auf: mein Kopf, von hinten gesehen, an einer weißen Mauer …

Auf der Stirn die Frische einer Mauer spüren, mit dem Kopf über den Stein fahren, hin und her, denn dieser weckt einen auf, und dann ist man auf der Hut vor der möglichen Verlassenheit der drohenden inwendigen Überschwemmung durch den Tränenfluß … Und doch, selbst wenn man im Zimmer allein ist, selbst wenn man ganz sicher ist, daß man allein ist, kann man doch völlig beruhigt sein, denn falls jemand überraschend hereinkäme, würde er nichts von einem sehen, nichts, überhaupt nichts, er würde nicht darauf kommen, daß es ein Kopf sei, von hinten gesehen, an einer Mauer, der Körper regt sich nicht einmal, höchstens die auf dem Stein ausgebreiteten Hände erschaudern. Höchstens. Seien Sie beruhigt, niemand sieht sie. Der Film kann beginnen, die Kamera soll loslegen: Sie soll mit ihrem riesigen Auge, ihrem korrumpierbaren Auge fixieren. Ich flüstere: »Ich rede, ich rede, ich rede, ich möchte nicht, daß man mich sieht … ich möchte nicht, daß du mich siehst … wie ich wirklich bin!«

Von diesem Erschaudern, von dieser Weigerung bekommt sie nur braunes Haar, das sich an einer Mauer mit schmutzigem Kalk ein wenig hin und her bewegt.

In jenen Tagen meines Lebens verankerte sich also der Anfang des Films für die Figur der Lila: Einstellungen 20, 21, 22 usw.; die sogenannte »Zimmerszene« ist abgedreht.

In diesem Film verknotet sich etwas Geheimnisvolles, nämlich in dem Maße, wie der Film nach und nach zu einem Blick auf einen selbst wird, der sich gleichsam umstülpt. Tauber Schmerz, gewiß fruchtbar, aber auch überspannt, suggeriert jedoch kaum mehr als eine Schramme.

Blicke der anderen auf das Paar: Lila vom unbeweglichen Ali beobachtet, sie selbst möchte sich nach und nach von diesem Blick befreien, der sie natürlich fesselt, doch sie befreit sich erst, als sie die anderen anschaut … Die Geschichte dieser Schule des Sehens für Lilas Blick auf die anderen, auf da draußen.

Als ich mich im Lauf dieser Monate hinter meiner Figur hertaste, lernte ich, daß der Blick auf das Draußen gleichzeitig eine Rückkehr zur Erinnerung ist, an jene Zeit, da man selbst ein Kind war, das Geflüster damals, das innere Auge, das reglos auf der bis dahin verborgenen Geschichte ruht, ein Blick, der von vagen Tönen, unhörbaren Worten und sich vermischenden Melodien wie von einer Aureole umgeben wird … Dieser reflektierende Blick auf die Vergangenheit könnte eine eigene Dynamik auslösen, die eine Befragung über die Gegenwart und über die Zukunft, die vor der Tür steht, zur Folge hat.

Sehen lernen, das habe ich entdeckt, heißt gewiß sich

wiedererinnern, heißt die Augen schließen, um noch einmal das Geflüster von damals zu hören, die raunende Zärtlichkeit von früher, heißt, die Schatten wieder zu suchen, die man tot glaubte ... Dann im bleichen Licht die Augen öffnen, sehnsüchtig fragend den Blick schweifen lassen, ihn durchleuchtend und besonnen auf das Unbekannte richten, das heißt auf die anderen, die man endlich sich wirklich regen sieht, leben, leiden oder einfach sein, dasein in alltäglichster Weise, ja, dasein.

Ich erinnere mich an Momente der gefilmten Fiktion. Im zweiten Teil begleitet Lila den Arzt zu seinem Auto. Bevor er den Motor anläßt, sagt er zu ihr: »Ali wird sich schnell erholen. Aber was ist mit dir, bist du nach dieser langen Abwesenheit wirklich wieder da?«

Sie antwortet zerstreut und überrascht: »Ich bin da ... Natürlich bin ich da!«

Das Auto entfernt sich. Lila geht mit gesenktem Kopf zurück. Vielleicht fragt sie sich, was diese Frage zu bedeuten hat.

Wir drehten zuerst ihre Rückkehr ins Haus, als sich der Tag neigte: eine erste Aufnahme. Man sieht sie von hinten, sie gelangt zur Vorderseite des Hauses, sieht ihre Tochter beim Spiel mit den Nachbarskindern, schaut ihr zu, ohne sie zu rufen, geht ins erste Zimmer, dann ins zweite ... Mein einziges Problem war die Beleuchtung der Räume: ihr inneres Leuchten (ein Kupfergong an der Wand, eine Tür gegenüber der ersten Tür und in derselben Perspektive ein vergittertes Fenster, dahinter das Meer ...).

Ich wollte auf keinen dieser vielfältigen Bezüge im Halbschatten verzichten, das Zwielicht, den Glanz des Gongs, das zerhackte Lochband des Fensters, den beinahe unsichtbaren Streifen Meer ... all diese Zwischentöne, wir standen etwa fünf Meter von der Fassade entfernt an der Stelle, wo der Arzt gesprochen hat, bevor er mit dem Auto losfuhr.

Ich begann um das Haus zu schleichen wie einer von den zahlreichen Hunden des Douar, die uns ständig zwischen den Beinen herumrannten. Dieses Haus hatte ich seiner Mauern wegen gewählt, die von hinten gedrungen erscheinen, wegen seiner von soliden Säulen getragenen Masse, seiner irdenen Farbe in der Verlängerung des Raums und wegen den Frauen im Innern, im Dunkeln.

Als ich mich von hinten dem Fenster mit den schwarzen Gittern näherte, das gegenüber dem Backofen lag, in dem das Brot gebacken wird, traf ich eine Entscheidung. Von dort aus mußte man Lila eintreten sehen: sie aus der Ferne und von vorn aufnehmen, in derselben Perspektive wie die beiden Türen; dahinter die Straße und die Felder. Lila kommt langsam näher, wir sehen sie aus dem Licht hervortreten, dann den ersten Halbschatten erreichen, schließlich den zweiten ... Im Vordergrund döst Ali hinter den Gittern in seinem Rollstuhl.

Die Kamera kommt nicht von hinten: Sie schießt nicht ab. Sie wartet auf jene, die noch weit entfernt ist und näher kommen wird. Also frage ich mich, ob diese Einstellung wirklich notwendig ist: Wer schaut, frage ich mich, wer ist die Kamera? ... Vor mir ein zwölfjähriges Mädchen, Zohra, sie hat kurz zuvor mit Aicha gespielt und uns angeschaut, ans Spalier gelehnt. Sie war bisher nur ein- oder zweimal als Statistin tätig, meistens dann, wenn Aichoucha plötzlich zu viele Schafe hüten mußte ... Ich rief Zohra: »Sieh mal, du stellst dich ans Fenster und siehst Lila ins Haus gehen ... willst du?«

Sie wollte.

Ich hatte sie von weitem gerufen. Als sie näher kam, bemerkte ich einmal mehr, mit welcher Anmut sie ging (sie hatte den Instinkt einer Tänzerin, das wurde mir später immer klarer). Als sie zu mir kam, fuhr sie mit der Hand über die steinige Mauer.

Viel später verweile ich bei dem Glücksgefühl nach einer gelungenen Einstellung, etwas zur Welt gebracht zu haben. Sie beginnt mit einem kleinen Mädchen, das am Spalier steht. Von weitem hat sie Lila gesehen, das wird erst später klar. Sie rennt langsam los, leicht nach vorn gebeugt, hinter die Fassade: Sie nähert sich heimlich dem Fenster, ihre Hand fährt über den abgescheuerten Stein. Wie eine Katze preßt sie sich gegen das Gitter, sie rührt sich nicht ... Hinter ihr sehen wir, wie Lila bei der ersten Tür ankommt, das erste Zimmer betritt, ihren Umhang auszieht und aufs Bett wirft, an der zweiten Schwelle erscheint, dort stehenbleibt.

Die Gegeneinstellung in Großaufnahme: Zohras Gesicht mit hungrigen Augen, diese Großaufnahme, vermutlich von Ali in seinem Rollstuhl aus gesehen. Dann Lila in der Totale von innen, die einen Augenblick auf der Schwelle des zweiten Zimmers stehengeblieben war, jetzt geht sie zum Fenster, fragt sich, ob Ali schläft, sieht jedoch das Kind, das sie heimlich beobachtet hat und sich nun verlegen entfernen möchte. Lila schließt mit einem Finger den Fensterladen, nähert sich dem Stuhl von Ali, der ganz langsam seinen Rollstuhl ein oder zwei Meter zurückrollen läßt. Schläft er?

Neu ist nicht mehr das Schweigen des Paares, sondern die sich plötzlich zwischen dem Mädchen und der Frau einstellende Solidarität: die Neugierde Zohras für die verträumte Rückkehr von Lila, die ins Halbdunkel tritt, stehenbleibt, dann auf Ali zugeht. Lila lächelt dem Kind zu, dieses möchte sich verlegen entfernen. Die Verbindung zwischen den beiden ist dieser Fensterladen aus abgenutztem Holz, den man herunterklappt.

Aber Zohra hat alles heimlich beobachtet, sie entfernt sich zwar, flieht aber nicht. Ja, ich bin mir sicher, sie empfindet vor Lila keine Scheu: Sie erkennt sie. Beide erkennen sich einen unmerklichen Augenblick lang.

Bis jetzt gab es Lilas Blick auf die anderen ... Während all dieser Zeit, in der Lila sucht, sich sucht, indem sie die anderen beobachtet, wird auch sie beobachtet. Als Teil eines Paars, dieses für so viele naive Zuschauer seltsamen Paars, die gewiß schon Gelegenheit hatten, solche Leute aus der Stadt zu sehen, nicht jedoch für derart lange Zeit. Überdies fasziniert sie dieses Bild eines Paars, in dem die Frau sich soviel bewegt: daher der leidenschaftliche Blick des Mädchens. Zohras Augen befragen die Gegenwart, noch bevor Lilas Augen fragen. Ich möchte verallgemeinern: Blicke aller Kinder sind auf euch gerichtet, euch als Paar, die ihr für euch in Anspruch nehmt, die »Hauptfiguren« der Fiktion zu sein. Mit welchem Recht?

Ein Film, eine Geschichte, wird wohl alles in allem so aussehen: die langsame Kreisbewegung der Figuren zu den »Hauptfiguren« hin. Die ganze Zeit über gibt es vielfältige Bestrebungen, zuerst außerhalb des Rahmens, dann nach und nach im Blickfeld, den »Helden« jene Rollen streitig zu machen, die ihnen zugedacht wurden ... Mit welchem Recht?

Jeder wird in seiner Einsamkeit betrachtet, in seiner stolzen Einsamkeit. Die Kamera stellt sich in Frage, um eines spürbar werden zu lassen: den ständigen Prozeß, den die Wirklichkeit gegen die Fiktion führt, die von Mal zu Mal stärker präsente Wirklichkeit.

In diesem Film richtet eine Frau, sie ist allein, geht allein umher, einen vielsagenden Blick auf die anderen Frauen. Die ganze Zeit über schauen wir sie an, das heißt die anderen im Film und wieder andere, also ihr und wir, und möchten sie fühlen lassen, daß wir sie sind ... daß zwar unsere voyeuristische Neugier im Spiel ist, aber sehr schnell auch mehr, daß es uns nämlich selbst betrifft.

Ist sie denn wirklich? Oder ist sie direkt aus unserem Traum hervorgegangen? ... Dieser Zweifel, der Blick der

Bäuerin Zohra, des Mädchens, das Tänzerin werden sollte, aber bis auf weiteres Analphabetin bleibt, das sich mit königlicher Anmut in einem Raum bewegt, der sich in einem oder zwei Jahren für sie verengen wird, weil man sie einsperrt. Und das veranschaulicht Zohra durch ihre Rolle als Zeugin. Ihr stummer Schrei lautet: »Nein, du darfst nicht nur ein Traum sein, zumindest du mußt dir diese Freiheit der Bewegung, des Fragens, der Blicke erobern, damit wir dich dann alle beneiden können, und ich als erste! Bahne uns einen Weg. Ich schaue dich an, ich unterstütze dich, ich schließe das Fenster, scheinbar überlasse ich dich deiner individuellen Geschichte, tatsächlich lebst du jedoch für uns alle: indem ich dich ansehe, indem ich dich nicht aus den Augen lasse. Wir alle, auf dem Weg, auf den Pfaden, am Rand der Gräben, in den Höfen und hinter einer Tür, die einen Spalt offensteht, bekunden unsere Solidarität mit dir. Deinetwegen haben wir noch ein Chance!«

Und so bewahrt die Fiktion innerhalb des Dokumentarischen das Symbol der Freiheit.

Sechstes Motiv: Das Begehren und die Wüste in ihm

Die Tröstende

Häufig habe ich in der Kindheit meine schreckliche Großmutter in einem ihrer Wutanfälle und dann ganz versunken in einen magischen Tanz gesehen, der sie abkühlte; anschließend war sie wieder Herrin über sich selbst und das ganze Haus.

Manchmal sah ich sie auch bei uns im Dorf, wo wir nicht weit von der Schule wohnten, sie verbrachte den Winter bei uns, weil sie in der Hauptstadt ihre zahlreichen

Prozesse zu führen hatte (Streitereien um Land und seine Aufteilung, Erbschaftsangelegenheiten): Dann kam sie, um ihren Schwiegersohn um Rat zu fragen, den einzigen Mann, dem sie vertraute. Ich hörte jeden Abend ihr Murren, mein Vater saß ihr gegenüber und versuchte, in die Litanei ihrer Nörgeleien mäßigend einzugreifen: Ich schlief schließlich neben dem Raunen ein. Diese Ahnin stand ihren Mann mit einer Bitterkeit, die ihr Kraft verlieh, später bat ich sie um etwas, was war es denn? Etwas, das »anders« werden sollte, vielleicht eine andere Stimme!

Aber nein. Wenn sie uns im Dorf besuchte oder ich jeden Sommer in ihre Stadt und in ihr Domizil kam – damals war ich zehn Jahre oder etwas älter, ohne Schleier, frühreif in die Höhe geschossen –, war ich ihr, offen gesagt, lästig: Es konnte durchaus vorkommen, daß die alte Frau mein Gesicht aus der Nähe musterte, und dann bekam sie in einen beißenden Tonfall, weshalb und worüber denn? Jedenfalls murmelte sie mit mißtrauischer Verblüffung, als wäre sie mir plötzlich feindlich gesinnt: »Diese Augen, ach, diese Augen!« Dann wandte sie sich von mir ab und sagte mißbilligend in Richtung meiner Mutter: »Also bitte, wollt ihr vielleicht einen Jungen aus ihr machen?«

Mit mir sprach sie dann überhaupt nicht mehr, sie war völlig ihrer Tochter zugewandt, die halb lächelte – und obwohl ich noch ein kleines Mädchen war, bemerkte ich, daß meine Mutter gespalten, gleichsam in Verlegenheit war, sie zögerte nämlich, wie sollte sie auch in einer Aufwallung ihre Tochter verteidigen, ohne mit ihrer Mutter aneinanderzugeraten?

Ich zuckte mit den Schultern und tat ganz unbeteiligt, ging schnurstracks ohne Schleier, ohne Schal, manchmal sogar mit nackten Armen zu meiner Tante väterlicherseits: Ach, nur zwei Gassen in der Altstadt waren zu überqueren, und dann war man bei dieser Tante mit ihren grünen

Augen, spitzem Gesicht, einer hochgewachsenen, mageren Gestalt, die spröde und temperamentvoll zugleich war, bei ihr fand man alle Liebe dieser Welt! Sie nahm mich in die Arme und hieß mich mit unermüdlicher Herzlichkeit willkommen.

Vor allem sprach sie mich immer direkt an. Alles, was sie sagte, begann mit: »O Tochter meines Bruders!« Ihr Ton war von einer solchen Zärtlichkeit, daß ihre Stimme mich noch heute verfolgt, als ob es in der Muttersprache eine geheime Schwingung gäbe, welche die Liebe einer Schwester als Vermittlung benötigte, um zu mir vorzudringen ... Habe ich »Muttersprache« gesagt? Schließlich geht es hier um ein schwesterliches Echo, oder zumindest um sein Scheitern!

Die Anleitende

Die stillgelegte Leidenschaft, die ich anfangs heraufbeschwor, indem ich Worte wie Sonden in den Raum des Vergessens schickte, wurde mir zu einer zweiten Geburt, wie ich jetzt begreife. Und diese fand statt unter dem Zeichen der Solidarität von Frauen – ist das häufig der Fall, zumindest wenn Frauen endlich ihre Reife erlangen? Als erste wäre da meine Mutter zu nennen: weil sie offenbar in einer einzigen Szene den Wandel meines Lebens abrundete.

Ich hatte mich also zu dieser Tante geflüchtet – sie war eine Halbschwester meiner Mutter –, bei der auf dem Balkon ein Jasminstrauch stand, der in diesen Tagen des Übergangs und der Benommenheit meine Träumereien bereicherte. Ich schlief mit Blick auf den Balkon und den Himmel, im leisen Lärm der Wohnhäuser einfacher Leute gegenüber. Meine Tante versorgte mich schweigend, sie sprach wenig, betete neben meinem Bett. Bei unserem abendlichen Beisammensein erzählte sie mir allerdings kleine Anekdoten über die Nachbarinnen, von denen manchmal ein Kreischen zu uns herüberdrang. Im Halbdunkel des Abends kurz vor dem Abgleiten in den Schlaf erinnerte ich mich wieder an die einstige Zärtlichkeit meiner Tante väterlicherseits aus Caesarea, die sehr viel lauter war, aber in ihrer Zurückhaltung ähnelte ihr die gegenwärtige Tante doch sehr.

Eines Morgens holte meine Mutter mich ab. Sie war allein mit dem Auto hergekommen: Das Autofahren hatte sie gleich bei der Unabhängigkeit gelernt und spielte mit Freuden meinen Chauffeur. Sie nahm an, ich sei niedergeschlagen, und aß mit uns zu Mittag. Ich sah ihre Unternehmungslust und begriff, daß sie sich auf einen Kampf vorbereitete, aber welchen? Ich verließ die Tante, um meiner Fahrerin zu folgen. Sobald wir draußen waren und sie das Auto gestartet hatte, nun langsam in Richtung Stadtmitte fuhr, stieß sie heftig hervor: »Was willst du nun mit deinem Leben anfangen, deinen Kindern ...?«

Ich schwieg einen Augenblick; dann zwang ich mich zu sagen, was ich fühlte, daß nämlich die Scheidung eine Verstoßung von meiner Seite war. Sie schreckte verblüfft hoch, als ausgerechnet ich den arabischen Begriff »Verstoßung« benutzte!

»Und sie ist unwiderruflich, denn ich habe sie dreimal ausgesprochen! Ich weiß es, weil ich mir etwas geschworen habe!«

Sie saß immer noch am Steuer und fuhr. Ich dachte darüber nach, wie ich meinen Entschluß, der in seiner Direktheit wie Stahl war, in für die anderen verständliche Worte übersetzen sollte. Wir fuhren lange in Schweigen gehüllt.

»Ich weiß nur eins«, sagte ich mit Mühe, »ich werde nicht mehr zurückgehen! Um keinen Preis! Er wird die Kinder entführen müssen, denn von mir bekommt er sie nicht! Sie werden außerdem groß!«

Am Steuer fragte meine Mutter entschlossen: »Was willst du tun … um deine Rechte zu wahren?«

Und diese letzten Worte wiederholte sie, »deine Rechte«. Um sich dann zur Ratgeberin aufzuschwingen: Sie bot sich an, mich auf der Stelle zu einem Anwalt zu bringen, sei es ein Freund der Familie oder ein anderer. Mit ihm könnte ich persönlich sprechen. Sie würde solange draußen warten. Sie fügte hinzu: »Es gibt schließlich Gesetze in diesem Land, du mußt dich wehren!«

Ohne mich anzuschauen, fuhr mich meine Mutter zu einer befreundeten Rechtsanwältin, es lag nahe, sie aufzusuchen. Gleichzeitig kam sie jedoch aus dem Staunen nicht heraus. Bisher hatte sie angenommen, ihre Älteste sei mit allen Wassern gewaschen, und jetzt das: Ihre Tochter war gelähmt, weil sie nicht sagen konnte, was sie bewegte, denn sie versank in ganz und gar traditionellen Schamgefühlen, befürchtete, es könnten intime Dinge ans Tageslicht gezogen werden, weshalb sie zwar zum Kampf und zur Loslösung bereit war, jedoch all das lieber im Halbdunkel und folglich konfus ausgetragen hätte.

Wir waren angekommen. Sie beschloß, ganz in der Nähe auf mich zu warten, bei einer ihrer Cousinen, die bereits fast vierzig und erneut schwanger war.

»Sie macht Kinder zur gleichen Zeit wie ihre Schwiegertochter, und das in derselben Wohnung!« kommentierte sie bitter.

So leitete sie mich an, meine Mutter. Sie dirigierte mich auch draußen, im Dschungel der Stadt, im Unterholz der neuen Gesetze, und dachte keinen Augenblick daran, daß es diesmal die Energie ihrer verstorbenen Mutter war, die mich nach vorn trieb, gewissermaßen mit verbundenen Augen.

Einige Tage später fand ich mich vor Gericht ein zu einer Szene, die »Gütetermin« genannt wird. Ich sehe mich noch vor dem Schreibtisch des Richters sitzen, neben mir mein Gatte, der kurz nach mir hereinkam. Ich ahne ihn, ich schaue ihn nicht an.

Der Jurist hält eine lange Rede in sogenanntem literarischem Arabisch, an dem mir jedoch nichts als seine Steifheit und die leeren Umschreibungen auffallen, während die Augen dieses Mannes mich hinter schwarz umrandeten Brillengläsern inquisitorisch und mißtrauisch mustern. Ich bin abwesend: das Wetter so schön, draußen, vor dem Fenster!

Dann sprachen der Gatte und der Kadi von Mann zu Mann: Ich wurde mir halbwegs gewahr, daß nun murmelnd ein Spinnennetz aufgespannt wurde. Auf die abschließende Frage, die der Richter mir wiederholt stellte, sagte ich nur: *»Lla!«*, »Nein!«, mit dem albernen und, offen gesagt, unangebrachten Gedanken im Kopf, dies könnte der Anfang der Chahadda sein – der Formel der Unterwerfung, wie es »bei ihnen« heißt. Aber ich würde nur ein Wort in ihrer Gelehrtensprache sagen: nein, nein, *lla!*

Ich erinnere mich auch, daß mir schließlich meine weibliche Unschuld offenkundig wurde: »Dem habe ich nichts hinzuzufügen«, beschloß ich und löschte jenen Anblick der Justiz aus meinem Blick, worauf mein Herz mit einem Schlag weit fortflog, aus dem Fenster hinaus, gleichsam mit dem Flug der Schwalben. Ich wollte das Lächeln auf meinem Gesicht bewahren, das dort erschienen war: Der Kadi bemerkte oder ahnte diese Ankündigung eines Leuchtens, die meine Züge entspannte.

Dann erzählte ich der Anwältin, die vor der Tür geblieben war, daß ich Schweigen gewahrt hatte und weshalb: Es war dieser Schatten eines Lächelns, erklärte sie mir später, der für den Richter das Urteil einer Scheidung zu »meinen Ungunsten« rechtfertigte. Als ich an jenem Mittag aus der Mahkama herauskam, sah ich draußen nur die Sonne. In der nächsten Sekunde fühlte ich dann auch die

Hitze, ihre Schwingungen, die sich an meinem Leib brachen, mitten auf der Brust.

Meine Mutter brachte mich am nächsten Tag zum Flughafen: In Paris war meine jüngere Schwester gerade niedergekommen.

In der Pariser Klinik sah ich zuerst das Baby, als ich ins Zimmer trat: nackt, aufrecht, ein Lockenkopf. Mit einem breiten Lachen wickelte die Krankenschwester dieses rosa Fleisch: Meine Nichte war noch nicht einmal zwei Tage alt. Damals wagte ich nicht, sie zu berühren oder sie zu liebkosen …

In der folgenden Woche schlief ich bei meiner erschöpften Schwester. Ich wollte alles vergessen und um keinen Preis mit ihr über die Umwälzungen meines Lebens sprechen. Die Anwältin, deren Schwester Djamila sehr eng mit meiner Schwester befreundet war, hatte mich bereits gefragt: »Hast du mit deiner Schwester über … das nächtliche Drama gesprochen?«

»Ja«, sagte ich. »Ich habe es ihr mit ironischem Unterton erzählt: Mein Gesicht war nicht mehr zugeschwollen, meine Hände schauten schon aus den Verbänden heraus, aber wie sollte man das alles am Telefon und aus einer solchen Entfernung erklären? Da sah ich plötzlich mit kaltem Zynismus meine eigene Dummheit. Weil ich nicht stundenlang am Telefon sitzen konnte, habe ich es abgekürzt: Ich habe nachgedacht, welche Romane wir gemeinsam oder nacheinander zu Hause gelesen haben … Schließlich habe ich es dann so erklärt: ›Weißt du, ohne daß es mir bewußt wurde, habe ich meinem Mann gegenüber die *Prinzessin von Clèves* gespielt! Nun ja, alle, und vor allem er natürlich, nahmen an, ich hätte die Rolle der gezähmten Megäre gewählt! Sie hatten sich nur einfach im Repertoire getäuscht!‹ Dann habe ich gelacht.«

Ich lachte, zum ersten Mal nach jenen Tagen, in denen

ich so lange warten mußte, bis mein Körper wieder halbwegs geheilt war – und auch das Gesicht mit den Augen, die Gott sei Dank noch sehen konnten!

»Ich lachte!« sagte ich zur Anwältin, die sich nun etwas weiter vorwagte: »Deine Schwester hat dir zugehört. Weißt du eigentlich, wie sie danach reagiert hat?«

»Nein«, sagte ich, »am anderen Ende war es lange ruhig ... Schließlich habe ich aufgelegt, ich wollte nicht, daß das Gespräch für sie zu teuer wurde!«

»Ich weiß es von Djamila, die bei ihr in Paris war: Deine Schwester hat geweint. Sie hat still geweint. Sie hatte nicht mehr die Kraft, dir etwas zu sagen. Sie hat geweint, sagte sie zu Djamila, weil sie sich zuvor so geängstigt hat, und dann auch aus Erleichterung!«

Mehr sagte ich nicht bei der Anwältin. Meine neue Freundin. Ihre Schwester war offenbar ganz eng mit meiner Schwester befreundet. Diese lebte glücklich in Paris, seit zwei Jahren frisch verheiratet und nun mit einem prächtigen Baby. Damals, glaube ich, fällte ich den Entschluß, acht Tage bei ihr zu verbringen. Um durch ihr Glück Ruhe zu finden.

Schwesterlichkeit, ist das vielleicht jene verborgene, flache und unendlich weit geöffnete Knospe, die unter dem stummen Fluß der Freundschaft wartet?

Schwesterlichkeit ist nicht ein schwammiges oder gar verdrießliches Verhältnis, das auf Gegenseitigkeit beruht, nein. Sondern die Verletzlichkeit eines sich anbahnenden Gefühls, sein zwiespältiges Schwanken.

Die Hände, die Gesten, das Lächeln sprechen zögernd. Ein Zustand der Ähnlichkeit, die manchmal der Verwandtschaft oder der gemeinsamen Kindheit zum Trotz sich nach und nach enthüllt, sich plötzlich entschleiert: wie Sonne nach einem Regenguß.

Diese Tage in Paris waren ein wohltuender Abstecher für mich: Ich war ständig im Freien. Leicht und erleichtert, frei zu sein. Vor allem glücklich, daß ich meine Augen noch hatte. In der Menge gehen, gierig schauen, bis ich mich selbst vergaß. Die verblüffte Begeisterung, mich als anonyme Passantin zu fühlen, eine ausländische Passantin! Und nichts als schauen, all das Neue, die Vielfältigkeit, die Wiederholung der Landschaften und Gesichter, ganz Augen sein!

Dann kehrte ich nach Hause zurück. Ich beschloß, endlich ein »halbdokumentarisches« Projekt anzubieten, auf der Basis dessen, was ich auf Tonband hatte, meiner Forschungen.

In jenem Gebäude, wo ich zuvor einige Monate lang gearbeitet hatte, sprach ich nun beim Leiter der Produktionsabteilung vor, ich hatte ein zwanzigseitiges Dossier bei mir, das ich durchsetzen wollte.

»Welchen Titel geben Sie diesem Exposé?« fragte der Produzent gleichmütig. »Frauen auf dem Land«, antwortete ich.

Die Aufbrechende

Erneut habe ich in Algier Anker geworfen. Oft zieht es mich fort, aber immer kehre ich zurück! Das Gesicht einer Nachbarin aus einer Zeit, als ich früher einmal hierher zurückgekommen war, fällt mir wieder ein, sie war eine junge Frau, die sich wie ich in den ausufernden Banalitäten dieser schrägen Stadt niedergelassen hatte, dieser Hauptstadt, die immer am Rand eines Taumels steht.

Weshalb verweile ich plötzlich bei dieser Nachbarin, meiner einzigen Freundin damals – damals, in einem anderen Leben, das heißt vor dem Schlag dieser Leidenschaft, die jetzt zu erlöschen beginnt; damals war ich alleinstehend, für die anderen jedoch alles andere als zugänglich ... Versunken in meiner Jugend, das heißt in einer reglosen Geistesabwesenheit, einer Zerstreutheit, und wenn ich mich verausgabte, so schien das der Luft zu gelten, den Wolken, den unbekannten Gesichtern, die vor mir hertrieben! Als wäre ich nirgendwo verwurzelt, als würde ich niemals die Erde berühren, nur nachts, dann allerdings in der immer wieder neuen Wollust der Liebe …

Und doch ist diese Freundin plötzlich gegenwärtig. Hania, das heißt die »Friedliche« oder die »Befriedete«: Tatsächlich suchte sie den Frieden mit ihrer ganzen Kraft. Ein rundes Gesicht mit großen glänzenden Augen, kurze schmale Nase, hohe Wangen, ebenholzschwarzes Haar, das ihr bis zu den Hüften reichte und das sie manchmal in zwei weiche Zöpfe aufteilte, die sie dann spielend in der Hand hielt; ihr Blick immerzu fragend … Sie konnte ihre Oase in der Nähe von Biskra nicht vergessen, und da Hania genau wie André Gide in früheren Jahren dort der Versuchung erlag, kehrte sie regelmäßig dorthin zurück, weil sie glaubte, nur dort sich selbst zu sein.

Sie wohnte in einem übervölkerten Mietshaus des sozialen Wohnungsbaus, dort suchte ich sie regelmäßig auf. Sie fragte mich zuerst über mein Leben aus und dann über meine Arbeit: Bäuerinnen in den Bergen meiner Kindheit fotografieren. »Wozu soll das gut sein?« fragte sie anmaßend. Ich versuchte ihr verständlich zu machen, welche Freude es mir bereitete, den Leuten zuzusehen, als wäre es das erste Mal, sobald ich wieder einmal »zu Hause« war. »Die Leute?« sagte sie mit verschlingendem Blick. »Die Leute draußen!« antwortete ich. »Alte Leute, Kinder, kleine Mädchen und junge Frauen draußen und außerhalb dieser Stadt mit ihren Stimmen!« Sie hörte mir zu.

Ich hätte ihr erklären sollen, daß ich mit niemandem verkehrte, ausgenommen meine Studenten und in den letzten Monaten einige Techniker für mein Forschungsprojekt. Meine Eltern. Die Kinder. Fünf oder sechs Freunde, Freundinnen. Mehr nicht. Ich hatte den Eindruck, mein Leben sei ausgefüllt.

»Und all die anderen?« Sie machte eine verächtliche Geste mit dem erhobenen Arm und verzog das Gesicht.

Ich verstand nicht. Sie machte erneut diese Geste, beinah wie ein weiblicher Clown, plötzlich so voller Ausdruckskraft.

»Die Leute ›da oben‹?« übersetzte ich. »Die das Sagen haben«, sagte sie, »die *solta* haben!«

Jetzt lächelte ich. Ich erinnerte mich an eine Formel, die einige Jahrhunderte alt war: Ich sagte sie auf arabisch mit ihrer metallenen Melodie: »*Dhiab fi thiab!*, wie es bei Maghraoui heißt ...« Und bitter wiederholte ich wie für mich selbst: »Wölfe in Menschenkleidern!«

Sie lachte lange. Und schon war sie meine Freundin. Auch erzählte sie mir ihr Leben in einem Zug. Ich habe nur ein Detail behalten, das mir ins Auge sprang.

Sie bekam regelmäßig alle zwei Jahre ein Kind, manchmal auch mit geringerem Abstand. Diese Schwangerschaften erschöpften sie. Nein, eine Spirale würde sie sich nicht einsetzen lassen: »Ein Stahldraht in meinem Bauch, niemals!« Und die Pille, nein, sie konnte ihren Zyklus nicht berechnen. Da lachte sie nun wieder, entfaltete plötzlich dieses helle Lachen, sah mich an und gestand mir schließlich: »Sobald die Übelkeit beginnt, im zweiten Monat, nicht später, verlange ich von meinem Mann ...« (Sie sagte wirklich: »Verlange ich von ihm«!) »... daß er mich zurückkehren läßt in den Douar, wo ich zu Hause bin. Er weigert sich. Auch seine Mutter will das nicht, denn wenn ich einmal fort bin, muß sie sich um die Kinder kümmern – vier sind es, bald fünf! Im vierten Monat oder etwas später verliere ich dann meine Stimme! Ich kann nichts dafür! Oh, sonst ist alles in Ordnung, ich arbeite und mache, was zu tun ist. Nur, sobald mein Bauch schwer wird, ist die Stimme dahin ... Ich weiß inzwischen, daß sie dorthin geht, in die Oase, sie ist vor mir dort! Die Kinder weinen, weil sie mich nicht mehr hören. Manchmal will eines nicht mehr essen, ein anderes wird krank. Schließlich ergreift die Schwiegermutter für mich das Wort: ›Sie soll doch für die Zeit der Niederkunft in die Oase zurückkehren!‹

Und das ist jedesmal so: Ich verlasse diese Stadt und gehe zu meinen Leuten. Dort drüben rede ich kaum, aber meine Stimme kehrt zurück, zuerst ist sie ganz dünn und klein. Vor allem aber darf ich bei meinen Schwestern niederkommen, meine Mutter und meine Tante stehen am Bett. Am siebten Tag, wenn ich das Kleine endlich dem Tag gezeigt und ihm einen Namen gegeben habe, tanzen wir die ganze Nacht unter Palmen ganz nah beim Wadi! Dann lebe ich auf! Und das Baby ist dann so schön, voll Lebenskraft. Ich gehe zurück, bin voll Vertrauen. Ich singe jeden Morgen ...« Sie schwieg. »Aber kaum habe ich mein Kind so mit sechs oder acht Monaten abgestillt, fühle ich mich ganz leicht. Leider kommt ein wenig später wieder die Übelkeit, und ich bin wieder schwanger!«

Sie verstummte. Lachte nicht mehr. Seufzte.

»Für das nächste Mal wünsche ich mir«, flüsterte sie hart, »daß es eine richtige Fehlgeburt wird, oder ich bleibe einfach dort drüben und komme nie wieder zu ihm zurück!«

Im folgenden Jahr hatte sie wirklich eine Fehlgeburt. Drei Tage später trug man sie fort, sie war tot. Dreißig Jahre und bereits fünf Kinder, alle noch ganz klein!

Man beerdigte sie in ihrem Dorf ganz in der Nähe des Wadi. Es ist ihr Gesicht, das in mir neu erblüht, ihr Lachen höre ich in dieser Mietskaserne, wo ich ihre Schwiegermutter antreffe, die mir alles erzählt. Ich war nicht in der Stadt, als die Träger sie auf dem Brett forttrugen, unter dem Tuch, das Gesicht dem Himmel zugewandt. Ihre Stimme, da bin ich sicher, war vor ihr in der Oase.

Muß ich es denn sagen, o Mutter (weshalb spreche ich plötzlich, als wäre ich das tote Kind, das niemals beweint wurde, jenes Kind, das begraben wurde, ohne daß ich seine Spur wiederfinden könnte?), ja, muß ich dich daran erinnern, o Mutter, daß du, als ich zwischen zwölf und sechzehn war, die ganze Zeit voll Ungeduld um mich warst, weil du auf mein Blut gewartet hast, das Blut meiner Menstruation?

Vergebens. Mein Heranwachsen und mein heiratsfähiges Alter war weiß. Wie man von einem weißen Tod spricht. Später, lang nach meiner Hochzeit, erklärte mir der Gynäkologe, es sei ein Erbteil dieses Landes, daß der Kochsche Bazillus sehr früh die kleinen Mädchen heimlich befällt; aber erst sehr spät, manchmal sogar zu spät, würden diese dann erfahren, daß sie durch Genitaltuberkulose steril geworden sind. Ich nahm das Urteil mit Freuden an: Ich würde also wie durch ein Wunder unfruchtbar bleiben, somit für echte Wunschkinder offen sein, die auf zweifache Weise Herzenskinder und niemals vom eigenen Blut waren!

So erleichterte mich diese Heiratsreife, da sie mir gestattete, mich lange Zeit als androgyn anzusehen. Eine Gnade, die ich, unwissend und den Geist von mystischer Lektüre umnebelt (eine Mischung aus Claudel und Djalal al-Din Roumi), bereits an meinem vierzehnten Geburtstag heraufbeschwor. Als ich stolz, nur allzu stolz, schwarz auf weiß das Projekt meines Lebens aufschrieb. »Bis ich dreißig Jahre alt bin!«

Aber ich habe mein Leben geträumt, im rauschhaften Erleben von Raum und Bewegung. Ich habe mein kleines Leben eines Freudenmädchens, das ein für allemal aus dem Rahmen gefallen ist, tanzend verbracht, zumindest bis zum Alter von vierzig Jahren ... Und danach? Zwischen Schatten und Sonne, zwischen meiner verwundbaren Freiheit und den Frauen in Fesseln bei mir »zu Hause«, an der Grenze und auf der Scheide eines bitteren und verschlingenden Landes bewege ich mich schwankend. Ich probiere das Leben, das heißt Sehen, ein Auge zum Himmel hin und manchmal auch für die anderen aufgesperrt, das andere Auge in mir mehr und mehr rückwärtsgewandt, bis ich die Leichenzüge von gestern und vorgestern wieder vor mir sehe …

Mutterschaft

Zahlreiche Unterredungen, eine Versammlung nach der anderen, dutzendweise Akten, die auszufüllen sind, Fragebögen, heruntergeleiert von der Sozialarbeiterin, noch einmal gelesen von der Leiterin des Jugendamtes, abgelegt von der Frau im Außendienst. Allesamt Damen mit sanftem Blick, aber hastigen Gesten, inquisitorischer Stimme, höflicher Aufmerksamkeit, vermutlich sind sie außerhalb ihrer Büros fruchtbare Mütter. In den letzten drei Monaten rennt Isma gegen die hohen Wandungen der Geduld. Nachdem sie und ihr Mann aus dem gemeinsamen Wunsch heraus die Entscheidung getroffen haben, ein Kind zu adoptieren, wurde ihnen die Unterwerfung unter bürokratische Zwänge zur Prüfung. Vorbei! Heute vormittag können sie endlich wählen.

Gemeinsam finden sie sich im Säuglingssaal ein, dort werden alle Babys aufgenommen, ob sie wenige Tage oder bereits sechs Monate alt sind, wie man ihnen erklärt hat.

Ein Baby zu wählen, als wäre es eine Puppe, eine Porzellanfigur, ein Kühlschrank, ein Hund in einem Zwinger, eine Katze, nein, eine Katze bekommt man geschenkt – eine Pelzkugel in der hohlen Hand. Manchmal kommt eine Katze auch von selbst durch das Gartentor herein, hält auf der Schwelle inne, reibt sich eine Sekunde lang am Türrahmen, betrachtet ausgiebig das Halbdunkel der Wohnung, und schon hat sie sich niedergelassen.

Vielleicht ist es bei einem Kind ähnlich, wenn es umhertapst, sich in der Straße verläuft, auf einem Spielplatz herumtrödelt, am Eingang der Markthalle tatenlos steht, vielleicht ist es ganz ähnlich: Das Kind richtet seinen Blick auf uns, und es nimmt ihn nicht mehr zurück. In uns öffnet sich die Entscheidung wie eine Blüte auf einem inneren See: Man tritt nun auch näher, schaut es an, behält es ... Ach, eine solche Wahl (wer sucht sich wen aus?) könnte man erleben als einen finsteren Raub am hellichten Tag.

So träumt Isma, als sie sich auf dieses Treffen vorbereitet, das in der Krippe vorgesehen ist. Ein Kind adoptieren heißt, sich einem Augenblick der allmählichen Verzauberung nähern oder Liebe auf den ersten Blick. Sie richtet sich in dieser Vorstellung ein: umherstreifen, ein befreundetes Haus betreten, es verlassen. An welchem für alle vier Himmelsrichtungen offenen Ort wird die Gegenüberstellung stattfinden?

Drei oder vier Jahre nach dem langen Krieg wurden in jeder Stadt des Landes und in manchen Marktflecken der Ebene Gebäude so eingerichtet, daß sie Dutzende von Waisenkindern aufnehmen konnten; das waren Jungen von zehn Jahren, manchmal älter. Vorigen Sommer hatte Isma ein Waisenhaus nach dem anderen in ihrer Gegend besucht. Einmal versank sie einen ganzen Nachmittag lang im Spiel mit Zwillingen von sechs oder sieben Jahren. Sie zurückzulassen tat ihr weh, und überdies mußte sie versprechen, daß sie nicht mehr zu Besuch kommen würde, denn die Kinder hatten einen Onkel väterlicherseits, einen Bauern aus einer nahegelegenen Region, der sie zu sich nehmen würde ... Den zweiten Entschluß traf damals ihr Mann: Sie sollten ein Baby nehmen, das noch jünger war als ein Jahr, »denn sie sind doch wirklich hilflos«, sagte er. Isma protestierte nicht und suchte diese Dörfer nicht mehr auf. Dann überschwemmte der Herbstregen die Stadt. Der Wind und eisige Stürme kündigten den Winter an, sonnig, jedoch frostig und violett. Isma sagte nun manchmal tagelang kein Wort.

Dann erreicht sie die positive Antwort des Amtes: Sie werden ein Kind bekommen.

Die Stunde des Besuchs rückt näher. Isma verläßt das Haus. Sie ist gekleidet wie an einem gewöhnlichen Tag. Eine Stunde später trifft sie sich mit ihrem Mann direkt vor der Krippe, die in einem der schönen Viertel eingerichtet ist. Ein nüchternes zweistöckiges Gebäude, von Gärten umgeben. Sie wechseln ein unsicheres Lächeln.

»Gehen wir hinein!« entscheidet sie. Er faßt sie beim Ellbogen, seine Finger verkrampfen sich über der wollenen Jacke der jungen Frau.

Eine Schwester begrüßt sie. Höflicher Empfang, einige behutsame, banale Sätze, eine Wortbrise, um die aufkommende Furcht aufzufangen. Die Direktorin der Krippe wird ihnen vorgestellt: Sie erklärt ihnen, welche Formalitäten zu beachten sind, so sagt sie wörtlich: »Formalitäten«.

Sie stehen in einem eiskalten Flur, dessen offene Fenster auf blühende Baumgruppen hinausgehen. Draußen umgibt Frühlingsmilde den rosa und malvenfarben gestreiften Horizont.

Die Direktorin weist auf die geschlossene Tür. Ihre lebhafte Art zu sprechen durchbohrt die Stille, die sich gleichsam von draußen hereingestohlen hat: »Dort ist der Saal, in dem die Kinder schlafen! Sie gehen zwischen ihnen hindurch und schauen sich jedes genau an! An jedem Bett ist eine Nummer. Wenn Ihnen ein Baby besonders auffällt ...« Ihre Stimme blieb in der Schwebe. Isma schaut weiterhin auf die Tür. »Gehen Sie ruhig«, wirft die erste Dame ein, »es ist Sache der Frau voranzugehen! Ihr Mann wird es Ihnen nachtun!«

Der Gatte läßt Ismas Ellbogen los, an dem er sich bis jetzt festgeklammert hatte. »Gehen wir!« flüstert sie.

»Und wenn alles nur ein Spiel ist?« denkt sie in einem schmerzhaften Anfall von Schüchternheit, während sie die Tür aufstößt.

Ein heller, langer Saal, zuerst schlägt ihr ein Krankenhausgeruch entgegen. Er ist unbestimmt und rührt nicht von Medikamenten her, eher ist es die Ausdünstung erzwungenen Wartens. Stille. Einige Kinderschwestern in weißem Kittel, alle überraschend jung. Sie gehen mit unhörbaren Schritten von einem Bett zum anderen und scheinen kaum zu arbeiten. Man hört nicht einmal das Knistern der Falten ihres Kittels, wenn sie sich mitunter im Vorbeigehen streifen. Dann gibt es auch noch die kleinen tiefen Stoffbetten, die ihren Inhalt verbergen; zwei Reihen halten ein Geheimnis, das sich verflüchtigen möchte ...

In der mittleren Reihe angelangt, vernimmt Isma allerdings ein Wispern, dann klagende Laute, etwas weiter eine Art Gurgeln, den Anfang eines Sprechgesangs, das Getuschel von Blinden oder Tauben an diesem riesigen Ort, an dem es trotz des sonnig hellen Tages spukt. Erstarrt betrachtet die Besucherin den langen Gang, der noch vor ihr liegt, entlang dieser Stoffbetten, die zwar belegt sind, aber sich zu verschließen scheinen.

»Wenn ich wählen möchte«, denkt sie, »muß ich sie mir anschauen!«

Dreißig oder vierzig Kinder im Alter von acht Tagen bis zu einigen Monaten befinden sich hier im Saal. Später wird man ihnen sagen, daß so viele verlassene Kinder innerhalb weniger Wochen in nur einer *willaya* aufgenommen werden.

Vorerst steht Isma jedoch reglos da, mit vernebeltem Blick. Die Laute, das Weinen, das Schnarchen dringen mit verfeinerter Intensität zu ihr, gleichsam ein ganzes Miniaturorchester ist in diesen Betten wie in unzähligen Orchestergräben untergebracht. Sie geht weiter. Jetzt nimmt sie nichts mehr wahr, nur daß der Saal bevölkert und zugleich durchsichtig erscheint, ein See aus Abwesenheit so fern der Stadt. Sie vergißt ihren Mann hinter sich und geht vorsichtig weiter.

Plötzlich faßt sie eine der Kinderschwestern beim Arm, spricht sie an, begrüßt sie lächelnd. Sie sagt ein paar Worte. Isma begreift zuerst nicht, dann wird ihr schließlich klar, daß es eine Nachbarin aus ihrem Haus ist. Gesprächig, wie sie ist, führt diese eine Begegnung an, sogar eine kurze Unterhaltung beim Bäcker. Eine rundliche Frau mit dikkem Gesicht, straff zurückgekämmtem rotem Haar und feuchten Augen. Eine weiche Sanftheit liegt über ihr ausgebreitet, eine Art hygienischer Frische. Sie beugt sich über ein Bett, nimmt ein Kind auf den Arm, vielleicht ist es sogar jenes, das wie ein Kätzchen geschnurrt hat. Sie hält es Isma entgegen: »Das da ist mein Liebling!« fügt sie entschieden hinzu.

Isma ist verkrampft, sie vermeidet es, das Kind anzuschauen, das man ihr anbietet. Sie schämt sich, fühlt sich genötigt. Das Baby beginnt zu wimmern, seine Krämpfe werden immer stärker. Mit denselben abrupten Bewegungen wendet sich die Kinderschwester um und legt es in seine Wiege zurück. Dazu hat sie den Oberkörper mit unerwarteter Geschmeidigkeit gebeugt, wie eine Tänzerin bei der Probe. Isma lächelt ihr schwach zu, wendet sich ab.

Sie geht weiter. Jetzt ist sie in der Mitte des langgestreckten Raums, bisher ist ihr kein einziges Kindergesicht aufgefallen, kein Antlitz des Wartens. Sie stellt fest, daß sie erleichtert ist. Möchte sie einer Veränderung aus dem Weg gehen, einem seltsamen Schuldgefühl? Nun ist niemand mehr vor Isma, nur weiße, ausgehöhlte Betten, die rosa Flecken der nur verschwommen sichtbaren Laken reihen sich in zwei Reihen aneinander. Die Kinderschwestern scheinen verschwunden zu sein. Isma dreht sich nicht einmal um, um nachzuschauen, ob ihr Mann ihr noch folgt.

Erneut Stille. Unsichtbar all die Anwesenden, zusammengerollt, aufdringlich, tief in jedem Bett liegend. Sie ist entschlossen zu gehen: als wäre sie kurz vor dem Ziel einer Prüfstrecke, die sie aus eigenem Zwang hinter sich bringen muß. Und wenn es diese reglosen Wesen wären, die in einer herrischen oder launischen Sprachlosigkeit die Entscheidung treffen?

Ja, sie ist sich dessen gewiß: Die notwendige, magische Wahl wird von diesen Betten ausgehen, von diesen zahlreichen Höhlungen, die sie belauern. Ob schlafend oder wach, sie warten bestimmt. Sie warten auf sie.

Isma ist jetzt beinahe am Ende des Gangs. Gegenüber eine Balkontür, vor der ein langer blau-grauer Organzavorhang zitternd herabfällt, seine langen Falten fließen schräg und wellig. Sie bleibt stehen. Ohne zu wissen, weshalb, wendet sie den Kopf: zum letzten Bett.

Da liegt sie; Isma sieht nur ein Paar große, nahezu runde schwarze Augen und den friedlichen Blick einer Frau, der gleichzeitig von einer Fülle ist, so voll, denkt sie, daß er die Tiefe des Bettes abdeckt und beinahe überquillt. Ein Blick im Urzustand. Und sein schwarzes, gleichwohl klares Wasser, schwer, als ob es den Raum um sich herum überschwemmen wollte. Das Mädchen – »Ein Baby von drei Monaten, das immer lächelt«, sagt eine Kinderschwester, die hinter Isma getreten ist –, das Mädchen betrachtet die morgendliche Besucherin.

Fünfzehn Jahre später erläutere ich ihr diesen Augenblick so: »Du hast mich erwartet! Ich habe nur dich gesehen! Und dein Vater und ich, wir haben, als wir aus diesem Saal hinausgingen, nur noch von dir gesprochen! In den folgenden Tagen, als ich darauf wartete, dich endlich für immer nach Hause tragen zu dürfen, haben wir überall deine Augen wiedergefunden! Damals gab es eine Reklame für Milchpulver mit einem Baby auf dem Plakat. Dieselben Augen!«

Die Jugendliche platzt vor Lachen laut heraus.

In diesem in Sonnenlicht getauchten Saal wurde sie zum zweiten Mal geboren, ein unbekanntes Paar hatte ihn kurz zuvor durchquert, die Frau voraus, der Mann hinterher.

»Meine Mutter voraus, dann mein Vater ...«, wiederholt das junge Mädchen.

All die Jahre sind verflossen wie eine träge Mittagsruhe im Sommer, die Durchquerung dieses Saales jedoch, weil eine Wahl zu treffen war, eine Prüfung bevorstand, wieviel Zeit war dafür notwendig, wie lange hat das gedauert! An etwas Ungewissem entlanggehen und mit aller Intensität darauf bedacht sein, von nichts abgelenkt zu werden!

Von nun an der verborgenen Unruhe ausgeliefert, die in aller Stille beginnt, und wie schwer auch dieses Mysterium lastet, ich möchte es für mich behalten.

Über die sonnenbeschienene Schwelle tritt ein Mädchen – mein Mädchen – hinaus.

Die junge Frau

Mit zwanzig Jahren lebte meine Tochter in Algier. Sie hatte sich in der Universität eingeschrieben und wartete auf ein Zimmer in einem Wohnheim für Studentinnen.
Die ersten Tage im Oktober 1988. Plötzlich ist sie allein in der verlassenen Wohnung eines Freundes. In der Stadt demonstrieren Jugendliche und Kinder, sie ziehen durch die Straßen, schlagen alles kurz und klein. Die Polizei tritt den Rückzug an. Soldaten in der Stadt. Nachts die Panzer. Aufruhr. In den Straßen fließt Blut ...

»Meine Tochter ist allein ...« Ich nehme das nächste

Flugzeug im Morgengrauen am kommenden Tag. Bei meiner Ankunft erwische ich das letzte Taxi, das am Flughafen zu haben ist, und der Chauffeur ist bereit, mich zu fahren.

Bei meiner Tochter sein. Zwar beengt, doch beisammen, in dieser Wohnung auf der Anhöhe dort oben. Wir verharren vor den großen Fenstern und betrachten jede Nacht das verlassene Algier zur Zeit der Ausgangssperre.

Zwei oder drei Wochen später nimmt die junge Frau ihre Studien wieder auf. Drei Jahre vergehen. Kurz vor diesem Jahrestag des lastenden Oktobers ruft sie mich an: »Eben hat man mir eine Lehrerstelle angeboten, in ...«

Sie sagt mir den Namen der Stadt: Es ist die ihres Vaters, jene Stadt, wo die Frauen jeden wirklichen oder möglichen Ehemann Feind nennen! Wie soll meine Tochter sich eines Tages verlieben unter all diesen »Feinden«?

Ich schrecke zusammen. »Das mußt du ablehnen«, rate ich ihr. »Du nimmst das nächste Flugzeug, bitte. Komm zurück!«

Als sie dann hier ist, beschließt sie, ihr Studium in der französischen Provinz fortzusetzen, in Rouen. Ich sage ihr lächelnd, daß ich dort bisher nur einen Ort kenne: das Gefängnis. »Dann haben wir also noch die Seine zu entdecken, die Kathedrale, das Geburtshaus von Corneille und ...«

Ich scherzte. Offen gesagt, hatte ich eben begriffen, daß ich auf indirektem Wege über meine Tochter eine Tradition weiterführte, die sich bereits bei der Ahnin undeutlich abgezeichnet hatte (die aus der Zaouia für immer in die Stadt hinunterging) und bei meiner Mutter (die der alten Welt spontan den Rücken kehrte, sich instinktiv dem Neuen öffnete) zutage getreten war: Als meine Tochter bereit war, sich in väterlicher Erde zu verwurzeln, wollte ich aus ihr einen neuen Flüchtling machen.

Von nun an waren wir beide Schmugglerinnen: welcher

flüchtigen Botschaft, welchen stillen Wunsches? Der Wunsch nach »Freiheit«, würden Sie ganz selbstverständlich sagen.

»O nein«, würde ich antworten. »Freiheit ist ein wirklich allzu großes Wort! Wir sollten bescheidener sein, wir wollen lediglich freie Luft atmen.«

Frauen auf dem Land VII

In diesem letzten Abschnitt der Außenaufnahmen befinde ich mich zusammen mit dem Kameramann und seiner Kamera auf einem Kran, der zwanzig Meter über einem Feld emporragt. Wir versuchen einen langen Panoramaschwenk über das römische Aquädukt aufzunehmen, das außerhalb von Caesarea noch immer das alte Areal abgrenzt.

Die Plattform des Krans, auf der wir stehen und wo der Kameramann arbeiten soll, ist nicht stabil genug. An diesem frühen Morgen im Juni besitzt das Licht zahlreiche Tönungen und bricht sich in der Ferne …

»Ob uns diese Einstellung überhaupt einmal gelingen wird?« Die Kamera wackelt, der Kameramann schimpft. Plötzlich entdecke ich ganz unten zu unseren Füßen nah bei dem Lastwagen, der unsere Manöver ausführt, ich also sehe von oben, aber beinahe genau unter uns eine Stele.

Am Ende lassen wir uns dann doch wieder absetzen. Der Kameramann möchte mit dem Mechaniker des Krans die Sache noch einmal durchsprechen … Ich nähere mich dem Baum, einer Eiche: In seinem Schatten fast beuge ich mich über die Stele. Ich lese die arabische Inschrift. Die Stele war einige Jahre zuvor hier aufgestellt worden: Zum hundertjährigen Jubiläum des letzten Aufstandes in den Bergen, im vergangenen Jahrhundert, 1871. Zu Ehren von Malek el-Berkani, wie es in der Inschrift heißt.

Ich gerate ins Träumen, lächle. Dem Team werde ich nicht sagen, daß ich schlicht und einfach durch meine Mutter und den Vater meiner Mutter eine direkte Nachkommin dieses Kämpfers bin (ist das vielleicht die fruchtbarste Genealogie, in der sich die mütterliche Linie mit der eines der Vorväter überkreuzt?), der allerdings an der Spitze von dreihundert Reitern nur zwei oder drei Wochen durchhalten konnte, nicht länger, während die Berge der Kabylei über Monate in Flammen standen!

Ich war also an diesem Morgen auf dem Kran in der Luft direkt über dem Leichnam des Ahnherrn und hatte nur Augen für den Horizont und das römische Aquädukt: um es in einem Panoramaschwenk einzufangen, der dann das »Lied der Stadt« eröffnet.

Zu meinen Füßen der Ahnherr, während ich ein Bild im Himmel suchte, da hat ihn meine unangebrachte Präsenz sicherlich in seiner Ruhe gestört, ich kannte nicht einmal den Ort, wo er bestattet war ... Ein Beweis für meine Untreue? Nein, respektlose Leichtfertigkeit. Man könnte es auch im Gegenteil als eine wahrhaftige Rückkehr ansehen, genau zwischen Himmel und Erde, praktisch im Schwebezustand. Es war mein Entschluß, im vorigen Sommer auf die Suche nach der mündlichen Erinnerung der Frauen im Gebirge zu gehen (darunter auch die fromme Großtante, die das ganze Jahr über in ihren Schleiern aus malvenfarbener Gaze fastet ...). Von ihnen hatte ich erfahren, wie noch in den letzten Tagen dieses letzten Aufstandes mein Ahnherr seinen Mitstreitern ans Herz gelegt hatte, den christlichen Gefangenen zu schonen, ihn als Gast zu behandeln, ihn schließlich freizulassen, als er, der Anführer, zum letzten Ritt aufbrach und im letzten Gefecht starb ...

Diese Heldengeschichte wurde in diesen Hügeln begraben und keiner schriftlichen Überlieferung für würdig befunden – denn die neuen »Doktoren« gehen in die Archive, also zu den Nachlässen, Inventarien, Karten und Skizzen der späteren Zwangsverwaltung, treten in die Fußstapfen der Gerichtsschreiber und Notare. Derweil überliefern die Töchter von Urenkelinnen der Ahninnen in den Weilern ein unzusammenhängendes Wissen, das dort überdauert, mitunter in Legenden verklärt, aber auch den Willen zu beständigem Erinnern zeigt, konzentriert wie das Grün in den Blättern der Kakteenfeige, wie ihre sternförmigen Stacheln; diese leise Sprechenden haben einiges zu berichten, was bruchstückhaft unterirdisch weitergegeben wurde …

»Sollen wir wieder hoch und die Einstellung noch einmal machen?« fragt mich der Chefkameramann. »Eine Viertelstunde Arbeit würde das Licht uns noch erlauben. Einen letzten Versuch noch!« sagt er aufmunternd, die Stele am Rand der großen Straße hat er nicht bemerkt.

Also klettern wir beide wieder auf den Kran. Wir werden hochgehievt, mein Blick und der der Kamera gilt nun wieder dem hellgelben Stein des tausendjährigen Aquädukts in der Ferne.

Diesmal will mir der Ahnherr, der zu meinen Füßen in der Nähe der Baumes schläft, nicht aus dem Kopf gehen. Ich bin sicher, daß er mich ironisch oder zärtlich beobachtet, wie soll man das wissen … Ich denke auch an den christlichen Gefangenen, der 1871 befreit wurde, kurz vor Ende des Großfeuers, vor der triumphierenden Rückkehr der französischen Soldaten … Er war ohne Zweifel weit entfernt von Caesarea aufgebrochen.

Ich würde gern die sechs Minuten, die für meine Stadt vorgesehen sind (und von einer Flötenkomposition von Edgar Varèse, *Density 33*, untermalt werden), mit einem Bild von diesen zwei jahrtausendealten Steinen eröffnen … Ist die Einstellung zu machen? Auf einmal scheint es mir unmöglich, einen Monat später werde ich es mir am Montagetisch bestätigen lassen.

»Der Rahmen hat schon wieder gewackelt!« ruft der Kamermann unzufrieden aus. Dann fährt er an meiner Seite wieder hinab.

Ich habe ihm nicht gesagt, daß der alte Tote vielleicht in seinem hundertjährigen Grab ebenfalls gewackelt hat. Vielleicht ist er ja beleidigt, daß ich, seine Urenkelin in Jeans und mit einer Mütze auf dem Kopf, das Gesicht sonnenverbrannt von diesen Tagen der Arbeit draußen, nicht zuerst vor ihm niederkniete, ein kurzes Gebet auf den Lippen, sondern lieber – allerdings aus reiner Unwissenheit – weit hoch in die Lüfte flog, auf der Suche nach einem Bild mit Steinen, die noch ehrwürdiger sind als er?

Siebtes Motiv: Die Schatten der Trennung

Die Schwiegermutter

War es damals, als ich sorgenvoll zurückkehrte, um bei meiner Tochter im aufständischen Algier zu sein? Nein, ich erinnere mich an eine Rückkehr in das noch friedliche Land, tatsächlich ein undurchsichtiger und illusorischer Friede: im Sommer 1988 kurz vor jenem Herbst, in dem die Tragödie erwachte ...

Ich sehe mich am Flughafen von Algier. Ein Freund, mit dem ich indirekt verwandt bin, hatte mich abgeholt, um mich an einen entfernten Strand zu bringen, zu einer Familie, die mir wichtig war. Er entfaltete vor mir das ganze Programm für eine oder zwei Urlaubswochen: Der Sommer meldete sich mit großer Hitze, und das abgelegene Dorf an der Küste würde einen verlassenen Strand für uns bereithalten. Ein Königreich nur für uns!

»Komm schnell«, schlug er vor. »Ich möchte nämlich trotz des Gedränges noch rasch einem Cousin guten Tag sagen!« Er nahm mich bei der Hand, damit wir uns in dem

Geschiebe nicht verloren. Die Menge war tatsächlich ungewöhnlich groß. Sehr schnell war mir klar, weshalb: Es waren Pilger beiderlei Geschlechts, die hier zusammentrafen, die meisten im Rentenalter.

»Das nächste Flugzeug geht nach Djedda! Und es ist vollständig ausgebucht für die ›kleine Pilgerfahrt‹!«

Ich hatte Lust, dem Freund durch ein Zeichen zu verstehen zu geben: »Ich folge dir nicht! Ich warte auf dich in der Cafeteria.« Aber ein Lautsprecher grölte los, die Menge wurde noch dichter – viele Frauen im weißen Tschador, das Gesicht vor Aufregung gerötet, ein wenig zurückhaltend oder sichtlich erfreut, sie standen beieinander, als ob sie etwas im Schilde führten – und hatte in wenigen Minuten das Gebiet überschwemmt, wo wir uns befanden. Ich ließ die Hand meines Führers los, der sofort nach vorn gestoßen wurde. Ich rührte mich nicht. Und dann sah ich sie in der Mitte jener Gruppe, die mich einkeilte, zuerst war ich ratlos, dann gab ich es auf. Zwei Meter von mir entfernt. Trotz des Tumults gerade eben machte sich seltsamerweise zwischen uns eine ungewöhnliche Leere breit. Zwischen dieser Frau (ich war kurz davor, »meine Mutter« zu sagen, dabei handelte es sich natürlich nicht um meine Mutter) und mir. Ich erstarrte.

Etwas über sechzig, immer noch dieselbe hohe Gestalt, allerdings schwerer, opulenter geworden ... Es war meine Schwiegermutter oder, da meine Scheidung bereits zwei oder drei Jahre zurücklag, meine Exschwiegermutter (ich hatte kürzlich wieder geheiratet und somit nun eine zweite Schwiegermutter, die in der größten Stadt des Westens wohnte). Ich war wirklich kurz davor, »meine Mutter« zu sagen, so sehr hatte ich sie geliebt, liebte sie noch immer trotz ihrer Ferne. In diesem nach allen vier Seiten offenen Raum des Flughafens entdeckte ich, welchen konkreten Verlust mir das Auseinandergehen dieser Ehe eingetragen hatte, allein ihr Verlust, die Mutter meines ersten Mannes.

Sie war es, aber sie war es doch nicht ganz. Ihre Gestalt ragte vor mir in zwei Metern Entfernung empor, in eine hellbeige, marokkanische Djellaba gekleidet. Sie trug außerdem einen seidenen Tschador aus weißem Musselin, dessen Falten ihr Gesicht einrahmten. Dieses war dasselbe geblieben, pausbäckig und doch schlicht (sehr früh hatte ich einst, dank dieser wirklich gutherzigen Schwiegermutter, jenes Gesetz für wahr befunden: Die wirkliche Güte ist schlicht, sie verschließt sich beinahe vollständig dem Auge, manchmal kann sie sogar unfreundlich erscheinen, aber nur selten so strahlend, wie man es erwarten würde – denn zuallermeist ist das Glanzvollste die Freude des Gebens, weit kostbarer ist jedoch, daß man sich als Gebende vollkommen vergißt).

So schien es mir auch bei dieser Frau: auf den ersten Blick alles andere als offenherzig. Eher zurückhaltend und mit beinah strengem Gesicht.

Bei ihr hatte ich allerdings echten Herzensreichtum erfahren und gleichzeitig eine moralische Strenge, beide mit Bescheidenheit gepaart. Die Demut der bescheidenen Gläubigen. Meine Schwiegermutter oder: Die Reinheit im Islam.

Und nun stehe ich ihr gegenüber, nach vier oder fünf Jahren der Abwesenheit, des Schweigens. Mein Herz pocht, als stünde mir ein verschwundener und nun wiederaufgetauchter Liebhaber gegenüber. Dann erst frage ich mich: »Was nun? Soll ich sie grüßen oder nicht?«

Zur selben Zeit lähmte mich jedoch ein Unbehagen: »Sie ist es, aber doch nicht ganz!« wiederholte ich mir verwirrt, bereit, einen Schritt auf sie zuzugehen. Denn sie war mir zugewandt: die Konventionen abstreifen, keine Rücksicht nehmen auf die lastende jüngere Vergangenheit, ihren Sohn vergessen. Sie einfach umarmen, mit ihr sprechen, mich nach ihrer Gesundheit erkundigen (sie war gealtert), ihre teure bedächtige Stimme hören, die Fragen stellen würde, ihr schließlich sagen, daß sie mir fehlte und ebenso all das, was wir miteinander zu unternehmen pflegten (die Wochenenden, die Plaudereien am Freitagabend, die Sitzungen im Hammam). Kurz, ich wollte ihr um den Hals fallen, selbst wenn ich Gefahr liefe, gefühlsselig zu erscheinen, als plötzlich, ich wollte schon losgehen, ein Schrecken in mich fuhr: Die sechzigjährige Dame, die ich immer noch wie eine Mutter liebte, wie mir bewußt wurde, die Frau mir gegenüber sah mich nicht: Sie war blind.

Ich rührte mich nicht von der Stelle. Betrachtete diese Frau, die meinem Herzen so nah stand, die so brüderlich – oder besser der mütterliche Schatten meiner Vergangenheit war.

War das der Grund, weshalb ich darauf verzichtete, mich ihr zu nähern, mich zu erkennen zu geben? Zweifellos aus Feigheit war ich instinktiv zurückgeschreckt.

Gewiß, ich hätte ihr einfach die Handfläche küssen sollen (wie ich es in meiner Kindheit allmorgendlich bei meiner Großmutter respektvoll tat) und flüstern: »Ich wünsche dir eine gute Pilgerschaft! Und bete für mich drüben!« Und ich hätte meinen Namen genannt, falls sie mich nicht an der Stimme erkannt hätte.

Nein, das war nicht meine Art. Oder man mußte Zeit (und Mut) genug haben, um vorsichtig zu sprechen. Sie war blind und unterwegs, um für ihr Heil zu beten, für das Heil ihrer Angehörigen!

Ich glaube, daß plötzlich der Schatten ihres Sohnes sich zwischen uns stellte.

Noch heute verstehe ich nicht, woran das lag. Ich kann lediglich bei mir eine seltsame Wiederholung feststellen: Wenn ich einen Mann verlasse, dann ist es die Abwesenheit seiner Mutter, manchmal auch seiner Schwestern, die ich kaum verwinden kann.

Während dieses Aufenthalts ging ich zum letzten Mal nach Caesarea – um einem Onkel, einer Tante und einigen Cousinen guten Tag zu sagen. Als ich die alte Stadt verließ, stattete ich zusammen mit meinem Vater in einem ländlichen Weiler ganz in der Nähe Sidi einen Besuch ab.

Sidi war der Gatte meiner ältesten Tante mütterlicherseits und der einzige Mann, den ich jemals »Herr« genannt habe. Er war ein Landwirt von echtem Schrot und Korn. Ein äußerst korpulenter Mann, wortkarg und schüchtern. Wir respektierten ihn alle. Als Kinder haben wir ihn nicht gefürchtet, aber wir entdeckten an ihm ein beruhigend geheimnisvolles Wesen, geprägt durch seine Zurückhaltung, seinen ruhigen Stolz und seine Vertrautheit mit Pferden und Hunden. Später erfuhr ich, daß er seine Jugend in Gehorsam und mühevoll zurückgehaltener Empörung verbringen mußte, einem Onkel mütterlicherseits unterworfen, der die einzige Stütze seiner früh vom Ehemann verstoßenen Mutter war, für ihn zuerst wie ein Vater, dann bald ein Unterdrücker. Der reiche und polygame, jedoch unfruchtbare Onkel schien es dem Neffen übelzunehmen, daß dieser sein einziger Erbe blieb, obwohl der Alte unaufhörlich auf Freiersfüßen ging …

Sidi erbte, aber änderte nichts an seinem schlichten Leben in diesem kleinen Dorf in der Nähe von Caesarea, wo ich früher einen Teil der Sommerferien verbrachte. Seine Söhne hatten studiert, seine Töchter hatten geheiratet: Er hatte seine Familie allein durch harte Arbeit ernährt, ohne jemals den geizigen Onkel in Anspruch zu nehmen.

Meine Erinnerung an das Landleben in allerfrühester Kindheit verbindet sich mit Sidi, der in der Kutsche sitzt, die mich in leicht frostiger, noch früher Morgendämmerung zusammen mit meinen Cousinen zu einem jener Güter bringt, das zum Reich unserer Spiele und Eskapaden werden sollte. Noch heute höre ich ganz nah bei mir seine Stimme, die in kurzen und rhythmischen Einsilbern zur Stute sprach und sie lenkte. Ihm habe ich dieses lebendige Gefühl zu verdanken, wenn man durch den Nebel fährt, als würde man über der Straße schwimmen, in Kälte und grenzenloser Natur: »Herr!«

Dreißig, vierzig Jahre nach dieser überscharfen Erinnerung (vor uns die Stute und die Straße, die Stimme des tröstenden Kutschers ganz in meiner Nähe) soll er nun sterben …

Als ich diesen Onkel zum letzten Mal sah, hatte er gerade sein ganzes Haus mit Kalk weiß gestrichen: die Fassade, die zahlreichen Zimmer, die beiden weiten Höfe und das Taubenhaus, auch wenn dieses schon lange leer stand. Mein Vater, der mich begleitete, machte folgende Bemerkung: »Sid Ahmed, jetzt ist dein Haus wieder schön!«

»Nur rein, o Tahar! Rein und sauber! Damit alles bereit ist, wenn die Leute kommen, wenn meine Stunde da ist.«

Wir schwiegen. An meinem Vater wäre es gewesen, zu protestieren. Ich musterte ihn, war bewegt. Seit dem Tod seines ältesten Sohnes, der mit fünfzig Jahren an Krebs gestorben war, sah Sidi mit fünfundsiebzig zehn Jahre älter aus. Er stand früh auf. Kümmerte sich um das Vieh. Zeigte sich im Dorf. Ging zum Gebet zurück. Kam und ging in stoischer Ruhe.

»Meine Stunde«, hatte er gesagt. Ich sah ihn nicht wieder. Einen Monat später kamen die Männer des Dorfes in dieses saubere Haus. Um ihn zu waschen, die Litaneien zu lesen, ihn mitzunehmen.

Ich habe erfahren, wie sein letzter Tag war. Durch seine Frau, meine Tante, die seit zwanzig Jahren eher wie eine Großmutter war, für alle und jeden.

»Er wachte um fünf Uhr morgens auf, wie jeden Tag! Ich hörte ihn undeutlich in meiner Benommenheit am frühen Morgen. Ich hörte schwach sein Gebet, seine schwächer werdende Stimme.«

Sie schwieg plötzlich einen Augenblick, ließ einige Tränen aus ihren Augen fließen, die nahezu nichts mehr sahen, dann fuhr sie mit unveränderter Stimme fort: »Er stand dann neben meinem Kopf. ›Steh auf, o Khadidja!‹ sagte er. Ich habe mich halbwegs aufgesetzt, aufmerksam. ›Die Stunde ist gekommen‹, sagte er, ›ich spüre es.‹ Und beinahe an Ort und Stelle, in der Nähe meines Lagers, legte er seine Gebetsmatte aus. Er kniete sich noch einmal hin. Ich habe den Anfang eines Verses gehört. Dann … nichts mehr! Ich bin aufgestanden, habe mich vorgetastet. Ich fand ihn hingekauert. Ich habe ihn berührt, habe nach ihm gerufen. Gott ist groß! Gott … sagte ich. Er war tot.«

Jetzt war ein einziges Schluchzen in ihrer Stimme.

»Euer Sidi, euer Herr ist tot! Er starb beim Morgengebet!«

Weshalb möchte ich von Sidis letztem Seufzer berichten? Weshalb überhaupt von diesem so schlichten Tod erzählen? Einfach, um die anderen, jene Toten, »die ihre Erde wie eine Decke über sich ziehen«, zu vergegenwärtigen.

Um daran zu erinnern, daß mein Onkel Sidi gestorben ist wie viele andere, Männer und Frauen in dieser Zeit der Stummheit, der Geduld, des Bewahrens. Sie sahen die erste Unterdrückung, jene in der ersten Jahrhunderthälfte. Dann sahen sie jene, die von den eigenen Leuten kam, den »Brüdern«: Die erste erlitten sie mit der Distanz, die ihnen ihr Glaube sicherte. Die zweite betrachteten sie mit Verachtung und großer Zurückhaltung, widerspenstigem Schweigen und kaum verhohlenem Erstaunen … Die Welt der »Roumi« hat sie nicht erstaunt. In ihrer Sündhaftigkeit wie auch in ihrer Fremdheit kam sie ihnen völlig anders vor. Ausnahmsweise, beinahe durch ein Wunder, kannten sie in dieser Welt Menschen, die ihnen nahestanden – manchmal einen einzigen, ob Mann oder Frau, dessen Wert sie stillschweigend schätzten, und so konnten sie flüstern, wenn sie unter sich waren: »Dieser Christ ist im Grunde ein Muslim, ohne es zu wissen!«

Als zu all den Veränderungen und dem lauter werdenden öffentlichen Spektakel nach der Unabhängigkeit sich bei ihnen das Alter einstellte, sonderten sie sich oft innerhalb ihrer eigenen Umgebung ab. Plötzlich mußten sie andere Zwistigkeiten mit ansehen, neuen Haß, den sie nicht verstanden …

Jetzt waren es also nicht mehr die hier als Herren eingesetzten Fremden, die auf einmal Fremde waren! Diese waren ja fortgegangen! Jetzt waren es also Leute aus ihrer Nachkommenschaft, von denen sie wußten, daß sie von ihrem Blut waren, von denen sie sich vorgestellt hatten, sie hätten dieselben Erwartungen wie sie, diese waren jetzt also die Fremden, Mischwesen in großer Zahl, aber unter ihnen fanden sie ebenfalls, wenn auch selten, den einen Unschuldigen oder die andere Unschuldige.

Das Kupfer ist in Mode und nicht das Gold!
Der Hahn regiert am Himmel im Reich der Falken,
Da der Adler Gefangener in den Hühnerhöfen und auf dem Misthaufen ist,
Da der Hund sich für den König der Wälder hält!

Bereits im letzten Jahrhundert kaschierten die Barden auf den Märkten ihre Verzweiflung und zogen daraus ihre Schlußfolgerung: »Die Welt ist so verkehrt, daß das Skandalöse selbstverständlich wird!« So konnten sie sich ihre Zurückhaltung, ihre moralische Strenge und ihre verletzliche Zurückgezogenheit bewahren. Sie sind gestorben wie Sidi, der sein Gebet unterbrach, um selbst anzukündigen, daß seine Stunde gekommen war. Ein reiner, weißer Tod. Ohne Blut und ohne Mord. Sie sind fortgegangen.

Über sie möchte ich schreiben – nicht über die Opfer, nicht über die Verwundeten! Denn hinter jedem von ihnen sind zehn Mörder, und ich sehe, o ja, Kaskaden von Blut kann ich hinter jedem einzelnen Mann, jeder einzelnen Frau sehen, die heute ermordet werden.

Ich kann nicht.

Ich möchte nicht.

Ich möchte fliehen.

Ich möchte mich auslöschen. Meine Schrift auslöschen. Mir die Augen verbinden, den Mund knebeln. Oder aber das Blut der anderen, der Unsrigen soll mich in meiner Nacktheit ertränken! Mich auflösen. Ich erstarre zu einer zinnoberroten Statue, eine der Statuen von Caesarea, die dann später, viel später zerschlagen wird und zerfällt.

Werde ich die Erzählerin wieder Isma nennen? »Isma«: »der Name«. Während meiner Beschwörung, wobei sich Aberglaube und Furcht vor den heidnischen Auguren mischen, würde ich gern an Ismas einstiger Begeisterung anknüpfen und nach den Wirren, die sie erschütterten, jener verspäteten Bö, als sie auf die Vierzig zugeht, würde ich sie gern an die Ufer des Sees der heiteren Ruhe führen! Jenes Gebiet, das man auf arabisch *sakina* nennt: nicht etwa jene Transparenz des Seins, die, wie man sagt, dem Tod vorangeht, nein! Sondern die heitere Ruhe der Übergänge, die offenbar kein Ende nehmen sollen: Wenn sie vorüberziehen, erfüllt *sakina – Seligkeit* unser Herz und unsere Seele, versieht uns mit Wasser, tröstet uns, während um uns herum alles ins Rutschen gerät, sich überschlägt und verändert. Aber man hat sich entschlossen weiterzugehen, mit gesenkten Augen dem Weg auf geheimnisvollen Bahnen zu folgen.

Die *sakina* desjenigen, der weiß, wie man nicht vom Weg abkommt, des Blinden, der in der Nacht besser sieht …

Aber alles andere, das Lebendige und das Tote, das Männliche (das heißt der Stolz des Unbeugsamen) und das Weibliche (jene Hellsicht, die abhärtet oder wahnsinnig macht) dessen, was ich für die Seele dieses Landes halte, das übrige hat sich mit Schleiern aus Staub drapiert, in französischen Wörtern, welche die ungeformte Stimme – kehlige, verleugnete Laute von Berbern und Barbaren, arabisierte und modulierte Melodien und Klagegesänge –, ja, die formenreiche Stimme meiner Genealogie kaschiert. Wie schwer es mir fällt, mich von ihr freizumachen!

Jugurtha

Im Juni 93 wollte ich einige friedliche Tage in Kopenhagen verbringen, um dem Schatten Kierkegaards zu folgen, zumindest dem meiner Jugendträume … Da erreicht mich eine Nachricht wie ein Fallbeil: Am selben Tag ist in Algier einer meiner Freunde plötzlich der Ermordete – diesmal nicht durch Kugeln, auch wurde seine Brust nicht mit Messern zerfetzt, nein, der Freund – der Aufrechteste, der Diskrete und ein frommer Mann – wurde nach einem seltsamen Ritual »geopfert«: langsam seines Blutes entleert, während ihn ganz nah an seinem Bett drei Mörder umstehen.

Und die junge Frau im Zimmer gleich nebenan hört das Röcheln des Vaters. Sie findet die Kraft, nach ihrer Arzttasche zu greifen. Stürzt auf den Körper zu, umarmt ihn, der noch ganz warm ist, den geöffneten Körper, den lebendigen, aber entleerten Körper des Vaters: Der Schrei der Todesangst haust nun für immer in der Wohnung an diesem Morgengrauen im Juni 93.

Und er hauste auch in meinem Hotelzimmer, als Reisende blieb ich verschont.

Ich möchte all diese blutüberströmten Menschen, die mir nahestehen, nicht beweinen, ich kann es nicht.

Ich möchte aber zumindest den letzten Atemzug dieses Freundes vergegenwärtigen. Für den Bruchteil einer Sekunde, wenn es sein muß, die Dauer seines Martyriums nahebringen: mit der ganzen Tiefe des rotgefärbten Schattens ...

So erstand in mir in den folgenden Tagen und aus größerer Ferne das Bild Jugurthas. Aber nicht jenes, das man so häufig mit schönen nationalistischen Gefühlen heraufbeschwört!

Wie die Seherin aus dem römischen Theater in Caesarea, jene, die aus so großer Entfernung eine deutliche Vision von meinem jungen Bruder auf dem »Weg nach Verdun« hatte, während ich nur in der Lage bin, die Geister der Familie herbeizuzitieren, sie einzuladen zu einer egoistischen, ichbezogenen Feier.

Denn mitunter kann ich meine Liebe besser ausleben, wenn ich sie für erloschen halte – weil sie mich lediglich verlassen haben, um mich zu erleichtern, da ich ständig in Bewegung bin, ständig renne.

Und es ist nicht der Freund, der im Juni 93 aufgeschlitzt wurde (o M'hamed, mit diesem lieblichen Vornamen, der meiner Sippe so teuer ist, denn ihn trug auch mein Onkel mütterlicherseits, der kurz vor dem Jahr 62 ermordet wurde und dessen Herzensgüte für uns sprichwörtlich blieb!), nein, nicht die Toten, die mir sehr nahe stehen, rufe ich herbei. Zweifellos, weil ihr Blut leider noch nicht getrocknet ist!

Ich sehe, ja ich sehe dank Dougga, der geraubten Stele, die man nur entziffern kann, wenn man zu den Plünderern nach London geht, ich sehe dank dieser Erinnerung an die vergangene Zeit – des Jahres 138 v. Chr. –, ich sehe einen jungen Mann von siebzehn Jahren, der etwas abseits stehend diese Zeremonie beobachtet: wie die Notablen nacheinander ihre Reden ablesen oder herunterleiern, einer auf punisch, der andere auf libysch (er ist gewiß der ungehobeltste, der stolzeste) und der dritte, bereits ganz diplomatisch, auf Latein.

Vor ihnen und ihrem Gefolge lauscht Micipsa, schweigsam und ernst. Er geht auf in der Beschwörung seines Vaters, des großen Masinissa, dessen »unvergängliches« Andenken man genau zehn Jahre nach seinem Tod ehrt, wie es in jener Rede heißt. Dann weiht Micipsa die Stele und das prächtige Mausoleum ein.

Dieser junge Mann von siebzehn Jahren im Abseits – also ist er es, den ich sehe, Jugurtha in der Sonne, am Saum der vorderen Reihe von Zen-Eichen, ich sehe ihn als meditativen Zuschauer, der sich diskret zurückzieht, um fortzugehen ... Auf welchem Weg? Nach Cirta natürlich, dann jedoch nach Caesarea, meiner Stadt, um von dort aus nach Spanien überzusetzen, weil er die Einladung von Scipio, dem Generalissimus, annimmt ... In der römischen Armee vor Numancia kämpfen, damals die erste der Welt, ihnen zeigen, daß auch ein Barbar, ein Berber, Mut und Intelligenz verbinden kann mit, wie soll man es nennen, der Schüchternheit eines Wilden, mit Schweigen und Unbeugsamkeit. Schon damals. Weder sich zu etwas hergeben noch sich aufgeben, sondern sich verbünden bis auf weiteres ... und die Augen offenhalten!

Und so sehe ich ihn, den jungen Mann, wie er der Stele und ihrer doppelten Inschrift den Rücken kehrt. Aber ich sehe ihn gleich danach zwanzig Jahre später. Was ist aus ihm geworden, nachdem er das dichte Gewebe seiner Pläne ausgerollt hat, seiner Strategie und auch seiner Ambitionen, mitunter seiner Wutanfälle, lenkend in der Hitze des Gefechts, und ich sehe, wie er endet durch einen Verrat, den er ahnte und doch nicht mied, nicht offenlegte. Wo wird er zusammenbrechen? Wohin wird er fallen, von so weit oben, trotz allem der älteste aller Geschundenen?

Ich sehe ihn erneut, diesmal auf dem »Weg nach Rom«, in Ketten, ausgeliefert. »Rom ist eine käufliche Stadt!« hatte er zuvor ausgerufen. Er ist besiegt. Er ist gezähmt. Er ist der erste Lumumba Afrikas.

Hat er sich an seine Schmährede erinnert, an seine Ironie, als er in der »käuflichen Stadt« ankommt, in der er sterben wird, eines Todes, der sich in die Länge zieht? Ein spröder Tod: im Käfig verhungern, in Rom.

Sagte ich, daß ich ihn sehe? Nein, vor allem höre ich ihn.

Denn jetzt spricht er ironisch, er stößt aus seinen zusammengezogenen, getrockneten Gedärmen ein letztes Röcheln völlig zwecklos und hitzig hervor. »Weit ist mein Gefängnis«, murmelt er im vorletzten Atemzug, während ihn schließlich die Erinnerung an den Klagegesang der Berber wiegt und fortträgt: »... Erlösung!«

Ich höre ihn, selbstverständlich weil seine Sprache da ist, unauslöschbar: *»Meqqwer lhebs!« Meqqwer, meqqwer* – dieses Wort, das Breite, Weite des »Mörderischen« bedeutet, gelangt bis zu mir, holt mich ein, trifft mich, trotz des zeitlichen Abstands.

»Lhebs?« sagt Jugurtha. Nein, er erschöpft sich Tag um Tag in diesem Loch wie der Menschenfresser, den man durch List fängt, in den Sagen der Berge dort drüben in der Umgebung von Cirta.

»Tasraft!« brummt er, denn auch er geriet in eine Falle.

»Tasraft«, das heißt die Falle, der Käfig, dieses Loch mitten im Herzen Roms, ausgetrocknet, er wird sterben, er stirbt.

Unveränderlich ist dieses Wort, das mit einem Flügelschlag einundzwanzig Jahrhunderte überquert, um den letzten Lebenshauch Jugurthas zu mir zu bringen, ganz nah zu mir.

Von ihm oder über ihn wird nichts geschrieben werden. Gewiß, die Frauen werden über ihn sprechen. Seine ungreifbare Legende wird ein Jahrhundert später erwähnt, jedoch niemals festgehalten werden! Von der Hand des Helden selbst wird nichts überliefert werden, auch nicht in libyscher Schrift.

Tatsächlich werden zuerst Sallust, dann Caesar über den unvergeßlichen Besiegten schreiben: natürlich auf Latein. Sie sind es, die in ihrem eigenen Alphabet den römischen Triumph zu verewigen glauben, aber sie werden vor allem Jugurthas Ruhm festhalten.

Er starb in einem Loch in Rom. Eng das Gefängnis und nirgends die Erlösung!

Und so breitet sich im sonnigen Land von Dougga über Caesarea nach Cirta und bis nach Volubilis sein Tod in zerbröckelndem Schweigen aus. Dennoch oder gerade deshalb wird sein Schatten immer größer.

Oh, ich sehe (oder höre ich? Ich weiß nicht recht), ich sehe die ältesten Toten – unter ihnen auch mein nachgeborener Bruder, an den ich keinerlei Erinnerung habe, außer der zitternden Stimme meines Vaters, als er vom Leid der verwaisten Mutter berichtet –, ich sehe sie, die Toten in weiter Ferne, nicht etwa, weil ich das Erbe der Magierin Lla Rkia antreten wollte (ich habe keinen Brasero um meine Röcke, und ich werde auch zu keiner Wallfahrt aufbrechen, nein), sondern einfach, weil in den zwei oder drei letzten Jahreszeiten in meinem Land alle Toten zurückkommen, gleichgültig, wer sie sind.

Ihr Begehren verfolgt uns Frauen. Jede von uns wurde zu lange in ihrem Körper gefesselt, oder ist wie ich zu oft ohne Stimme – in jenem Maße, wie meine Hand über die Tafeln läuft, wird mir die Stimme geduldig genommen, oder vielmehr, ich begreife es kaum, man schabt den Ton aus meinem Herzen!

Die Toten kommen zu uns zurück, und was wollen sie, wo hier doch plötzlich Wüste ist?

Eine junge Frau aus meinem Land wurde regelmäßig von ihrem Mann nach Paris gebracht, weil sie dort vom Krebs, der schon fortgeschritten war, kuriert werden sollte. Trotz der Zuwendung und der Umsicht ihres Gatten begriff die Kranke bei der letzten Reise, daß die Ärzte sie bereits aufgegeben hatten.

Sie weinte nicht. Sie kehrte nach Hause, in ihre Stadt am Meer, zurück. Sie nahm das Telefon, um mit ihrer Schwester zu sprechen, die in einer Stadt im Landesinnern lebte. Zu ihr sagte sie in ihrer Muttersprache: »Tochter meiner Mutter, verdammt sollst du sein, wenn du mir jetzt nicht eine Bitte gewährst!«

»Was willst du?« fragte die andere, die wußte, in welcher Verfassung ihre Schwester war.

»Hör zu, es ist aus, ich werde für diese Behandlung nicht mehr ins Ausland gehen! Noch heute lege ich mich zu Bett und werde nie wieder aufstehen!«

»Du darfst so etwas nicht sagen, denke doch wenigstens an die Kleinen! Du darfst so etwas nicht sagen, denke doch wenigstens an das Vertrauen in die Barmherzigkeit Gottes!«

»Ich habe eine Bitte. Aber du mußt mir diese Bitte gewähren, bevor ich dir gesagt habe, worum es geht!«

»Ich sage ja, meine geliebte Schwester!« (Und sie weinte, als sie mir später dieses Gespräch schilderte.)

»Hör mir gut zu, ich möchte, verstehst du, ich möchte, daß du mich beweinst, du sollst jetzt meinen Tod beweinen, damit ich es höre!«

Die Schwester wußte nicht, was sie sagen sollte. Aber die andere, die Kranke, wollte nicht ablassen: »Du sagst nichts, aber du kannst singen! Hör zu, ich weiß, daß ich sterben werde. Ich werde mich bald hinlegen und nie wieder aufstehen. Ich bitte dich, Tochter meiner Mutter, beweine mich, beweine meinen Tod, damit ich dich höre, jetzt, wo ich noch am Leben bin!«

Die Schwester klammerte ihre Hand am Hörer fest, und für zehn oder vielleicht zwanzig Stanzen entrollte sie den langen und herzzerreißenden Gesang der Klageweiber ihres Dorfes, pries das allzu kurze Leben der jungen Frau, ihre Heirat als erste Tochter des Witwers, der zu früh seine Mädchen verteilte, weil ihre Mutter verstorben war, sie erinnerte an das Unglück der Angetrauten und der Kinder, die sie nun ebenfalls als Minderjährige hinterlassen würde, schließlich schrie sie, heulte unablässig in den Hörer, bis jene, die am anderen Ende lauschte, abschließend sagen konnte: »Gesegnet seist du, o Tochter meiner Mutter! Komm mich erst wieder besuchen, wenn ich begraben werde!«

Am selben Abend legte sie sich ins Bett. Einige Tage später starb sie bei Morgengrauen, und die Schwester kam aus dem entfernten Städtchen, wo sie lebte, und stand am nächsten Tag auf der Schwelle.

Lamento

Während ich über die Toten meines in Flammen stehenden Landes schreibe, in diesem letzten Jahrhundert, glaubte ich, das Blut der Menschen (das Blut der Geschichte und das Ersticken der Frauen) müßte heute wieder hochsteigen, um meine Schrift zu besudeln und mich zum Schweigen zu verurteilen.

Blut in meiner Schrift? Noch nicht, aber die Stimme? Die Stimme verläßt mich jede Nacht, wenn ich die süßlichen Erstickungsanfälle von Tanten und Cousinen vergegenwärtige, die ich als kleines Mädchen sah und nichts begriff, aber mit weit aufgesperrten Augen schaute, um sie mir später wieder vorstellen zu können und schließlich zu begreifen.

Meine Mutter wandte mit sechs Jahren ihrer toten Schwester den Rücken zu. Leugnete ihre Existenz. Schrieb nichts auf. Wie sollte sie auch?

Ich habe diese Trauer meiner Mutter nacherlebt, die aus ihrer Kindheit verbannt wurde, während ich aus der ältesten Schrift verbannt bin.

Als wäre ich Cherifa, die mit achtzehn Jahren starb, Cherifa, die glückliche Braut in Erwartung, Cherifa mit ihrer zertrümmerten Schönheit, dahingerafft im Laufe einer Typhusepidemie in Caesarea – also auch sie eine allzulang stille Tote, weil von ihr weder die Rede war noch über sie geschrieben wurde –, und gleichzeitig meine verblüffte Mutter, ein verwirrtes kleines Mädchen, das den Schicksalsschlag empfängt wie eine ohnmächtige Greisin, die sich nicht einmal mehr empören kann, ja, ein kleines Mädchen, das mit offenem Mund und trockenen Augen erstarrt. (Man zeigte ihr nicht den Leichnam der jungen Toten, nur ihre magere Gestalt unter dem weißen Bahrtuch, auf das sich die Mutter der Vermummten in ihrer ganzen Länge wirft.) Und das Mädchen läßt nicht ab von der Trance ihrer Mutter, vom frenetischen Tanz und der sich die Wangen zerkratzenden Mutter, ja, ich bin dieses kleine Mädchen, eine Statistin, die stimmlos umherirrte ... wie lange, habt ihr gesagt? Sechs Monate? Nein, länger, fast ein ganzes Jahr, bis in den September hinein, als der Hauptpächter die gepflückten Mandeln und die Krüge mit Olivenöl abgibt, kurz bevor der zweite Pächter die geernteten Linsen und Kichererbsen bringt.

Die tote Cherifa ist zurückgekommen. Auf algerischen Boden kommen so viele Jahre später die Toten zurück. Die Frauen, vergessen, weil ohne Schrift, bilden einen Totenzug, neue Schülerinnen Bacchus'.

Die Toten kommen auf algerischen Boden zurück. Ist das der innigste Wunsch der Männer, der Frauen? Und wird der Tod lediglich »männlich« sein, wie ich es vorausgeahnt habe: Greisinnen und Greise, erblühende Mädchen und männliche Leichname, alle nur eine geschlechtslose Masse bildend, ohne Zärtlichkeit, in Abscheu oder Resignation versammelt in schrecklicher Anonymität?

Ich habe das schon früher gedacht, als ich den Körper meiner Großmutter unter dem Leichentuch betrachtete, damals noch bewohnt von einer so hartnäckigen Abneigung, trotz der Klagen und der schaurigen Poesie der Verse ... In Wirklichkeit habe ich geglaubt, daß jeder Tod im Islam im Maskulinum erlebt wird. Denn unsere hochmütigsten Frauen sterben schließlich als Männer, weil sie sich nur vor der Größe und Großmut Allahs beugen.

Dann dieser wiederkehrende Traum, der durch meine Nächte spukt! Tief in meinem offenen Mund eine weiche und klebrige Masse, ein zäher Schleim, der stockt, nach und nach zu fließen beginnt, und ich versinke ein für allemal im Unbehagen.

Ich muß diesen Teig von meinem Gaumen entfernen, er erstickt mich. Ich versuche zu erbrechen, was erbreche ich, wenn nicht ein weißliches, stinkendes Zeug, verwurzelt in der tiefsten Tiefe meines Rachens. In den letzten Nächten wurde die Verstopfung meines Rachens schlimmer: Ich mußte mit dem Messer eine Art nutzlosen Muskel herausschneiden, der mich schmerzte, ein Auswurf, eingeschnürt von meinen Stimmbändern.

Mein Mund bleibt aufgesperrt, meine Finger verschwimmen unablässig zwischen und hinter meinen Zähnen, ein Krampf krümmt meinen Unterleib, eine nicht zu beherrschende Verbitterung, etwas versperrt sich. Ich spüre das Abscheuliche dieses Zustands nicht: Ich habe die Klinge genommen, ich bemühe mich, ganz hinten langsam und vorsichtig diesen Schleim unter meiner Stimmritze abzuschneiden. Das sich über meine Finger verteilende Blut, dieses Blut, das meinen Mund nicht füllt, erscheint plötzlich leicht, unbeteiligt, eine Flüssigkeit, nicht bereit, sich zu ergießen, sondern eher sich innerhalb meines Körpers zu verflüchtigen.

Diese Amputation nehme ich mit Sorgfalt vor: Ich frage mich nicht, ob es mir weh tut, ob ich mich verletze, oder gar, ob ich danach jemals wieder eine Stimme haben werde.

Jede Nacht quält mich die körperliche Anstrengung dieser Geburt durch den Mund, dieses Aktes, mit dem ich mich mundtot mache. Was erbreche ich? Vielleicht einen langen, urzeitlichen Schrei. Mein offener Mund stößt immer wieder das Leid der anderen aus, derer, die vor mir bestattet wurden, obwohl ich doch glaubte, für mich wäre mit dem ersten Lichtstrahl ein neuer Morgen angebrochen.

Ich schreie nicht, ich bin der Schrei. Der sich öffnende Weg führt um die aufschäumenden Kriegerfeste von gestern, um die unsagbaren Widerwärtigkeiten von heute. Gestern noch kreuzten sich, als meine Freude zur Sonne emporschoß, zwei Schwerter sofort über meinem Kopf, ein Staub von Sternschnuppen in der unermeßlichen Nacht …

Ich schreie nicht, ich bin der Schrei, aufgespannt in einem schwingenden und blinden Flug. Die weiße Prozession der Schatten, Ahninnen, hinter mir wird zur Armee, die mich antreibt, es erheben sich Wörter der verlorenen, schwankenden Sprache oder ihr Schein, während die Männer vorn im Totenfeld gestikulieren.

IV

Das Blut der Schrift

»Du sagst, das Leid sei zu nichts nütze. Doch.
Es ist dazu da, daß man schreit. Um vor dem Sinnlosen zu warnen.
Um vor dem Chaos zu warnen. Um vor dem Zerbrechen der Welt zu warnen.«
Jeanne Hyvrard, Das Mörderische

»Es heißt, nach langem Warten verwandele sich
der in der Erde ruhende Stein in einen Rubin.
Ja, ich glaube es – aber aus seinem Herzblut.«
Hafis

Yasmina

Yasmina im Straßengraben ... nun, da ich diese Strecke zurückgelegt habe (wie häufig mußte ich in den vorausgegangenen Tagen ermordete Freunde beweinen: jeden Morgen schluchzen, trotzdem weitergehen und abends harten Herzens tanzen; malvenfarbene Tage, blutig und durchsetzt mit Verbannung ...): Eine junge Frau – noch vor kurzem Mitschülerin meiner Tochter – wurde niedergestochen.

Acht Tage zuvor war sie hier unter Menschen, die ihr nahestehen: Hinter der Tür schwingt noch ihre entschlossene Stimme: »Ich kann nicht außerhalb von Algerien leben, nein! Ich werde zurückgehen!« Sie ging zurück. Umarmte in Paris ihre Mutter, eine Französin, und ihren Bruder. Sie hat mit achtundzwanzig Jahren dem Exil eine Absage erteilt.

Yasmina, eine junge Professorin, aber auch Korrektorin einer unabhängigen Zeitung.

In jenen Tagen, Ende Juni 1994, hatte sie einen ausländischen Gast bei sich – eine Polin. Diese hat ihren Besuch schließlich abgekürzt, weil sie beide nicht auf den Straßen und Gassen umherschlendern, auch nicht in Ruhe am nahegelegenen Strand baden konnten.

»Überall lauert Gefahr, sie ist unsichtbar, aber allgegenwärtig!« sagte ihnen ein Nachbar, der für sie fürchtete, weil sie so jung, so voller Leben waren. Er fügte etwas hinzu, was er zweifellos später bedauerte: »Heute hat in diesem Land die Gefahr einen eigenen Geruch!«

Yasmina bringt ihre Freundin im Auto bis zum Flughafen. Auf halbem Weg hält sie an einer Tankstelle und gerät in eine Polizeikontrolle. Tatsächlich sind es falsche Polizisten: Sie nehmen die junge Ausländerin mit »zu einer Überprüfung der Personalien«.

Yasmina läßt nicht locker: Sie folgt den vorgeblichen Polizisten, die plötzlich, mitten in der Landschaft, in eine Querstraße einbiegen. Yasmina – die nun wohl den »Geruch der Gefahr« in der Nase hat – gibt nicht auf: Sie fühlt sich verantwortlich für ihre Freundin. Sie zögert nicht, die Entführer zu bedrängen, unablässig zu hupen, ihnen auf der Spur zu bleiben, im Namen der heiligen Pflicht der Gastfreundschaft.

Die Bewaffneten – es sind vier Männer – halten an. Yasmina stellt sich ihnen. Sie umzingeln sie. Sie durchsuchen sie, dabei gerät der Presseausweis in ihre Hände: Eine Journalistin, beschließen sie, ist doch eine noch bessere Beute als eine Ausländerin!

Sie lassen die junge Polin frei. Dafür bemächtigen sie sich der neuen Beute. Verurteilen sie zum Tode in der letzten Inszenierung einer Parodie hinter einem Strauch. Vertreiben die gerettete Freundin.

Werde ich jemals mit der jungen Polin sprechen können? Freigelassen, verließ sie Algerien noch am selben Tag und ohne Stimme: Sie floh, sie wird, das spüre ich, in alle vier Himmelsrichtungen fliehen. Zuvor wird sie bezeugen, in einigen kurzen Worten, bevor sie verschwindet – sie, für die eine andere Frau spontan ihr Leben gegeben hat –, daß Yasmina bis zum Ende, bis zur letzten Sekunde ihres Atems, ihre Mörder verspottete, beschimpfte, herausforderte.

Ihre in ohnmächtigem Stolz wütende Stimme wurde erst von ihrem Röcheln unterbrochen, als sie unter dem Messer starb! Diese Stimme Yasminas – »Jasminblüte« – werde ich in allen vier Himmelsrichtungen hören …

Yasmina, deren verstümmelter Körper am nächsten Tag im Straßengraben gefunden wurde.

Yasmina, die jeden Tag in ihrem letzten Jahr den Kalam in der Hand hatte.

»Ich kann nicht außerhalb von Algerien leben, nein!« hatte sie beschlossen. Blut-Algerien.

Das Blut der Schrift – Finale

Heute, am Ende eines Jahres mit ruhmlosen Toten, besudelten Toten, in der Finsternis brudermörderischer Kämpfe.

Wie soll ich dich nun nennen, Algerien!

Nein, ich befinde mich nicht im Zentrum der Bühne, wo Kateb Yacine bereits vor vierzig Jahren folgendes sah:

Die erschossenen Männer ziehen die Erde über sich
wie eine Decke,
Und bald werden die Lebenden keinen Schlafplatz mehr finden!

Was soll man im Zentrum anderes tun, als sich vom Ungeheuer Algerien packen zu lassen – und nennt es nicht mehr Frau, eher Maul oder gefräßige Kentaurin. Welchen Abgründen entstiegen? Nein, noch nicht einmal »wilde Frau«.

Wenn das Ungeheuer wartet, was könnte ich dann anderes tun, als mein Gesicht in Blut zu tauchen, mich damit zu beschmieren, zu erhitzen in der Entrückung einer Halluzinantin – Seancen in Sidi Mcid, von denen die Mutter des Dichters in jenen Zeiten der Sorglosigkeit erzählte, vor dem Mai 45 (Blut von Guelma, Tebessa und Setif) und sie darüber zur Wahnsinnigen wurde ...

Im Zentrum der Bühne darf man auf keinen Fall weinen, Begräbnispoesie improvisieren oder sich in schrillen Verrenkungen verlieren – Tänze in der Schlucht des Nador, aber auch im Heiligtum meiner Kindheit in Sidi-Brahim, gegenüber dem Meer gelegen, an einem steinigen

Strand, der den Frommen vorbehalten bleibt, den kleinen Mädchen, den Bettlerinnen …

Denn die Toten, die man heute zu beerdigen glaubt, fliegen davon. Fröhlich und erleichtert: Ihre Träume funkeln, während die Hacke des Totengräbers arbeitet und die Trauernden gefilmt werden, wie sie den neu erweckten Schmerz in alle vier Winde ausstreuen. Ob die Toten eines Tages als Prozession der Bahrtücher zurückkehren?

Die Toten, die man für abwesend hält, werden zu Zeugen, die durch uns etwas aufschreiben möchten!

Wie schreiben?

Nicht in welcher Sprache, in welchem Alphabet – dem doppelten von Dougga oder dem der Steine von Caesarea, dem meiner Amulette, als ich ein Kind war, oder dem der französischen und deutschen Dichter, die mir vertraut sind?

Weder mit frommen Litaneien noch mit patriotischen Gesängen, nicht einmal eingekreist von den Vibrati des *tzarlrit!*

Schreiben, die Toten von heute möchten schreiben: Wie aber soll man mit Blut schreiben?

Auf welches koranische Brett, mit welchem Schilfrohr, das sich dagegen sträubt, in leuchtendrote Farbe eingetaucht zu werden?

Die Toten, sie allein, möchten schreiben, und zwar in aller Dringlichkeit, wie man gewöhnlich sagt!

Wie Spuren einschreiben mit Blut, das fließt, oder eben geflossen ist?

Mit seinem Geruch, vielleicht
Mit seinem Erbrochenen oder seinem Schleim ist
es einfach
Mit der Angst, die ihm einen Lichthof gibt
Gewiß sogar einen Roman schreiben
über die Flucht
über die Schande

Aber mit dem Blut selbst: mit seiner Flüssigkeit, seiner Beschaffenheit, seinem Strahl, seiner Kruste, die noch nicht ganz getrocknet ist?

Ja, wie soll ich dich nennen, Algerien?
Und wenn ich falle, an einem der nächsten Tage, rückwärts ins Schlammloch
Laßt mich liegen, auf dem Rücken, aber mit offenen Augen
Legt mich weder in die Erde noch auf den Grund eines trockenen Brunnens
lieber ins Wasser
oder in die Blätter des Windes
Damit ich weiterhin den Nachthimmel betrachte
das Erschaudern des Grases rieche
ins Streifenmuster jedes Lachens lächle
lebe, tanze, die Füße voraus
langsam verfaule!
Für mich bleibt das Blut aschweiß
Es ist Schweigen
Es ist Reue
Das Blut trocknet nicht, es erlischt einfach.

Ich nenne dich nicht Mutter, bitteres Algerien
das ich schreibe
das ich schreie, a, wie mit dem »a« in Auge
Das Auge, in der Sprache unserer Frauen, ein Brunnen
Dein Auge in mir, fliehe ich vor dir, vergesse ich dich, o Ahnfrau von einst!

Und doch
»Ahnungslose Ausreißerin« habe ich mich in deiner Nachfolge genannt
Von nun an: die wissende Ausreißerin
Die Spur jeder Wanderung ist ein Flug

Raub ohne Räuber
unerschöpfliche Linie des Horizonts
In mir löscht sich aus jeder Zeitpunkt des Aufbruchs
Verschwindet der Ursprung
selbst der neubegonnene.
Flüchtende und darum wissend in der Mitte des Geschehens
Schreiben, um die unermüdlichen Verfolger einzukreisen
Der offene Kreis schließt sich bei jedem Schritt
Der Tod ist vorn, eine eingekreiste Antilope
Die Jägerin Algerien, ich habe sie verschlungen.

Sommer 88 – Algier
Sommer 91 – Thonon-les-Bains
März 94 bis Juli 94 – Paris

Glossar

Das titelgebende Berberlied ist den *Chants berbères de Kabylie* von Jean Amrouche entnommen (1939). Taos Amrouche hat es oft gesungen und auf Schallplatte aufgenommen.

Almohaden: Maurisch-spanisches Herrschergeschlecht (1147 bis 1269)

Baraka: »Segen«. Magische Vermittlung, um sich allerhand Gunst, insbesonde Heilung von Krankheiten zu erwerben, wird durch Berührung übertragen. Im Aberglauben ist *Baraka* erblich.

Bachagha: Würdenträger, ursprünglich türkische Bezeichnung

Brasero/Kanoun: Tonbecken auf Stelzen, das als Herd dient.

Chahadda: »Bekenntnis«. Koranisches Glaubensbekenntnis, aber auch Zeugenschaft vor Gericht.

Colon: Französischer Siedler, Großgrundbesitzer

Dragomanen: Zur Osmanischen Zeit Dolmetscher an orientalischen Höfen

Derbouka: Trommel, die traditionellerweise im Maghreb von Frauen gespielt wird

Djellaba: Männerkleidungsstück, Obergewand mit kurzen Ärmeln und Kapuze

Douar: Dorf

Fatiha: »Die Eröffnende«. Erste Sure des Koran

Fellaghas: »Kopfspalter«, Bandit. Eigenbezeichnung der Kämpfer, die gegen die französische Kolonialmacht kämpften; sie wird von ihren Gegnern übernommen

Garamanten: Berber und abhängige Oasenbauern sudanesischer Herkunft, die in antiker Zeit in der Oase Garama im Fezzan siedelten

Hanefiten: Nach ihrem Gründer Abu Hanifa benannte Richtung der sunnitischen Muslime; im gesamten islamischen Raum in der Mehrheit

Kabylen: Sammelbezeichnung für die nordafrikanischen Berbergruppen

Kahina: »Hexe«. Anführerin des Berberwiderstands gegen die 692/93 einfallenden Araber

Kaid: Unbestimmter militärischer Titel zwischen Oberst und General

Kalam: Schreibrohr

Kanoun: s. *Brasero*

Koubba: Kuppelbedeckter Grabbau

Lalla oder Lla: »Dame«

Mahkama: Gerichtsgebäude

Marabout: Heiliger, Grab des Heiligen. Die Marabouts spielen im maghrebinischen Volksglauben eine wichtige Rolle.

Mehari: Langbeiniges arabisches Rennkamel

Mitidja: Ebene südlich von Algier

Mokkadem: »Aufseher«

Moiré: Gewebe mit geprägter Musterung

Pied-Noir: »Schwarzfuß«. Ursprünglich spöttische Bezeichnung für die Franzosen im Maghreb, weil sie Schuhe trugen und nicht wie die Einheimischen barfuß gingen.

Prinzessin von Clèves: Roman von Mme de La Fayette (1634 bis 1693) über die illegitime Leidenschaft der Frau von Clèves zum Herzog von Namours

Rais: »Führer«. Hier: Bürgermeister

Rebec: Dreisaitige Geige

Roumi: Byzantiner, Christ

Sappeur: Pionier

Threnodie: Trauer- und Klagelied. Hier Verweis auf die sprichwörtlichen Klagelieder des Propheten Jeremia

Tripolitanien: Nord-westlicher Teil Libyens, der bereits in der Antike besiedelt war

Sarouel: Bauschige Hose, die an den Fußknöcheln geschlossen wird

Tschador: Vorwiegend schwarzes Hülltuch für den ganzen Körper; ursprünglich persisches Kleidungsstück für Frauen

Tzarlrit: s. *Youyou*

Willaya: Arabischer Verwaltungsbezirk

Youyou: Traditionelle Jubelrufe arabischer Frauen

Zaouia: Niederlassung der Nachkommen eines Heiligen in der Nähe seiner Grabstätte

Zuaren: Berberstamm. Soldaten einer von Frankreich seit 1831 rekrutierten Infanterietruppe

Assia Djebar im Unionsverlag

Fantasia
Ein Roman wie ein Film, eine Autobiographie wie ein Geschichtsbuch. Berichte von der Eroberung Algeriens im neunzehnten Jahrhundert vermischen sich mit Erinnerungen an eine Kindheit in der verschlossenen Welt der Frauen. 336 Seiten, UT 31

Fern von Medina
Dieses Buch ist mehr als die Korrektur einer über Jahrhunderte verzerrten Tradition. Es ist auch die Rehabilitierung der islamischen Frau und ihrer Geschichte. 400 Seiten, gebunden oder als UT 88

Die Schattenkönigin
Isma und Hajila – zwei gegensätzliche Frauen des gleichen Mannes. Ihre Geschichten verknüpfen und lösen sich, ein Geflecht revoltierender Sinnlichkeit. 224 Seiten, UT 11

Weißes Algerien
Mit ihren Erinnerungen an die Toten Algeriens beschwört Assia Djebar ein genau beobachtetes Bild der neueren Geschichte Algeriens, an der sie selbst engagiert teilhat. 240 Seiten, gebunden